北岳中国文学年选 《名作欣赏》杂志鼎力推荐

权威遴选 深度点评 中国最好年选

2017年

散文随笔选粹

陈克海 主编

山西出版传媒集团 北岳文艺出版社
BEIYUE LITERATURE & ART PUBLISHING HOUSE

·太原·

图书在版编目(CIP)数据

2017年散文随笔选粹 / 陈克海主编. —太原:北岳文艺出版社,2018.1
ISBN 978-7-5378-5571-6

Ⅰ.①2… Ⅱ.①陈… Ⅲ.①散文集—中国—当代 Ⅳ.①I267

中国版本图书馆CIP数据核字(2018)第003515号

书名: 2017年散文随笔选粹	主编:陈克海 策划:续小强　王朝军	责任编辑:韩玉峰 书籍设计:张永文

出版发行　山西出版传媒集团·北岳文艺出版社
地　　址　山西省太原市并州南路57号
邮　　编　030012
电　　话　0351-5628696(发行部)
　　　　　0351-5628688(总编室)
　　　　　0351-5628691(产品开发部)
传　　真　0351-5628680
网　　址　http://www.bywy.com
E - mail　bywycbs@163.com
经 销 商　新华书店
印刷装订　山西人民印刷有限责任公司

开　　本　787mm×1092mm　1/16
字　　数　290千字
印　　张　18.75
版　　次　2018年1月第1版
印　　次　2018年1月山西第1次印刷
书　　号　ISBN 978-7-5378-5571-6
定　　价　48.00元

序

/ 陈克海

　　如果我们在读的这本书不能让我们醒悟，就像用拳头敲打我们的头盖骨，那么，我们为什么要读它？难道只因为它会使我们高兴？我的上帝，如果没有书，我们也应该高兴，那些使我们高兴的书，如果需要，我们自己也能写。但我们必须有的是这些书，它们像厄运一样降临我们，让我们深感痛苦，像我们最心爱的人死去，像自杀。一本书必须是一把冰镐，砍碎我们内心的冰海。

　　这是1903年。写下这封信的时候，卡夫卡二十岁。

　　二十岁的卡夫卡免不了抒情，甚至还有些夸张，文学包含了丰富的人生，他这样的年纪真有足够的经验理解他阅读的书吗？但时隔多年，撞见他的说法，还是像被隔空敲击了一下。

　　我在想，那是一把怎样的冰镐。

　　六月份去乡下扶贫，平日里填表，开会，要么顶着烈日去贫困户家中宣讲政策，事情杂乱，哪里有心思去看书？最初去下乡，本是想着换种生活方式，平日里听人说什么小说、散文，早就倦怠。只是没想到去了乡下，就忘得这么彻底。也是这个时候才意识到，我对文学可能没有那么大的热情。

　　说是要开始编散文年选了，却也一直在拖延。先翻几页布罗茨基的《小于一》，看看库切的《内心活动》，或者是到密闭的卫生间读伯特兰·罗素。不知道怎么就看到了维特根斯坦的经历。他二十几岁，写了本哲学著作，认为自己弄明白了哲学问题，不用在这上面再

1

耗费时间,掉头就到小学教书去了。继承了一大笔遗产,却捐给了穷艺术家和亲戚,自己过着简朴的生活。他认为自己什么都想清楚了。我佩服这样的人。他们早早就明白了自己应该去干什么。而我呢,一个小时,又一个小时,一天,又一天,东晃西荡,待到足够焦虑,才又打开文档,试图重新编辑。

好些文章,早就收藏。平时拿着个手机,选择恐惧的时候,也习惯性地去读"正午故事",或者听听"一席"又请来了谁演讲。豆瓣也常去,但不怎么进同城了,会看看趣味相近的人在看哪些电影,读什么书。说到趣味,也令人担心,就像近亲繁殖,我确信自己的口味就没有问题?

总是毫无来由地想起我的房东。

那时大学刚毕业,没钱,还想着找个安静的住处。头一次见面,就在办公室。他站在门口,听我慌不择路地四处找中介。等我挂下电话,他没头没脑地来了一句,说他有一个书房。他有个书房和我有什么关系? 他说可以让我住进去,还免费。对于他的好心,我很少和人提起。就记得走进那个小房间的震撼。六个书柜,按哲学、历史、法律、小说、诗歌分门别类。他的意思是,我再也不用买书,好好读读他搜罗到的经典,这辈子就够了。

那些泛黄的书,跟在大学图书馆的没什么两样,艰涩,一本正经。二十来岁的人怎么能枯守在这里? 他给我炖排骨,熬鸡汤,试图用他的经历,帮我规划人生。他给我讲时间的宝贵,日子得抓紧。我呢,要么窝在屋子里昏天黑地地看电影,要么就歪了心思,想着怎么拐个女人。甚至妄加揣测他的善良。记得就在那里看到了《百年孤独》,潘光旦译的《性心理学》,兴冲冲地和人说过好一阵子。但现在,我对马尔克斯,对霭理士,也没了兴致。

我是说我不光不懂得感恩,趣味也委实形迹可疑。还得抬出萨特:

"散文的本质是实用的……作家是个说话的人:他表明,论证,命令,拒绝,质疑,恳求,辱骂,说服,影射。"形式不重要吗?"重要的是我们想写什么,是蝴蝶,还是犹太人的处境。"

那些标榜和主张,似乎也是偏见。好在每一年,北岳社的朋友都给了我足够的宽容,由着我折腾。也是因了他们的好意,我才逼着自己,集中翻阅平素几乎不怎么关注的当下散文。有人试图重塑正典,也有人在拓展文字的边疆。他们葆有散文的道德,不遗余力,书写人类的经验,甄别,玩味,试图澄清混沌的生活,恢复语言的清晰。我喜欢他们野心勃勃的试验,好像这日常现实也并不是想象的那般无聊乏味,还隐喻着无法形容的魔力和美。

2017年10月5日

目录

1

非虚构

新经验

读书会

宇宙风

个人史

朗读与呐喊

/莫言

1

今年二月初，在故乡的大街上，我与推着车子卖豆腐的小学同学"矮脚虎"方快相遇。其实他的腿并不短，但不知为啥得了这样一个外号。他满头白发，脸膛通红，说起话来有嗡嗡的回音。他自小身体健壮，力气超出同龄孩子许多。班里的男生，几乎都挨过他的揍。我也挨过他的揍，原因好像是他向我借五分钱而我没钱借给他。当我哭着去向班主任告状时，那位很奇葩的老师说：活该！他怎么不来打我呢？

方快提着我的乳名骂我阔富了忘了老同学。我说"矮脚虎"啊，我都六十多岁了，你就别叫乳名了吧？他说，你想让我叫你什么？叫你莫言？呸！

我递烟给他。他伸出沾着豆腐渣的大手接过烟，看看牌子，放在鼻孔下嗅嗅，然后夹在耳朵上，说：工作时间，不能吸烟。

与方快分别后，我想起了好多与他有关的事。他自己给自己拔牙的事，他与人打赌吃了四十个红辣椒赢了一包香烟的事，他在草甸子里追赶野兔子的事，他扛着一台重达三百多斤的柴油机在操场上转了两圈的事，还有这件我马上要写的与朗读有关的事。

2

方快是十分调皮捣蛋的学生，但他家是我们村里最贫的贫农，他父亲是贫农主任，在那个年代里，这样的学生老师是不能管也不敢管的，于是就有了他打我而班主任老师却说我活该的事儿。平心而论，方快是很聪明的，他六十多岁了还靠卖豆腐为生，只能说他没碰上展露才华的机会。他在大街上当着很多晚辈的面喊我的乳名，就说明了他对我的不服气。我获奖后有一位记者去采访他，他提着我的乳名说："他呀，根本不行！朗诵课文，他不是我的对手；背诵课文，他不是我的对手；写字儿，他也不是我的对手；摔跤？我捆着胳膊也是他倒地……"

我们那时上语文新课，总是先由老师朗读一遍——我们的语文老师是我们学校唯一用普通话讲课的老师。他是中等师范学校毕业，在当时的小学老师里算是高学历，那时他的年龄也不过二十出头。我们那地方的人对说普通话的人有两种态度：如果你是外乡人，或是县里的干部，你讲普通话，大家都很钦佩。如果你是本地人，出去上了几天学或是当了几年兵，回来就说普通话，那就会成为被嘲讽的对象。我当兵回乡探亲时，母亲听到我的口音里有些外来的腔调，便语重心长地提醒我不要撇腔拿调让邻亲百家笑话。我曾写过一篇题名《普通话》的小说，感兴趣的读者可以找到读一下。在这样的社会风气影响下，我们对用普通话讲课的语文老师也是从心里鄙视的。只要他一用普通话朗读课文，读到那些与我们家乡话明显发音不同的字眼时，我便感到脊梁沟里阵阵冒凉气，身上的寒毛根根竖起来。在强大的习惯势力压迫下，我们的老师还能坚持用普通话讲课，现在回想起来，他也是个了不起的人物。——老师用普通话朗读一遍之后，便让我们跟着他读——我们当然不用普通话——先是一句一句地读，然后是一段一段地读，最后是让我们齐声朗读。我们齐声朗读时，老师提着教鞭在教室里转悠，辨别着我们发出的声音里，是否有对课文的故意歪曲，如有，他就会用教鞭抽打。方快是挨教鞭抽打最多的——其实也不是真打，打到略有痛感而已——但最后一次，方快夺过教鞭在屈起的膝盖上折成两截，扔在老师面前。我至今犹能记起老师的尴尬表情。老师家出身也不太好，对方快这样的赤贫子弟心怀忌惮，尽管他的尊严受到极大的挑战，但他没敢像对待我们这些学生一样——我们只要惹火了他，他就揪着我们的脖领子，把我们拖出去修理一顿——他只是蜡黄着脸说：好！方快，看我明天怎么收拾你！——明天到了，老师似乎忘了这件事儿。他给我们上了新课，领读之后，他就让我们齐声诵读，但是他不再提着教鞭巡视了。他坐在讲台后的椅子上，埋头看一本厚厚的书，那根用胶布缠起来的教鞭静静地躺在讲台上。方快虽然不是班干部，但因为他力气大，跑得快，敢跟老师作对，在同学们中很有威望。他折断了老师的教鞭，我们像英雄一样崇拜着他，但他却好像很不高兴似的，谁提这事就跟谁急。

有一天中午，他带着我们去田野里捉了几十只青蛙，用瓦罐提到教室里，放在脚下。那天下午要上新课，课文题目是《青蛙》。老师带领我们朗读：

"每到黄昏，池塘边上有一只老青蛙先发出单音的独唱，然后用颤音发出一声短鸣，接着满塘的蛙便跟着唱起来。呱！呱！呱！……"

我们从来没像这次朗读这样兴致勃勃，这样卖力，这样愉快，这样充满期待。我们一边朗读一边偷眼看着方快，他的脸膛红扑扑的，脸上洋溢着喜气。他从来都是朗读的捣乱者，但这次成了领读者。他的嗓音洪亮，富有韵味，而且，他使用的竟是普通话，连老师也用讶异的目光看着他。这时候，我看到他用脚推倒了瓦罐，几十只青蛙争先恐后地跳出来。伴随着女生们的尖叫和男生们的怪笑，那些青蛙在教室里蹦跳着。我们看到老师变色的脸，我们听到教室里只有方快一个人还在朗读：

"……青蛙还受到科学家的另眼看待，因为许多科学试验都少不了它们……青蛙，真是一种可爱的动物……"

我们原以为老师会跟方快决一死战，但没想到在方快响亮的朗读声中，老师蜡黄的脸渐渐变得红润起来。我们老师是一个有酒窝的男人，他的脸上出现酒窝，我们便知道他笑了。

方快停止了朗读，似乎有些不好意思地对老师傻笑着。老师响亮地拍着巴掌，连声说："好好好！太好了！"

此后不久，方快便当了我们班的学习委员，之后又当了班长，他成了好学生，成了老师的骄傲，成了后进变先进的典型，他参加全县小学生朗读比赛获得了第三名。一时声名赫赫，在他的面前，似乎铺开了一条撒满花瓣的道路。如果不是后来，在"文化大革命"初起的时候，他的父亲被查出"历史问题"，那他很可能会成为我们高密东北乡一个杰出人物。当然，现在也不能说他不杰出，他家的豆腐，质量很好，供不应求。

我应该是方快引发的朗读热潮中涌现出来的又一个典型。我们朗读，我们背诵，我们把语文课本一字不漏地从头背到尾，我们班的同学们一大半都达到了这个水平，与此同时，朗读也使我们的写作水平大大提高，因为，我们在朗读中获得了语感。

小学五年级，我与方快都辍了学。方快力气大，加入到成年人的行列里去干活儿，挣整劳力工分；我无奈，只好去放牛，挣半劳力的工分。与大人们在一起干活儿，那是相当热闹的，干活的时间不如休息的时间长，休息时讲故事摔跤，打情骂俏。方快有摔跤天才，好多成年人都是他的手下败将。有一年在胶莱河水利工地上，方快打擂台，连摔十八位高手，一时"矮脚虎"名声大振。但那时我已经到棉花加工厂工作去了，没能亲见盛况。放牛确实不要耗费太多体力，但寂寞难熬。当牛在草地上吃草时，我便大声地背诵学过的课文，包括那篇《青蛙》，这是一件好像很励志的事儿，但实际上全因寂寞无聊所致。

在村里混到十八岁，托叔叔的面子我到离家八里的棉花加工厂当临时工，这是个令农村年轻人向往的好事儿。棉花加工厂晚上开"批林批孔"的会，厂里的团支部书记安排几个人发言，其中有我。稿子都是从报纸上整篇儿抄下来的，所谓发言，也就是念稿，谁的声音大，谁念得流利，谁念得音节铿锵，大家就给谁鼓掌。我是赢得掌声较多的，这得益于在学校时的朗读训练。在我赢得赞誉时，我想，如果"矮脚虎"在这里，出彩的一定是他。

后来当了兵，在新兵连训练时，我能慷慨激昂地念报纸的才能被指导员发现，于是他就让我在团部欢迎新兵大会上发言。调到军校后，领导错以为我文化水平很高，便让我当政治教员给新学员讲课。讲哲学，政治经济学，使用的都是大学教材，我哪里懂这些？但箭在弦上，不得不发，硬着头皮也要冲上去。方快做豆腐是现做现卖，我讲课是现学现讲，现在回想起来，真是感谢领导的信任，也感慨自己的无知无畏。

那年寒假，我背了一大堆书回家探亲。为了使开学后的课讲得从容些，我在邻居家滴水成冰的空房子里备课，讲稿写好了，就一遍遍地读，

006

先是小声读，读着读着就起了高声。当时我以为我讲的是标准的普通话，后来才知道我讲的是"高普"（高密普通话）。直到现在我还是一口"高普"，没有稿子闲谈时，还稍微"普通"一点，一念稿子就找不着调，为什么这样呢？我也不知道。

话说当年我在邻居家的空屋子里大声朗读，半个村子里的人都能听到。那其实已经不是朗读，而是标准的呐喊，甚至是吼叫了。我的朗读吸引了很多孩子躲在窗外听，大人路过时也会透过破窗往里望几眼。我当时特别崇拜我们单位宣传科那位讲课时手势繁多的干事。我学着他的样子，面对着墙上那面模糊不清的镜子，用我以为的普通话，用我以为的演说家的动作，挥舞着手臂，呐喊着，全不顾墙外有耳，全不顾村里人的说三道四，全不顾家里人的难堪。当时，除了崇拜我们单位宣传科的干事，我还特别崇拜共产国际的领导人季米特洛夫。辍学后无书可读，我就读大哥和二哥用过的中学课本。在大哥那本用粗糙的黑纸印刷的高中语文课本上，我读到了季米特洛夫在莱比锡法庭上的最后辩词，一下子就被那雄辩的语言和强大的逻辑力量捉住了。每逢恶劣天气不能出工，我就躲到东厢房里，先是默念，然后朗读，最后是手舞足蹈地呐喊。那时我们家东厢房里还养着一头牛，每当我呐喊时，母亲就会进来劝我：别吆喝了，你把牛都吓得不吃草了。

部队领导让我讲政治课，我就把季米特洛夫当成了榜样。讲第一课时，我颇为勉强地把季米特洛夫在辩词中引用过的歌德的诗句在课堂上朗读了一遍：

"要及早学得聪明些，在命运的伟大天秤上，指针很少不动。你不得不上升或下降……"

在那难忘的第一节课上，除了引用季米特洛夫引用过的歌德的诗，我还引用了《诗经》里的"昔我往矣，杨柳依依。今我来思，雨雪霏霏"，这跟我那课要讲的内容基本上是八竿子也划拉不着的。何其卖弄，何其肤浅，至今思之，犹觉耳热。

方快曾到我备课的空屋里去看过我。他那时跟人合伙开油坊，还没做豆腐。他说，你的嗓门真够大的。我说，比你差远了。他一点也不谦虚，说：如果要说朗读，你还真不如我！我说：我不如你的地方多了去了。他问：你这些天老在呐喊"不做铁砧，便做铁锤"，是什么意思？连我儿子都跟着你学会了。我说：那是季米特洛夫《在莱比锡的最后辩词》中引用过的德国大文豪歌德的诗句。他说：纯粹瞎咧咧！我不做铁锤，也不做铁砧，我做铁钳子、铁钩子行不行？

尽管我的呐喊式朗读被老同学讽刺嘲弄，但这一个多月的训练，在开学后的课堂上，作用明显，反响强烈。我不得不非常不谦虚地说那时我的记忆力很好，备好的课几乎可以背诵；我不得不非常不谦虚地说那时我的嗓门很大，喊叫两小时，没一丝一毫嘶哑。——当时我颇为得意，两堂课吼完，回到保密室——我兼任保密员——点上一支烟，竟有那么几分季米特洛夫的错觉了。——三十多年后，我到江南去，与十几位当年听过我讲课的学员聚会，问起他们对我讲课的印象，他们笑而不答，一位性格豪爽的女学员说：我们当年给您起了一个外号叫"野狼嗥"——我听了这外号，心中一怔，马上就知道他们当年受了我多少折磨。是的，我们那军校离狼牙山不远，荒凉偏僻，深夜里，的确能听到孤狼的令人恐怖的嗥叫声。

3

去年秋天，我应邀去绍兴参加一个活动，见到了仰慕已久的叶嘉莹先生，并听她吟诵了唐诗宋词。叶先生说从来没有人教过她吟唱，从小她就这样唱读，她感觉就应该这样读，这样唱。我对叶先生说，小时候我念书，念着念着就拖长了腔调，唱起来了。这时候老师、家长都会来阻止：不许唱书！他们认为这是很不好的习惯，是只动嘴巴不动脑子的懒惰行为。他们希望我字正腔圆地朗读，最好是默读。我的父亲还以我们村那位上过三年私塾，能把《三字经》《百家姓》等启蒙读物背得滚瓜烂熟。但却不认识字的人为反面教材告诉我唱书之害。听了叶先生的话，我想，散文是要朗读的；而古典诗词，是应该吟唱的，而且是每个人都用自己的腔调，想怎么唱就怎么唱。我们那些话剧演员和电视节目主持人用标准普通话读出的诗词，确实很好听，但其实都不是古典诗词应该发出的声音。

听叶先生吟诵，我发现她从没有打磕巴的时候，好像这许多的诗词，都不是她用脑子而是用腮帮子记住的。我观察过好多位能机枪扫射般背诵经典的人，发现他们都是用腮帮子记忆的。问过他们，都承认自己是在唱读中完成了背诵，之所以能几十年不忘小时背过的东西，腮帮子——其实是整个发音器官，都发挥了记忆的功能。

告别叶先生回京后，我曾把门窗堵严了吟唱过几首唐诗宋词，感觉到吟唱的自由空间确实大大超过朗诵，而且还可以用拖长的音节或声音的高低起落来赢得回忆的空间——如果忘了词，你尽可以将一个字拖腔甩调，甚至将一句词用不同的调子反复吟唱，直到想起下句为止——但我知道，叶先生的自由吟唱会赢得满堂彩，而如果我敢登台放腔，迎接我的——当然不会是猎枪。

选自《文汇报·笔会》2017年3月17日

评鉴与感悟 ——

还是莫言式的幽默。即便是酸辛往事，痛苦生活，一经他的讲述，都成了历史长河中浮泛的泡沫，渗透在里面的，仍是达观的精神，对生命的颂歌。这在现实主义当道，抒情苦情泛滥的文风中，感受到莫言文章的劲健旷达，又是怎样的幸运，快乐。

姐 姐

/沈书枝

1

关于幼年的记忆影影绰绰存在一些。在家里，我们的正房是并排的三间土墙瓦屋，门向朝西。堂屋居正中，左边是父母房间和灶屋，右边是我们姊妹五人的房间。再右边连着一个小小的猪笼屋与厕所。我们的房间里两张床，一横一竖，大姐和二姐横睡，三姐、我和妹妹竖睡。都是简单的木架床，中间架几块木板，垫一层干稻草，再铺垫被、床单、盖被。夏天撤去稻草，铺上竹簟，四角绑上竹竿，张设蚊帐。我的床靠的那面墙上有一个炭枝写的"事"字。有一天我从灶下抽了一根烧了半截的柴火，悄悄学姐姐写草字，一笔乱画之后，觉得这个"事"字草得好像很有点样子，便很满意地许它留在那儿，时时凝神看看。姐姐们的床前，靠墙放一张红漆漆的桌子，因为年深日久，有的红漆已经脱落，我们忍不住用小刀和铅笔尖去抠那些破了的地方，让它脱得更多。

屋里的地都是土的，亮得发光。我们每天早上把地扫一遍，不然妈妈会骂，她很爱干净。遇到坑洼的地方，用扫把尖小心把里面的灰挑出来。那些地方似乎每天都会积灰进去，真是奇怪。有几个地方是老鼠洞，老鼠洞的洞沿也扫干净。老鼠若是半夜在屋梁上跑得太欢喜，我们也要往老鼠洞里灌水，只不知效用如何。老老鼠生下的小老鼠很小，耳朵和爪子都粉嫩、可爱。这样的小老鼠爸爸逮过一两次，从冬天的老棉袄中翻出来，自然是都弄死了，小孩子看起来难免觉得很残忍的。长大后读鲁迅的《阿长与山海经》，看他的"隐鼠"被猫吃掉，我所以明白他的感受。扫把总是很旧，一把扫把实在太容易磨得光秃秃的了。有时候爸爸坐在门口扎一把新扫把，是在秋天，用田里晒干的新稻草，或割来的斑茅成熟的穗轴。用新扫把的那些天，我们都喜欢去扫地。新的扫把很软，很厚，可以把地扫得很干净。

乡下还没通电的时候，好些年我们都用煤油灯。家里两盏灯盏，都是淡青的玻璃，烧得久了，灯盏外面糊着许多油。天慢慢黑下来，要到黑得几乎看不清了，我们才去摸灯盏，摸火柴，把灯点燃。煤油灯一点亮，黑暗的庞大就显露出来。灯把我们的影子照得很大，很黑，映在墙上，像陌生而奇怪的别的什么，而不是我们自己。煤油的气味很重。我们的灯盏常是没有灯罩，不像别的人家，有一个长长的玻璃灯罩。我们的灯盏设若偶然有了新灯罩，夜里端着走就要小心许多，害怕一不小心跌到地上打碎了。姐姐们写作业的时候，把一张白纸中间撕一个洞来，套到罩子上，使光聚拢，变得更亮一些。灯罩太烫了，纸渐渐烘得发脆、发黄，我们把它拿起来，把灯罩掀开，纸角在火边一燎，"嚯"一下便燃着了。

没有灯罩的煤油灯要失去很多乐趣，或者也不多，只是不能在夏天的晚上，端着灯盏去烧趴在帐角上的蚊子，刮大风的晚上（如果是夏天，窗子上只蒙着纱窗，如果是冬天，窗子上钉的塑料薄膜不够严密），煤油灯的灯火很容易被吹灭。我们在红漆小桌的两边坐着，忧心忡忡看风把火苗吹得歪了，赶紧伸手去挡。火苗跳一跳，变正了，像一个结得很好的花苞。再一缩手，噗地又歪了。我们不再拦，看着它倒下去，细下去，在濒临绝灭的边缘，忽然终于风定了一点，火苗慢慢地缓起身来。我们松了一口气。

很多时候，尤其是冬天，天刚刚黑下来，我们就把灯吹灭，爬到床上睡觉。不想睡觉的时候，姐姐给我们讲故事。我们有好几个不同的故事，可以在冬天漫长的黑夜里反复消磨。二姐有两个很好听的故事。第一个是驴耳朵、小桌子和小棍子的故事。她说从前有三兄弟，长大以后父亲叫他们出去营生。老大遇见一个老人，送他一头驴子，只要摸一摸驴耳朵，就能摸出金子。老二得到一只小桌子，只要喊一声"开饭了！"，就能变出一桌好吃的。只有老三得的是一根小棍子，只要喊一声"小棍子，打他！"，小棍子就会跑去不停打人。三兄弟带着宝贝喜气洋洋地回家了，老大和老二先后在同一家旅馆投宿，被老板发现了宝贝的秘密，设计换走了真正的宝贝。到第三天，老三也来了，老大老二把受骗的经历告诉他，夜里老板又来偷小棍子，老三喊："小棍子，打他！"把老板打得哭叫连天，把老大老二的宝贝也都还给他们了。我们很喜欢这个故事，希望哪一天我们在山里也能遇见一个白胡子老头，给我们一头能摸出金子的驴子，一个埋在树下的聚宝盆，或是别的什么宝贝。我们是很穷的，所以有一个天真的发财梦，一切有关金银财宝的故事，都在我们面前闪闪发亮。

第二个是一个生得很美的公主的故事。她的母亲去世得很早，长大以后，父亲想娶她为妻。她为了拒绝父亲，要一件像太阳一样、一件像月亮一样、一件像星星一样的裙子。国王当真弄到了那样三件衣服，她没有办法，只好带着衣服在深夜里逃亡了。逃去别的国家，遇到她终将遇到的王子，在短暂的隐默过后，过上了幸福的生活。公主的美服和爱情使我们向往，还有那永不可得的照人的美貌啊，我们躲在厚厚的被窝里，一边热切地听，一边从垫被下扯出稻草，绕到指上玩。

后来姐姐们都睡着了。只有我和妹妹还不睡。我们睡两头，互相抓脚痒玩。抓得脚板心痒得缩起来，忍不住笑嘻嘻地。抓脚痒太好玩了，多久都不够。后来我们终于也睡着了。屋子里和屋子外都是广大的黑暗，只有屋顶和田畈上的天空，冬天的星星还繁密无极，随时间慢慢移转。

2

即使在乡下，我们也是很特殊的。远近村子上和我们同龄的小孩子，家里兄弟姐妹一般是两三个，像我们这样姊妹五个的，实在已经很少见。计划生育在三姐出生前已经开始推行，超生的小孩子没有户口，称作"黑人口"。小孩子吵架，往往可以骂人："你这个黑人口！"当我小孩子时曾被这样骂过，往往很着急，苦于无力翻身，无法还口，其实并无实质的伤害力，无非是表示你好像没有生而为人的资格罢了。乡下每户人家按人口会分得几亩田，"黑人口"是没有田的。我因而很担心长大了家里的田不够我们吃怎么办，心内如有隐忧。到我们小学快毕业时，"黑人口"的说法却渐渐少了，不知道什么时候，家里的户口本上，在大姐二姐之后，就添上了三姐、我和妹妹的名字。

三姐做"黑人口"的时候，计划生育管得还不是很严，到我和妹妹出生，就已经需要躲躲藏藏了。我们出生以后，常听的一个故事是妈妈怎样侥幸躲过了大队来查的人：那天早上她正大着肚子在屋里腌菜，小孤山的万奶奶迈着小脚，拄着拐棍，急急忙忙从上面村子跑下来，告诉妈妈抓计划生育的人正在往我家走——她的儿子在大队做书记。妈妈听了，赶紧往外跑，刚跑到村子另一边，抓计划生育的已经到了门口，她只好从后面偷偷绕到邻居家里。抓计划生育的喊："这人肯定没走远，还在腌菜哩！"屋前屋后搜了一遍，到底没有找到，家里太穷，也没有什么东西，只好把屋门贴上封条了事。爸爸白天到奶奶家吃饭，晚上就用一盆水把封条浸浸，揭开来偷偷跑进去睡觉。妈妈去外婆家躲着，三天以后就生了我们，再过三天，就被拖去做了结扎手术。

我的同学余远飞便没有我们这么好的运气，他在他妈妈肚子里已经足月，还是被拖去乡医院引产，不想针头打偏了，打到他嘴巴上去，生下来竟然没有死。他家里一个人把在院墙外站着，另一个偷偷从里面把他递出来，总算活下来。余远飞的左颊上因此留下一个螺旋状的深窝，讲话的时候，声音很尖。但他的爸爸还是很高兴，他说："大难不死，必有后福！"

怀我们的时候，妈妈的肚子很大。这使得他们抱了一种乐观的惊异，以为肚子既然这么大，这回想必是个儿子了。等到生我们的那一天，据大姐说，是在外婆家，早晨天还没有亮，奶奶领着她走到外婆家。我们小姑姑的婆婆来给妈妈接生，先是我生出来，等了半天，胎盘还没有出来，接生婆婆才说，肚子里恐怕还有一个，看看下面这个是不是男的。等到妹妹也生下来，妈妈忍不住哭了，爸爸把妈妈抱在怀里。奶奶的脸都黑了，外公外婆在一边唉声叹气。没看到小鸡鸡，连大姐都感到很失望。

许多年后，再说到我们的出生，奶奶对我说："那时候你家爹爹（我们称外公为'家爹爹'）一听到你妈生了个两个女儿，把脸一黑，鼻子里一'哼！'，就把头扭过去了。人家跟我讲，我笑嘻嘻地讲，好啊，是小子是姑娘我都喜欢！"而外家的说法则是："你奶奶听说你妈妈生了你们两个丫头，连医院都不肯去，还骂：'生的尽是些逼丫头！'你们小那时，还不就我们把你们带大的！"言语的真假无须深论，单说当时，三天以后，妈妈便被拖去乡医院结扎。手术完后，流血不止，没一两天小腹便鼓胀起来，躺在病床上，疼痛几近于死。夜里一个老护士劝妈妈，赶紧走，移到县医院开刀看看！不走恐怕就没命了！

第二天爸爸和外婆一起把妈妈送到县医院去。这时她的小腹又硬又肿，亮得发光。乡下人在县城一人不识，到医院已是黄昏，爸爸不知是如何去求，才终于为她找到一个安置之处。接收的徐医生说，先看看再讲吧！已近五月，家里田还没有栽秧，爸爸便回去栽秧，只留下外婆一人看顾。他前脚刚走，徐医生就又来了，说要马上手术。妈妈没有办法，只好让外婆去办手续。外婆不识字，任护士拿着她的大拇指，在手术通知单上按了一个手锣。徐医生连夜给妈妈做了手术，放出一肚子的脓血来。原来是庸医结扎错了管道，又丢了一块纱布在妈妈肚子里没有取出来。徐医生讲："再晚一天来就没命了！"夜里从手术室出来，医院已没有多余的病床，也没有护士来帮她换纱布，她只好用我们的尿布垫着，在一床脓血中过了一夜。

刀口渐渐愈合之后，她的肚皮上留下几道很深的伤疤，像蚯蚓一样弯弯曲曲。我们长到几岁后，仍然不懂事体，有时晚上跟她一起睡，便用手去摸她的伤疤，觉得有点好玩又有点可怕。我们问："妈妈你肚子高头怎么这么多疤？"她讲："妈妈生你们的时候留的。妈妈生你们，还不是九死一生！"有时候她带着叹息揉揉肚皮，问我们："妈妈肚子丑吧？"虽然很小，我们也晓得这是不该说的话，我们讲："妈妈不丑。"

而当刀刚刚开过之时，妈妈只能暂时留在医院休养。因为身体不好，又没有营养，她的奶水不够我们两个人吃，爸爸轮流着把我和妹妹抱回家，放在奶奶和外婆家喂米糊。眼见着消瘦了，只好又都放回医院去。他在医院和家之间跑，还要顾田里的事情，姐姐们都还小，留在屋里没有人带。奶奶家在我家屋后，她们就在奶奶家吃饭。有一天早上，小姑姑过来给二姐梳头。她的头发很久没有洗了，粘在一起，梳也梳不通，二姐疼得叫起来，小姑姑气得一把把梳子砸到她头上，骂道："逼丫头！"一下子把梳子砸断了。

终于到了妈妈出院那一天，大舅去帮忙挑我们回来。他用一担稻箩挑我们，里面铺着被褥，一边挑一个。到了新义大桥河边，他停下来歇气，把稻箩往地上一扔，发气讲："要不甩到河里算了吧！"

自然他并没有把我们扔到河里。实际上，还在医院时，徐医生便特别喜欢妹妹，每天都要过来抱一会。他没有女儿，想要把她抱走。县城医生家的女儿，是比乡下种田人家好出多少倍的生活了，爸爸妈妈却没有答应。渐渐到夏天，我们长了一些，傍晚大姐把我们抱到门口水塘旁边，放在木澡盆里给我们洗澡。有一天洗着洗着，我和妹妹就漂走了。爸爸在门口看见了，他赶紧跑过来，"啪"地打了大姐一巴掌，蹚到水里，一把把我们抱起来了。

3

据大姐说，在我和妹妹出生前，家里的条件还不错。但到我记事时，家里生计已相当为难。因为家贫，又有那么多女儿，我们很早就懂得分辨一些亲戚的脸色了。我们大体能明白别人的话是出于善意还是揶揄，以及去人家玩时，我们是不是真的受欢迎。去小姑家使我感到拘谨，他们生活比我们好，她又是心直口快的人。听她讲话，我常有一种心不能落地的害怕，怕她什么时候会忽然说起爸爸的不好来。有一年正月我们去她家拜年，她给三姑家的表弟表妹每人五块钱压岁钱，端端正正包在红纸里，回头见我和妹妹也站在房门外，于是给我们一人一块钱。这区分使我们彼此都感到一种微妙的尴尬，好在我们谁也没说什么。

在奶奶那里，我们明确是讨人嫌的角色。我的奶奶有很多孙女儿和外孙、外孙女，她最喜欢的是小姑、小叔家的儿子，其次是二姑和三姑家的儿子女儿，最后是我们。从小到大，奶奶唯一一次给过我和妹妹的零花钱是一人一毛钱，那天下着细梅雨，她抹牌赢了些小钱。我记得这事情，是因为那一毛钱后来在上学路上被我不小心弄丢了。我们在小学山坡下的桃林里找了好久，也没有找到，桃枝上的雨把我们身上都碰湿了。

村子里常能听到奶奶和妈妈向不同的人控诉对方的不是，话传了一圈，添油加醋过后，再传到彼此耳朵里。她也许是觉得我们不懂，或是有意泄愤，常有垮着脸向我们骂一声妈妈不是的时候，我们只是装作不听见。其实爸爸对她十分孝心，什么时候家里杀了一只鸡、一只鸭，或是称了一点肉，不管是爸爸烧还是妈妈烧，烧好之后，第一件事必是端一小碗让我们从后门送到奶奶家去。但他们并不因此多得一点奶奶的欢心。奶奶不在家的时候——去塘边洗衣裳，去菜园栽菜秧子，去人家抹小牌，或是去什么别的地方的时候，门常常不锁，只是带起来，我们跑到她屋里玩，有时就偷一点东西吃。她的抽屉里常有一点好吃的，过年过节收的蜜枣、桂圆、荔枝，她舍不得吃，要留着一点一点慢慢吃。那几年乡下很流行送荔枝，一大袋看起来很漂亮。荔枝晒成干，壳紫黑色，摇一摇里面有空荡的声音，用指甲抠破，吃核上薄薄一层泛黑的果肉。我们轻手轻脚翻抽屉，拈两颗蜜枣，或者一颗荔枝干。有时候找不到，我们就去偷玻璃罐子里的白糖吃，抓一把白糖，风一样跑出去，躲到村子里哪家的屋子拐去偷吃。蜜枣好甜。白糖好甜。手心被口水和糖分浸得黏糊糊的，终于手上的东西都吃掉了，心还急得咚咚跳。

我们也怕外公。他是一个瘦瘦小小的老头，吃烟吃得很凶，指甲都熏成黄褐。我们到了外家，稍微皮闹一点，就要收到一声轻斥。平常他对我们却也不凶，只是冷淡，维持着祖辈的威严，外加稍着痕迹的一点嫌弃。每年夏天双抢，我们要挑一两天的时间，去给外家打稻。所有能抽出工夫的大人小孩都要下田，纤细的锯镰刀割断稻棵时发出松快的声音。做事的时候，阿姨和姨父们有意无意，总要在我们姐妹面前说几句取笑爸爸的话。我们装作不在意，笑着反驳几句，便继续低头做事，唯恐显得偷懒，更让他们有说的地方。外婆在灶屋烧饭，场基上铺着刚刚打下挑回来的青湿稻子，外公用木耙把它们翻成波浪般的一行一行。到了傍晚，终于所有的稻都打完了，大人们站在稻草堆边，把稻草锁成一把一把，小孩子就拖着两把青稻草，一趟一趟在泥田和田埂间跋涉，把稻草晒到田埂上。

拖完稻草，我们回去洗澡，再到外家吃饭。夕阳颜色一点一点消散，渐渐寂静的青蓝泅上来，外公家一大一小两张桌子都抬出来了，摆在门口场基上。男人们在大桌上喝酒，小孩子在小桌上吃饭，女人们坐不下，除了喝酒的，都捧了碗站着，时不时去搛一点菜。除了夏天菜园里的菜以外，这一天好吃的有红烧小公鸡和煎尖头鱼，都是香得不得了的菜。姨父们划拳，喝酒，三姨父和五姨父用一种促狭的语气激爸爸喝酒。他很爱喝酒，虽然酒量不坏，也禁不住这样的急酒，有时喝得醉了，便受人诟病。

那些话因此使我难受，好像是受到欺负了一样。虽然我爱从堂屋里投出来的昏黄的光，外婆不声不响做着事情，表兄弟们在门口追打着玩，一切都显得热闹而欢喜的样子。

在小学，当老师们偶尔觉得自己有必要破除一下封建陋习的时候，我和妹妹就有可能作为反面教材被提出来。但他们毕竟不好意思说我们不该被生下来，只是强调"不该重男轻女，生男生女都一样"。逢到和小孩子吵嘴，他们骂："你爸妈生五个女儿，还不就是重男轻女，想要个儿子！"这是比骂我们"黑人口"更难听的话了，我们必要极力反击："你爸妈才重男轻女！生你个现世宝儿子！"恨不得扑上去就打一架。到上初中，同学第一次听讲我家姐妹五人时，都免不了大吃一惊，有的就要加上一句："那你爸妈肯定是想要个儿子喽？"这时我们已经学会点头微笑，半开玩笑半认真地说："是的呀，不过生了我们，他们也很喜欢。"

这的确是真的。虽是五个女儿，并且那么穷，他们却从未在我们面前说过一句嫌弃我们是女儿的话，甚至因为害怕我们受委屈，爸爸在"女儿"这件事上表现出比原有更甚的敏感。二年级的一天，妈妈带我和妹妹到街上剪头发，因为头上老是生虱子，她就让剪头发的给我们剪了短发。晚上我们已经睡了，爸爸从外面喝多了酒回来，跑到床头酒气醺醺地要亲我们。忽然发现我们剪了短发，他把我们从被窝里都拉出来，一边拨着我们的头，一边对妈妈发火：

"你看你！把她们头毛剪成什么样子！短头毛！像什么话！像男的！老子石海根不缺儿子！"

骂得妈妈和我们都眼泪汪汪的。到第二天，他好像又浑然忘却了这件事，任由我们剪了好几年的短发。

4

当我们都长大成人，姐姐们也有了自己的小孩之后，回忆从前，我们都惊异于父母是怎样把我们带大的。妈妈轻描淡写："还能怎么带呢，在家里也带着，到田里也带着，大的带小的，拉拉扯扯长大的呗。"这是实话，乡下小孩子多是这样拉拉扯扯长大，上学之外，割稻，打稻，放牛，放鸭，洗衣，煮饭，视年龄的大小和家里的分工而做。大人在田里做生活，大一点的小孩就在家里带着弟弟妹妹，滚的滚，爬的爬，抱的抱。再大一点，就和村里其他小孩到处乱跑，想尽一切能玩的东西，时常犯了些小禁，被大人拿着细竹丝子抽小腿。穿堂风一年一年从堂屋大门吹过去，坐在后门口剥豆子的小孩子，飞快地就自己长大起来了。

在我们家里，事情也是如此。当我和妹妹还不会走路，妈妈没有工夫的时候，在家里晃摇篮，抱着我们四处走的，就是姐姐们。等到会跑，就整天跟在爸妈和姐姐后面跑，看他们做事情。再大一点，从最简单的事学着做起，穿衣服，铺被子，扫地，吃饭时拿碗拿筷子。下午姐姐出去放牛，我们常跟着她一起去。冬天镇日无事，我们找一面挡风的墙，一起晒太阳，姐姐拿一把篦子给我们篦头发，捉虱子。洗发水还没怎么传到乡下的时候，夏天我们洗头，都是拿半块妈妈洗衣裳的肥皂，到门口水塘边擦着洗。冬天天冷，屋子里阴风习习，我们很少洗头，细软的头毛贴在脑壳上粘结成块，弯弯曲曲的，梳也梳不通。这头发是虱子的温床，乡下小孩子六七岁前没生过头毛虱子的，怕是很少的了。太阳晒着我们，晒着晒着，头皮痒起来，伸手一摸，果然摸到一只虱子。我们把它按到板凳上，用拇指指盖抵碎。姐姐说："过来我来给你逮虱子！"我们就拿一只小板凳，坐到姐姐跟前，任她把我们的头发一寸一寸翻过来，仔细寻觅，一面把头发上结的瘪虱子蛋挦下来。翻了一会，我们跑去把篦子拿来，让姐姐给我们篦头发。篦头发是极享受的事，篦子齿很密，十分解痒，这样篦头发时，我们都拿讨好的话来跟姐姐说，好让她能多篦一会儿。

有时货郎挑着他的玻璃担子来，担子里有几毛钱一枝的虱子药。货郎舌灿莲花，叫妈妈买他的虱子药。这药长得跟白粉笔很像，我们都疑心是不是假的。最后妈妈买了一枝，把我们每个人头上都用粉笔画一遍，据说过一个晚上，头上的虱子就会死光。涂了虱子药的晚上，我们都很兴奋，害怕夜里虱子会受不了，趁我们睡着的时候偷偷爬出来，那明朝醒来，枕头上不是尸横遍野！这景象我们却一次也没见过，未免很使人失望了。第二天我们照例都要洗头，妈妈在锅灶上烧水，我们一个一个洗。洗好之后，就都是干干净净的好小孩了。

春天我们一起去田埂上挑猪菜，掐蒿子，上山掐蕨菜，掐映山红。夏天和秋天，一起下田。下田是刮草、割稻、打稻，有的人家还会让小孩子下田栽秧，我们的父母不让我们栽秧。六岁那年，我和妹妹第一次下田打稻，个子还太小，够不到打稻机板，就抱一个稻铺子（割稻时几行几列稻割倒叠放在一起，称为一个"稻铺子"），现宝一样递到父母手上给他们打。因为是第一次下田，爸爸怕我们不高兴做事，拼命夸奖我们，夸得我们兴颠颠的，在打稻机和稻铺子之间跑个不停。到第二年，就割稻打稻都要跟着下田了。

打稻的时候，爸妈站在打稻机上打稻，我们抱稻铺子。去打稻的早上，我们穿着长袖衣裤，把扣子扣得紧紧的，头上搭一条揉湿的手巾，再压上草帽。爸妈一前一后，把沉重的打稻机先抬到田里。我们分别拎着几块打稻机板，一只盛一点香油的油瓶，一只大茶壶，一只碗，一瓶开水，跟着走到田里。太阳还红红的，空气里雾气未及散尽。这块田的稻棵都已经割倒了，卧在田里，显得洁净而整齐。我们捡一根稻草梗子，把油瓶里的香油蘸一点到打稻机布满黑油、灰尘和稻芒的齿轮上，用力踩下带动齿轮的踏板。滚轮缓缓转动起来，很快发出呜呜的鸣声，变得飞快，开始打稻了。打过的稻草就扔在打稻机旁，我们把茶壶和碗藏在草堆里，以免它被迅速毒辣起来的太阳晒得滚烫。

很快打了大半桶稻，爸爸要去翻稻桶，把积在滚轮下的稻扒出来一些，扯出不小心卷进去的稻草，再扒两稻箩稻出来挑回去。到了家门前的场基上，他要把这一担稻耙开来晒。爸爸挑稻回去的时候，我们有时要歇一会，靠在稻草堆上喝水。打过的稻草一会儿就堆得很高了，热烘烘地发出浓郁的青气。遍地的蝗虫，振着青绿翅膀，几只小蜘蛛匆匆忙忙从我们裤腿上旅行过去。我们去旁边的塘里洗脸，把已经晒干的手巾重搓一遍，然后把稻桶往前拖一大截，不然抱稻铺子的时候，要走的路会越来越远。

虽然刚刚清出一担稻，稻桶还是十分沉重，我们要花很大力气，才能把它推动起来。妈妈和姐姐在前面，一人抓一只稻桶耳朵，喊："小的们，加油啊！"我们几个小的就在后面使劲推起来。打稻机迟滞了一下，压在稻茬上，哗哗滑动起来，在田里划出明亮的两道土痕。才刚刚打稻的时候，我们很有劲，一边奔跑着推一边笑喊："冲啊——"到了下午，人已经委靡，只是埋头默默推着。停罢机子，放眼田畈，遥处四边都在打稻，而如我们这样一田都是女流的，绝无仅有。有儿子的人家，儿子过了十五六岁，就可以和爸爸一起挑一小担稻回家，拖稻桶这种小事，更是不在话下了。

田也有它的好坏。遇到干田还好，若是一块湿田，人在湿泥间跟跟跄跄，裤腿、袖子和腰间被浸得浊水淋漓，如不丧气是很难的。暑天极热，人晒到一定程度之后，会变得麻木，失去继续感知热的能力。因此打稻最苦的不是要在大太阳下奔波，而是抱稻铺子时，手腕很快会被稻叶和稻梗割出密密一片红丝。虽是穿了长袖，系了扣子，做衣服时为了挽袖子而留下的那一条缝，总能把手腕露出来。汗液渗入磨破的皮肤，愈发痛起来。站在打稻机子上打稻看似要轻松一些，但稻子被齿轮刮下来时，四处飞溅，常要溅到人脸上，使人睁不开眼。透明的稻芒裹挟汗水，沾在脸上，刺人眼疼。我常常便见到妈妈一边踩着打稻机打稻，一边腾出一只手来，撩起毛巾一角去擦眼睛。

我们的规矩，一块田要在一天里打完。田都有自己的名字，一亩一，一亩二，二亩五，即是它的大小。每一块田在哪里，是干田还是湿田，都烂熟于心。我们一天大约能打二亩几分田。有时上午打完一块田，下午就去割稻，割完第二天接着打。家里最大的田是二亩五，加上旁边的一亩一，合三亩六。每年我们都最怕打这块大田，父母也总把它们留作双抢的最后一块田，打完这一块，我们就不用再下田了。打三亩六的那天，我们天蒙蒙亮就起来打稻，太阳升上来以后，回家吃早饭，再接着去田里。一直到晚上天黑透了，所有的稻铺子才终于都打完了。拖着沉重的两条腿慢慢往回走，爸爸还在清理打稻机里最后几担稻，夜里他要到田里来打水，第二天清早要犁田。妈妈回去烧饭，即便这么累，这一天她也要烧些好吃的来犒劳我们。杀一只鸭子红烧给我们吃，或是去小店里买一只鸡骨，加青豆子红烧。这两样菜都有许多的油，可以泡汤，狠狠吃三碗饭。

5

在家里，我们五个的年龄相差得很均匀。大姐比二姐大两岁，二姐比三姐大两岁，三姐比我们大四岁。大姐生于1976年腊月，第二年春天，爸爸在灶屋门外种下一棵水杉树。从我有记忆时起，它就已经是棵大树，而且在我心里，是"大姐的树"。大姐比我和妹妹大八岁，我们的人生最初就隔了八年的距离，这距离始终不曾改变，使我记起大姐时，我们仿佛就已经是很遥远地相隔了。记忆清晰所能及时，大姐已经在读初中。我们从未同时在一个学校念过书。不像三姐，我和妹妹读一年级时，她读四年级，读初一时，她复读初三。任是大姐读了三年初三，我也无法赶上她，我们之间从一开始就存在的距离，因为足够漫长、遥远而始终存在着。

那时候我所敢单独走的路，不过是去外婆家，去小店给爸爸打酒，给妈妈买盐、打香油，最远的是背着书包拖拖晃晃去上小学，总不超过两里路。小学校所在的山坡下，再往前走几百米是林家村。有一回星期五晚上，第二天不上课，二姐哄我，说要带我去初中玩。那时初中星期六还要上半天课。初中学校好大哦，学校里好几排水杉树！能带你一起坐板凳上听课哦！我以为是真的，高兴得不得了，夜里姐姐叫我乖乖把红领巾折好放枕头底下，明早把红领巾戴着，带我去学校。我很听话，把红领巾压在枕头下。第二天早晨醒来，人去床空，哪里有二姐三姐的影子？我慌慌张张拿起红领巾，跑到灶屋里去找妈妈。妈妈在烧早饭，她说："姐姐跟你讲着玩的，她们早就走着了！"

我带着哭腔，不能相信这是真的，姐姐已经答应我了，一定是因为我没有醒，才没带我的。我是一定要追上她们的啊！我拿着红领巾就往外跑，跑过村口，跑过小孤山的小店，跑过小学校的山坡，跑过林家村的竹林，到了林家村村口，眼前是一个很陡的下坡，坡下大片青绿稻田，中间一条笔直的黄土路，清早水雾凝聚，稍微远一点的地方，稻田和土路已经消失在白茫的水雾之中。我知道这条路通往街上，却从没有单独走过，何况到街上以后，怎么才能走到姐姐的学校呢？这条白雾浸浸的大路，对一个二年级的小孩子来说，是太陌生、太遥远、太令人生畏了。眼前的下坡，在我也显得过于巨大，我终于不敢再跑，站在林家村的坡上，大哭起来。

过了很久以后，我的数学老师从坡下走上来，把我劝回了家。如今回想起来，这件事竟仿佛一个隐喻，提醒我注意到我和姐姐们之间始终存在着距离。我们的中学是一所很差的学校，这一点，到我自己也读初中以后，才知晓得分明。敝地原本没有好的老师，其时乡下人对小孩子读书也不抱无谓希望，多数还是预备回家种田，打工风气兴起后，小孩子念完小学或初中就在家里帮忙做事，到年龄合适再出去打工。和姐姐们年龄相仿的女孩子，村子上还有三个，一个读完小学就不再读书，另外两个则完全没有上过学。乡里唯一的这所中学，每年若能有一个考上县里的重点高中（只有考上这所高中，才有上大学的可能），即已十分难得。实际情况常常是三四年也没有一个能考上。大姐复读两年也没有考上高中这件事，因此显得十分合乎情理，同时也十分稀罕，因为在大姐读初中的年代，中专还远远比高中吃香。中专毕业后即可分配工作，补贴家用，而爸爸让大姐念了三年初三，竟然是抱了一颗想让女儿上大学的心。大学是什么东西？在一般农村人眼里，实在是完完全全的事不关己。

　　第三年还没有考上高中之后，爸爸就千方百计在县城找了人，让大姐去芜湖念卫校。当我和妹妹开始读书时，大姐就已经是一名预备护士，且每年都要从学校拿一本荣誉证书回来，这让我们感觉骄傲。她每次回来都会给我们带一点糖果饼干，或者别的什么小东西。家里无钱，她的生活费十分有限，这些都是她平常俭省下来的。有一年她带了用透明的输液胶管编成的金鱼给我们玩，蓝色的滚轮作金鱼眼睛，栩栩如生。我们用毛线把金鱼穿起来，挂到蚊帐里看。冬天有输液的大玻璃瓶，我们没有热水袋，晚上洗过脚后，把锅里剩下的水灌到瓶子里，塞在被笼里暖脚。玻璃瓶很烫，我们很喜欢趁它不那么烫的时候，用脚把它滚来滚去，感受那令人欢喜的热度。

　　这时候若是大姐放寒假，我们就常一起拥坐在被笼里，翻一些旧照片旧卡片来看。贺卡多是新年时同学所送，当时很流行一种音乐贺卡，打开来就嘀嘀放音乐，合起来又关掉。多数音乐都是 Happy New Year，这首歌听得我们已经会唱了。只有一张贺卡，是大姐读最后一个初三时收到的，音乐和其他几张不同，更好听一些。直到现在，我都能哼出它的旋律，并记得贺卡上的话：

　　　　风不会使我变心
　　　　雨也不会使我变心
　　　　我在默默期待你的回音
　　　　强

022

我们问大姐这话是什么意思。她不好意思起来，告诉我们那是歌词，不信可以唱唱看。我们试着把字按音乐的节奏唱出来，发现果然可以，只是第二句多了一个字。我们反复听反复听，一遍一遍把贺卡关上又打开，卡纸里红色的小灯灭了又亮，像一只不知疲倦的萤火虫。

贺卡之外，还有几张照片。乡下照相机会很少，一般只有毕业时才照，我们的照片因此很珍贵，一遍一遍地看，也不觉厌倦。有一张大姐初三时的照片很好看。时节大约是春天，大姐和她的三个女同学在学校花坛前并排站着。乡下小学和中学校园常有这样一个花坛，圆形，中间种一棵经冬不凋的雪松，端头微垂，枝叶伸展。大姐站在右手第二的位置，扎两根长辫子，穿一件水红的滑雪衫。因为拘谨，她的左手紧紧抱着右臂，阳光亮得发白，风把她的长头发吹得轻轻翻滚起来了，她微微眯着眼。

还有一张照片，是大姐去芜湖念卫校以后，在镜湖边和她的同学照的。仍然是站成一排，由高到低，大约五六个人，都穿着那时流行的白衬衫、黑色健美裤、有跟的白色护士鞋。衬衫外面套略微掐腰的黑色女式西服，衬衫胸口前缀两大片白荷叶边，从西装领子的空隙中拥堆而出。她们都把一只脚稍稍伸到前面，摆成微敬的丁字步。这时大姐已经把长辫子剪掉了，变成齐耳短发，颔首微笑。五人中唯有她的衬衫荷叶边是洒黑色圆点的，因此看起来格外显眼。身后镜湖春水茫茫，垂柳如丝。这两张照片我和妹妹都很喜欢，大姐不在家时，我们常常拿出来看。大姐真好看啊，我们看的时候，总是这样想。

选自《散文选刊》2017年第6期

评鉴与感悟

窘迫的家境，复杂的人情，风土的变迁，从小地方到大世界的遭际，说起来都是非比寻常的变化，沈书枝却把这体验写得纯粹又澄静。她的笔下有田园，却不全是牧歌。乡野的美好体验早化在她的骨子里，她关心的还是人。

山 坟

/筱敏

　　三嫂到我们家来的时候，我还没有出生。大姐未满两岁，而刚出生的婴儿是我二姐。那时母亲在广东新兴县人民政府工作，公家便从新兴县城外的一户农家，请来了三嫂。20世纪50年代共产党干部施行供给制，从住房家具到口粮零用，都由公家统一配给，薪水这个东西，要到1955年才有。三嫂到我们家带孩子，也是由公家配给，每月酬劳五元，那时的币制叫五万元。"公家"这个词现在我说起来有点别扭，那时却是个时兴词，连三嫂这样的农妇也耳熟能详，它指的是政权，或说组织，无所不在，无所不能。

　　三嫂原住的村子叫南外村，大约是县城南门外的意思。她的丈夫早早离世，一个儿子十几岁便去往海外打工，家中还有一个女儿，约八九岁。三嫂给我们家帮佣的一点收入，用于抚养她的女儿，供她上学读书。

　　三嫂就这样成为我们家的成员，须臾不可缺少，与我们朝夕相处达十年之久，带大了我们姊妹四人。实际上，她比母亲更可依赖、依靠，比母亲更知我们的饥渴、冷暖，她完全是我们的家人。家里最贵重的东西是一个小红匣子，里面装着粮本、各种票证、钱。简单地说，这匣子是我们一家的生活之本，它就由三嫂掌管。三嫂不识字，却能清楚记得各人的粮食定量，各种票证的名目和它们所对应的物质数量，以此打理我们一家数口的生活，从没听说出过什么错。

三嫂做活时，用一条背带把孩子背在背上，她的背几乎没有直过。她把我二姐背到四岁，然后背我，到我两岁，又背我妹妹。按照我母亲的描述，母亲总是赶在外面工作，哺乳期需要两头赶，每一到家，三嫂便把孩子交给她，同时端出饭菜，母亲一边吃饭一边哺乳，一边还要盯着闹钟，时间一到，她便放下碗筷，把怀里的孩子递给三嫂，匆匆又扑出门。

1955年初，母亲离开新兴县，迁往广州与我父亲团聚，三嫂便随我们家一同到了广州。那时新兴到广州的路很远很周折，对于三嫂来说是离乡背井，三嫂的心里当然和我母亲不一样，广州对于她是全然陌生的所在，她是为了带别人的女儿抛下自己的女儿。当时母亲是个孕妇，正怀着我，带着两个孩子，一个六岁，一个四岁，其中一个还生病发烧。三嫂担着行李，用一个热水瓶装上粥，准备路上喂给发烧的孩子。她们站在铁轨边上等过路的火车，小站之小连站台也没有。火车之后是轮渡，之后再换长途汽车，又或者是汽车，轮渡，再到汽车，三嫂自己也记不清了。她记得的是，站在江边等轮渡的时候，风把人变得僵硬，十个手指都不会伸展。我母亲对她说，这个孩子烧得太厉害，怕是不能拖到广州了，我要马上带她去看医生。母亲把全部家当交给三嫂，让她带着我大姐上轮渡，先去广州找我父亲。我母亲做出这个决定，一点犹豫也不曾有，因为三嫂完全就是我们的家人。

所有人称呼她三嫂，我父母这样称呼，我们姊妹也这样称呼，这两个字叫起来很亲切，我甚至觉得那音调里带有撒娇的成分，这是我们在父母面前所不敢有的。等我自己有了孩子之后，才知道照料一个孩子有多么操劳，而三嫂要操劳的还得多上几倍。做饭洗衣不必说，还要担米挑柴，把黄泥和煤粉揉在一起做煤球。为了给我们买上一点肉、蛋和副食品，排各种各样的长队，三嫂的手是粗糙的，掌上的沟壑密得可以吸水，我们当中谁流了眼泪，她会用手在那哭脸上抹，三两下泪水就干了。她的指关节像老树的疤痕，拉不直，指甲倒像崩裂过的岩砾，没有一个光滑平整。我以为人到老了都会那样，几十年后我也老了，才知道并不是的，那样的手指其实全是疼痛。而三嫂的手却能给我们止痛，我们肚子痛了，三嫂会在手心点一滴生油，搓热手心给我们揉肚子，直揉到红红的发热。我们哪里磕碰青了肿了，她也那样给我们揉，直到疼痛缓解消失。她用枇杷叶子煮水，给我们治咳嗽。她用大铁盆盛上热水，搓衣板横架在铁盆上，把我们当中生病的那个搁在板上，让蒸汽给发汗退烧。

我记事的时候，三嫂的女儿已经在广州念书，不久便进了工厂工作。周末她会到我们家来过，和我们一起玩，我们叫她阿姐。她把长辫子搭在我和妹妹肩上，让我们假想自己也有这样漂亮的辫子。

到我妹妹三岁，公家规定不能请保姆了，三嫂求我母亲说，你再生一个吧，再生一个就是儿子了。但我母亲不愿再生了。在我们这个国度，生不生孩子不归个人决定，而属于国家大计。我这一代，生孩子需要报告组织批准，必须持有有关部门发给的一张准生证。我母亲那一代，国家提倡的是英雄母亲多生育，不生孩子需要报告申请组织批准。母亲打报告，三嫂小声嘀咕，你看楼下那家，生六个了，二门那家，都九个了，公家不会批准的。但母亲一个报告再接一个报告，公家终于批准了。几十年后三嫂对我讲起这件事，眼眶里还是湿的。

这个时候正好是1960年，三年自然灾害开始了。那三年中国出生的人口明显减少，从1952年到1958年，每年的出生人口浮动在1700万到1800万之间，1959年却一下缩减到1300万，1960年是1400万，1961年是1100万。饥饿的父母难以喂养孩子，这大约是母亲铁了心的主要原因。

城市人是有口粮定量的，即便以各种名目消减，也比农村人要好过得多，何况我们还是住在军队大院里，供应算是相当优越。但还是饿。院子里但凡有一点土的地方，都变成了菜地，种上番薯南瓜之类可以充饥的东西。更多的面积种的是君达菜，因为它速生，厚实，顶饥，我们叫它牛皮菜，三嫂叫它猪乸菜，说是她在乡下喂猪吃的。虽说现在的菜摊不时也能看到这种菜，正如也能看到番薯叶和南瓜苗一样，但我以为必得把它作为主食吃上一些日子，并且没有油和佐料，才算了解它的滋味。

大约因为公社化之风劲吹，大院里办起了幼儿园，一来可解决家属的就业问题，二来也解决我们这些小孩子的问题。我和妹妹进了幼儿园，三嫂也作为职工进了幼儿园。有三嫂在，幼儿园跟家便没什么两样。周一的早晨，我和妹妹拉着手，头也不回走出家门，一点无须母亲操心。三嫂会等着幼儿园门口，把她自己口粮中的一个黑馒头掰开两半分给我们。饥饿大约和眩晕是同伙，我总是赶不开眩晕。一天傍晚，照例对着碗里的一小坨双蒸饭，里面照例黑黑黄黄不知掺了什么叶子，我竟然就不饿了，反倒想要呕吐，然后我就什么也不知道了。醒来的时候我已经在医院里，三嫂守在我身边，我就闭上眼睛再睡，觉得舒服得很。这个病房住着我和妹妹，三嫂是先带我妹妹住进来的，几天之后我也来了，于是她一并照看我们两人。病房外面的草比人高，某天听到草后面的坡地里声音很乱，有人喊，狼，狼，打狼，快打狼。因为有三嫂在，我倒也不怕，就趴在窗子上看，看见深草后面许多晃动的锄头和棍子。三嫂说，现在的狼也好饿啊，好饿啊。她用手臂把我和妹妹团得紧紧。

三年自然灾害时期有许多人前往英国治下的香港，数目虽有不同说法，但总归是成千上万。仅在1962年5月，广东当局短暂放开了边卡，允许百姓自行赴港，前后十几天，就涌过去三十万人。据说当时的广九火车站，每天都潮水般挤满企图去往边境的人们。我们居住的军队大院不时会看见有人收到亲友寄自香港的邮包，那些铁皮的花生油罐，饼干罐，花花绿绿漂亮得很，谁也舍不得丢掉，大人们总有很多心机，把它们做成各种生活用具。这些邮包启迪人们想象外面的生活，虽说想象力有限，但无疑是不会饿饭。三嫂动了去香港的念，她当然不敢偷渡，便依法规申请赴港随儿子生活，但法规这东西老百姓总是捉摸不透，结果是不获批准。

我们的幼儿园是一阵风起来的，没多久又一阵风散了。三嫂又去给别人家带孩子。后来三嫂的女儿有了一间很小的宿舍，并结了婚，三嫂在广州总算有了自己的家，尽管那小屋连她的床铺也摆不下来。三嫂的儿子没怎么念过书，在香港做的是苦工，却尽责寄钱回来，赡养帮补母亲。国家非常需要外汇，便出台条文鼓励华侨给国内亲人汇款，国家收了外汇，按官方汇率折成人民币付给国内的收款人，鼓励的方法是，按汇款的额度发给一定比例的物资购销凭证，叫侨汇票，凭这种票，可以到华侨商店买市面上买不到的商品。三嫂记挂我们，我们家是她走动最勤的亲戚，她来的时候，手里端一个纸袋，里面便是华侨商店里买来的面包，她把面包分给我们。我从没吃过那样好吃的东西，那样喷香，那样松软，如果纸袋里还有几点碎末，我和妹妹也会用指尖捏起来放进嘴里。看着我们的吃相，三嫂的脸上是满足的笑纹。

离开我们家之后，三嫂又背过几户人家的孩子，我已经记不清了。之后她做了外婆，又背大了两个外孙。到我结婚生子的时候，她已经七十岁了，还执意要来背我的孩子。她的背一生都没有直过。

三嫂留在我记忆中的样子是沉默的，面容和体态都静着，几乎没有声音，没有歌谣也没有故事。她话很少，笑声也很少，脸上的皱纹都是苦味。有时那些皱纹舒展一下，像小风拂过水面，就是她苦中品出一点点甘甜。有一次她指着电视里的字幕问我，那里讲"小"什么？我叫起来，三嫂你是识字的？她羞涩地笑了，说，那个不是你名字的"小"吗？

好不容易熬到孙儿长大，经过一轮拆迁，回迁，三嫂家的住房松动了一点，她终于有一个小间摆下她的床铺，有一个安定的角落养老了。然而没有安定几年，外孙娶媳妇需要房子，三嫂便用一个帆布袋收拾自己的铺盖衣物，返回新兴乡间去了。三嫂叫我帮她买一个小电饭煲，说她带回去自己煮自己吃，乡下的老屋虽然几十年没有住人，收拾一下还是好的。我把三嫂送到长途汽车站，到了栅口，检票的不让我进去，我只好站在栅栏外，看着三嫂吃力地把巨大的帆布袋举上车门，心里明白三嫂老了。

三嫂是在乡下的老屋里去世的。她的侄女告诉我们，她那两天不想吃饭，或者说，吃不下饭。没过两天，就过去了。她没有麻烦别人，她一生都照料别人，从没有麻烦别人。

今年春天我们姊妹去新兴给三嫂扫墓，现在路途顺当了，轮渡之类全不需要，不过两个多小时车程。

三嫂归老的老屋是她夫家的老屋，左近是她夫家的亲戚，村中的祠堂还是她停灵时的样子。她所以叫作三嫂，依据的是她丈夫在家中的排行，这个村子和这个祠堂，是以他丈夫的名分容留她的。我从未听她说起过她丈夫的故事，只知道他姓甘，因为他的女儿阿姐姓甘。即使三嫂，我以为熟悉，其实也并不知道她的故事。

村子后面不远处，是先人们居住的山坟，已经许多世代了。由于城镇的扩张和世事的衍变，自然已经收缩了从前的蓊郁和静稳，看上去倒像流变之中的一个孤岛，近前已有车道穿过，距离三嫂的坟头咫尺之遥，已是一片被人承包的果园。所幸坟前那几棵大树年岁够深，应该是三嫂所认识的，夜里它们若是在小风中说话，想来那口音三嫂也能听懂。

三嫂的名字我是知道的，她姓陈，名灶养，但她的墓碑上没有她的名字。墓碑刻的字是：

南外　甘复园　佑东公陈氏甘太母之墓

南外是村名。甘复园是甘氏的一支，山坡上另有一些坟碑上也有这样三个字。尽管三嫂与她丈夫共同生活的时间不长，至少有四十多年完全是靠自己的双手养活自己，但在这片山坟中，她只能以其夫的名字为符号，碑上的佑东公该是她的丈夫。阿姐告诉我们，她父亲的名字其实是甘佐东，刻碑的写错了。此外碑的两侧还各有一列字，左侧是立碑年月，右侧是"二十一世"。我问阿姐"二十一世"是指什么，阿姐想了一想，摇头说不知道。

清明刚过，坟上的草已很长，是雨水洗过的青绿。我们俯身拔草，烧纸钱，给三嫂烧几套四季衣衫。但愿她用得着，但愿她能收到吧。

选自《红岩》2017年1期

评鉴与感悟

读过一些筱敏的文章，文字温和悲凉，她诚实书写她所经历的时代。她说："回忆往事不都是为了怀旧，而是因为往事仍在继续，从未在根本上了断结束。"三嫂这么一个人，平凡得不能再平凡，她的一生，价值又在哪里？福楼拜写过一篇小说《淳朴的心》，一个老妇的一生，看似寻常，却又感动了多少代人。三嫂和她朝夕相处，共同经历了那么多时间，个人的疼痛经验，社会动荡下小人物的命运和遭际，都涌荡那几近平实的叙述中。她是关注精神，求得人的尊严，但这个时候，她只是一心恢复人的存在。

同学少年多贫贱

已经过去的时光，就是平行宇宙中的暗物质，在我们身边，我们却看不见。某个机缘巧合，我们会搭上通往那个异质空间的通道，道路曲折幽深、岐径丛生，只能用碎片去拼接，最终也不会有一个完整的图画。它们构成了无数节点连接的网络，结撰出遗忘的巨大黑洞，黑洞映照的节点慢慢形成不甚清晰却又隐约可见的来路，是一个自我塑形与时代变化交织着的痕迹，而那些记忆打捞出来的波光粼粼的碎片就是我们存在的证词。对于一个生于20世纪70年代末的人而言，他所目睹的稍纵即逝，摧枯拉朽，极具戏剧性起伏的社会裂变，名与实之间的疏离和暗通款曲，让记忆更加支离迷幻。曾经稳固的信条一夜之间就会改头换面，而残损的个体在艰难的重建过程中步履维艰。幸与不幸，我也是这波人中的一员。我们看过太多那些符号化的记忆，也听过种种关于逝去时代的言辞，但那些不过是抽象化了的可以消费的景观与意象。我宁愿相信，无数如我这样乡镇青年的成长是一种野蛮生长，他们的教育是自然养成的，不仅仅来自于校园，更多来自成长的氛围、环境和种种因缘际会的经历——它就像浸泡在液体中未曾显形的底片，埋藏着我们时代最为鲜明的形象。

路与星辰

车子经过黄台路口的时候，我和二弟都没有注意到，结果开出去三四公里我们才发现回家的那个岔路口已经错过了。下车往回慢慢走，才发现记忆中的路标黄台小学不在了。我上小学一年级的时候，那里曾经是全村最重要的集会地点。那时候农村已经包产到户六七年了，黄台已经从一个自然村变成了一个行政村，人们还习惯于用大队来称呼它。

黄台小学是大队唯一的小学，只是当2011年春节我和弟弟经过的时候，它已经荡然无存——整个黄台村只剩下六个学生，都被归并到郭店镇的学校去了，更多的孩子随着他们的父母到了上海或昆山、无锡的郊区，在那里寄读。黄台小学的遗址如今是村部的所在地，又是个四方汇集的路口，所以麇集了几户人家和三个杂货铺。这个时候，我刚刚从美国回到国内，二弟则从武汉到天津再到北京，都有近三年没有回来。没有想到变化这么大，甚至我们所走的乡路都已经在"村村通公路"的政策中变成了水泥路，而我最后一次走的时候还是泥泞不堪的黄泥路。

黄泥是我关于家乡记忆中最为鲜明的意象。老家地处皖西六安的郊区丘陵地带，没有山，也没有石头，只有起伏不定的贫瘠土地，连绵蔓延。这是一个几乎没有任何特色的中部乡村，春夏季节草木葳蕤，村庄掩映在一人多高的茅草与杂树之中，秋冬之际收割后则是荒凉的大地，袒露出枯枝败叶和灰褐色的田野。多年以来，它似乎一成不变，就像那经过数千年耕种依然不动声色的黄泥地。

这种半封闭的环境，并没有形成外出经商的思维，倒是有着尊重文化的传统，春节前后在很多人家的对联上都可以看到"诗书传家久，勤俭继世长"的句子。倒也未必是耕读传家的古风犹存，而是在外出务工时代之前，读书是农民子弟唯一的出路。村里流传着两个家族打官司的传说，因为其中一个家族不识字而落败，被对方嘲笑：三代不读书，不如一圈猪。我的舅舅和姑妈是在恢复高考后第一拨考上大学的人，这可能影响到了整个家族的风气，家里砸锅卖铁也要让孩子读书，很小我就在耳濡目染当中意识到离开故乡上学是一条自然而然的道路。然而，20世纪80年代中期内地乡村的教育实在是乏善可陈。黄台小学的师资基本都是民办教师，他们自身的水平也顶多是中学水平，学校的硬件设施更是完全谈不上。学校是土砖砌墙茅草覆顶的泥房，像任何一户农民家的住宅，板凳需要从自己家里带，而课桌则是用麻秆和黄泥搭建的。黄泥揉匀抹平之后晾干，在儿童的油汗长期浸润之后，变得油光可鉴，一点也不比木质桌子差。

我清楚地记得一年级刚开学的时候，全班做的第一件事就是在班主任的带领下，集体到学校旁边的池塘里挖塘泥糊课桌，因为有几张土桌子在学生打架过程中被踢倒了。对于小孩来说这不啻是一种游戏狂欢，我那时候才六岁，完全没有开智，兴高采烈，丝毫没有辛苦的感觉。我只在这个小学待了一年，是个平庸无奇的孩子，最光华夺目的记忆都凝聚成那个午后秋阳下的欢歌笑语。冬天下雪，表哥背着我走过一段段积雪消融的小道，他上五年级，体壮如牛。我在他的背上，陡然觉得自己高大了不少，却也眺望不远，只有眼前兜兜转转的田埂和夹杂着蒿莱枯茎的小道，恍惚间暮色降临，天狼星已经悄然升起，虽然只是孤零零地立在那里。如果那时候天空有一双眼睛，它会看到七零八落、形状各异的水田与旱地的无边崎岖之间，两个小孩蹒跚的背影。有时候泥烂路滑，我妈妈也会来接，到得早了，站在教室外面的窗户边。她的个子很高，我抬头能看到她冻得红红的鼻子。

第二年我就到新安镇上和爷爷奶奶一起生活，七岁，重新开始读一年级。从黄台到新安只有三十多里，但彼时交通并不方便，需要从黄台村走八里路到郭店小集，坐清早七点钟的唯一一班公交车。爷爷那时候还没有从镇上的农技站退休，回来接我。早上四点多钟起来，人还是迷迷瞪瞪的就上路了，仲夏的小雨还淅淅沥沥的，两个人打着伞一前一后摸黑赶路。泥路的表面被雨水泡软沤烂，又黏又滑，沿着灌溉旱地的引水渠堰，小心翼翼地行走，一会儿就走得背心发热。走了一多半，黎明前最黑暗的时间，影影绰绰的路几乎都看不清了。我撑着伞，有些心虚气喘，恍惚间忽然发现旁边的路变得平坦了，就要往那边走。"哧——"的一声，一束火光亮起来，是爷爷点了一支烟。我才赫然发现，那条平坦的路不过是浑浊的渠水在我惺忪疲倦的眼中形成的幻觉，差点掉了下去。

那个曾经在雪天背过我的表哥，因为家里贫困甚至都没有读完初中。许多年以后，他在上海开了家婚纱厂，我们在昆山夜间喝酒，聊起来我们还同过学，他已经全然记不得了。这也正常，他的日常中充满了各种成本核算、销售与盈利，一定没有我这样有闲工夫。回想起1985年那束黑暗中的火光，熠熠如同过往的星辰，虽然不是那么耀眼，却在瞬间照亮了我的路。像我这样生于20世纪70年代末的乡村少年，从最底层的暗夜泥路中走来，不免磕磕绊绊、一步三滑，真正意义上的两眼一抹黑。所幸，偶然迸发的光亮，让我们免于跌落到冰冷的泥淖浊水之中。

我比两个弟弟要幸运，因为跟爷爷到了镇上，但他无力再资助更多的孙子。父亲是个志大才疏、时运不济的人，可能因为自身的不如意，所以对孩子毫不用心，简直称得上不负责任。上学的时候他没有给过我和弟弟一毛钱，我都不愿意回想那些无钱交学费的屈辱瞬间。二弟说起他和三弟在马店小学上学时，就十几块钱学费，父亲自己留着买烟抽，让孩子空手到学校硬扛。他们俩无法进校，只好坐在大河边上相对无言。这些心酸的瞬间，多多少少会让一个成长期的孩子心存自卑。性格强硬点的，也需要多年的努力才能化解掉。在上初中的时候，他们俩是在离家十里地的丁集中学，他们每天早上五点钟起床，带上饭，走一个多小时，赶到学校。有时候家里没有菜，中午只能吃白饭。其实，二舅是那个学校的老师，住家离学校也不远，但是他们从来不去他家吃饭。他们太要面子了，上学的事情已经借了二舅家钱，再不愿意去打扰他们。下午上完课再走十里路回来，父亲从来没有想过给他们买自行车，他们就这么走了三年。后来我走路从来都走不过他们，因为我在新安镇读书，没有每天走那么多的路。好在我们经历了那么多的羞辱、责骂、痛打，还没有变成没有自尊心的无赖。我们都比较好强，讨厌抱怨和悲悲戚戚。事实上，在努力挣扎的生活中，根本就没有闲情逸致和精力去感伤。2004年春节，我回家用第一年工作的工资将家里多年的欠账还清，到这个时候，我和弟弟从心理上才算在回家的路上真正抬起头来。

当我和弟弟在外面读完博士，留学，在北京工作，再次走在童年的路上，已是另外的季节。从水泥村道下来，回家路上的积雪化尽，但还没有干紧绷实，竹林背阴的荆棘旁还有泥洼。过河时才注意到水泥预制板搭的桥上，护栏一个都不剩了，1995年的时候至少还有一根——之所以有这个印象，是因为那一年老家刚刚通上电，而我家则盖了两层的楼房。我当时在新安镇读高中，星期天骑自行车回家运米到学校交给食堂。雨水过后的桥面有一层薄薄的淤泥，非常滑，一个不小心就从那个断栏豁口处连人带车和几十斤的米一起摔到桥下，晕过去，断了一只胳膊。

桥的南边河上修建了大约五十米的葡萄架一样的水泥天棚，盖在河面上，后来我才明白那是为了支撑两岸日渐倾圮的土堤。这条汲东干渠是"大跃进"时代的果实，对于两岸农田的灌溉曾经发挥了至关重要的作用，它人为地将河两岸分成了"河上人"与"河下人"，河上为东，河下为西，甚至影响到他们的性格。如今种田的农民日少，饮水也以家中自己凿的砖井为多，但是这条水道在每年春夏播耕之时依然很重要，它通往北边寿县的正阳关，所以水利部门才会加以维护。

堤坝至少在我幼年时代还是郁郁葱葱，没有如此严重的水土流失，河道也没有淤积到如此窄小。那时候，河堤高大宽阔，遍布数不清的低矮灌木、洋槐、椿树、梧桐和藤草。在它们中间由于农民的行走自然形成曲折蜿蜒的小路。植物如此蓬勃，以至于那些小径往往只可供一人行走，有些地方，半夏和树莓会蔓生跨过路面，搭成一个凉棚。我小的时候还在河堤西坡的大桐树下捡过桐子，随便扔在屋边的猪圈旁，它后来居然迅速发芽成长为一株亭亭玉立的乔木。但是这些植物在20世纪80年代后期被扫除殆尽，从包产到户中觉醒过来的人们还没有商品经济的意识或者外出谋生的念头，他们只是希望从仅有的土地中发掘最大的可能性。在一阵风似的疯狂开荒中，河埂上的树木藤萝被清扫一空，土地用铁锹翻整过来，再用犁铧钉耙打碎，种上黄麻、棉花或芝麻一类旱地作物。与它们同时被清除的还有成片的松林，它们原本在丘陵地带杂生于略微平坦的水旱田之间，林中野兔出没、松鼠往来，在雨后会发出美味的地衣。松树林被桑树林取代后，那些伴随松树存活的动物都逃走了。这样的开荒热潮并没有持续很久，人们很快就丢弃了新翻的、还泛着新鲜的紫色的泥土，远走他乡，进入了各类工厂与工地。但是留下的却是在春夏的大雨中不再能够自我保持循环的田野，泥土从高岗斜坡随水流汇入河道，土堤也逐渐被腐蚀成了如今的样子。

过了河，抄田塍走近道，小路毁坏得厉害，多年前光洁清晰的"担百田"边的畎道，因为行人稀少长满了爬埂草，现在被不知何人砍伐的乌柏与枇树枝丫阻住，许多地方只能下到芝麻田里走。之所以叫"担百田"，是形容其大，大到需要一百担种子才能种满这块田地。现在成了荒草慢坡，人们都已经远离家乡。记得有一次与《十月》杂志的宗永平在飞机上聊天，说到"70后"可能是最后一批有着真正意义上乡土中国经验的人，然后携带着这种经验来到城市，两种经验的叠加也就是中国当代三十年现代性的进程。我们所受到的教育土洋结合，带有一种城乡接合部的转型色彩，这一切与早先知识青年上山下乡的准精英式视角不同，也是根植于都市的"青春文学"所无法涵盖的。但是，我们似乎还没有见到有这样的厚重密实的作品出现。

芝麻田的泥土只是表面被风干，虚壳下面是松软的湿泥，我的鞋子很快就沉重起来，在草上踏了半天也没有甩干净那些泥巴。快到家的时候，有些近乡情怯。我到拐弯的野店买了包烟，坐下来歇口气。店主应该是父亲认识的人，不过我从小离家，他只当我是外乡人，也并没有攀谈。店面狭小，门口两边各摆了条板凳，已经坐了对男女，可能是在等人。女人说话特别粗糙，半生不熟的普通话夹杂着听不出地方的方言味儿，一口一个"操"。话语中尽是拜金的调调，听得我想给她一个嘴巴子让她闭嘴——她可能代表了大部分初中毕业进城打工妹的状态：穿个黑丝袜，染着恶俗的红头发，高跟鞋的边上还沾着她家门口的黄泥巴。

每个人的鞋上都粘着黄泥巴，只是有的人后来洗掉了鞋上的黄泥巴，但是洗不掉心里的。大部分人终身都走不出他的童年，泥巴像是胎记烙刻在他精神的底色中。

打台球

很久以后，我才知道我少年时代打的台球就是斯诺克，那时候我们更多叫它"康乐球"，不知道这个地方性称呼是怎么来的。斯诺克一般被视作一项室内高雅运动，在电视上可以看到球手穿着西装马甲白衬衫一本正经的样子。这种印象一度让我产生错觉，以为斯诺克和台球是两回事。我记忆里的台球是风尘滚滚的街头游乐厅里面或者直接露天摆放的几个球桌，打球的也多是些无所事事的不良少年——这种舶来运动的本土化，颇具有当下中国的时代特色。

爷爷奶奶家原先在新安小镇南头，正对着新安中学的育才路。离学校近，是无数荷尔蒙旺盛少年集聚的地方，所以自然而然除了一些苍蝇馆子之外，还有简陋的游戏机厅和录像厅，供父母够不着的住校孩子们玩乐的场所。奶奶家附近就有个"青苹果乐园"，后面是个烧酒厂，中间放录像，前面便摆了两张台球桌。每天烧酒厂那种热烘烘、温嘟嘟的酒糟味儿，让周围空气都弥漫着一种醉醺醺的气息。小镇上的痞子有时候会有哗众取宠的举止打扮，我记得有一个矮胖子叫"傅红雪"，他这个外号来自古龙的《边城浪子》，因为他总是很冷漠，并且随身扛着一柄长把朴刀。他打台球时候不用台球杆，而是倒持着刀，用刀柄捣球。这些印象，使得台球也带上一种醉生梦死的洒脱不羁，在少年的心中甚至有种浪漫之感。我们都是一样的乡村和小镇少年，所有的精神启蒙和道德教育都来自于说岳说唐、三侠五义以及金庸古龙的通俗小说，有种粗鄙的朴素，但不令人讨厌。

我那时有个初中同学章明，年纪比我大几岁，在青春期的时候大几岁就意味着个子可能会高出一个头。但是他性格倒是很大气，我们一帮人在一起玩，常常是他扮演大哥那种角色。有时候，我们一群个头年纪小点的会合伙打他一个，他再回头一一报复。记得有一次，他就追上我硬塞了个死麻雀到我嘴里，恶心得我恨不得把舌头都吐掉。这位仁兄后来高中没有考上，在母亲的主张下去当了兵——他母亲是个精明能干的村干部，以前每次我们那里发大水，外界有捐赠旧衣服的，他总能分到最新、看上去也最时髦的衣服，比如某件针织衫，就是他母亲作为拥有优先挑选权的村干部带来的福利。他性格中的大气和干练，部分应该来自这位基层干部母亲的遗传和潜移默化。

等他从云南当兵回来，我已经上了高三，假期在小镇，夜间无事还会约上一两个以前的老同学玩。他已经在镇上派出所当了警察，每天的事可能就是讹诈一个三轮车司机几块钱，或者吓唬吓唬镇郊来卖自家地里蔬菜的乡民。小镇上总会彼此遇到，晚上他就约我和另外一个刚打工回来的同学去中学路上的澡堂子旁边的台球室打台球。台球室里没有什么人，球桌上方挂着盏昏黄的白炽灯，我们有一杆没一杆地打着，说些废话。他在昆明谈了个女朋友，说，你们知道吗，亲女孩子脖子最香了。我那时候还从来没有拉过女孩子的手，而他其时已经与那个不知名的女孩分手了。

高三考完试，分数还没有下来，自己其实也不在意。暑假就和另外一个读粮食技校的同学孙磊一起去上海打工——在闵行的一个小镇肖塘，技校毕业如果没有过硬的关系也根本找不到工作。厂子就在黄浦江边上，也不忙，对于十八岁精力旺盛的少年来说，简直称得上很轻松。从厂子回到住的地方大约有三四公里，有时候骑自行车，有时候就一路晃回去。那时候的肖塘并不比我长大的小镇繁华多少，马路两边还有水稻田，过江靠的是慢吞吞的轮渡，地铁根本还没有影子。小镇上有录像厅，也有台球室，那种用塑料编织布搭在马路边上的棚子底下摆上两个球案子，旁边或许还有一个冰柜和一堆西瓜。我和孙磊有时候下午也去打个球，慢慢悠悠地打，就是消磨一下无聊的青春。那种情形，具体的细节完全记不得了，它们被时间过滤成了一个场景，像《后会无期》中的袁泉那个小镇台球室或者《最好的时光》里舒淇与张震打台球的场景。漫不经心，又有点忧郁，却又不那么强烈，总之一切都是散淡的，可以挥霍的。

偶然的夜晚，我们在夜路中徘徊，不知该去往何方。水面掠过来的风，鼓动着我们宽大的白衬衫扑打着身体。恍惚中似乎看见漫天的繁星像烟火般绽放，冰凉无声的热闹，距离很遥远，感受不到热量，隔着黄浦江的上海也是一样。它们构成了两个乡下少年在迷离都市的自我感受和自我教育。

十年以后，孙磊在苏州成了一个小康的油料商，我到北京工作了，大家的路渐行渐远，我们和章明已经再无联系。只是，听说他中间曾经跟着我们一个发达了的同学也到了北京。那个同学的公司已经开到了全球三十多个国家，公司总部在建外SOHO。他可能是去做保安或者司机。我们这些从小一起长大的小镇少年，在剧烈的阶级流动中其实已经分化。章明成了发小的打工仔，也没有做多久又回到家乡小镇了。我猜想，也许是当年的大哥成了小弟，大家都不自在吧。他回到小镇开了个游戏机厅，据说也不顺利，就慢慢变得愤世嫉俗了。

这些都是我后来听说的，我也没有再同那个大老板同学联系过，只是在网上看到他去哈佛商学院讲学的新闻。二十多年来中国社会的巨大变革，在我们这些近乎最底层出来的乡镇青年身上体现得最为明显。有人能一下子跃升为富豪，大多数人则只能永远沉在那里，沤泡在生活的黏稠汁液中辗转不得。偶尔还会想到很早时候打台球的那些夜晚。那黄色的灯光下，一切都晦暗未明，前途未知，大家依然生机勃勃。那些离开了的人，其实我从来没有忘记，他们如同青春本身融进了我的内部。

中午去理发，走过铁路桥底下，忽然想起张枣的诗句，"只要想起一生中后悔的事，梅花便落满南山"。我不知道为什么会想起来，可能初夏北方干燥的空气让我有些心烦意乱，也可能是这半年来工作上各种有意无意的龃龉，让我有些悒郁不乐吧。自然而然生起的一些近似于感伤却又不那么迅猛的情绪，在无意识中找到了现成的语言。我接着往前走，这是北京昌平县下属的一个小镇，G6高速与一条县公路交叉的地方，交通堵塞是常态，运送附近工地渣土的大卡车，各种颜色的私家车，还有在跑私活过程中的黑色低档轿车，攒集到路口，有的司机不耐烦地摁着喇叭，更多的人踩着刹车，让汽油缓慢地燃烧，它们交织起来的嗡嗡噪音足以让人心浮气躁。

过了马路是一个接一个的店面，大多数不知道是做什么营生的，门口则联缀着各种各样的路边摊，卖烤玉米、卤鸡蛋，还有水果和劣质儿童玩具。他们的主人绝大部分是和我一样从四面八方来到北京的街头，每个人背后应该都有不足为外人道的故事。张枣的诗在这个时候是最不应景的，却又最合适。这就是一种日常中的悲伤——年少时候无数激动人心的梦想、多年后想起来还心绪难平的时刻，终归像铁砂被磁石吸附一样，被各种各样的制度、习俗和惯性归束起来，聚集成当下的平凡生活。

> 我曾经跨过山和大海
> 也穿过人山人海
> 我曾经拥有着一切
> 转眼都飘散如烟
> 我曾经失落失望失掉所有方向
> 直到看见平凡才是唯一的答案

朴树的这首歌最初听到很不以为然，听了几次反倒成了一个萦绕不去的旋律。它本身的旋律就是那种向下沉的、连绵不绝的坠落感，无休无止又毫无办法的感觉。打台球的感觉，撞来撞去，有的跳杆，还有可能打错了对方的球，大部分最终落袋，极少数也有被击出球筐之外。

卑贱的街头

关于决定一个人日后成就的因素有两种广为流传的说法，一种认为基因最为重要，另一种则倾向于后天环境和教育的影响。各有看上去确凿无疑的论证，却终究是个无法证伪的命题。因为具体到个体，先天的个性与禀赋与后来因缘际会的偶然性太过千差万别，无法一言以蔽之。我从情感上倾向于基因论，因为对于大多数活着本身就已经筋疲力尽的人来说，他两手空空，无所依傍，只有赤条条的自己，如果能够获得世俗意义上的"成功"，那一定靠的是天赋的敏感与坚忍。

一般而言，小镇出来的"成功人士"在回首往事的时候容易变得咬牙切齿，张爱玲笔下的佟振保那种咬牙切齿——那个过程确实辛苦，吃过太多苦的人，一般来说心会硬一些，也更容易自恋。就像我那位已经跻身真正意义上富人阶层的同学，虽然都在北京，但我从来没有见过，阶级已经不一样了，最主要的是我不喜欢他的咄咄逼人和盛气凌人。章明在他的公司待不下去，多少有这方面的原因。小学时候他就那样，小孩之间嬉戏打闹，他都憋着劲地回击。他很小就失去游戏的天性，一直努着劲活着。这可能跟他的家境有关系——他的父亲不成器，母亲丢下他和弟弟跟别的男人跑了，所以自尊心特别脆弱，反向激发的性格也一直好强。上中学的时候，他一直是理科班的优等生，参加各种竞赛，大学考上了北理工。毕业后娶了税务局长的女儿，放弃自己的物理专业，到一家猎头公司做助理。当2008年我博士毕业的时候，他已经创业成功，参加了当年的博鳌论坛。我后来断续从同学那里听到了一些其他的新闻，比如在镇上给他爷爷立了个等身铜像，在我们中学捐了二百万元奖学金。这个白手起家、衣锦还乡的故事，听上去就像我们时代其他那些成功人士的励志故事，但是我知道背后一定有我所不知道的内容。比如，捐款这种事情，除了竭力塑造自身形象的举动之外，其实某种求得认同的自卑感依然存在，甚至还有着潜在的商业意图，因为他是做劳务输出的，绝大多数考不上大学的学弟学妹将会是他潜在的客户。

我们那个中学坐落在小镇街头，说起来是一座不错的市重点，但其实大学录取率主要靠二本三本。1996年我考大学的时候，所在的文科班四十多人，录取了十四个，一本的也就三四个，能够考到北京理工大学的已经是凤毛麟角。老师大多数不过是鄙俗的小市民，自身能力与见识有限，即便想不敷衍了事，其实也并不能提供教科书和参考书之外更多的教益。我们这些学生很多都处于懵懵懂懂的状态，能考上大学的都是自我约束力比较强的。我后来走遍中国所有的省份，观察到这样的情形是遍布中国的成千上万小镇的常态。他们身处卑贱的街头，绝大多数浑浑噩噩，当然，那种浑浑噩噩中也蕴藏着某种混沌未开的能量，只是没有用在主流的社会流动模式（比如考大学）之上。

大部分同学住校，那种二三十人住一间的上下床的平房宿舍。院子里尿骚逼人，在夏日的烈阳下结着白白一层尿碱。有些同学租住学校周边的民房，为了有个清净的学习环境，其实更多时候不过是方便了玩耍。整个镇子民风彪悍，闲散青年也常常与学校里的强横同学勾三搭四，一起玩游戏，看录像，打架滋事。现在回想起来，小镇上的文娱活动实在是几近于无。那么多无处释放的精力一定要找到出口，所以即便学校夜里十一点锁了门，也常常有同学攀着梧桐树从墙头翻出来去抽烟喝酒，满大街鬼哭狼嚎。有时候晚上九点半下自习，镇上的同学纷纷往家走，远远就能听到咚咚咚有人跑过来的声音，回头看时，一个人影已经掠过，后面追过来几个手持钢管和西瓜刀的同学。我亲眼见到一个哥们跑得慢，背后被砍了斜长一道大口子，白衬衫迅速就被血染红。路灯下，那个被划开的衬衫里绽放出奇异的色彩，仿佛带着光，然后那人就扑倒在地。碰到这种事情，不认识的人也不敢管，就匆匆避开，也不知道后来结果如何。

残酷青春是一个具有普遍意义的人生母题，当时惊心动魄，再回首时也不过云淡风轻。人们在习惯性的自我浪漫化中往往夸大其词，但真正的苦楚是无法虚张声势的，它们只会在厚实的生活底部沉积下来，或者成为养料，或者发酵为毒素。我那时寄居在爷爷奶奶家里，不敢惹是生非，学习还不错，因为从小在镇上长大，多少也认识一些辍学的社会青年，也喝鸡血酒结拜过几个兄弟。这套模仿江湖的套路，主要来自于港台武侠的影响，底色里也是本地民风使然。这些兄弟说起来比较够义气，但是那种平淡生活中又能有多少恩怨是非，不过平时吃吃喝喝，找个地方兜风闲逛。我曾经和一个外镇的同学发生冲突，打架时候头被那家伙抱住往墙角撞破流血。后来被我一个结拜弟兄知道，找了几个人在他回家的渡口堵住一顿打，逼着他大声高唱《水手》，因为那里面有两句词："他说风雨中这点痛算什么，擦干泪不要怕，至少我们还有梦！"这个黑色幽默的桥段，我毕业之后才知道，在酒桌上说起这段往事的主谋咯咯咯地笑着，乐不可支。不过，他们也算有原则，我高一时候上课看武侠小说被语文老师没收了，当时找他们替我出头揍老师，反倒被一顿骂，说再怎么也不能打老师，就算他是个无能的混蛋。这件事情其实给我一个类似于底线的教育，它体现了一种底层的伦理，对于知识和文化哪怕仅仅是个象征性符号的信仰，这种信仰内在地安置着对于现状的不满和对于美好的渴望。

　　我在新安那个城乡结合的小镇从七岁长到十八岁，这里曾是我少年时代的乐园，老单位的后院，长满蒲草的荒地，中学后面的池塘，粮站的大院子，麻厂，小鬼塘，一起长大的那些失散了的朋友……计划经济时代的一切都已经无可挽回的过去。回首二三十年的变化，其实也是中国城乡变革最为急剧的段落，它极大地改变了一个原本可能比较封闭地方的外在风貌、社会组织、人口构成乃至情感与精神结构。2007年当我回到新安时，到处都在拆迁，断壁残垣，有种兵荒马乱的表象，让人不由得凄惶。爷爷奶奶就是在这一次大拆迁中，要搬走了。老单位的大院子就是剩下两户人家的房子没有拆，院中搭了个大帐篷，是拆迁的工人临时的居所。他们养了一个丑陋的大狗，见到我就狂吠，一个面目模糊的男人抱了个饭碗出来打狗，我瞥见里面杯盘狼藉。爷爷奶奶都八十多了，不过身体还挺好，这是让人欣慰的。我和弟弟就去澡堂子洗澡，刚泡好，起来冲水的时候，雾气朦胧中听见爷爷喊我名字，赶紧跑过去——原来爷爷一个人来洗澡。平时人家不敢给他进，怕他年纪大了出什么意外，他就趁此次孙子们都在，赶紧也来了。我们护着他下到水池子里，给他洗头。搓背的是个独眼的壮小伙，主动跑过来给爷爷搓背，大约是对我们孝顺举动的赞赏吧。洗完澡出来，躺着休息，我给独眼龙一支烟，看到他的那个没有眼珠的眼眶里的黑洞，还有他胸口巨大的伤疤，估摸着是打架的结果。这个外表凶悍的男人，让我想起以前的同学，他们在鄙陋中恣睢，内心里其实不失赤子之心，在根底里他们是前现代乡土中国的精神根系所在。

傍晚和二弟夜里去中学散步——这是每次来新安的必修功课。我们共同上过的中学变大了，面积翻了两番，门口的路也拓宽了，几乎占了半条街的势头。以前还会去更远的老淠河边走一走的，现在也没有时间去了。这些年人事消磨，心也粗糙了。新安这样一个地方，维系了多少年少时代的故事与回忆、梦想和荒唐，如今在急剧变化的社会中却已经无法承载一丝一毫怀旧的情绪。居然在街头偶遇那个打破过我头的同学，他正开着一辆中巴拉客。彼此还认识，也仅限于客客气气打个招呼，曾经的暴烈荡然无存，反倒有些羞涩之感。我在学校门口准备买个充电器，到一个店问。那个看店的年轻人没个好声气，二弟说十块钱太贵了，他就横来一句，那你到别人家去买。我说，你做生意讲话怎么这么冲？他睥睨着我说，我就这样子。这样的人就是小镇青年的代表，有种地头蛇的横霸之气。但我已经过了那种为了一句话就血气上涌、拔拳相见的年纪，日常生活的重量正在加紧脚步向我们走来。更主要的是我在他的身上看到了自己中学时代的影子，身上沾染了阴暗残暴的东西，这些东西会在漫长艰苦的生活中自我软化。

从浪漫主义以来，怀旧与乡愁就是伴随着现代性的主题。它与自我的建构和想象密切相关，然而吊诡之处在于，在现实与想象之间的落差总是会让归来与返乡者面临尴尬。因为总有失落与不甘，我们对于自己最初成长的地方往往包含着一种爱怨交织的情绪，难免夹杂着忆念中的温馨片段和龃龉瞬间，它在过去与现实中的卑贱与粗鄙会被放大，成为那些在"博士返乡"的"人文关怀"中时常出现的悲悯性对象。很久以来我一直都无法认同新安的民风，周围镇乡的人几乎都颇为忌惮新安人的可恶之处——凶悍好斗、冥顽不灵、软硬不吃、睚眦必报。我想，无法认同曾经成长的环境，甚至厌恶，是由于对不堪的过去或失意的当下双重夹击下产生的自我憎恨。其实也是一种不愿意面对真实自我的回避和遁逃，冲突本来就在那里，只是当懵懂的时候，无论是无知无识的恶还是在无知无识的恶中所受到的伤害，在时间中只是被浮灰遮盖，却并没有消失。只是许多年后，有的人能够有勇气去面对，有的人则很难与过去和解。

高中的时候，我从图书馆无意中借过一本《麦田守望者》，我和弟弟都非常喜爱这本书，不知道什么原因，也许是在我们晦暗的青春和不知不觉的成长过程中，还有些始终无法抛弃的纯真。读过很多遍，我始终记得那个老师对霍尔顿说的话："我想象你这样骑马瞎跑。将来要是摔下来，可不是玩儿的——那是很特殊、很可怕的一跤。摔下来的人，都感觉不到也听不见自己着地。只是一个劲儿往下摔。这整个安排是为哪种人做出的呢？只是为某一类人，他们在一生中这一时期或那一时期，想要寻找某种他们自己的环境无法提供的东西。或者寻找只是他们认为自己的环境无法提供的东西。于是他们停止寻找。他们甚至在还未真正开始寻找之前就已停止寻找。"我们都没有停止寻找，是想要找到那些我们未曾经历过的狂欢与欣喜、忧愁与悲伤、安宁与怅惘，也许我们每个人终其一生都是在自觉或者不自觉地寻找。几乎没有人能够很早就看清楚自己的命运，它的晦暗未明直到人生终结也未必会敞开。

虽然我后来年纪日长，经历渐多，但这种挥之不去的迷惘一直笼罩在生命的上空，迷雾般萦绕。多年后在知识中重返少年时代，却能够从中发现它依然能够持续不断地提供动力。穷山恶水的卑贱中出来的孩子，同样孕育着钟灵毓秀的种子，这大约是中国大地上数不尽的小镇的困窘与激情的隐喻。它们贫瘠的命运起伏不定，在外部社会变迁中载沉载浮，被狂风暴雨击打得七零八落，必须要靠雄强顽悍之气守护浮沫里的一丝微弱的赤子之心。生于当代中国的小镇少年都无法摆脱这种先天的结构性宿命，这是我在卑贱的街头所见。卑贱让他们带上伤痕与阴影，却也以其靠近生命源头的野蛮与宏阔，不至于堕入犬儒般的柔弱与猥琐。

事实上，卑贱的街头一直欣欣向荣，自然而然，包含着自由人性的力量。之所以看上去粗鄙甚至凶狠，我想是因为他们的灵魂不愿意去修饰，从而转变成精致、世故与无力。他们的卑贱决定了必须竭尽全力去拼搏，根本无暇顾及那些生命中的细枝末节，不会在纤细的事情上小题大做、大惊小怪。他们"活在这珍贵的人间，泥土高溅，扑打面颊"，"生存无须洞察，大地自己呈现，用幸福也用痛苦，来重建家乡的屋顶"。这是卑贱的街头给我的原初教育，一种最为素朴的道德与品质，多年之后我才认清楚它真切的面孔。它根植于更为久远的历史沉淀下来的自然与传统，就像锻造铁器的炉火，斑驳、隐约、连绵不绝又热力内蕴。命运的炉锤敲击着我们性格与遭际中的铁屑，而来自生命原初的火烧去杂质，让根底里的精粹更加锋利尖锐，又沉稳坚韧。

选自《天涯》2017年第3期

评鉴与感悟 ——

刘大先笔下的青春既不美好，也谈不上残酷。或者说，他的兴致不在于怀旧，抒发乡愁。当年同学，如何分野？他是社会的观察者，游走四方，视野开阔，时代的真相，讲述他们所经历的社会变革，都在他的讲述中得到了清晰呈现。

劳动者不知所终

/草白

1

秋风轻轻摇晃着坡地上的柿子树，那些高高在上的柿果似乎感到了危险。摘柿子的人马上就要来了。我三十八岁的父亲也将加入这支浩大的队伍，他刚长了智齿，半边脸都是肿着的，就像一个虚假的胖子。

屋子里，母亲嘀咕着，说搞不明白为什么一个大人还要长牙齿，这些牙齿有什么用呢，长的时候还那么痛。连一向沉默不语的祖母也发出了压抑许久的哼哼声，像是对母亲质疑的回应。我更弄不明白长牙齿怎么会疼，拔牙的时候才疼呢。

尽管牙疼了一夜，出门前，父亲还是穿上他的白色假领子，藏蓝色卡其布上衣，灰色的确良裤子，如果不看他脚下的鞋，还以为他要去赶集或者修族谱呢。

"你也拎只篮子跟着去吧！"母亲像是放心不下，派我做她的使者。之前，每有她不能及的地方，都让我跟去。

柿子树太高，它的果实在离我们头顶很远的地方，常被比喻为红灯笼什么的。在我看来，它可不是什么灯笼，它就是柿子，可以吃的柿子。

柿子是甜的，制成柿饼更甜，这些甜美的东西总是让我们感到慌乱，如果我想要得到它们——谁不想得到它们呢——那就会成为一名小偷。其实，当我拎着篮子跟在父亲身后的时候，就准备做一名小偷了。

山坡上，柿子树远远地等在那里了。那些红透了的柿子，有些已经等不及，提前坠落在树下草丛里了。经过草丛的时候，我看到虫蚁们正在享用那些破碎的果实。它们总是等待着，等待着，就等到了一切。

三三两两的采摘者站在坡地上，吸着烟，一副悠闲自得又心事重重的样子。许多人陆续赶来，他们扛着梯子，担着箩筐，孩童们则跟随左右，彼此躲藏着，不说话。

我知道他们心里在想什么。

终于，我瘦弱的父亲也龇牙咧嘴地爬到树杈上。我简直不敢抬头看他，更不敢看那些柿子。我看着对面的水渠、寺庙和远山，我看到秋天的世界里万物支离破碎的样子。树叶掉了，田地荒了，草丛随之矮伏下去，飞鸟的身影显得孤单。

在这样的世界里，什么东西都看得见，什么都掩藏不住。

而那些柿子，挂在只余几片树叶的枝条上，父亲把它们取下，放进箩筐里。有些则放在我的篮子里，让我带回家。其实，那些柿子并不属于我们，它们不属于任何一个具体的人。那些树上长的柿子，更不属于那些树。

每年，我都不知道是被谁吃掉了它们。一想到这个，我就难受，并不是我想吃那些柿子，有时候我只想看看它们。特别是当冬天到了，下雪了，如果一个屋子里放着一些柿子，一些被冻出柿霜来的柿饼，好像有什么不一样了，连空气都变得无比甜美。

父亲挑了几个最好的给我。它们柔软，光洁。他还要往我的篮子里放。我很怕回去的路上被他们发现，哪怕我会在上面盖上青草，表面上什么也看不出来，我知道他们还是会发现的。

几乎所有的柿子都被摘下了，除了树顶上那少数的几枚，不是遗忘，而是够不着。它们太高了，高到好似要触到天际了。

回去了。我拎着篮子，父亲担着箩筐，我们像陌生人那样往不同的方向走去。我是来割草的，我的篮子里堆着草，兔子们需要它们，我需要它们，我给人看我的篮子，看我割的草，可他们看不到柿子。

我不给他们看我的柿子。

从山坡到家是一段漫长的路程，到处都是人。随时随地会有一些人出来挡住我的去路。远远地，我看见一个人站在水渠边，他好像是在等我走近，以盘查我的行踪，检查我的篮子。我挪动步子，迟疑地往那里靠近，待我走近，看见的是一棵树；天黑了，树影挡住了我的去路。

父亲已在灯下等我了。他的箩筐清空了，他交出柿子，拿到一些钱，这一天的工作就算结束了。他蹙着眉，半张脸还肿胀着，直愣愣地看着我。全家人都在看着我，他们看着我的篮子，等着我变戏法似的把那些柿子掏出来，一一放到桌子上。

好像，这是全家人这一天来，真正期待的时刻。

我哆嗦着，有种不好的预感，那些看不见的柿子，藏匿在青草底下的柿子，在回家的路上已经逃出我的篮子，消失不见了。

2

父亲没有钱买真正的有领子的白衬衣，但他拥有许多假领子。每当出门，就穿上它，把洁白的领子翻出来，裹衬着细瘦的脖颈，显得干净、利落，像个国家工作人员。

他去给我舅舅办事时戴着假领子，去外村修族谱时戴着假领子，下雪天出门打牌也戴着假领子。那雪白的领子衬得他的脸格外英俊，成了村里最与众不同的男人。有一段时间，父亲热衷牌戏，因此引发家庭矛盾，有一次深夜归来将家里的木门踢破；还有一次，与母亲起口角，不吃晚饭就甩门出去了。

不过，这些事情，很快都被我们原谅了。母亲不仅不反对他打牌，一旦他打牌错过吃饭时间，就焦虑得不行，非要我七请八请，请他回来先吃了饭，再打不迟。可我一站到那牌桌前，除了干杵着，什么话也说不出。父亲叫我先回去，我走掉不是，站着又怕遭嫌弃，对请一个迷上牌戏的人回家吃饭实在厌倦透了。

在村子里，父亲有一个绰号：囡囡。一个成年男性拥有这样一个绰号实在匪夷所思。大概因为他是独子，祖母除了他之外再无别的生养，于是，在兄弟姐妹一大堆的村人眼里，他就显得孤单，缺少庇护，因此受到额外的关注。

他在外面那么受欢迎，谁都说他好话，可在家里，他总是那么不靠谱，自迷上武侠小说后，上茅厕的时间格外长。家人说什么，他不是听不见，就是转眼忘了。母亲只默默地干活，任他出去玩牌，只要不被抓，派出所的人不让我们去交罚款赎人，就谢天谢地了。

每次打牌回来，赢钱自然皆大欢喜，就算输了钱，他也不说输，只说赢得不多，一脸无所谓的样子。总之，在他那里，打牌是没有不赢的。要是被揭穿了，他也是一副恍然大悟的样子，好像自己根本不知道有这回事。

村里一个男人输了牌，回家将老婆纺织的棕榈线，点火烧着了。至于因为输了钱受不了女人嘀咕而大打出手的人，更多。最严重的一次，父亲他们在打牌的时候，有个牌友的老婆喝农药死了。

这一回，母亲终于说：你不能再打下去了。

父亲在床上躺了三天，决定去厂里上班。从此，他开始了昼夜颠倒的生活。人们早起的时候看见他刚回来，天黑了，要上床睡觉了，他却出门了。

那个工厂有什么好呢，除了每个月可以领到固定的工资，到了生日，还发一只奶油蛋糕。

父亲一天天地走在上班路上，轮到换班日还要上二十四个小时，他的脸变黑了，厂服脏兮兮的，眼睛里布满血丝，看人的时候也没有从前那么兴致勃勃了。隔壁女人生了小孩，婴孩的哭声吵得他睡不好。要开着电视机才能入睡。可他仍没有逃过一天班。

连母亲也说，你父亲变勤快了。

母亲说这话的时候没有一点兴奋之色。从前的父亲是一个多么懒散的人啊，从前的父亲还会给我们讲一些笑话，报纸上看来的新旧见闻。我记得最牢的是，他告诉我很多年后，这天上会有一枚人造月亮，“到那时候，就算晚上，你也可以在屋檐下写作业了”。

父亲的工资卡一直放在母亲那里，母亲问他需要什么，他都说不要。自从不再打牌后，他好像真的不需要钱了，什么都不要了。

可是，他总睡不够。从前，他可以睡上一天一夜，如遇下雪天，可以连续好几天不出门。昏昏沉沉，享受人生。

生活对于一个三十八岁才长智齿的男人来说，实在太艰难了。

那年夏天，天气燥热，大地干涸，已经一个多月没有下雨。父亲的工厂因限电放假。他躺在床上，在电风扇送来的热风中，辗转难眠。

彼时，村里一位男人从城市的脚手架上摔下来，死了。赔了一笔钱。丧礼过后，他的妻子来到我们家，她与我母亲绘声绘色地说着镇上纺织厂里一名女工的长发被卷入机器里，那个场面实在吓人，很多人当场晕死过去，反正她不打算去任何厂里上班了。

年轻女人的脸充满滋润，一点也没有被丈夫死亡的阴影所笼罩。关于年轻女人的谣言可能是真的。她爱上丈夫之外的男人，便假装腹疼差遣丈夫去邻村诊所买药，自己却跑到那个男人家里帮忙做家务。她的丈夫买了药回来，发现家里无人，便跑去向女人的兄弟告状，那个男人喝了点酒，哭哭啼啼。这事，一时被引为笑谈。

母亲对父亲的工作忽然感到不安，好像那里面隐藏的危险正一点点向我们走来。之前，村里的窑工生肺癌死了，死前咳出的痰像是瓦窑洞里充溢的火光。还有一个壮年男人，被采石场的石头砸死了。莫名其妙的死亡事件频繁发生。

就在全家踌躇忧愁之际，舅舅托人传话来叫父亲去替他办事。那个地方在外省，来回需要十几天。那是夏天，男人们都穿汗衫，脖子上光光的，没有领子，父亲却准备戴上假领子，套上黑皮鞋。

几天之后，他像是度假似的去了远方，把那双唯一的皮鞋穿破后，又回到家里。他送给我一条项链，说是从一座寺院门口的小贩那里买的。很多年后，我也去了那座寺院，只想看看父亲所说的那个寺院的名字以何种形式被刻在一堵黄色山墙上，可那里除了闹哄哄的香客，我什么也没有看见。

3

在去工厂上班之前，父亲贩卖过水果。他像个真正的小贩那样从别处运来廉价的水果，准备拉到集市上去赚个盆满钵溢。

出发之前，他对此信心满满，认为所有的买卖不过是一手交钱一手交货那么简单。再说，那些来自异域的水果都是本地的土壤所不能生长的，人们只需看上一眼，就会生出无穷的购买欲。

父亲甚至夸下海口，等这次买卖成功了，他要给自己买一辆三轮摩托车，给母亲买一条金链子，带我奶奶去普陀山烧香，给我和妹妹买娃哈哈口服液——当广告上那个小女孩说"妈妈，我要喝"时，我和父亲都在电视机前面看着。

我对父亲的话半信半疑。

——娃哈哈口服液我没有喝过，电视上出现的很多东西我都没有见过，每次当我看得入了神，父亲就在我边上哈哈大笑。我觉得他的笑声里既有一种故作的镇定，也含着某种不便说出口的允诺。

水果贩来后，他马上后悔了。

许多年后，人们还嬉笑着向母亲复述当年父亲在集市上，在自己的水果摊前，那一脸局促，低头乱翻书的场景。

谁会在做买卖的时候翻书呢？他根本就不会叫卖，一到人多的地方，就成了哑巴，什么话也讲不出来；如遇熟人购买，恨不得倾囊相赠。

父亲卖的是苹果。街市上有很多卖苹果的，那些女人，是天生的卖家，很会和顾客拉关系，而父亲沉默得像杆秤上的砣子。他觉得丢脸，和一大堆女人争抢生意，而那些女人们还对他很客气。

那些苹果不知道是怎么卖掉的，或许大都是烂掉的，那段时间，我经常在家里吃烂苹果，我感到自己嘴里都散发出腐烂苹果的气息了。

有一天，我放学回家发现父亲在房间里睡着了，大白天的，他居然丢下货摊安心睡觉，那条旧红色的毛毯一直被拉到下巴底下，他像个婴儿似的蜷缩着，显得疲惫不堪。

不用说，金链子、摩托车、普陀山都化为一阵青烟飘走了，只有娃哈哈口服液从电视机上走下来，一盒里面装有十瓶，我和妹妹每人五瓶。

父亲问我娃哈哈口服液什么味道？

我想以自己吃过的某样食物来做比方，可想了半天，觉得那种味道什么也不像，什么也不是。

4

在我们家，父亲是不重要的。借债还钱是母亲的事，造房起屋是母亲在张罗，家中一应大小事情，都是母亲拿主意。

特别是当水果贩子失败后，父亲对自己的能力有了近乎消极的估量。

后来，当母亲实在走投无路，父亲才把自己贡献出去，他的姿态是无奈的，也是决绝的。从此，他成了一名昼伏夜出的人，是蝙蝠或猫头鹰。那个生产橡胶制品的车间，一天二十四个小时，机器轰鸣，空气里有一股模糊的难闻的气味，是大热天里马路上奔跑的汽车轮胎所散溢出的气味。父亲则成了一架勤勉的、作息规律的机器，为了保持这架机器良好的运作状态，他必须睡觉，可总是睡不够，眼睛布满血丝，身体里全是孔洞，走起路来摇摇晃晃的。

父亲成了一名工人，这是一个尴尬的身份，既是对原有身份和习性的背叛，更是对原有劳动方式的一种颠覆。他的劳动不再受季节气候的影响，白昼黑夜不分，时刻处于劳动状态中，或者随时准备投入其中。

他的生活节奏被彻底打乱，眼睛里密布的红血丝再也没有消散过。他开始睁着一对红眼睛看人，用沙哑的嗓音与人说话，或者不再说话。有一次，我由于吃饭时坐姿不雅，被他狠狠地训斥了一顿，训得我直想哭。以前他从不这样。这一切，全是因为他的劳作方式发生了根本性的变化，他不用去山坡上砍柴，不用去田间劳动，不必去沟渠里弄水；而且还拥有了工作服，那件散发出黑色橡胶气味的制服，蓝颜色的制服，受到汗水和黑夜的滋养，看上去充满诡异之气。他虽然不在太阳底下劳动，可那个车间里却有无数个太阳在炙烤，炎夏闷如蒸笼，劳作之人如屉笼上的包子。

父亲的力气开始像干涸大地上的水，一点点被蒸发殆尽。后来，他只是凭着惯性，按照作息表去上班，不迟到不请假。

那个轮班日，他终于拥有完整的二十四个小时的休息时间，却不准备躺在床上睡觉。他要上山，不是去田地上劳作，而是去打野栗子。从前，那些无主的栗子树即使长在深阔茂密的林子里，总能被人找到，而这几年，它们开始无人问津。那天，父亲忽然想到它们，或许他只是想起了从前的劳动方式，那种在野地里进行的，自由忙乱，带着惊险刺激的、不是事先被安排好的劳作方式。

栗子树长得高，栗子果干脆躲藏在一团绿刺里，想要得到它们并不容易。可父亲那天"战果"累累，装了整整一麻袋，拿到市场上去卖，赚了很多，好像那些钱是香的，是他最愿意赚到的——此事一度成为他最愿意谈论并炫耀的话题。

5

在我还小的时候，那些真正的劳动者——他们是走村串户的货郎，炸爆米花的外省男人，弹棉花的驼背人，以及做衣服的，收长头发的，阉猪的——过着漂泊或半漂泊的生活，在大地上奔走，以不同的方式养活自己及家人，艰辛却充满尊严。

那些人出现的日子，天是蓝的，流水澄澈，夏日赤焰燃烧，冬天经常下雪。如今，这些古老的职业彻底消失了，曾经的从业者被塞进黑乎乎的机械轰鸣的车间里，成为一种连自己都感到陌生的物种。

当父亲穿着蓝制服走进那个地方，又从那个地方出来后，也成了一个彻底的陌生人。他不仅成了自己的陌生人，他沉默寡言的形象也让我们全家感到陌生。

他是谁？从哪里来？他与那些奔跑的轮胎之间存在什么关系？他制造了它们，然后再由它们来改变这个世界的速度。

那些夜晚，窗外公路上的汽车声，变得繁密而紧张，常有刺耳的喇叭声将我从梦中惊醒。

那样的时刻，父亲通常不在房间里，他成了家里的缺席者；这个缺席者出现在灯火通明的车间里。由此，父亲拥有了另一种形象与身份，这是被生活所虚构的身份，为了迎合那个身份，他变得勤勉而专注，一反之前的懒散与漫不经心。

他从不迟到，总是在被闹钟叫醒之前醒来。他需要的不是闹钟，而是一面镜子。事实上，这面镜子自进入车间后，就被他握在手里。镜子的存在时刻提醒着他，让他成为镜中之人。于是，他不再是那个流连于牌桌的自己，他牺牲了全部的自己，迫切想要成为那个镜中人。一个付出了一切的人。

他从来没有赚过那么多钱，可这些钱都是以数字的形式存在于一张长方形的卡片上，这让他的成就感大打折扣。它们是看不见的，虚幻的，不像以前替公家摘柿子时那样，一手交货，一手收钱。

由于不再打牌，父亲对钱毫无兴趣，他的工资卡干脆交予母亲保管，任其使用；他只有在领回那只生日蛋糕时，才流露出类似欢欣的表情。每年，那只蛋糕都是被邻居的孩童们一起分食掉的。或许，这只奶油蛋糕是个安慰，支撑着父亲一次次走进那个车间里。当然，这只是我一厢情愿的猜测。

小时候，父亲给我做过风筝，因为骨杆太厚飞不起来；父亲瘦削的身体自穿上那件蓝色制服后，就被它紧紧裹挟着，也飞不起来了。

彼时，我们家开始养狗。当父亲下了夜班回来，这只狗早早地等在桥边，望着父亲的自行车靠近，摇摇尾巴，将父亲迎回家。

这只来历不明的流浪狗，不会说话的动物，好似来自远古的亲人，在我们家进进出出，与父亲建立了某种隐秘的、窸窸窣窣的关系。每当他们静坐门口沉默无言，却向着同一个方向眺望时，好像那狗也拥有一颗同样躁动不安的灵魂。

6

这么多年，像父亲这样过着非生活的生活者，实在太多了。有些人熬下来，面黑肌瘦；而父亲病了，最终被淘汰出局。从此，一个劳动者不仅被取消劳动的权利，还无法成为若干年后奥运会体育节目的观众，新房的主人，婚礼的证婚人，以及送葬队伍中的一员。

这种劈面而来的结局是父亲所无法预料的，像是另一种被虚构的命运，是镜中之人的变异与分身。后来，这个躺在床上丧失劳动能力、随时有性命忧患的人，忽然成了这个家庭的陌生人。全家及父亲本人都在试图说服自己，去认领这具病入膏肓的身体，去接受它。

CT片被病榻上的父亲长时间地举在手中，他试图透过那些明暗与阴影去认清自己的现状，那被关在身体内部的恶疾，毁坏他的身体至何种程度。可他什么也看不出。那些灰色的黑色的半透明的阴影，像无意义事物的排列，是迷宫。

为了印证自己身上依然有那种叫作"气力"的东西，父亲起身，抓取书桌上的狼毫，试图练字。多年来，那只笔毛稀疏的狼毫只在旧历新年时才派上用场，父亲没想到自己的力气连一支狼毫都无法对付，他握笔的手在发抖，勉强成形的黑字好似打摆子，一副迎风逃离状。

向壁而卧的父亲发出一声哀号。他寻找、反思致病原因，到底是哪里出了问题，他想起家里的储水容器，他吩咐母亲以水缸取代塑料桶。他认为是过去十几年来喝的水害了他。过一会儿，又怀疑是那些治疗慢性胃病的药，转而荼毒了他的胃。

一个老太婆被领到父亲的房间，对着父亲的病体施法。她燃香点烟，口含清水，嘀嘀咕咕，一张青色皱缩的脸埋在烟雾之中，

老太婆走后，父亲连黄绿色的胆汁都呕了出来。

从此，父亲成了一个彻头彻尾的病人，一个失意者，身体与精神的双重挫败者，一个惨遭出局的人。连巫术也不能拯救他。那些如马蹄一般纷至沓来的疼痛，耗尽了他的所有耐性；他要转移它，分散它，驱除它，最终他所能做的只是消极地等待它过去。他对纷纷扬扬的来访者，各路亲友，自身惨状的围观者，表现出了基于本能的冷漠。或许，他是看不见了。什么都看不见了。

他们在他房间里进进出出，温言软语，言辞凿凿，却与他无关。

还能起床的时候，他也去牌桌前观战，可无法久站，只呆坐一旁，听听声响，牌起牌落，"吃碰听扛和"，一脸木然。有时熬不住在软榻上昏睡过去，他们看他的眼神明显有了异样。

他不必再劳动，任何形式的劳动早已从他身上抽离，他甚至不能照顾自己。他对自己的存在感到了厌烦，他迫切想要结束这种状态，不是以死亡，而是以另一种形式。他还没有想出那是什么。

而当剧痛来临的时候，他什么也想不了。房间里，电视机彻夜开着，申奥刚刚成功，举国欢庆，人群传来的笑声好似来自遥远山谷的回音。所有这些，已经与他无关了。父亲闭上眼睛，脑海里浮现出那个著名的乒乓球运动员，那个小个子女人好像一头敏捷的豹子，浑身充满着爆发力。

在两次疼痛之间，父亲颤抖着拿起遥控器，在各个频道之间切换，试图寻找那个女人的身影，可已经没有任何一个节目能够将他留在这个世上了。

7

父亲的肉体没有等到那场奥运会的召开，在两次疼痛的间歇永久地昏睡过去；而无数个被虚构的父亲，在我的意念中长久地活着，被不同时期

的我不断赋予新的内涵。

我想让父亲过上想象中的生活，这种生活是这片土地上的人们所没有过过的。它不是有钱人过的生活，也不是穷人过的，这种生活和财富的多少没有必然关系。我不知道这是一种怎么样的生活。

在这种生活里，它要解决一个最重要的问题，那就是劳动。我们该如何劳动。我们对待劳动的态度，决定了一切。

在此期间，我不断地纠正母亲的劳动方式。我劝她以逸待劳，保持身体上的安逸比过分地使用它，更接近劳动的本质。可母亲有自己的节奏，这种节奏被保存在她体内多年，已经成为她生命意志的一部分，无可更改。

这些年来，我越来越渴望一种单调的劳动，在自然环境下的劳作，不必你追我赶的劳作。这种劳作既能给人带来身体上的疲倦感，也能让人迅速恢复。它是一种克制，一种试探，而不是穷尽。

多年来，我帮助父亲寻找着可能的劳作方式。他可以做一个无所事事的守门人，丰收季节的拾漏者，研究彩票的人，或当一个游手好闲者。

而随着世态发展的不可控制，这些可能性都变得渺茫。

这个世上无数个活下来的我的父亲，正在逐一死去。他们死在毫无尊严的劳作现场，死在冰冷的黎明，当太阳升起之前被埋到荒凉的山岗上。

"人居然必须要通过一份工作才能活下去，这个事情包含了人生绝大部分的荒谬。"

有一天，当看到这句话，我有种大声悲哭的冲动。

父亲辞世后多年，母亲以各种方式去打探父亲所去的那个世界。通过梦境，关魂婆的转述以及祭祀日的仪式，她试图获知父亲死亡的真相，以及如何避免这类悲剧的再次发生——不是避免死亡的发生，而是一个人，该如何清楚、明白地死去，接受一份完全属于自己的、独一无二的死亡，好似基督徒从上帝手里领取圣餐。

母亲的努力是徒劳的，她自己就是一个面目模糊的劳动者。在父亲去世后，她更没有让自己闲着。有那么多时间需要填充，那是一个无底洞，她不知道该拿它怎么办。除了昏天黑地的劳作，累了躺倒在床上，第二天从那床上爬起来，继续昨天的生活，她没有别的生活。

她好似被什么东西控制住了，在熟悉的泥淖里越滑越深，根本无法开启另一种生活，那是不可能。也是不存在的。

　　如果活着的人换作父亲，一切都是可能的。我固执地相信父亲比母亲更加懂得如何保存自己，他的遽然离世是个意外；死去的不是他，而是那个被虚构的人。

　　多年前，那个被虚构者抛弃了假领子，柿子树，麻将牌，两手空空，惨然赴死；当通过请客送礼走进工厂的那一天起，那个人就已经提前死去。

　　飞鸟去了别处，而劳动者不知所终。

选自《广西文学》2017年第4期

评鉴与感悟——　　草白的笔墨看似冷静，其实饱含深情。那些留存在记忆里的片段，经过她的重新翻捡、编织，看似活在荒谬里的父亲，这位劳动者的一生，不再面目模糊。他的沉默，他的安静，就像他的假领子，麻将牌，也涌动着梦想，躁动不安的灵魂。

人间世

上一辈人

/毕星星

黑皮子建堂

五几年六几年的时候，村里还有铁匠呢。

铁匠师徒二人。师傅年纪大一些，徒弟也就三十来岁。烧炉子打铁了，我们这些小孩子家家就围着看热闹。铁砧子垫在炉台上，铁片铁条烧红了，师傅左手拿一把火钳子夹出来，枕在砧子上，右手握一把小铁锤，叮叮当当敲打铁砧。徒弟就按照师傅的指点，抡起大锤砸，砸那些不平整的地方。师傅领锤，徒弟卖力气，铁匠，就这样。

师傅是我们这一带有名的铁匠，姓雷，村里都叫他雷师。徒弟是我们村里申家庄的，在村里叫建堂。

村里也有铁匠？是的。农业社经常要打制铁器，要修理农具。比方打镰刀，打锄板，打镢头，叉麦捆子的铁叉，包大车轮子的铁瓦铁钉子，还有牲口嘴里的铁嚼头，骡马蹄子上的马蹄铁，等等。我见过给牲口钉铁掌子。哪一匹骡马，也有驴子，如果蹄子磨短了，磨歪了，就要换铁掌。牵到铁匠铺子，师徒二人把牲口拉到一个栽起的木头围栅里，拴住了。徒弟搬来一个小方凳，扳起牲口一条后腿，蜷回来，支在小凳上，师傅就提来一把平铲，铲那骡马的蹄甲。一铲子又一铲子铲平，寻出一条弯弯的马蹄铁，大半个圆，一头张开口，铁条上留着小孔，钉钉子的。师傅嘴里嘬着

059

铁钉，招呼徒弟把住骡马后腿，安上蹄铁，吐出小钉子，抢起小锤子叮叮当当钉进去。钉好铁掌，骡马驴这些牲畜又能行走如前，蹄子也不怕磨。

每当打好镰刀什么的，师傅会掏出一枚四方小印章，两寸长，铁制的啊，摁在淡红的铁片上，小锤子砸几下，刀头上就留下了印记。那是一个小小的"雷"字，浮雕一样，这是师傅给自己的作品署名。这一带，看到这个，就会明白，这是雷师打的嘛！

俗话说，长木匠，短铁匠，说的是用料。木匠只能用长料，铁匠只能用短料。铁匠师傅，还是要有些道行的。比方刀头淬火，足见功夫。徒弟就一般，抢大锤，力气活罢了。

建堂干的就是力气活。干一天活，挣一份工分。

从此我们就天天看见建堂在大队的副业厂里打铁，抢大锤。大锤足有二三十斤，打成一个铁件，总要砸几十下。建堂有的是力气，整天就跟着师傅，拉风箱烧火，抡圆了光膀子打铁。师傅叮叮当当，建堂哐堂——哐堂——震得小棚子乱抖。烧炭火，风箱拉起，呼呼啦啦，劲要足。铁件烧红了，一锤子下去，火星子四溅，落到建堂臂膀，他扑拉一下，接着抡，不停。整天煤烟火花子，建堂的前胸后背，时常沾上煤灰。煤灰和脸上的油汗和着，你进了铁匠铺子，建堂笑模悠悠地抬起头看你，那个鼻沟鼻梁，常常是一层黑灰。

村里人都叫他黑皮子建堂。

常年抢大锤，建堂练出了一身疙瘩肉。他身材高大，胳膊腿全是腱子肉，蜷起胳膊，鼓起老大的包。胸前脊背，都是硬硬的块块，绷紧了都是力气。建堂饭量惊人，常常一顿吃五六个馍馍，喝下三四碗米汤。村人和邻居都满是惊讶，那年月半年粮食半年菜，怎么还能养出这样瓷实的汉子。

建堂是我们方圆有名的大力士。说起来，都是让人瞠目结舌的事。

时兴大跃进那两年，村里浇地，除了锅驼机，柴油机，突然来了一种叫煤气机。动力是煤气，自带一个煤气储藏罐，靠燃烧煤气为动力带动水车。煤气机比锅驼机柴油机小，可也是个铁疙瘩，下不了五百斤。队里浇地要换地块，找来了两个小伙子抬。两人拴住绳子抬起，立刻龇牙咧嘴，支持不住。正好建堂在一旁，伸出胳膊，抱起就走。一边走还一边喊：还有没有？再有一个，绑住我担，一头一个，省得跑两回！

我村"四清"以后就通了电,再用动力,都是电动机。一开始,都是那种4.5千瓦的。安电动机时,叫来建堂帮忙。墙上安好电闸开关,备好皮带轮,带电磨,带水车,都是刷啦啦飞转。有一回,建堂在电工那里瞎玩,看电工要合闸,建堂张开虎口,两手把住动力轮。电工发现电动机只是"哼——哼——"就是不转。回头一看,建堂把住皮带轮在憨憨地笑,电工吓坏了,这家伙哪来这么大劲!

高头村都知道,只要建堂两手卡住,电动机就是烧了保险丝,也转不了。

建堂憨劲大,村里人遇上卖力气的当口,断不了就起哄捉弄建堂。

高头村修河,工地上挖出一块石头。野地里的石头,像一个烟袋锅。一头粗大,一头细小。没法抬。泥里水里,湿滑湿滑,一个人又搬不动。有人就叫嚷,叫建堂来!领工的只好叫了建堂。建堂泥里水里,抱起石头,脏了一身。那个石头,抱起粗头,要颠倒。抱起细头,要滑掉。也就是建堂,谁能挪得动。

众人都围着嚷嚷,给建堂记功!领工的看着大家憋不住笑。后来,工地上给建堂发了一张奖状,写上修河模范什么的。

村里有一辆胶皮轱辘大马车,冬天不出车了,卸了轮子,车子架斜靠在墙边。那时没有机车,胶皮轮子大马车,就是生产队最好的运输工具。马儿踢踢踏踏,铃铛哗啦哗啦,就像那个电影《青松岭》唱的"沿着社会主义大道奔前方"的画面那样。有一天建堂几个人靠墙扯闲蛋,有人就将军建堂,人说你比一头骡子劲大,你能扛起这个车架子吗?建堂就跃跃欲试,旁边有人撺掇说,你要能扛起从南门走到庄头,我输一盒金钟烟。金钟烟一盒两毛六,庄家户平时难得见。建堂见有赌注,抹胳膊挽袖子就动手。那车架子车辕车帮全是方木,两丈多长,五六尺宽,平时是要骡子大马拉动的。最难受的是头顶车厢没个抓挠。建堂就这样死扛硬撑,沿着村边走了一个来回。看热闹的齐声喝彩,输家疼索索掏出一盒金钟烟。

建堂扛大车,赢了一盒烟。

农业社难得分红。建堂太穷了,几毛钱也是钱啊。

建堂的家里也是穷气。两家一个院子,前后住,后院他和老妈住,三间房子两辈人,连吃饭带住家,低矮憋窄得很。漏雨了也翻盖不起,就那么凑合着。

高头村过年，要闹社火，当地人都叫闹故事。闹故事有的装扮成阎王小鬼，有的装扮成七仙女、神仙什么的。一组演绎一个故事，敲敲打打走街过巷，图个热闹好看。有一个节目，像是上几辈传下来的恶搞。叫作"耍大脸"。闹法是这样：找来一架"土簸箕"——像独轮车那样，平板上三面有槽板，装了土粪，一推一倒，很方便，一般都用在近距离转运。——一人脱了裤子，露出白屁股，屁股这里都叫沟子。沟子撅起，四面围上被褥。沟蛋上一左一右画两只眼睛。沟子壕里栽上一个纸糊的鼻子，像一个人的脸。打扮好以后，推上土簸箕，跟上队伍，算是闹故事一景。

这一出非常简单，可是非常出彩，走到哪里，那里一片哄笑。可是谁来扮演这个大脸？一般人家都嫌丢人。社主想来想去，就找建堂，许愿村里转一圈，社里给五块钱。建堂犹豫了一会，还是答应了。他没有老婆，不怕家里落埋怨。

建堂爬上土簸箕，装扮好。土簸箕一旁插一个旗幌子，墨字写着：这是大脸。建堂撅起肥沟子，一人推着独轮车，吹吹打打，在大巷游走。这一景果然超级爆笑。走到哪里，哪里看热闹的挤过来，闹哄哄乱喊笑翻了天。岔子出在邻村南岳村。队伍拖拖曳曳进了南岳村，照样是笑声一片。不想南岳是个小村子，小村子敏感得很。看热闹的有传言说，这是高头村笑话咱，说他们的沟子和咱的脸一样。在队伍走到大场子时有几个老婆婆看着大脸过来，从头上嗖地拔出簪子，照着建堂白花花的沟子就刺。一针下去，建堂疼得跳起来，提起裤子就跑。大脸游巷也就在哄笑里收场。

这个闹故事，算是高头村历史上著名的恶搞真人秀。谁要是精沟子叫人推了一圈，挣上五块钱，也是很丢人的事。有几个装过大脸的，每当说起，仍然羞得抬不起头。

好多年后我才弄明白，那年扮大脸的，其实是巷里另外一个伙计，不是建堂。但是人们说起，总说是建堂。凡是丢人的事情，大家就喜欢贴在建堂身上。是啊，你那么穷，又那么低贱，这号事，一定就是你了。

建堂这样的人家，找个女人成家就很难。建堂三十多岁了，还没有媳妇。

眼看着要一辈子打光棍，建堂见了别的女人慢慢就动了主意。有流落到村里的外路女人，建堂会临时和女人凑合几黑夜。也有的疯子乱跑，黑夜没个落脚的，建堂拉到玉米地里苟合一下。村里人知道建堂的苦处，也就不怎么怪他。

　　建堂四十多岁的时候，终于找下了一门亲事。那是逃荒流浪到我们这里的一个四川女人，实在没有个落脚处，只要有个男人要，就愿意嫁。女人很明显脑筋有毛病，可是建堂这样的有什么挑拣。邻家说合，建堂算是有了媳妇。

　　建堂要结婚啦！这在高头村可是个大事。建堂是头婚，村民照例要闹新房。依照这里的乡俗，十天之内无大小。不论年龄，辈分，都能来淘媳妇逗新郎。闹新房有一个恶俗，叫闹明房，就是大伙儿要明眼看着新婚夫妻行男女之事。建堂的小屋，里里外外，那天挤满了看热闹的。建堂傻呵呵地高兴，大家叫亲就亲，叫抱就抱，叫看身子就脱，里里外外笑翻了天。夜黑了。藏瓮根，贴门缝，爬窗台，建堂的婚房里外叽叽咕咕嘻嘻哈哈，建堂也不在乎这些。建堂的新婚之夜，后来成为高头村著名的民间故事。建堂拿过来一个小篮子，拾了十来个大白蒸馍，择好一把鞭杆子葱，整整齐齐码放在篮子里。建堂睡一会儿，起来吃一个馍就一根葱。一个晚上，建堂吃光了一篮子馍馍，一把子大葱。在屋里屋外吃吃地笑声里，建堂展览了自己的新婚之夜。几十年后，人们依然津津有味地口口相传。那是一个傻瓜愣汉不知羞的经典传说。

　　这个有毛病的四川女人，给建堂生了两个女儿，但是建堂一家还是没有浑浑全全过到底。几年后四川女人带着孩子跑了，建堂，又成了光棍。

　　这次散了家以后，建堂很绝望，从此不再张罗找婆娘。隔三岔五，有女人做个伴就行。村人慢慢地发现，建堂在运城勾搭了一个女人。

　　农业社散了，铁匠炉子拆了，建堂那时已经专靠种菜维持生活。高头村产菜。靠河的水地，过去都是菜园子。白菜，秦椒，胡萝卜，一说高头的，卖的哗哗的。有一块靠河地，种二亩菜，收入也可以。建堂就是去运城卖菜，好上了一个女人。

　　那女人没男人，可也不愿意跟建堂，建堂也娶不起人家。两个人就这样明铺暗盖，过一天算一天。

建堂卖菜，头一天夜里装好车，东方不亮就起身，太阳老高了到运城，停在姚家巷巷口。偏晌午卖完菜，吃一碗羊肉泡馍，驴车拴在巷口电线杆子，给牲口戴上草料袋，就进了女人家。一个午觉，睡到下午太阳偏西，起身回家。套上车，赶起小叫驴，出了城，建堂就往车厢里一躺，头上盖了那顶破草帽，呼噜呼噜睡了。谁也不用担心走错路，多次来往，小叫驴早已认熟了，遇上岔路，它会拐弯。有了沟沟坎坎，它会停车等主人醒来。偏西的太阳暖洋洋的，小叫驴就这样踢踢踏踏，一路把建堂拉回来。路人看着这个受活的庄稼汉，也是啧啧地惊叹。天黑透了，建堂的小平车到了家门口。吱扭一声，小叫驴停了车。建堂睡眼蒙眬，到了？是的，到了。

那几年，在运城高头村的路上，如果你看到一辆小驴车吱吱扭扭，一个庄稼汉晒得睡眼迷离，在西斜的阳光下悠然自得，那就是建堂。

建堂的车走过街巷，村里伙计会喊，建堂，又走运城过瘾啦？

建堂嘿嘿嘿的，算是答应，也是得意。

在人们鄙视和嘲笑的目光里，建堂走完了晚年的日子。

建堂死时，也就六十多岁。

村里盖院子，已经时兴一砖到顶，水泥圈梁。建堂的泥土房子，歪歪扭扭瑟缩着，实在丑陋。村里重新规划巷道，叫来一台推土机，呼里呼啦推了，很快，老地基上，新房子光鲜挺拔地长起来。

建堂这一家，就这样没了踪影。

红眼子庆和

父亲在世时常说，世上就难寻庆和那么个人，一辈子享福。兴洋烟吃洋烟，兴料面吃料面，兴药颗吃药颗，家业日塌干净了，赶上土改，人家成了贫农，接着享福。

父亲说的洋烟、料面、药颗，都是毒品。民国年间的毒品，有那么几个样子。抽大烟会败家，就是在民国，阎锡山的编村也是严管的，可哪里能根除了。庆和就这样倒腾光了家产，土改时评成分，定成贫农。政府依靠贫下中农，庆和败家赶得正好。

庆和这么好吃懒做，庄稼根本做务不成个样子，地里半是荒草，半是禾苗，哪里有收成。1955年号召入社，庆和就随大流入了社。在他看来，反正自己也种不好地，伙着也没有啥，还能瞎到哪里。

庆和身子瘦弱，胳膊腿都没力气，根本不是干农活的料。抽洋烟掏虚了身子，也就不想干活。他在旧社会还不想干，到了农业社更是懒得动弹。

庆和三天两头请假，今儿个要到泓芝驿赶集哩，明儿个脑仁儿疼啦，再一天上火啦，又一天跑肚啦，就是不好好下地。到地里做活也是白搭。我就见过他锄田。按说一人一行，偷不得懒。庆和才不管呢，一锄隔一锄，我们那儿把这个叫作"猫儿盖屎"，就是胡抠几把，做个样子。庆和锄田，就是猫儿盖屎。着急了，一锄隔几锄，撵上旁人就是。队长在后头再喊，没用。只好替他返工。有的活儿就是熬时间，这也不行。他一会儿尿去了，一会儿拉去了。气得队长大骂，懒驴拉磨屎尿多，日你妈，你还不胜懒驴！

庆和懒得不做活，一天就想着喝酒。

人喝酒，隔上一阵子，过过瘾，也是常情。庆和那是几乎天天喝。或者中午，或者晚饭，庆和总要抿一口。那会儿都穷，庆和能喝什么好酒？劣质的红薯干发酵，他就喝得有滋有味。哪里有下酒菜？没办法了，就是和点酱油醋，调一口辣椒面，庆和拿一根筷子蘸了，伸到嘴里，舌头上点一点，眯缝起眼睛，哑得吱溜吱溜的。那是一种酒鬼闻酒味儿的陶醉。

庆和常年嗜酒，喝红了眼睛。他的一只眼常年红肿流泪，眼睑下翻着，人们于是叫他红眼子庆和。

红眼子庆和，是村里有名的懒汉。村里的供销社，时常能看见庆和在喝酒。怀里摸出一块钱，靠着柜台，打一小提子酒，也就一二两，衣兜里揣了两个干枣，掏出来嚼着。庆和反正是有一块钱，绝不攒到两块再花。有一块钱，庆和马上就能打酒，受用一会儿是一会儿。大场门前，大车门的泥台墩子，都是庆和吃喝谝闲话的地方。他要么呼噜呼噜，抽一袋水烟，一边吞云吐雾，一边说些十里八乡的闲事。或者就滋儿滋儿哑着那些红薯烧酒，摆上一个小碟子，咸菜生菜都行，美滋滋的品得有滋有味。都说庆和是村里最受活的人。

庆和吃烟喝酒，没个好身子骨，干啥都干不动，村里人号称"大木囊"。但这个最木囊的人，享受着一份难得的滋润。村里人经常嘲笑庆和

"木囊"，干活儿实在磨蹭不动，有那么一天，大队老主任训斥庆和，"你木囊死啦！"庆和得意地反唇相讥："我木囊不木囊，一天喝四两。"

"木囊不木囊，一天喝四两"，就是庆和的画像。

庆和不想干活，天天喝酒，他哪里来的钱？农业社当然指望不上，他有个儿子，在外工作，挣一份工资。其实说工作，就是在城里中学做饭，一个月挣29块钱。

每当发了工资，庆和就要跟儿子讨账。巷里邻家曾经听到过庆和父子二人的对话。

"店孩你说，你这月领了29块，扣上10块伙食费，还有19块，你怎么只拿回13块？"

"我还不买个洗脸胰子啥的？"

"好。刨上一块。还剩18块。"

"我就没个应酬？几个朋友到饭馆吃过饭。"

"哦，下饭馆。再刨上两块，还有16块。"

"修理车子，换了个气门芯。"

"再刨五毛。还有十五块五。"

庆和和儿子算账，就这样一块一块，一毛一毛，死死抠住儿子那29块工资，每个月结余的十几块钱，大半归了庆和。他拿了钱，还不是去打酒。一天一块钱，10块钱够好过10天。村里人说，你把儿子刻薄成啥啦？庆和不管。

庆和的小儿子在家里跟他种地。有一年，儿媳妇十月收拾了些红枣，晒干了，存到坛子里，打算腊月哄哄小孩，正月过年蒸个枣糕什么的。晋南农家家里一般都有几个坛子，坛子就是那种小口粗脖子大肚子细身脚的那种。倒进枣子，坛子口扣一个碗，用泥糊住，不走气，就不坏。女人们一般都这么存放枣子。庆和要枣子下酒，早就盯上了这个坛子。腊月，媳妇开始取枣子用，开了坛子口，掏出一把枣子，拿棉花套子塞住口。庆和要偷枣子吃，又怕媳妇发现了。每偷一把枣子，他就加塞一把套子，这样看起来坛子老是满的。终于有一天，儿媳妇觉得不对劲。这坛子倒是满的，可枣子越来越少，烂套子越来越多。看到庆和又要喝酒，媳妇一边纳鞋底，一边悄悄留心瞅着。等到庆和又下手偷枣子，让媳妇逮了个正着。

媳妇掂过鞋底，照着庆和的脑袋抽过去，庆和一边大叫，扔下枣子连忙逃命。老公公让儿媳妇攥着打，巷里都说丢死了人。庆和才不管这个，只要能喝酒，有什么丢人不丢人。

　　庆和心眼奸猾，算计精明，在乡邻中间，也是没人能顶得过。一招防不住，就要吃他的亏。生产队担茅粪，按人头记工分，庆和一家有屎尿都拉到自留地里。一旦按担按桶记工分，庆和家里拉出来的，不知掺了多少清水。生产队交公粮，突击剥玉米，家户领了玉米穗子回去，回头交玉米颗和玉米芯，分量一合，记工分。庆和的分量倒不差斤两，一看就知道全是玉米芯儿。高头村的秦椒远近知名。庆和卖辣椒面，预先就掺了不知多少柿子皮，盐面面。天哪，柿子皮盐面面七分钱一斤，辣椒面要一块钱。庄稼人心眼小，那年月人都穷，算来算去也就多那么几毛钱几块钱，庆和少见，能把几毛钱的便宜都刮得干干净净。

　　高头村五六里远，有个泓芝驿镇。泓芝驿三六九逢集，村里习惯到这里赶集，村民到泓芝驿赶集，随口都说走驿街，卖点土特产，也买点吃喝杂物。逛街，也能吃点好的。凉粉啦，油糕啦。庆和时常来吃一碗羊肉泡馍。乡下的羊肉泡简单，自己带着馍馍去，要一碗羊汤泡了吃，两毛钱。就这两毛钱，乡下农民那时也难得吃一回。羊肉泡馍常用那种大海碗，豆腐粉条羊血拌了，一碗热气腾腾，乡下人难得见点荤腥，也算过一把瘾，享一回口福。

　　羊肉锅子的海碗比平时家户吃饭的饭碗大得多，一个碗卖两毛钱。那时工分不值钱，地里受一天苦，一个工分也就两三毛钱。于是吃泡馍有人偷碗。就像陈佩斯演的那个小品，吃完饭，饭碗往胳肢窝一夹，溜了。羊肉锅子师傅要制住偷碗，想了个招儿，吃泡馍先交押金，每一碗五毛。吃完交碗，见碗退三毛。等于还是两毛钱一份。

　　羊肉泡馍摊儿师傅发现，原先有人偷碗，碗越吃越少，自从预交押金以后，碗是越吃越多。大海碗啊。这里头有什么蹊跷？泡馍师傅实在摸不着头脑。

　　只有庆和心里明白这里面的鬼。原来就在镇东头，一家杂货铺就卖钵碗，两毛钱一个。庆和到那头两毛钱买一个碗，拿到羊肉锅子，假装吃完了退碗，一个碗退三毛。

庆和不停地退碗，那个羊肉摊子的海碗当然越来越多。等到小摊明白过来，已经一年多过去了。大家知道了这个秘密，事情都过去了。庆和退碗，一个碗白挣一毛。羊肉摊主见了庆和，笑骂一声你这个挨刀子货，也不好多说什么。

　　懒汉庆和，酒鬼庆和，旧社会，他踢踏了光景，新社会，他又懒又馋，人见人讨嫌，可谁也没治。地主富农，还能狠狠打击，但他是贫农。游手好闲，占个小便宜，也上纲不到社会主义资本主义，人们或者鄙视，或者羡慕，庆和就在这样复杂的目光里，品尝着属于自己的幸福生活。在老家，庄稼人有一种人生哲学，说的是，"能受活，紧受活，哪怕只活一后晌"，"骑个毛驴拄个棍，舒服一会是一会"，庆和就是这样的人。庆和自己也经常厚着脸皮炫耀自己会享福。不过，只顾自己享受，不管旁人不顾家，在老百姓眼里，总归还是一个烂人。这是那个年月的三观不正吧。集体化那几十年，农民日子都难过。那个年月，庆和能不顾头脸，把那么一点点享受耍弄到极致，庄稼人里头少见。

　　庆和死在1983年。

　　那年深秋，我回村里去看老父母。一进巷口，就看见庆和端着水烟袋，坐在墩子上谝闲。他老了弱了，精神还行。抬头见我，现出笑脸，算是打了招呼。那一页红眼皮依旧往下吊着，红眼子庆和，红眼子庆和啊！

　　暮气一合，天就有了寒意。黑了没干的，父母亲早早就上了炕，屋里暖和。我也上了炕，靠住被子撂，伸开腿，和父母亲有一句没一句说闲话。我家住在村口，谁过去了，听得真真的。驴、牛，踢踢踏踏，狗、羊，咪咪啦啦，都能分辨出来。

　　忽然，母亲凝神，说，今黑了不对，怎么听着巷里脚步乱乱的。

　　母亲说，我出去看看。

　　不一会，母亲回来说，庆和死了。巷里忙乱，都到他家帮忙去了。

　　庆和死了？刚才还在门口迎着我，说笑哩。

　　母亲说，是后晌坐在门墩上还好好的，天黑了进门，说他不合适，儿子连忙搀着，上炕就咽了气。

　　村里咒人，最恶毒的话叫不得好死，庆和这叫得了好死。

　　庆和没受一点罪，说走就走了。村里人说起来，这叫积了福了，修了德了。

可是庆和，一辈子偷懒，天天喝醉，这个积了啥福？有啥德行？

高头村的老人们聚到一起，还是爱说什么，人要积福哩，行善哩。有德行总有好报。

每当这个时候，就会有人顶起：那你说，庆和积了啥福？有啥德行？死得和神仙升天一样。

那人一下子就被噎住了，再也说不出什么。

兵孩和带兵兄弟

要说高头村最厉害的主儿，那是兵孩、带兵兄弟俩。

兄弟俩的老爹，就是个硬茬子，当过兵，落过草。老一辈总想，下一辈子撑住门户先要恶，要狠，不能怂了，就给两儿子取了刚强暴烈的名字。景家巷，景兵孩、景带兵赫赫有名。其实这兄弟俩都成长在八路军来了以后，也从来没有当过兵，带过兵。这名字对老子的劲，让人一听就怕。

村里村外，都知道这兄弟俩是高头村的恶人。景家巷最能打架，就因为有这兄弟俩。打仗亲兄弟，这兄弟俩也真是亲亲骨肉一起上阵。但凡哥要动手，兄弟肯定帮着。兄弟要上手，哥也不含糊。人们说，其实这兄弟俩，不见得多么强壮。他们赫住了众人，就是靠的又硬又楞又横。二话不说，上手就打，村里人一看这个架势，咱不招惹这号厉害的，先就躲开，他们于是赢了。打不赢呢，靠的是死缠烂打，不赢了不松手。如果你输了，算了，你赢了，跟到你家，一口一个，我知道你今天把我打了，你打呀，你打呀，打不死不是你妈生的，一边说一边伸出头往你怀里犁。你要不理，一天赖着不走。好人谁架得住这个，算了算了，认了倒霉算了。

村里也有不怕这两个兄弟的，那就得自己也赖皮才行。巷头南正正说，我不怕。你不怕，带兵找上门来寻茬儿，两人巷道上扭成一团，一个时辰分不出高下。眼看大雨来了，两个人不停手，还在厮打。大雨浇得巷里黄汤子哗哗地流，两人浑身上下眉毛眼窝都是泥水，干脆脱光了，全身一丝不挂，在泥里水里继续翻滚。一场雨下来，两人打成两个泥猴。砖头瓦渣扎破了脊背，血糊里啦。眼睛鼻子青泥涂抹得不成人样。你和带兵打架，就得豁出去。

高头村景家巷，由此就经常打架，打群架。时间长了，景家的女人也上手。女人能帮啥忙？景家巷的女人也学着带兵，耍赖。不管你怎么捶怎么捣，拽脱了头发，撕破了脸，我弓着腰只取下三路。一旦手塞进男人腿胯抓住了籽蛋，攥住就使劲，那是要捏碎了才撒手啊。对方立刻爷爷老子直叫唤，这架当然就此结束。景家的女人也是了得，顶大用。

我见过兄弟俩和人打架，那时我还在村里。有一年收麦，队长呈祥不知怎么把兵孩惹翻了，两人在麦地里打了起来。呈祥身高力壮，练过点拳脚，就不把兵孩放在眼里。兵孩朝他扑过来，呈祥只抡胳膊一拨，兵孩就倒地滚出老远。几个来回，兵孩倒地翻起来，一把夺过旁边一人手里的铁锹，那种圆头的铁锹，举高了朝着呈祥就狠狠地戳着投过去，那一把铁锹，足可以把人铲成血窟窿，那是玩命的架势。呈祥闪身躲过，兵孩又夺过一把镰刀，割麦时的镰刀，一把一把都磨得风快，一刀拉过去，麦子要齐齐断根。兵孩挥舞着镰刀，朝着呈祥肩头一刀就砍过去，那一刀能砍下脖子，我们都吓呆了，女人拿手捂住了眼睛。呈祥眼看难逃一劫。不过这个家伙看起来楞，下手之际还是心里有数着哩。原来这家伙挥刀就砍，那刀锋却是朝外，镰刀柄朝里。咔嚓一声，竟将镰刀把砍断，随即抡着带木茬子的镰刀把，朝呈祥胸前一戳，顿时呈祥胸前就戳出一个血窝子。呈祥当然不怎么回击，还是抡胳膊一扫，兵孩倒下。他也知道自己闯了祸，一边骂骂咧咧，闹着你打你打，一边就收了手。

围起来的村人没一个敢上前劝架。涑水河边的麦地，这一架打得翻来滚去，众人踩踏，麦子倒伏了一大片。得亏是集体的地，没人管。

兵孩、带兵兄弟俩这样玩命，在村里当然没人敢惹。在地里，他看上谁的菜，拔几棵就拿回去吃。西瓜熟了，他摘一个，砸开了吃，看瓜的不说。谁家的鸡在巷里寻食，带兵见了，咕咕咕幺到自家，杀了煮了，主人找不见，也就算了。在一起做活，用起来趁手的小铲子什么的，带兵随手就顺走。你去讨要，那得客客气气。带兵啊，我今儿个干活回家忘了一把小铲子，你见了没有？带兵倒也不昧，啊哈我拾了一个，是你的啊！拿走！以后再不敢丢了啊！主人客客气气道谢拿走，出门变脸就骂，丢个球，你不拿它能丢了？

背后骂娘，只要带兵听不到。你要敢和他骂架，他抡起大粪勺子，照着你的大门泼上一勺子臭屎。嗨，招惹他干啥。

村干部也不敢说他。那时集体劳动，他想去了就去，他不想去了就歇着。队长从来不敢叫他。出差修河，北山炼铁，更是压根没有人想到派给他。你若惩罚，他喊叫要死到你屋里去。他不干活，分粮很少。没有吃的了，就到公社去闹。你和他说理，他大喊一声：八路军不兴饿死人！谁敢让他饿死？于是他不干活有理，你饿死他没理。你只好给他粮食，让他回去继续不干活。

有一年公社来了个下乡干部，不知情，想惩罚一下带兵，吓唬说，你再胡来，我把你关到班房里去！带兵瞪起眼，有本事你当真关了，我现在就跟你走！干部到家一看，泥房子漏风，锅灶几天不洗，吃饭桌子都是几块土坯搭的，满屋里没有个像样的家什，粮食吃一天算一天，这号光棍，有一天没一天的光景，到监狱还得管他吃饭。招这个麻烦干啥？遇上这号难缠的，以后干部都避着。

公社主任老廉到高头村下乡。有人闯进来，兵孩、带兵又打架啦！快去看呀！

老廉说，你先走！我喝了这碗药就来啦！

药锅嘶嘶冒气，盖子扑嗒扑嗒响着，老廉熬好了药，喝好了药，走出去，巷里的打架也停了。老廉于是隔空喊话，讲一番打架的危害性，警告要严肃处理，也算履行了职责。

公家也管不了，带兵专逆着来。集体化那时，上头喜欢割资本主义尾巴，不让个人杀猪杀羊。村里谁敢？带兵不管。带兵什么不敢？过年了，他到外地拉回一头猪，杀了刮了毛，卖给村里。那时大家都穷，好赖有个一斤半斤猪肉，过年见个油气。你到哪里去买？带兵屋里有。平常有个啥节气，带兵也杀羊。谁家来了亲戚，会到带兵家，买一点羊肉羊尾子油，剁胡萝卜馅包饺子。再穷，谁家没有个待客的日子？有带兵，这个难处就不算事。

带兵杀猪杀羊，能赚点钱，贴补光景。他是个有今天没明天的人，其实不在乎这个。杀了猪杀了羊，头蹄下水就是赚下的。带兵会请了朋友，热了烧酒，煮了下水，在家里喝酒。他闹翻了天，大队公社没人来。知道没人管，来的人就多。那年月，难得醉一回，醉就醉吧。屋里暖烘烘的，大锅里肉块子咕嘟咕嘟，一条巷都是香的。有人路过，只要打个招呼，带兵就拉进来。一会儿，半条巷的人都来了，屋子里外都是人。大家围着火炉，嚼肉片咂肉汤。有好多穷家，都是因为带兵，一年能那么尝尝肉味。

平田整地高头村落后，公社书记到高头讲话，大声斥骂，社员没一个敢言传。带兵到了会场，指着书记日爹操娘，书记一看这人，啊，今儿个就说到这里啦。心里说算今天倒霉。

带兵不理会官家的任何规矩。乡亲们抗上，也就把带兵推到前头。

上头到龙孩家催缴摊派，龙孩说，带兵咋不交？你叫带兵交了我就交。

腊月天修河，旺旺媳妇坐月子也得去。旺旺对队干说，带兵只要去我就去。

带兵能去干这个？这会儿他成了挡箭牌。

带兵这个煞神，媳妇凤阁却是高头村数得着的漂亮。那是落南逃过来的一个人家，着急给女儿找个下家，凤阁就跟了带兵。只说高头村光景差不了，过了门知道是这么个恶人，早已经迟了。

兵孩带兵兄弟俩，以犯愣要横立家，一朝垮塌，当然也是因为太横太楞。

兵孩带兵兄弟在村里打架，不能吃亏。可是带兵和北头殿孩打架，殿孩人高马大，带兵死缠，还是吃了亏。

带兵给兵孩说，我叫人打了。

兵孩说，你叫人打了？他打你了？你不会到他家跳井去？

在村里，跳到你家井里是很厉害的闹法，那是要跟你玩命。带兵当真就找到殿孩家，扑通一声跳了井。

带兵以为那口井有水，不料那是口枯井，只有半尺井水，带兵落到井底，咔嚓就摔折了腰杆。

兵孩带人来救。几人在井口搭起井马子，安上井轱辘，把井绳放下去，吊人。

兵孩下井拴扣子。这井下吊人，拴扣子有个窍门。两条大腿根各盘一个圆圈，扶起伤号，头朝上坐着，搭好绳子，在胸前再盘一个圈，伤号双手抓住下放的井绳，坐着吊出井口，安全稳当。兵孩这个二杆子哪里管这些，抓住绳头，往带兵腰杆子上缠几匝，像是捆绑一抱高粱秆玉米秸，三下两下缠好，朝井口大叫：绞！上面摇起井辘轳，带兵就杀猪一般号叫。腰伤还要担住那么重的身子，谁受得了。井口连忙问下边：绞不绞？兵孩大叫，绞！就这样带兵一路惨叫上了地面。出了井口，带兵就断了腰杆。

带兵从此只能低猫了腰，拖着一条腿走路。

兵孩没了帮手，孤掌难鸣，从此也不敢怎么张狂。

村里人长长松了一口气。

带兵废人一个，也得要吃喝啊。

带兵没有粮食了，他猫着腰，胳膊挎着一个布袋子，挪到谁家门前，递过去布袋，人家知道他要装点米面，就装满。

带兵拿不动，他说，装好，给我抬回去啊。

带兵要吃菜，他挪到谁家的地脚头，递过去一个筐子，人家就拔菜。

带兵说，拔好，洗净啊。

带兵依然白吃白拿，强索强要。可这会儿，讨要的双方力量强弱已经转换。村人见他可怜，也就不念以往的蛮横，愿意送给他吃喝。

带兵到门口，人们会说，没吃的只管说，咱屋里有呢。

带兵到地头，主人家装好菜，会说，地里有啥，你吃菜只管拔。不要管我在不在。

带兵残废以后，早已没有了往日的凶狠，媳妇儿看到这样，也就起诉离了婚，改嫁到了邻村。

带兵心里不美，让人拉了小平车，把自己送到邻村，找到媳妇的家门口吵骂，要闹事。

那男人也是个愣汉，出门堵住带兵说：你是带兵？知道你厉害。我敢惹你，就不怕你厉害。咱今儿个把话撂在这儿，你乖乖的回去，啥事没有，你要敢耍麻达，——愣汉戳了戳手里的平底钢锨——小心我一锨拍死你！

带兵早没了当年的锐气，一看遇上了比自己还要横的主儿，让人拉着就回了高头。

带兵不愿意碰上惹气的媳妇，还就是躲不过。3月28日县城逢集，带兵去逛街，恰恰碰上了凤阁，带兵气得大骂，当时就口鼻流血，回到家没几天就死了。

带兵死后没几年，兵孩也死了。这是十几年前的事。

在我心里，兵孩带兵兄弟俩就是地痞恶棍，想不起在村里有什么好。十几年后说起来，我还是这样。

嗯？带兵没有一点点好？乡亲们说，可不能这么说。

那个时候你屋里能吃一顿肉，忘了带兵啦？年年腊月，你还不是到带兵家里去买肉？没有带兵你肉毛也见不着。

公社书记在台上训砍人，带兵给你出气，你躲在背后偷笑哩，你忘啦？

龙孩和旺旺的孩子就在一旁。立刻有人说，你爸不交款，你妈不修河，还不都是带兵在前头撑爹着？忘啦？

这当然也是带兵的好。乡亲们还真没有忘记。

选自《红岩》2017年3期

评鉴与感悟

我来编辑部的时候，毕老师已经不怎么上班。只知道天南海北地跑，好像是做纪实，也可能像是在研究。后来就有几部著作问世，《走过带伤的岁月》《坚锐的往事》《走出岁月的阴影》，有的早已读过，有的却是新作。过往的历史是惊心，人物的命运也惨淡，但他写得却是好看。这一组文章，粗看像是笔记小说，其实却是乡野档案。历史中小人物的命运，他写得冷静克制。对曾经生活在这片土地上的乡邻，他饱含同情。他用一篇又一篇经济的文章，梳理建档，早已风化的历史，又变得生动形象，有了血肉。

孤独的馈赠

/吴佳骏

池塘之眼

池塘，是村庄的眼睛。有风吹，它就眨一下。若无风，它就老是睁着，望向天，好似天上会落下黄金。这只眼睛，很亮，很清澈。它会把看见的东西尽收眼底。云过，它把云的形态藏进水波；鸟过，它把鸟的影子印在水面。

小时候，夏日黄昏，我总喜欢坐在塘沿上，观察水面的动静。太阳的余晖照临池塘，池面像敷了一层蛋黄。我喉头微动，想伸出舌头去舔一舔。这时，我看到自己那孤独、瘦小的身影在水面晃动。我捡起一块石子，朝影子砸去，瞬间，我就破碎了，融化了，整个池塘，都浮满了忧伤。

一群小鱼，摇着插在尾巴上的破扇子，在我投石的周围游弋，试图用嘴把我破碎的身影粘贴完整。它们极有耐心，蹿上蹿下，宛如一队水底世界的能工巧匠。然而，也许是我的身影太易碎了，修复难度很大。约莫一刻钟过去，它们便显出疲态。摇摇头，各自散去了。鱼儿们的义举，让我感动莫名。

我那时的梦想，便是做一条鱼。成天把自己泡在池塘里，赤裸裸的，将周身洗得纤尘不染，顺便把烦恼和惆怅也洗去。

大概八岁那年，一个午后，我突然觉得要为自己做一次主，便一个人偷偷跑到池塘边，纵身跳了进去。水花飞溅中，我还没来得及挣扎，就被池水淹没了。好在水不深，脚站在池底，刚好能露出头。我带着呛水后的难受，爬上池岸，好像死过一回，又活了过来。

从那以后，我变得成熟了，也懂得了生活之水的深浅。原来，做一条鱼，也未必是多么快活的事情。

这一切往事，我相信池塘都记住了。

如今，几十年过去，我已不再年少。池塘也不复是过去的池塘，它沧桑了不少。眼睛明显没了曾经的清澈。池面上，飘满了浮萍和白色垃圾。自从乡村公路通车后，每个周末都有城里人开车来这"世外桃源"兜风。有的还自带帐篷，烤箱烤架，在池岸上搞起了野炊。男女喝了酒，就唱歌，打牌，嗑瓜子和花生，朝池塘里扔废弃物，把一个宁静的山村嚷得鸡飞狗跳。尽兴之后，他们就钻进帐篷，等太阳落山，等倦鸟归巢，等衰老的池塘闭上眼睛。直到昼夜交替之际，他们又开始做爱，以天为被，以地当床。野风劲吹，山崩地陷；几番云雨，精疲力竭。他们喘着粗气，终于偃旗收兵，把一个一个的避孕套抛向池面，给池塘戴上眼罩。

这一切，池塘也都记住了。

我从池岸上走过，我见证了池塘的生机和落寞。跟我一样见证了池塘的生机和落寞的，还有村头的李大爷。李大爷最大的爱好，是蹲在池塘边钓鱼。我还是个孩童的时候，就看见他隔三岔五地在垂钓。那时，他年轻，娃小。家里穷，没钱割肉，只能钓几条鱼来给孩子改善伙食。后来，他的孩子大了，外出参加了工作，我依然看见他时常在垂钓。尤其下雨天，他披蓑戴笠，嘴叼烟杆，坐在岸边，像个打坐的人。有次，我到池塘边散步，见他垂钓，就问他，你娃又不在你身边，你自己又不吃鱼，钓鱼干啥？他凝视浮标，淡淡地说：喂猫。我猛然想起，自从李大爷的老婆病故后，他便热爱上了跟猫相处。

这次回乡，我又看到李大爷在池塘垂钓。他已经老态龙钟，背驼了，眼睛也看不清东西了，却仍旧那样盯住浮标，从早晨坐到傍晚。他的旁边，永远蹲着一只猫。只是不知道这是他养过的第几只猫了。偶尔钓到一条鱼，猫就两眼放光，喵喵地叫。可李大爷就是不给猫吃，从钩上取下鱼，又放回到池塘里去。他明白，这口陪了他一辈子的池塘里，已经没有几条鱼了。我不想打扰他，递上一支烟，转身离去。再回头看他孤独地垂钓的样子，我真猜不透，他到底是在钓鱼呢，还是在钓他自己。

日落之前

傍晚时分，我走上山岗。蚕豆花和野菜花正开着。蚕豆花像蝴蝶，爬在豆秆上，任凭冬风怎样吹拂，它都一动不动，跟季节赌气似的。野菜花呢，粉黄粉黄，星散在豆田里。远远看去，像是谁在大地的头发上插了几朵小黄花。

冬阳像一盏灯笼，挂在天空。暖光透出来，照在地面上。我在走，灯笼也在走，替我引路似的。我许久没回故乡了，它怕我不识路，走丢。我在山坡上转了转，打捞过往的记忆，可记忆早就随风飘远了；我又试图寻找到儿时印在土路上的脚印，遗憾的是，脚印也被荒草覆盖。唯独山岗上的那几棵酸枣树，还是原来的模样，只是树干长粗了。那时候，母亲在树下劳动——挖土或种豆。我就爬到树杈上，摘酸枣吃。吃腻了，就躺在树上，看白云从天空飘过，想一些不着边际的事情。我还会观察一只蚂蚁或蜗牛，如何爬上树枝，体验移动的乡愁。当然，我看得最多，也最仔细的，是母亲俯向大地的身影。她不说一句话，汗水打湿后背。她以谦卑的姿态，贴近土地，贴近粮食和梦想。母亲劳作时，我是不存在的。她的眼里，只有劳作本身。她对土地的爱，超过了对儿子和自己的爱。

现在，我的母亲老了，已经扛不动一把锄头。她两鬓长出的白发，就像树旁边摇曳的巴茅草。我走进树身，用手摸了摸树皮，粗糙，锉手。刹那间，我仿佛摸到了母亲额头上的皱纹——那被岁月的风沙磨出的沟壑。想哭，却哭不出声。我跪在树前，跟树磕头，跟土地磕头，跟日子磕头，跟苦难磕头……

树沉默不语，四野静寂无声。冬阳偏西，暮色就要降临。我站起身，朝晚霞铺展的远处走去。我想在霞光消失之前，再看看故乡的面貌。杂草太长了，几乎要将我淹没。我在草丛中横冲直撞，锋利的草叶割得我双手刺痛。我不得不举起手来，像一个投降的人，又似一个托举落日的人，在故土上无止尽地奔走。我担心那个灯笼会掉下来，点着干枯的荒草，把我的故园烧成灰烬。

或许是我走得太急，惊扰了草丛里蛰伏的山雀。它们倏忽飞起，冲向落日。那模样，很有几分悲壮。我突然意识到，这片土地，不止是我的，也是动物们的家园。自从我离开故乡后，一直是它们在替我守候着这片土地。它们永远比人忠诚。

　　然而，就在我走到一片翠竹掩映的田塍上时，一张网挡住了我的去路。那张网的网眼很小，若不仔细辨别，还以为是一张巨型蜘蛛网。网上，套着一只画眉，正在做垂死挣扎。翅膀严重受伤，有血珠滴出，染红了野草。我踮起脚尖，想把它取下来，让它重获自由。可我反复试了几次，就是够不着。晚风从网眼里吹过，也从我的心上吹过。网的其他地方，也残留着鸟的羽毛。每一片羽毛，都是一个招魂幡，在替那些死去的鸟雀招魂。我站在网下，耳朵仿佛听到无数鸟儿的哀鸣。我不知道，这张网是谁安放的。在这个世界上，总有那么些人，在偷偷地干一些伤天害理的事情。我必须救下那只鸟。我费了好大的劲，才把那张网撤掉。但令我心碎的是，当我成功取下被困之鸟时，那只鸟已经气息奄奄了。我没有能力和办法使它再展翅飞翔。

　　这个黄昏，我经历了一种罪过。

　　落日越来越暗淡。那刻，我如梦方醒。这落日，并非是在指引一个游子寻找乡愁，而是在替一只小鸟送葬。

　　天就要黑了。我返身朝回走。走着走着，我不禁泪流满面。我感觉到，在我的故乡，每一次日落之前，都有一道悲伤在蔓延。尽管，在日落的另一面，黎明正欲翻身。

寒猫

　　我们家的猫失踪了，好多天都没落屋。奶奶心急如焚，嘴里老念叨。猫一走，奶奶的心就空了，晚上睡不着觉。好不容易合上眼，猫就会闯入她的梦里，像一片雪花，闯入到冬季。这只猫，跟了她很多年。白天陪她晒太阳和聊天，到了夜间，就钻进被窝，给奶奶暖脚。

　　父亲担心奶奶伤心过度，嘱咐我去把猫找回来。我沿着山前山后找了个遍，连每个岩洞都搜索仔细了，可就是不见猫的爪印。我学着奶奶的声音和腔调，喵喵地大呼，渴望猫能听见。但我沙哑的呼唤在山谷飘荡了一会，就被寒冷吞噬了。我找了块石头坐下来，感到虚弱和无助。

找不回猫，我的奶奶就不得安宁。换句话说，猫不回来，我奶奶的魂也不会回来。可是，我又认真想了想，或许猫根本就没有失踪，它是故意躲藏了起来——躲在我家的屋顶上，躲在奶奶的床底下，躲在屋后的地窖里，躲在灶房的烟囱内，躲在房前的柴草堆中……这是一只无法走远的猫。它跟我奶奶一样，临近迟暮，老态龙钟，稍微走几步，就要蹲下来喘口气。况且，在这只猫的大脑里，储存了太多有关奶奶的故事。那些故事是另一种雪，大大小小的雪花堆积在一起，足以冻僵猫的生命。

想明白这一点，我感觉自己像是掉进了奶奶设置的一个圈套。她让父亲逼我去找猫，其用意是希望我们能驱除或融化她内心的寒冰。记得若干年前，我还跟家人生活在乡下的时候，奶奶就总是缠着我听她讲故事。她讲的那些故事，不是破破烂烂，就是坑坑洼洼，反正是没有风清月明，一马平川的。我耳朵都听起茧子了，她仍喋喋不休。我那时年少，缺乏耐心，更不理解奶奶故事的内涵——她的讲述，其实是一种孤独的馈赠。奶奶对我的表现很失望。我离开家后，奶奶又把讲故事的热情倾注到父亲身上。可父亲比我更缺乏耐心，作为乡村医生的他，诊所就是他的整个世界。他没有闲情聆听奶奶的叨扰，他的耳朵早已被病人的讲述塞满。那些病人的讲述，比奶奶的讲述更迫切，更有力度，也更沉重。他们都是跟死亡打过无数回交道的人。故父亲每天从诊所回到家，只要听到奶奶讲故事，他就赶紧跑到堂屋香案上的药王菩萨面前焚香。香一点燃，奶奶就会闭嘴。直到有一天，她找到了猫这个听众，她内心的焦虑才得以缓释。可现在，连猫也不愿再听她的啰唆了。奶奶再次陷入了惶恐，像冰里埋藏着一根火柴。

我不想戳穿奶奶的圈套，我继续替她寻找猫的下落。寻找猫的过程，也是寻找我奶奶的过程。这么多年了，我都没有真正走进过奶奶。前几天下雨，我生了一盆炭火，端到奶奶跟前，供她取暖。在我的记忆里，只要气温一低，她就喊疼。父亲很负责任地给她做了全面检查，又没发现任何毛病，可她就是喊疼。那疼像猫一样，藏在我们看不见的地方，把一个人折磨得魂不守舍。我陪在奶奶身旁，替她搓手。奶奶盯着火盆，昏昏欲睡。我怕她睡过去，不断跟她说话，并一再请求她给我讲述多年前她没能讲出的故事。奶奶没有理会我的请求，她嗫嚅着只说一个字：猫，猫，猫……

整整一个冬日下午，我都在寻找猫和奶奶的双重困厄中徘徊。我不知该到哪里去寻找失踪的猫，也不知该以怎样的方式，才能找回我奶奶丢失的魂魄。我像一枚树叶，在寻找枝头的阳光；又像一粒种子，在寻找土壤的温床；还像一条小溪，在寻找最初的源头；更像一只候鸟，在寻找旧年的老巢……

可天都快黑尽了，我的寻找仍然一无所获。我没能找到那只猫。我找到的，只有一个乡村女人一生的命运，以及躲藏在命运里的那些忧伤的碎屑、欢悦的孤独和刺骨的寒冷。

梦冬

我渴望听到一些声音，细小的声音，在这个孟冬时节。我在田野里走来走去，像一个菜园的管家。那些菜全被白雾罩着，宛如农妇冻裂的脸庞，涂了厚厚的粉霜。我俯下身子，将耳朵贴于泥土。凉，伴着一股阴湿，钻进我的耳蜗。顿时，我的血管里，似有亿万条蚯蚓在蠕动。

田地东边，蹲着一位老人，在扯杂草。他穿得很单薄，发须尽白。浓雾包裹着他，远远看去，仿佛蚕茧里的蚕。我慢慢地靠近他，像一种凉靠近另一种凉。然而，这个老人却丝毫没有察觉到我。他低埋着头，两只手颤抖地扯着一根一根的草；既像一个匠人在制作手工艺，又像"土地神"在拔出大地的寒气。

我不知如何是好。我渴望听到一些声音，却无意中听到了一个老人细小的喘息。我掏出手机，想替老人拍一张照片，就像我曾经拍过的那些大地上的河流、树木、飞鸟、芦苇和花朵一样。可令我诧异的是，我刚将手机对准他，他竟惊慌失措地站起身，扭头就跑，连身旁的背篓都不要了。

我待在田地中间，感到莫名的惆怅。我的鲁莽总会伤害那些我所热爱的事物。

那天过后，我决定不轻易在村里乱走。我怕自己的脚步会扰乱季节的秩序。我把自己藏起来，像一只冬眠的青蛙。在乡下生活，只有将寒冷抱紧，才能获取丁点温暖。

转眼到了仲冬。我实在憋得难受，就又想到村里转转。在城市生活久了，我已经失去了耐心，变得不甘寂寞。一个人倘若真要跟自己相处，跟寂寞相处，跟内心相处，那是需要境界和修为的。

村子又安静了许多。一切都在沉睡。我抄着手，在村里闲逛，耳边只有风吹树响。突然间，我很想抽一支烟，可打火机无论如何都打不着火。在寒冬，打火机也是冷的。我没法自己将烟点燃，我的指尖没有着火点。我只好重新把烟放回烟盒，把想法放回欲望。

这真是个索然无味的冬天，我想。我继续抄着手，在村里闲逛。我渴望遇到一团火，就像我曾渴望听到一些声音。这是我的梦想，冬天的梦想。我的梦想非常简单。可越是简单的梦想却越难于实现。

正在我灰心沮丧的时候，我又遇见了那个被我的拍照行为所惊吓的老人。他拿着一把锄头，在房屋周围使劲地挖什么。我很好奇，停下来默默地盯着他。这次他没有被我的怪异举止吓住，或许他根本就没有心思理睬我。他只拼命地刨挖，复仇似的，额头汗珠滚滚。渐渐地，我算是看明白了。这个老人是在刨房屋的地基。他想制造一场事件——房屋倒塌事件。这是他在这个冬天的梦想。如果这个梦想能够实现，他将为后人赚取一笔意外死亡赔偿金。但令他没想到的是，他这几间瓦房太坚固了。几根石柱已被他刨得如裸露的白骨，却就是不倒。

我被眼前的一幕吓傻了，不禁汗毛倒竖。这是怎样的一个老人，又是怎样的一个冬天啊。我仍想抽一支烟。这回，火机倒是打燃了，可颤抖的嘴唇就是叼不稳烟。索性，我连烟和打火机一并扔出老远，像把冬天扔出季节之外。

不知不觉间，日子到了季冬。一天上午，我站在村头，正在眺望春天的消息。却无意中发现老人拿着一把锯子，在锯生长于屋旁的一棵大树。他不把树锯断，只拉开一条大口。他希望能在春季来临之前，刮起一场大风，将树吹倒，压垮房屋。可这场风却不守信用，它在村前旋了几圈，就调转了方向。风是聪明的，它识破了老人的阴谋。它不想成全了老人，却毁了自己的清白。

风走后，老人失望至极。就在这个冬天快过完的时候，他掉进村头的池塘淹死了。一个梦想着死的人，终于死在了制造死亡的路上。

寒林树语

我曾经常走进那片树林。

有时，是受一只鸟的引领；有时，是受一种莫名的情绪引领。那片树林不大，树种以青枫树居多。特别是夏季，下过几场雨之后，树林里杂菌丛生。这时进林，准能捡到大小不等的菌子。拿回家洗净，炖成汤，真是又鲜又香。

可现在是冬天，无菌可捡。也没有鸟为我引路，我的情绪也很正常。我之所以走进树林，是我听到了树的召唤。离开故乡多年，我时常在梦中看到树披头散发的样子，在风中奔跑，边跑边喊我的名字。醒来，树又全都消失不见了。只剩下它的喊声，不断在我耳边萦绕。我的脊背一阵冰凉，泪珠像两枚细小的卵，在眼眶搭建的肉巢里滚来滚去。

那些树都还认得我。我从树底下走过，落叶铺了厚厚一层。脚踩在上面，软软的，挺柔和。这是它们为迎接我这个游子，专门铺设的地毯。这仪式太隆重了，我感到十分羞愧。我伸出手，顺着树干一棵一棵地抚摸。我不仅摸到了树那潮润的皮肤，也摸到了自己的年轮。有的树干上结了痂，手摸上去，硬硬的。我怕碰疼它们，就住了手。每一个疤痕，都是曾经的一道伤口。那些伤口里，藏满了生长的秘密。

遥记当年，我利用上学的间歇，养了几只兔子。每天放学后，我唯一要干的事情，便是去菜地里给兔子扯草。短短几个月时间，兔子被我养得又肥又胖。父亲为犒赏我，还特地砍来竹子，替兔子编织了一个大笼子。看着兔子在笼子里活蹦乱跳的样子，我感觉生活无比的美好。可让我没想到的是，有天我放学归来，跑到兔笼前一看，其中一只灰毛兔爬在笼内一动不动。我揭开笼盖，用手一摸，兔子的身子已经僵硬了。那一刻，我的眼泪夺眶而出。我不知如何是好。我既不想把这事告诉还在坡地干活未归的父母，也不想压抑自己的悲伤。低泣一阵之后，我抱着死去的兔子，提起墙角的一把锄头，向那片树林里走去。我将那只灰毛兔埋在了林子西边一棵苦楝树下，还用随身带的小刀在树身上刻下"爱兔"两字，以示对这只兔子的哀悼。埋掉灰毛兔，天已经黑了。父母早已回家，他们看到我沮丧的表情，一句话都没说。母亲接过我手里的锄头，就转身去灶房煮晚饭去了。从那天起，他们再没向我提过那只灰毛兔。他们不想去触碰我的伤疤。

如果树也有记忆，它们一定会记得当年有个孩子，在一个薄暮时分，曾静静地走近过它们。那个孩子，他独自穿过密林，穿过正在降临的黑暗，穿过被无限放大的悲伤。他徘徊又徘徊，站在树下，听风吹树响。所有的树，都在默默地看着他。而后，树们开始窃窃私语。议论着一个孩子内心的风暴，和一只兔子的死亡。最终，它们又看见那个孩子，在绝望的笼罩下，摸索着找到了回家的路。

我不能再继续回忆了，也不能替树去回忆。不管是树或人，都不应该老是活在回忆里。我绕着树林走了一圈，林子里寒气森森。雾霭包裹着树叶，湿漉漉的，仿佛刚刚哭过。只是我不知道，它们是因为高兴哭呢，还是别的什么原因。一棵树站久了，也会很独孤。别看它们伴侣多，其实一棵树与另一棵树之间，永远难于靠近，也根本不会走进彼此的内心。真正了解一棵树的不是树，也不是种树者和伐木工，而是风和雨，阳光和空气，水分和气候。这跟人类很相似，一个人倘要走进另一个人，那中间永远横亘着一道鸿沟。不论这两人之间的关系多么亲密，多么特殊。因此，也才有那么多渴望被了解的人，悄悄走向山川河流，旷野丘陵，走向一朵花，一块石头。他们相信，只有自然界的这些东西，方能安慰他们迷离彷徨的心灵。

如此说来，我在这个冬季走进一片树林，也是在为自己那渴望被知晓的心灵寻找一条路径吗？

树没有回答我的问题。唯有树梢动了动，像是摇头，又像点头。

青瓦

昨夜。风大。屋后的竹子受风的指使，扫掉了我家屋顶上的几匹青瓦。那时正值夜里十一点钟，青瓦落地的响声惊醒了沉睡中的父亲。他从床上爬起，打着手电筒，到屋外转了一圈后，又回屋蜷缩进了被窝，像一个患梦游症的人。我躺在隔壁的木床上翻看一本名为《旧都的味道》的书，作者是一个叫薄田泣堇的日本作家。我合上书页，准备入睡。这时，父亲的鼾声穿过墙缝，在我的耳膜上此起彼伏。屋外的风更大了，咆哮

083

着，像个黑夜中的暴徒。瞬间，我的睡眠和父亲的鼾声，都被风粗暴地掳走了。又一匹青瓦，从房顶坠落，砸向黑夜的脊背。

第二天清晨，风停了，我赶紧跑去屋后察看。两根老竹，一根嫩竹，倒在屋顶。竹叶尽脱，竹枝插在瓦楞中，形象十分狼狈。瓦脊上，蹲着一只鸟，羽毛被晨雾濡湿。我轻轻摇动老竹，想让它飞走。可鸟就是不飞，依旧静静地蹲着，也许它早已厌倦了飞翔。我凝视着鸟，鸟也凝视着我。一下子，我的心中涌起太多的话，却不知道对谁说。这些话语，闷在我心里若干年，跟屋顶上的瓦片一样，全都长满了青苔。

青苔长在瓦上，就像白发长在父亲的头上。青苔和白发，都是岁月的物证。正这么胡思乱想着，我脚底一滑，身体撞在一根竹子上，落下的水珠滴进我的脖颈，寒冷迅速将我包裹。我一个激灵，仿佛大梦初醒。回转身，见父亲拿着一把柴刀向我走来。他要将倒在屋顶的竹子砍掉。不然，竹子还会扫掉青瓦。在父亲眼中，每一匹青瓦，都如鱼身上的一片鳞甲。鳞甲每掉一片，鱼就会疼痛一次。青瓦每掉一匹，房屋也会疼痛一次。父亲最怕见到疼痛，因为他一生都在被疼痛追杀和围剿。

柴刀闲置了一个冬天，有些生锈，刀刃不是太锋利。父亲费了好大周折，才把那三根竹子砍掉。我帮他把砍断的竹节捆好，像把一些生活的片段整理打包。父亲在旁边盯着我，额头汗珠直冒。他掏出一支烟点燃，烟圈在他的白发周围缠绕。瓦脊上，那只蹲着的鸟，已经不见了踪影。它被我们的伐竹行为吓跑了。我猜，它一定是担心那把生锈的柴刀会落在自己身上。

清理掉倒伏的竹子，房顶果然轻松了不少，再也没有重物压着它。只是，那被竹子扫掉瓦匹的地方，破开箬篓这么大的一个洞口。发霉的檩条裸露出来，好似老屋的骨骼。父亲抽完烟，立刻去偏房里搬楼梯。他要亲自上房盖瓦，替房屋修补伤口，但被我强行制止了。看他搬楼梯都费劲的样子，我哪敢让他上房。记得前年冬天，他一个人爬上房顶盖瓦，摔了下来，造成身上多处骨折。在家躺了半个多月，才勉强能够下地行走。这次，我不能让他再冒险。我本想自己上房盖瓦，但又没那本事。这不比挖地种豆，盖瓦是个手艺活，一般人还真不敢贸然上房。否则，极有可能漏没盖住，反而越盖越漏。

情急之下，我想到了村里的国华爷。他是个老盖匠，村里每户人家的房顶，他都上去过。可我这想法遭到父亲的反对。父亲说，国华爷年纪大了，早就不上房了。别人请他，他也一律谢绝。除非他自己的房屋漏水，他才不得不爬上房顶一试身手。我问父亲，那村里还有其他的盖匠吗？父亲摇摇头说，以前倒有好几个，可都老的老，死的死了。我的心里再次涌起太多的话，想说却说不出口，心里闷得慌。

　　就在父亲让我给他扶稳楼梯，准备爬梯上房时，恰好国华爷扛把锄头路过。他见状，放下锄头说，让我来替你们盖吧。我和父亲都感到惊讶。国华爷继而说，你们父子俩对我都很和善，不像村里有些人，六亲不认，这点小忙，我这把老骨头该帮。我一下子眼眶泛潮，父亲也赶忙递上烟。国华爷果然手艺超凡，十几分钟，他便将我家屋顶的洞口补上了。我和父亲要留他吃早饭，他说刚吃过了，还没饿呢。说完，就扛起锄头朝坡地去了。

　　我站在房檐下，泪水打湿了一个衰老的背影，和一颗柔软的心。

选自《清明》2017年4期

评鉴与感悟

　　佳骏兄写得安静。阅读的时候，总会想起他的为人。2015年和他在北京待了两个月，他走在哪里，都有他的笑声。他的体贴，观照到世间之物，就有了别样的温情。故土的山川草木，人事兴废，目光到了哪里，哪里就是他的根。他见证了这个时代的变迁，并试图用文字将时间留存。

敲着门的女人

/白琳

1

她敲门的时候，我正在看一本书。书的页码很多，内容曲折拐弯。我很想越过纸张的阻挠跑到文字的尾巴上一看究竟，然而我还是很耐心地坐在一张人造革沙发上表演进行时态。这张沙发，陈女士引以为傲地从新疆运到盘海，它坐过火车，也上过大巴，在某一个夜晚，忽然重新降临在我的面前。无论是我，还是陈女士，都没有办法舍弃它。陈女士舍弃不了的东西很多，都来源于故人，我舍弃不了这张沙发，是因为我就在这上面长大。我坚信自己额前的两个鼓包，就是那年从沙发上摔下来之后生长出来的。然而我并不会埋怨它的失职，我恋慕它，熟悉它的每一个细节。在它的扶手上，有一个小洞，小洞四周的皮肤开始皲裂，透漏出一点浅黄色的纹理，其实我早已探知了它的究竟。在赭红色的人造革下面，是木头和海绵的尸体。

我常常坐在这张沙发上看书，也偶尔，只是很偶尔的时刻，会在沙发上想起一个人。我记得他的片段中，就有发生在这张沙发上的瞬间。有时候我会想起他坐在这张沙发上，默默注视着我，手里拿着一本儿童漫画，我最喜欢看的一本，如今无从记忆的那一本。我忘记了自己最喜欢的书，然而却记住了他的眼睛。所以偶尔，我会承认，我想念那个故人。

门被敲响的时候，我并不愿意起身，我的眼角膜，就像是快要被文字扯下来一样，在一堆半文不白的词语中黏着。然而很快，门外传来了一个女人的呼叫，她的叫声里有我非常熟悉的反感，就像是每天晚上她都要走上几步路来到我家监督我洗脚洗袜子的那种厌烦和浮躁。她讲着普通话，即便是呼叫的时候。然而尽管她在这个闭塞的90年代初的小县城里讲着普通话，也阻挡不了音质里喷发的庸俗。她声音的频点幅度粗糙干扁，频率响应曲线蜿蜒不平，却在这样的时刻表达了急切的原来面目，恰如其分。

我可以感觉到虽然焦急，她仍然保持着咬字的准确度，可惜那语言从喉管里激荡出来的时候，和她的人一样干涸，没有任何的弹性，不留任何尾韵。软的、松的、拖的，太快、太短、太瘦，像坏掉的弹簧，弹出去收不回来。因为那声音薄得像是她的嘴唇。密度不够，疏散而无法凝聚。

在小县城里，讲着普通话的人很少，讲普通话的我和陈女士，既被新奇的眼光盯视，也被厌恶的眼光排斥。那时间那世界，容不下与众不同。可是，叫着门的这个女人不一样。她是土生土长的县城人，甚至从来没有去过四百公里之外的省城，但是她自发地说着普通话，把每一个en和eng，ch和c搞得很清楚，也从来不把"说"念成"书"，把"书"叫作"本本"。

敲门的，是我的卫生老师。

2

陈女士是数学老师，在小县城最好的小学任教。学校操场一排杨树边上，盖着一溜平房，那里住着除了数学老师之外的语文老师、体育老师，还有卫生老师。

卫生老师，隔着一间房子的宽度与我们比邻而居。我念到三年级时，她成了我真正的老师，讲生活课，教大家叠衣服做墩布，在流感把手放到学校大门口剥了漆的铁栏杆上之前开始传授预防知识，在铁炉子上泼醋熏出一屋子的浓烟。她很爱强调洗手，如果上的是早晨最后一节课，她一定要说的一段话，就是大家回家先要洗手，要记住正确的洗手步骤，先把手淋湿，在手掌上抹肥皂，搓出泡沫，让手掌、手背、手指、指缝等都沾满肥皂泡沫，然后反复搓揉双手及腕部。两手心互相摩、擦手心、手背相互搓、揉两手交叉着洗，清洗手指间隙……我们一哄而散，没有几个字真正的落入我们的耳蜗,从那时候开始,我虽然不知道一个好女人的要素是什么,但是先收纳了一个坏例子。重复的话不能重复说。

成了我的老师之后,之前因为隔着五年级语文老师而没有办法和我们的墙体紧密接触的她,有了频繁出入我们家的理由。念完了半个学期的生活课,这门课就完全消失在县城小学的课表上了,卫生老师变成了卫生所阿姨,回到她原本应该站立的岗位上去。我对于她职务的变动漠不关心,只在意究竟什么时候她才不会在每天晚上八点半来我家盯着我洗脸刷牙洗脚洗袜子,什么时候才会在我做这样的事情时停下她那张不断挑剔着的嘴。有几次,在她喊着口令的中央,陈女士略显尴尬地代我说话,告诉她我下午刚洗过澡似乎可以不用洗脚,然而她严肃又深刻地注视着陈女士说,一个女孩子,要养成良好的生活习惯,而这些生活习惯,是每一天每一天积累起来的……我对于她的厌恶,是赤裸而明显的。在后来的很多年,每当我良心发现或者被人毫不遮掩地说出自己冷漠的个性,卫生老师就会从记忆幽暗的底层浮上来。我从小自私自利,对人没有热情,也不期待别人的热情,懒于应承所有的情感曲线,如果有了厌恶也总是不穿衣服,不屑遮蔽。而让我第一次意识到自己是这样的一个人的,就是卫生老师。

3

卫生老师,或者说,卫生所阿姨,一直是县城小学里面的边缘人。有时候,她往里挤一挤,勉强有半个身子站在教师的队伍中去,更多的时候,她悬在崖边,带着即将坠落的惊慌。

她来我家,常常引着一团黑雾。陈老师假装心理医生,充当了能量供应站。她讲述自己的人生。考大学失败,不然就能上某个知名的医学院。以前有一个男友,人家去省城念书了,所以她就随便结了婚。妈妈身体不好,在乡下被姨妈照顾着。自己有病,下体总是莫名出血。虽然带了课,工资怎么还是人家的一半。高中生就不能当老师吗,到大专随便进修一下不就好了。孩子奶奶太精明,把他哄得和自己不亲……

后来,我看过很多人捂耳朵。我的一个女朋友,哭的时候不是捂眼睛,也不是捂嘴巴,而是捂耳朵。另一个女朋友,在听到自己不想听的任何话的时候，都会捂住自己的耳朵。这些动作被捆绑在肢体上，它们诚实、守信地完成了所有最痛快的行为。由是，我的朋友在公司年终总结大会上，在老板讲话的当中，在众目睽睽之下，坚决地捂住了自己的耳朵——我没有，也不会这么做。我的手懒得抬起来，而是直接回避了从卫生老师嘴巴里跑出来的长串名词动词形容词，和间歇性的副词。她的嘴紫白紫白的，像梧桐花瓣阴阳两面的交界。

我看着那两片轻薄的嘴唇上下翻飞，舌尖顶出一个又一个伪装普通话的音符，总是忍不住从心底泛起恶意。那些缠绕在这个女人心中的结点，它们是那么琐碎，比起陈女士浑圆的整个的巨大的痛苦，散漫而无趣。

日子久了，她把所有的不幸说了个天翻地覆，说了个索然无味。身上冒着的黑漆漆的浓烟也化成灰白的雾气。她终于有了想到别人的空白，于是，在说着自己的中间，她开始隔三岔五地问陈女士，你不再寻一个男人吗？你该寻一个男人。我给你寻寻吧。"寻"是县城里爱讲的一个词，原本没有这么文绉绉，发"行"音。她把所有方言里的词汇转成正音念出来，带着一点古老的糊涂的昏庸的土味。

我一边洗脚一边斜睨着卫生所的这个女人，她穿一套红色秋衣秋裤，下边趿拉一双钴蓝色的塑料拖鞋。拖鞋的边缘开着几条线，参差的塑料伤口里刺进去黑色的陈旧的污垢。她的脚又干又白，像是晒过的鱿鱼的肚皮。脚趾甲很长，一部分扣着长到肉里面去。指甲盖是坚硬的贝壳，上面还分布着海的纹路。

我擦干净脚，坐在沙发上剪脚趾甲，脚趾甲的顶端，被切下一片片的弧形，它们充满力量地四下奔走跳跃，像是要跃到生命最远处。有一些落到了沙发上，有一些落到了她红色的秋裤上。我奋力而有耐心地剪着我的指甲，幻想它们可以刺入红色秋裤下的皮肤，然而它们最后还是软弱地在陈女士的斥责中被扫走。

4

期末一天，我的膝盖磕坏了，去卫生所包扎。她一边唠叨着，一边给我消毒。我们学校的副校长刘宝玉，站在她的身后，紧紧贴着一溜白得发蓝的铁皮柜。柜子的上层是玻璃门，门里关着很多种瓶瓶罐罐的药材。她给我处理伤口的动作很慢，慢到夹起一团药棉也可以呼吸三五个轮回。我看着她打开生理盐水的瓶子，倒在一个医用铝盒的盒盖子上，她用这些消毒液刺激着我的腿，就像我假想用指甲盖刺伤她的腿那样，她深深刺痛了我。她在我的哀号中沉默。慢腾腾夹着药棉蘸着碘伏。刘宝玉像是在铁皮柜上落下的画，他终于忍耐不住，接住了我瘸着拐进卫生所之前的话头。

他说，不管怎么样，你得赔。你不但得赔，你也不能在这里干下去了。

她抬头说，等一下给孩子弄好了再说。

他们都讲着县城的土话。

我从来没有听过她讲土话，现在她讲了，我忽而就觉得，这才是真正的她。她深长喘息，如释重负，像是终于解下冬天里缠绕在脖颈中间的围巾。

可惜她没有如释重负。她的身体绷得紧紧的，肌肉僵硬，像是提前死去了一样。

刘宝玉没有要放过她，这个低矮的、戴着眼镜、穿着在谷裕市场裁缝店里做的西装的、腿没有两尺长的男人，恶狠狠地说，你的账对不上，我都要去告你，你不要以为你男人是个主任就没有人扰你。

我糊涂地听着，碘伏在我的小腿上流成了一条线。

她总是一个人。在很长一段时间里，我以为卫生所的女人独身。实际上，她不过是在独自生活。这个我知道。在我的世界里，独自生活的女人并不奇怪，比如说陈女士，或者有一天，还有我。

她终于站起来，仰着头，对刘宝玉说，你对不上价，我现在开了柜子让你对，看看你还有什么讲头！

她愤愤地说，土话流畅无比。她一边说一边拿钥匙开柜子。柜子的门像刚褪了一半壳的蝉被扯张了翅膀般一扇扇打开。

你查，有多少药我都列在此地。

刘宝玉哼了一声，他慢慢地说，你把每个瓶子里的药片片都给倒出来数数，不能缺！

你怎么能这样！这样不卫生，还让人怎么吃药！她忽而又讲了普通话，正义凛然。普通话给了她更高的指责的身份，让她可以对刘宝玉发出蔑视的质问。一瞬间她充满力量，像是病入膏肓的人的回光返照。

我偷偷摸摸地站起来，出了卫生所的大门，拉开双腿跑了。我跑得飞快，膝盖上的伤口在肌肉的运动下拉扯出更多的液体，红红黄黄地散落在我的皮肤上。我对这个小县城的厌恶，在奔跑中加深了一层。

1992年的这个夏天，她最终没有拿到正式的聘用合同。她不再属于县城小学，或者从来没有属于过。几乎是，刚刚经历过站在讲台上的快感，还没有攀爬到顶峰，忽然就再也抓不住这快感的任何一丝尾气。学校的卫生所也关门了。本来就立在校门边边的这个小房子，被腾空了以后就好像更不属于大门内的世界了。有一天，搬来一家守门的人。很久之后的另一天，守门人的女儿从家里端出一窝粉红色的小老鼠，她摸着它们，找出来不知道从哪里寻到的药瓶，一个一个把它们装进去，盖上盖子。老鼠们还不会叫，它们在那些药瓶子里面化为静寂。

5

我见着她的时候，她是一个有婚姻的独自生活的女人。虽然不爱剪脚趾甲，但是手指一直干净利索。以前，她用一排干净的手指给我们打针，旋开一罐一罐的药瓶，在小小的方块纸上倒出来几颗。那时候她的身上总是有消毒水或者酒精的味道，这味道可以让白色更白。

我以为此后从她的门前走过时带起的风里，会有那种味道的消失。然而她仍然在我们隔壁的隔壁住着，这大概是学校和她最后较劲中唯一的妥协。她真的有一个老公，这个男人是教育局里的某位主任。

我们从来没有见到过主任，主任从来没有主动找过她。常常在周末，她打扮一新，手上提满袋子，盈盈往校门外面走去。她在周日傍晚回来，不到片刻，就可以听到她的声音出现在我家门板外侧的凹槽里。她到我家来，就是为了讲一些少儿不宜的情色故事。这些故事都是她自己的床事——对于我们而言，都是额外的折磨。我不喜欢听她的故事，那故事里面充满血液的腥臭。她很仔细地描述自己的病症，说一切源头都来自于偶然的宫外孕，那次流产之后，她的身体就垮掉了。她举起灰白的手，告诉陈女士，它们以前是多么饱满，那些血管里的血液挤得饱饱的，而现在，只剩下一些青灰色的躯壳蜿蜒在手腕上。

我对于子宫和手腕，产生了一种恐惧，这种恐惧很深地纠缠着，直到现在都无法消除。每一次想到子宫，我所能感受的只有疼痛。因为她说，主任很想要与她做爱，但是，每做一次，她的下体就会淌出连贯的血水，无休无止持续几天。他们不能生活在一起，在一起，他就要做爱，她就要流血。

有一天她回来得比往常都要早，敲开我家的门，还没有把臀部凑近那张故人留下的人造革沙发，语言就来不及涌出嘴面。昨天晚上，她说，我不愿意让他弄我，可是他硬是要进来，我们打了一架，然后我被他强奸了，现在我下面血流得不停。我总有一天要死在这上头。我们在这些话里适应了好半天，陈女士皱着眉头，忧心忡忡地要她去医院看看。她说，看什么呀，上次找了个专看妇科的中医给我看，说是和王熙凤的病一样，是血山崩，难治。陈女士是真的担心，说中医不一定能确诊，你不是也懂西医吗，还是去医院检查检查。她说，我自己的病我心里有数，就是那个畜生搞出来的，他把我的身体搞垮了。

我竖着耳朵听着她们的对话。那时候我还不知道子宫在哪一个位置，但是我的身体忽然生出一种沉重，这点沉重坠在我的小腹，我以为那里会忽然涌出血液。

男人们都是这样，就因为我不愿意让人占便宜，就想法子把我开除。卫生所的女人，失去卫生所之后，把这句话反复挂在嘴上，但是这句话终于有一天了结在一个女人的巴掌之下。我没有见识这巴掌的本尊，但我用耳朵听说了它。它从刘宝玉老婆手心里来，打掉了她嘴里含着的那些"冤枉好人"的词汇。

陈女士劝说她搬回自己家，她却执拗地断然拒绝了。她的血液有限，经不住日复一日地流淌，她在血液的涌动下逐渐干涸，变成了一个枯巴巴的人，从肉体到精神。她从来没有完整地解释过自己为什么一个人住，但是在积攒的词语里，她的恐惧重重叠叠，如同她皮肤下面日益隆起的血管。这些恐惧战胜了很多事情，譬如夫妻之爱，母子之爱。

她最后把母亲接过来和她一起住。每一天每一天，两个人似被嵌在隔壁的隔壁一样，深居简出。她母亲来了之后，她来找陈女士的次数少了很多。她更干更瘦，脸色黄白，像极了莲花池里败落的荷叶。减了秋香，越添了黄，老柄风摇荡。

6

我终于站起身，把书倒扣在沙发扶手上，掩住了那个孔洞，给她开门。她哭过了，并且仍然纵情哭着。她含含糊糊说，我妈不行了。她说这话的时候，软弱胜过我告别那个故人。我终于发现我的冷漠从哪里来。我丢下书，那些故事在我身上消失了，我开始四处寻找陈女士。

陈女士帮忙料理了她母亲的后事，在红白事宜都被烦琐的旧传统箍住的小县城里，这个丧事办得简单凄凉，像是一场真正的丧事。等那个每天都静默着的老太太静默地消失在隔壁的隔壁之后，隔壁的隔壁就真正成了她的家。除此之外，她无处可去。我们都不知道的是，她在此之前已经办理了离婚手续。

从此之后，她更是离群索居，甚至再也没有浪费十步路，敲开我的家门。然而有一天，她从隔壁走出来，灯红柳绿，她穿了一条裙子，裙子下面的腿上，有几条断裂的血线。再有一天，她开始胡言乱语，说哪个女人和主任滚在床上的时候被她揪住了。接下来，她开始无休止地爆料，在曾经讲给陈女士的床事原料上染满血液。接下去，她开始讲自己考上了医学院，但是她放弃了，还有新加坡的人叫她去工作，她也放弃了。我怎么能丢下辉辉和我妈呢，她说。——一切都是臆想。往后，有人开始说她疯了，再往后，人人都说她疯了。没多久，刘宝玉跳出来，说学校这种地方，怎么可以有个疯婆子。

她离开县城小学，并没有像她曾经对陈女士说的那样，离开这个鬼地方去这个省的另外一端念卫校。她说那里有她的高中同学在当老师，她说她念完书回来就可以自己挂牌开诊所，她说那个学校现在开始往新加坡输送高护人才，她充满憧憬地说着，用可惜做结尾。"可惜我有家庭。"她很遗憾，好像这个是她不能实现所有梦想的原因。她说这些话的时候也不过三十二三岁，我那时候觉得她已经足够老了，老到还有这些梦就显得十分可笑，后来我知道了，这个年纪的女人更爱做梦，也更有行动力。

然而，她离开了，并不是去实现她的梦，而是成为一个有梦的疯子离开。在她离开的前半年时间里，她还被人们挂在嘴边。我和陈女士也是如此。开始她是陈女士唇纹的裂痕，一扯就疼，陈女士想起这条裂纹，就用舌尖濡湿它，灌溉它。后来，裂纹渐渐消失，关于她的最后话题，在县城小学所有人的嘴巴里消失。她开始大大地疯了，游蹿在县城的各处角落，自说自话。她的疯很节制，她从来不像街边的流浪者，裹着破烂不堪的布条，满面污泥。她疯了，疯了之后她仍然讲普通话。比起别处，她更喜欢在学校门口看看，到了下课时间，就有成片的小朋友涌出校门，他们不知道她是我的卫生老师，她看上去虽然干净，但没有一点老师的样子。她总是嘟嘟嚷嚷说着什么，脸部露出各种各样的表情，像是角色扮演，拼出一场喜剧。孩子们用对待攻击性不强的疯子的方式对待她，他们戏弄她，蔑视她，在她的身后追逐挑衅。我上初中，他们这样对待她，我上高中，他们仍然这样对待她。有一年我抓住两个往她身上扔鞭炮的小孩，我抓着他们的手，恐吓他们，两个孩子畏缩在我的手下，但是等我放开那些细小的手腕，他们风一样跑开，他们一边跑一边大叫，先骂上一句土话，接着说，你也是球个疯女子，讲普通话的都是妈×疯女子。

我很气，想要追上去恶狠狠揍他们一顿，但是我很快就消了气，我还指望这个小县城给我什么惊喜呢。从来到这里的那一天开始，我就没有抱持着期待。我不期待接近人们，也懒得应酬想要接近我们的人。我望着她的背影，她对身后发生的事情无知无觉，她依然照样走路，照样说话，照样演戏。我想起那年我倒扣在沙发上的那本书，在她敲响门之后，我就失去了阅读的高潮。那本书再也没有吸引过我，我很潦草地看完它，很潦草地扔进书柜里，开始寻求下一本书的刺激。

7

我倒是后来知道了很多关于主任的故事。在我念到高中的时候，主任已经不是主任了，他是我们学校的校长。每一个周一，我们都站在操场上听他训话。他中等身材，看上去显得年轻，也很干净，头发一丝不苟。我总是喜欢这么打量这个男人，打量了一次又一次。我的思维发散开，想到了千头万绪的故事。这个时候我已经知道了子宫，已经经历了流血的疼痛，于是我更感受到了卫生所女人的恐惧，我看着他，很想用一个浅薄的没有什么智慧的词形容他，比如说，道貌岸然。但是我厌恶不起来他。他风度翩翩，很热心很有趣，是个好校长。他说，昨天下午我在操场上散步的时候，看到篮球框下有一摊血，咱先不说篮球架是不是被谁拽倒了，倒是流血的那个同学有没有事，那么多血，看着都可惜，有情况来找我，我带你去看看。大家注意安全。

他讲话时说的是方言，并没有一点点普通话的影子。学校大扫除，我被分派去给他清理办公室，他不认识我，一边整理书柜一边问我的学习情况。我拿着拖把在他的地板上晃荡，想起小时候卫生老师教给我们的做拖把的情形。他看着被我拖得花花绿绿的地板，笑着说，你在家没干过活吧。我这里没事了，不用打扫，去看看书吧。他接过拖把，从头到尾，拖得齐齐整整。

这个人原本有可能成为我的继父。我站在他的身后想。在卫生所女人疯了的第二年还是第三年，有一个媒人上门来和陈女士说"寻男人"的事情。应该说，一直有很多人愿意来找陈女士说"寻"的故事。这是她们对于我和陈女士最大的好奇。陈女士让这份好奇持续了好多年，于是在这些年里，我听说了很多有机率的人的故事。校长是在卫生所女人的坚决要求下离的婚，据说，他苦苦哀求，她歇斯底里。这样的有鼻有眼的情节从哪里来，我不得而知。媒人拎着几袋子礼品上门，详细说明他的情感履历。离婚之后，他和一个女子同居半年，但是那个女人对他的儿子不好，让他无法忍受。他要找实诚的人。媒人说。

陈女士未必实诚。实诚不实诚，用眼睛看得出来吗，但是陈女士漂亮，这一目了然。

念高中之前，我就知道他即将是我的校长。我和陈女士去一家羊汤面店吃饭，看到了他和他的儿子。两个成年人都假装没有看到对方，这是冷静清晰的表达。陈女士想也没想地回绝了媒人的话题。那些欲放不放的礼品也被陈女士的一双手强劲地推了出去。我们一对母女，他们一对父子，各坐各的桌子，互不相识，相安无事。

校长一直都没有结婚，他一个人带大孩子，那孩子很优秀，拿过国家奥林匹克竞赛的银奖，念大学，全额奖学金留学。去念比省城卫校更好的学校，去比新加坡更遥远的国外。只是这一切都与她无关。再过十来年，我成为一个真正的女人，准确知道子宫的位置，略微懂得一些妇科病状。陈女士更年期到了，状况突发，我陪她去检查。妇科医生和陈女士认识，在小县城里，似乎人人相识。她们聊来聊去，我权当听众。不知为何，两个人竟然讲到她去，医生说，前一段她侄女带着她来看病了，我给她一检查，其实就是个小病。她宫颈口长了几个小瘤子，良性的。你说就是这几个小东西折腾了她一辈子。陈女士应着，两人来来去去说了许多前因后果，人事变幻。陈女士的普通话早已经算不上普通话了，和那些年卫生所女人的发音一样，总是把方言词硬生生地转化为正音。但是我也早听习惯了，我原谅她的古怪，因为她是陈女士。

带卫生所的女人来看病，是那个儿子从美国传达来的指示。我对于卫生所女人最深刻的记忆，停留在她最后敲我家门的那一天。我对于这个孩子的最后的印象，停留在高三的一场运动会。

我念高三的时候，他念高一，我们学校举行运动会。我坐在观众席心不在焉，旁边有女孩子郑重介绍即将出场的校长公子。她们的恋慕异常鲜明。这是任何一个品学兼优且热爱运动的男孩子都可以获得的关注。我把眼睛往下放，看到他，和那年在羊汤面店见到的样子区别不大。他并不高大，而是苍白瘦弱。但是他跑得很快，面目狰狞，仿佛在追逐，在冲破，也仿佛在回避，在逃离。

选自《广西文学》2017年第9期

评鉴与感悟 ————

在一个办公室待了十多年，还是无法确定，我真的就认识了白琳。我只知道她读研，考博，平日里只听她做手工，写字，画画，好像生活完全可以过得散漫随性。当然，她后来又写开了散文。她肯定是会写文章的，来这个地方的人，谁对文章没点自己的看法呢？我喜欢她对待文字的慎重，下笔毫不含糊。她是个自觉的人。

遇见嘎松杰

/端木赐

1

嘎松杰很灵巧，从他跳上病床，躺下身，架起腿的几个动作，我就看得出来。他一定擅长攀缘，甚至可以从一个树冠跳跃到另一个树冠，却不折损一根树枝。就像一道弱小的，但不朽的光，每一个关节都可以随意弯折。从他黝黑的皮肤上，我遇见了高原上巨轮的太阳。阳光在两腮燃烧过，腾起两片火红的云朵。他腼腆地笑了，宛如雨滴落在瓦檐上的清脆。大雨过后，两朵云显得格外娇艳，上面点缀着两颗黑亮的宝石，正透出狡黠的宝光。我避开了他的眼睛，因为会疑惑，会羞愧，会艳羡。九岁的嘎松杰是无畏的，他从西藏赶来北京，就是为了驱除虫祸。无法想象的是，在他的肝右叶上有一颗苹果大的虫囊。

病房里光影倾斜，每一扇窗都凝成一粒砂。窗外的城池正笼罩在一片雾霾中，一轮浅浅的光晕若隐若现，所有的生命都在暖流中翻动身体。嘎松杰也翻了身，正迎上父亲的无限温柔。目光如火苗攒动，瘦癯的男人宛如烛台。他们相顾无言，我想，父亲的慈悲在更宽广的时间里，并在狭小的空间里不断折叠，拉近彼此的距离。男人生而不同，头发一簇簇地盘旋生长，宛如佛陀的螺发，额首低眉间，竟有无限庄严。我不知道在这场虫祸中，是人战胜了恶，剩下了空乏的皮囊，还是虫压倒了善，修成了人的形状。男人凝固在嘎松杰身边，宛如盛放舍利的塔。塔尖上的蝴蝶正随风摇曳，没有人可以浸润他的心田。

在北京的喧嚣声中，男人遗失了月光，遗失了春天，遗失了广袤的大地。他长久地沉默着，成了时间的容器。原本知道男孩要手术，他从西藏割了牛肉，试图以血肉滋补血肉。生肉蘸了盐巴，是不可多得的美食。可就在飞机轰然着陆的瞬间，肉就立马变了质，弥散出古怪的气味。从那一刻起，男人就患上了失语症。

这个世界无法被预判，即便是我也是盲流的一部分。我制定规则也遵循规则，可也会失去对话的能力。面对嘎松杰的父亲，我所能够记录下来的，无非是沉默的长度，以及那些空旷的杂音。他选择对我笑。我也对他笑。在低垂的天空下，我们不约而同地俯下头颅，望向大地上慌乱的人群。我们心中都藏着不可告人的秘密。

手术前的嘎松杰，颇有些闲情逸致。可一想到，躺在彼处的若是我，心脏就成了攥紧的拳头。我试图保持距离，仿佛那些看不见的寄生虫，也在我的身体里，转化着我的骨与肉，筑起边界不明的巢穴。我们无法预测或躲避，平淡中降临的厄运。无论我是多么小心翼翼。可藏在角落的我，又像破旧的拉线木偶，多么渴望被注视，找到牵扯生命的若干线索。嘎松杰的目光，如同树林里的麻雀，总是谨小慎微，又毫不经意般掠过。我的视线却停留在了，他那条柠檬黄的睡裤上。在晦暗的画面里，似乎需要这样一抹色彩刺痛我。

昨夜，嘎松杰想念母亲，毫无征兆地号啕大哭。面对病房里旁人的目光，他的父亲手足无措。男人愈发沉默一点，他的孩子就愈发高亢一些。嘎松杰就是要和父亲的沉默针锋相对。清晨，他的父亲从牛皮纸信封里掏出手机，手机上套着塑料壳，上面分明印着演员宋仲基。嘎松杰要和母亲通视频，但是又没有成功。他抱着小小的手机，小小的光投射在脸上，就像一扇小小的门。但是小小的门，不允许小小的他进入。手机里面一个小游戏，很快就让他模糊了母亲的轮廓。时间一点点被杀死，嘎松杰却毫无防备。

我仿佛看见，远方的女人正躬身推开木门，迎来了高原上雄壮的太阳。嘎松在进入手术室的瞬间，忽然撕心裂肺地呼喊了母亲。他终于想起来了，还没来得及和她道别，没能再抱抱她，闻闻她的味道。而此时此刻他怀抱着的是医生送的玩具火车。这是屡试不爽的把戏，麻醉剂迅速占领意识的高地，一个哈欠后就坠入了梦乡。

2

四张不动声色不同的脸孔，大山回响般面面相觑。事实上，这是我们第一次碰面，还显得有些拘谨。说到底，嘎松杰是与我毫不相干的小孩。我不过是要完成一篇新闻报道罢了，关于虫祸与拯救，篇幅不会太长，也没有一波三折。我只是愿意相信，在眼睛与纸笔之间，悬浮着无法赘述的真相。它会启发我，甚至弥补我。

看到男孩明净的面庞，其实我的内心是动摇的。似乎总有一些毫不相干的人，会让我耿耿于怀。嘎松杰就是这样的人——他同我见过的城市小孩不大一样，就像一颗不起眼的野果，藏着无人问津的甜。我们拥有截然不同的生命形态，他是被放养的，我是被驯养的。而我坚信，在教化的过程中，存在着不可名状的恶。

我身旁的大叔是公益项目的组织者。他微微隆起的小腹是圆润的，头发和胡须是圆润的，说话的腔调是圆润的，人际关系大抵也是圆润的。就像经年抚润的鹅卵石，身上裹着细腻动人的花纹。他简直无懈可击，我甚至相信，纵然是在诸多冲撞的过程中，他也可以保持风度而不失幽默。嘎松杰不用为手术费发愁，大叔已经为他精心谋划好了一切——临行前裁剪一套崭新的藏袍，接机时准备一束鲜花，入院后送上一套睡衣，诸如此类。

他要拍一部纪录片，摄像组全程跟踪，从西藏一路到北京。作为官方的公益行为，这台手术不容有失。可为何要选择嘎松杰，这里面略有玄机。这说明他的疾病远没有到岌岌可危的程度，但又有必须开刀的理由。前几日，有医学专家判断，嘎松杰的疾病或有一半概率不是包虫病。若是切开肚皮，取出的不是虫囊，岂不让人啼笑皆非。一连几日，大叔夜不能寐，生怕嘎松杰没有患病。他对我讲述这些的时候，头上蹭蹭窜出一片亮晶晶的白发。

扎西来自嘎松杰的故乡，是当地政府的官员，也是我们的翻译官。扎西的皮肤很美，是无限接近黑夜的黄昏，古铜色的山脉上刻着青色的符文。宛如把这些隐秘的符号，一个音节一个音节地点亮，他可以慢条斯理地叙述，无论是多么的愚蠢问题，都可以给出最笃定的答案。扎西的脑袋里有辆吉普车，我却不知道它会驰骋到哪。在遥远的小县城，扎西还有另一重身份，就是寺庙的管理者。临行前，扎西嘱咐嘎松杰一家，要想来北京治疗，就要禁止任何形式的占卜。扎西说这句话的时候，显得有点不近人情，甚至还有些独裁。

男人在来北京之前，为了登机需要，才拥有了人生的第一张证件——身份证。我忽然觉得，这个来历不明的男人如此遥远。扎西在透露这些的时候，没有丝毫顾虑和遮掩。我看向男人，他的嘴角如弯弯的月牙，或许那不是微笑，只是刚刚学会的伪装。这让他显得更加神秘了。原来，他就是传说中走婚的男人。政府甚至不愿意为他办理户口，因为他们也不知道，这个男人会不会有一天抛妻弃子，就这样消失在茫茫荒野。

扎西说，嘎松杰也不是他的亲生儿子，没有人知道男孩的生父到底是谁。这一刻，在我心中塑造的，病床前温暖的父子关系忽然崩塌，我不知道血缘之外，他们情感的纽带有多牢靠。我只是用世俗人的眼光，世俗地妄加猜测了。

3

他不是天外来客，但他来的时候，周身披着星辰和露水。他的胸口如山峦起伏，密林中藏着野兽的眼睛，以及白色的鸟。一阵风撞乱了遐想，幽深的倦意陡然升起，草木有节律地刷刷作响。他忽然灵敏地挪移起来，就在念头与念头之间，找到了光的甬道。

没有比一个女人更稳妥的了。作为一个冒昧的入侵者，他有意外的收获。油灯上的光影里，飘出了女人身上特有的芬芳。她穿着宽松素色袍子，头发正凌乱地散开。很显然，有些表达，只需要一个眼神，或是一个唇语，就让房间慌乱连连。一瞬间的错愕过后，女人读懂了他的渴望。一个挖虫草的撞运人罢了。她慵懒的神情充满寓意，缠绕到了有些干瘪的男人，并滋养了他。他的眼睛里闪着渴求的光，活像是一头需要被安抚的野兽。喉咙里发出了撕裂的音节，太久没有与人对话，舌头竟变得笨拙起来。她听得不甚清楚，但不愿多生枝节，任何声音都会打破夜晚的秩序，会让她生出驱逐的念头。

短暂的目光交接，他就断定了，她不会拒绝自己。他把脚步放得缓而轻，并掷地有声地说，我需要你，以及一些食物。一个句子就这样破碎掉了，勾来了弥散的情欲。女人嗅到了野蛮人的气味，所有的触角都荡漾起来。她仿佛被当作了猎物一样，身体无法控制地颤抖。

夜晚太过漫长，漫长到身体自然而然就爱上了自由。她忽然想起了嘎松杰的父亲，一个同样踩着月光而来，摸着日光而去的男人。他们的样子逐渐融合，勾勒出相似的轮廓，散发出同样的气味。男人大抵如此，吸收着光芒长大，并在秋天里舞蹈，散发出成熟的信号。

皮肤上仿佛长满了春的花蕾，每一次触碰都连片地盛开。这让她回到了少女的模样。爱欲释放了自由，也打破了边界，大地上再没有束缚，只剩下无穷无尽的苍茫的回响。她理所当然地嗅到了一丝危机，但爱欲让她彻底沉沦了。

熟睡中男孩呼吸均匀，全然不知道屋子里发生着什么。男孩在充满情欲的房间里，甚至会更加茁壮地生长。他会逐渐挖掘出身体的奥秘，变成和他一样的男人。一场突如其来的性爱，让夜晚燃起了篝火。

她的身体里，一只白色的鸟腾空而起。透过鸟的眼睛，她得到了神的指引，衔来一颗金光灿灿种子。种子散发出耀眼的光芒，大地就从黑暗中挣脱。一切都回到了最初的模样——劳作与生存，生长与衰老。她用馨香的酥油茶，再次唤醒嘎松杰的一天。

4

他赤脚穿着一双廉价的塑胶拖鞋，每一根脚趾都令我不敢直视，我害怕他的脚趾会跳舞。我总是分心在无关紧要的事情上。关于那些旖旎的幻想，我乐此不疲，又感到羞耻。月亮，云彩，树木，都在大地上疾走，越过山川与河流，抵达未可知的秘境。如果我是那个男人，或许能体验到不一样的生命感，我隐隐有些羡慕。

这时候，是扎西打破了寂静，他试图给男人的沉默做一些注解。他说，其实男人什么都听得懂。若是把他丢在北京的大商场，即便是在语言不通的状况下，也可以完成指定的购物。我完全能够想象到这滑稽的场景，甚至见到了售货员谨慎的目光。而与他相比，作为官员的扎西，简直就是无所不能的存在。我相信他拿着一卡通，可以比我还轻车熟路。

手术进入到最后的缝合阶段，摄像师走出了手术室。我总觉得，他的身上飘荡着令人恐惧的气味。他记录下了手术的重要环节，并一张张翻阅给我们看。我躲开了那些血肉模糊的画面，但这似乎吸引了男人的注意，使得他越凑越近。你瞧，这就是刚割下来的虫囊，直径有十厘米。当摄影师描述这颗危险的炸弹时，他频频点头，表示认可，脸上挂着懵懂的笑。男人的兴致昂扬让我感到鄙夷，但又或许是我太过小题大做了。

扎西看了看手表，说时间差不多了，哈达已经备好了。我们让男人等待在手术室外，迎接医生的到来。嘎松杰被推出手术室的瞬间，男人一气呵成，就这样穿着塑胶拖鞋，噼里啪啦地走上前，将洁白的哈达献上，并合十鞠躬。哈达的使用礼仪，似乎已经根植在了男人的血脉里，竟然如此娴熟自然。我在医生的脸上看到了尴尬。他对着摄像机，开始描述嘎松杰的情况，手术很成功，出血量非常小，虽然手术很难，但对于我们来说实属平常。再观察两三天，嘎松杰就可以出院了。这一刻，我为嘎松杰，也为大叔松了一口气。

就在这时候，大叔说，我们的画面可以了，只是献哈达的环节不够理想，我们再来一次。扎西自然而然地去沟通，告诉男人如何走位，男人点点头。医生退回手术室，电动门再次打开。男人重新走上前，第二次表达他的感激之情。拍摄可以不断重复，直到每一个表情都符合预期。男人就这样被指挥着，将一个又一个的哈达献出。

麻醉中未苏醒的男孩变得黯淡无光。宛如这座城市里的天光，以及庸庸碌碌的我。后来，我也不知道嘎松杰被送到了哪里，这似乎已经不大重要了。嘎松杰的肝脏被切掉了一部分，但是还会再生一部分吧。他还是他，但又不像是他了。下班的时间到了，我也该回家了。我和摄影师约在医院附近，喝了一杯拿铁。然后我就投身到人流里，再也分不清彼此其他。

手术过后的一个星期，在天安门前，嘎松杰穿上了新做的藏袍。宽松的藏袍让他显得有些缩水。合影过后，我试图去摸他的脸，他自然而然地躲开了。我抬起头，恍惚看见了一个古老王朝的兴衰。这一天，檐角飞扬，阳光刚刚好。在历史与文明当中，从纸张与机械之间，我失去了野性。我不知道这一场虫祸，是否会给他们埋下文明的种子。

评鉴与感悟 ——

在网上搜嘎松杰，有一篇新闻《在北京治虫癌》，作者署名孙韧。在报道中，2016年启动的"光彩·西藏和四省藏区母婴健康行动"，展开精准扶贫，嘎松杰成为免患治疗的包虫病患者之一。后来才弄清楚，这个孙韧，就是写散文的端木赐。新闻里的孙韧，中规中矩，讲述故事来龙去脉，不乏宏大的背景和意义。但在散文里，他安静，也凌厉。无数人生片段的剪辑拼接，如同迷离的梦境。他关心病痛中的生命，也反思人的生存。

风中的呼唤

/连亭

那是一个始终处于黑暗之中的屋子，没有灯，没有窗，只有一扇一直关着的门。曾祖母一直待在那个门里面，我很少见到她。她的骂声，或在深夜，或在清晨，或在傍晚传出时，我才意识到她的存在，这种意识伴随着一阵阵恐惧产生。

我一次也没有进过那间屋子。它是那么大，那么长，那么黑，紧靠着祠堂，承载了一个历经清末、民国、当代的女子的一生。它的面积，用现在的计量算，长五十米，宽二十米。这样的一间屋子，没有任何光亮，只在一个角落里驾着一张床，连蚊帐都看不清。曾祖母去世后，父亲把屋子拆了，我才看到那墙壁是黑的，显露着火灾残留的痕迹。

曾祖母活了一百多岁，可怜的祖父也走在她之前。祖父葬礼期间，她的门总是紧闭。祠堂哭声喧闹，丧乐震耳，都与那间屋子无关。没有人告诉她，她的大儿子没了。她的骂声暂时中断，竟也懂得在非常时期乖顺。祠堂办过多次族人的丧事，每次她都不出来参与，只是用自己的沉默来配合。她不知道那次和别的有什么不同，自打经历她丈夫的丧事后，所有的丧事对她来说都是一样的。祖母和五叔公定时给她送饭，从那紧闭之门底部的一个小洞递进去，也只是喊一声，妈饭来了。

一个月过去了，照理祖父该去给她请安了。她等不到起初还没有问，又一个月过去了，她的骂声终于按捺不住蹦了出来。她骂祖父当兵当得忘了爹娘，骂祖父不孝顺。全家人都忍耐着，尤其是祖母，除了每日给她送饭、擦身，就当什么也没发生。

那时母亲怀着孕，实在被这骂声搅得睡不着。有一天，当那坚强而顽固的骂声再次响起时，已近于神经衰弱的母亲，终于忍不住冲着那紧闭的大门喊，别再骂了，你儿子已经死了！世界突然安静了，安静得出奇。只是到了深夜，全家人都听到了细长的哭声。

父亲开始在外面营建房子了，我家已是族里最后搬离宗族群居房的一户。曾祖母去世后，父亲改造了那间大屋子，隔成两间，拉上电灯，一间给二伯当厨房，另一间让祖母住进去。两年不到，祖母也去世了，我们便不再有理由住在老宅子里。

偶尔伯父和父亲谈起曾祖母，说她待在那间屋子，足足有九十多年。她嫁进我们家时，才十四岁。她原是邻村某户人家的千金，母亲生前就已失宠，父亲得病死后，她哥哥和继母就把她嫁了。嫁到我们家也是好的，曾祖父是族里的长子长孙，模样也长得好，和我们这样的大户人家结亲，并不亏了她。婚礼热热闹闹的，红轿子和送亲队伍进了门，花炮响彻村庄。拜了天地，新郎把红盖头一挑，新娘模样也是好的，谁不羡慕呢。

族里紧挨厅堂的东屋，原先最亮堂，住着的一直是长孙长媳，当然非曾祖父莫属。在那间屋子里，爷爷出世了，大姑婆出世了，五叔公出世了，小姑婆出世了，转眼就过了许多年。生养了四个孩子，曾祖母在那间屋子里的根，扎得越来越深了。

曾祖父是个什么样的人，长辈并没有过多地谈起，他本人连我父亲都不曾见过。我父亲出世时，他已经死了，听伯父说是生病，死得很早。修理那间大黑屋子时，这两兄弟猫在屋顶上揭瓦片，冬日的阳光温吞吞地照着，干活的人身上的汗珠闪闪发亮。他们边干活边谈论给曾祖父迁葬发生的事，语调神秘而略带新奇。他们的汗珠滴落到瓦片的黑灰上，发出嘶嘶的消融声，似乎有什么在瓦片底下说着话。短促而间断的嘶嘶声，让兄弟间的谈话散发出诡异的色彩。就这样，我从他们口中，再一次回味了一个守寡女人一生中最悲壮的一次出走。

秋天的夜，风吹得树叶沙沙响，山中回荡的风，像不安魂灵的长叫，五叔公的屋里，传出窸窸窣窣的穿衣声。风叫声越来越凄凉婉转，五叔公的烟斗升起了烟，心也浮了起来。最后，五叔公走到院子里，墙角的那轮月亮，湿浸浸的，茶花在月光下举着一个个精致的小灯盏，朦胧迷醉地开着，在秋风中一点点透着浓郁的香气。水色的月光，在五叔公的头发、眉毛、烟斗跳跃着亮晶晶的光点，秋夜渐渐湿润寒凉。五叔公叹了口气，慢慢踱回屋里。月光照着他长长的背影，掉下一朵茶花，一切又归于潜伏着的沉寂的夜。

翌日，五叔公把伯父和父亲叫到他屋里，说曾祖父托梦告诉他自己被淹了，要赶快给他迁葬。他们叔侄就在那个秋天，庄严而不动声色地进行这件事。

他们带上香火，扁担，绳子，铁锹，铲子，镰刀，在夜间三点出发，翻越几座大山，前往安葬曾祖父的凤凰山。走在山道上，头顶闪着几点星光，天上的那枚月亮，水晃晃地照着他们。山上霜露重，衣裤被草和树丛打湿了，头发也汗湿了，他们披荆斩棘地前进着。迁葬要赶时辰，要在太阳升起前把骨坛从坟包挖出来。曾祖父的坟址，是五叔公早年在凤凰山腰上精心挑选的风水宝地。那天，他们到达山腰，发现风水被别人占了。曾祖父坟的后背，重重地压着别家祖坟的墓台，老爷子的头、背都被压着，还能直起腰吗？他们挖开坟，取出骨坛，打开一看，坛里果然积了好多水。按照坟的构造，雨水会从坟墩两边分流出去，然而别家墓台从坟背压下来，水流被改变，渗进坟里，再渗进坛子里了。五叔公看了真是又气又恨，在坟前淌了一把老泪。

太阳出来了，干了一上午活的伯父和父亲又累又饿，母亲这时才做好早饭送到山上去。见到母亲送来早饭，伯父和父亲放下手中的铁锹、铲子，蹲在曾祖父的墓台上扒饭。母亲也招呼五叔公来吃饭，五叔公不吃，说，秀，你用镰刀把山路的荆棘砍一砍，母亲照做了。她边砍边喊，叔，歇歇，吃饭，一会凉了。五叔公不理她。

五叔公把自己父亲的骨骸从坛里一块块地取出来，小心地摆放在坟前，让风吹干，让太阳晒干。他把坛里的积水倒出来，用布仔细地把坛子擦干净。一直到傍晚，他才把干爽洁净的骨骸重新放回坛子。伯父用绳子打个猪笼套，把坛子套住挂在扁担下，伯父和父亲肩上各驾着扁担的一头，小心保持着平衡，一步一扭地把曾祖父抬回来了。

曾祖父被安放在菜园的墙角边，等另寻了风水宝地，才能挑个吉时下葬。那年秋天，我爬到菜园的山楂树上摘成熟的山楂果，站在摇摇晃晃的树枝上，猛然看到了那个灰黑色的坛子，阳光照在上面反射过来，仿佛一只睁着的眼睛，那眼神似乎在说，小心孩子，别摔着。我吓得咚的一声掉到草地上，连滚带爬地跑了。由于陌生，我对曾祖母怀有恐惧，我对曾祖父也怀有恐惧。

秋天南方时晴时雨，那个秋天也不例外。乌云飘过，四维苍茫，天色阴晦，只有无边的雨，缠绵不绝。雨簌簌地落在树上，树叶缓缓飘落，逐渐清淡下去的季节，就更萧瑟了。雨不断地落在菜园子，菜叶上、坛子上溅起碎珠子般的声音。雨清脆地敲在瓦片上，曾祖母的黑屋子就变得焦躁和不安，幽闭的世界渐渐潮湿难耐。

我们都记得，那个下雨的秋天，曾祖母时而狂躁，时而又显露温柔。甚至有好几次，她打开门从屋子里走出，到厨房里取暖。那时厨房里的火柴用完了，她不会用打火机，就叫我帮她点燃火炉。三岁的妹妹在后面跟着我，步子颤巍巍的，一脚不稳就靠在了曾祖母身上。曾祖母哪里受得了这个，就开始骂我母亲不管好孩子，骂妹妹差点把她撞倒了。然而火苗蹿起来，扑哧扑哧地闪得欢快，她也就停止了骂人，静静地坐着，对着火苗呢喃。有一瞬间，她那苍老枯萎的脸上甚至出现了红晕，当然也有可能是火苗的红影。我一向怕她，不敢仔细看真切。

黑蝴蝶为了避雨，扑棱棱地落进宅子，停留了一会儿，飞到祠堂的廊檐边，停留在一束稻草上，微微煽动着翅膀。不久，细细的雨丝在它身上慢慢变干，它又从廊檐上飞起来，在曾祖母的那扇门前来来回回地翩飞。

最后飞戏着的蝴蝶落在曾祖母的黑布衣裳上，要不是翅膀晃动，还真分辨不出那颜色哩。曾祖母的思绪仿佛长出了翅膀，像蝴蝶一样飘飞起来，她说，老爷子唤我了，你听。我们什么都没有听到。她结束了喃喃自语后，从火炉前站起来，弓着身子走入她的屋子。蝴蝶从她背上落入火炉中，炉中突然蹿起一束高火苗，映红了曾祖母的后背。

她走进屋子，躺到床榻上，听着屋顶响亮的雨声，听着雨在树叶的刷鸣，回忆像流水一样在雨声中延展开。这是她这么多年进行的最鲜亮的一次回忆，那些影影绰绰的往事像曾祖父的呼唤声一样越来越清晰。

雨点打在瓦片和周围的树上草上，听来就像催眠的音乐。曾祖母在潇潇的雨声中并没有睡去，也没有骂人。曾祖父过世后，固守妇道的曾祖母从未迈出廖氏宅院，我们都以为，她这一辈子都不会出去了，她枯槁幽闭的余生丢给那黑屋子就够了。

一个平常的秋日，在黎明到来之前，许多人的梦被一种奇怪的呼唤声惊醒了。人们纷纷从床上跳起来，往窗外看，除了鬼魅般的黑影和雨，什么也没看到，只好怀着惊愕重新睡去。

空寂的村庄，人还没有醒来，于是死去的旧时的鬼又回来了。一个干柴一样的老女人，在偌大的村庄畅通无阻，尽管房屋不是旧时的房屋，树木不是旧时的树木，连田地山河好像都变了样，不是清末或民国时的样子，老女人却走得坚强而执着，跟随着雨声的召唤。

雨在树叶上、地上发出一串串欢快的呼啸声，躬身行走的女人，双脚瘦得像两根树枝，颤巍巍地走了一程又一程，她干哑的嗓音尖利地回应着雨声的呼唤。

她终于拉开了菜园的篱笆门，走进了园子。她看不见菜苗和墙角的灰黑坛子，她听得到雨点落在坛子上碎玻璃般的声音。

村庄、山河沉睡在秋日的雨天。风把树上、草上的雨水吹下来，风把枯萎的黄叶也吹下来，落在坛子上，落在老女人身上。分不清是下雨，是下叶子，还是下蝴蝶。

再也没有哪个雨夜飞过这么多蝴蝶了。秋雨笼罩的菜园，瓜菜葱茏，树叶缤纷，潮湿的空气飘满了蝶影。蝴蝶集队起舞，忘记无边的雨，忘记山上的云越来越浓重，忘记太阳也在云层里偷懒。

缤纷的蝶影里，老女人蹲在坛子边，脸埋进了蓬乱的白发，散乱的雨声越发响亮。

黎明到来后，曾祖母出走的事情传遍了整个村庄。所有的人都围在菜园子外边唏嘘感叹，无法理解那个枯瘦的潮湿的老女人。

曾祖母被搀扶着带回家后，一直在黑屋子里啜泣。她不再骂人了，用无声的泪雨抗争着误解，然而人老了，眼睛也容易干涸，那泪就只是脸上一个污浊的痕迹罢了。

屋外雨仍在下，瓦屋上隐约浮起淡淡的雾，老屋边的树无风而动。偶尔几声鸟叫撕破了无边的雨幕。

选自《美文》上半月刊2017年第六期

评鉴与感悟 ——

当我们的散文，日复一日书写着亲人，书写着家庭，书写着伦理，书写着日常琐碎，真正的企图是什么？他们观察，甄别，在这不厌其烦的叙述中，是在试图接近真相，去理解他人？那些活在痛苦中的人，遭遇穷困、疾病、失败、耻辱，人生中的一切艰难困苦铸就了他们的沉默。大量笔墨若是仅仅披挂在他们的困境中，写下的这一切，似乎也不值得人为之动容。在连亭的笔下，能看到生活的辛酸，历史洪流中个人的无能为力，甚至是与贫穷斗争带来的尊重与庄严，问题是怎样重建他者宽阔的精神生活。

非虚构

追 凶

重启

7月2号，本该是休息日的星期天，浙江省湖州市公安局的一间办公室内却正在举办一场研讨会。用土黄色档案袋包裹起来的卷宗整齐地码在会议桌上，编号从1直到22，档案袋上潦草地标记着一些字样：排查人员指纹、外省市查证、模拟画像、附近旅馆名单。还有16本工作笔记，纸面泛黄，书脊磨损得厉害，有的甚至已经散了架，不得不用长尾夹重新固定。

参会的民警刻意把声音压得很低，仿佛猎人隐匿在森林。办公室外，挂着块方正的牌匾——1995年11月29日晟舍凶杀案专案组。在湖州，这是人人都知道的"那个案子"，也是新中国成立以来湖州发生的最大命案，死者四名。但对民警们来说，这则是一场跨越22年却始终毫无转机的追凶之旅。

直到现在，现代科技的发展让民警们重新看到希望。一年前破获的甘肃白银连环杀人案反复出现在他们的对话中：凶手高承勇的一名远房亲戚因违法犯罪被采集到血样，甘肃警方通过Y-DNA染色体检验，发现城河村高氏家族有作案嫌疑，直接抓获高承勇。在湖州警方的档案室，也仍保留着含有22年前凶手唾液的烟头，研讨会召开时，警方已经从其中提取出了凶手DNA。

45岁的陈红跃在湖州市公安局一间安静且闷热的会议室向《人物》记者回忆起当年。那时他还是个工作刚满一年的年轻侦查员，碰上这么大一个案子，"那时候心里很震惊的"，那个充满血腥的房间里的画面至今仍深深地刻在他的脑中。专案组里55岁的严关炳，当时是陈的顶头上司，任湖州市公安局刑侦支队副队长，相较之下，严显得十分沉稳，到达现场后，他立刻戴上口罩和手套，打开工具箱开始收集物证。

那是一栋暗绿色的三层小楼，位于湖州市织里镇最繁华的晟舍新街上。门口手写着"闵记饭店旅馆"六个黑字，又用红色油漆描了一遍。案发地包括闵记旅馆203房间，体形魁梧的山东商人于峰（化名）仅着内裤俯卧在床上，房间内的另一张床上，旅馆老板老闵被反绑住双手，嘴里塞了一块毛巾，隔壁的202房间，旅馆老板娘半坐半卧，被子还好好地盖在同睡一床的12岁孙子身上。

只不过，四人的面部都有些难以辨认了——他们的脸都被钝器狠狠砸过。陈红跃回忆，当他们到达现场时，由于天冷，床单上的血迹甚至还没全干。

痕迹

严关炳是一流的痕迹鉴定专家，在这个案子发生的前两年，他还发表了一篇《三种常见皮革制品及其制品痕迹检验初探》的论文。大部分谋杀者总爱穿戴皮革制品——无论是皮鞋、皮衣还是一只掩人耳目的皮箱。这个小漏洞能帮上不少忙，皮革制品不宜洗涤，长期使用后表面具有黏性，更容易在现场留下痕迹。

在湖州，严关炳有着"鹰眼警探"的称号。他头脑敏锐，体格清瘦，还有一双充满怀疑精神的眼睛。22年后，面对《人物》记者，他依然能精准地回忆起每一位证人的证词。

和其他的旅馆客人相比，一名姓毛的桐庐商人格外"刻骨铭心"。问询情况时，他显然还没有从惊吓中回过神来：

"闵记是这条街上唯一一家旅馆，每次来织里我都是住这家……本来我是住在203房间，老板说三楼几个房间都是桐庐人，你不如和那个山东来的大块头于峰换一下，你这个床位让于峰住。然后昨天晚上，于峰就被杀了。"

原来是一个死里逃生的幸运儿。严关炳记录了下来。

严关炳还回忆了服务员小丁的笔录：

"203房间除了于峰，还有两个一起来的客人的，他们说自己是浙江衢州的，但我自己是安徽人，我觉得他们的口音和我家乡人比较像。

11月28号的下午一点左右，他俩入住旅馆。放下行李后，到楼下餐馆点了炒鸡块和古井贡酒，让我端到房间里，还给他们每人拿了一个杯子。"

在这个逼仄的空间内，严关炳早就注意到，两个床位之间的桌子上摆放着一个玻璃杯和一个陶瓷杯。在紫光手电的照射下，他撒上铝粉末，再用柔软的毛笔轻轻拂去，发现每个杯子各有一套指纹是四指并拢的形状，且反复移动了多次。指纹的主人很可能就是那两位旅客。

除去指纹外，踩在地上一堆衣服上的一个鞋印也提供了有价值的线索：鞋印的花纹呈六角菱形状，在周边的服贸市场从未见过。无论是民警还是报警人，走进房间时都会小心翼翼地绕过衣服，脚印只有可能是凶手慌不择路时留下的。

203房间地上还留着不少烟头，严关炳数了数，共有26枚。其中有一个香烟盒格外引人注目，金灿灿的包装上印着红色的品牌名：盛唐。这不是一个大众的牌子，产自安徽芜湖卷烟厂，一般只在皖南地区比较常见。尽管那时还没有任何手段可以对烟头上的生物信息做出鉴定，但警察还是小心翼翼地收集并保管了全部烟头。

案发后的那天清晨，两人没结账就离开了。

事后推测，这大概率是一起抢劫杀人案：两名凶手应该是先对同房间的于峰起了歹意——他死亡时处于静止状态，应是在睡梦中被杀的；但他们忽略了于峰缝在内裤里的6000元现金，因此并未搜刮到多少钱财，于是转而以结账的名义将老板骗至203房间（服务员在睡梦中迷迷糊糊听到"喊老板结账的声音"），把还带有于峰血迹的毛巾塞进老板口中。最后遇害的才是202房间的老板娘和孙子。

对一个12岁的男孩痛下杀手令人费解，可能的原因是，"在杀老板娘的过程中，这个小孙子声音响动或者也醒了过来"。

见过这两名旅客的目击者形容，一人40岁左右，1.65米上下，体型稍胖，长着一张大圆脸；另一个年纪较轻，1.8米，眼睛细长，戴着鸭舌帽。戴鸭舌帽，恰恰是安徽一带的惯常打扮。糟糕的是，在信息技术尚不普及的90年代，监控是个稀缺品，这家旅馆也没有严格执行住宿登记的制度，"没有身份证，老板也会允许他住进来"。对这两名"消失的旅客"，警方并不能得到更进一步的信息。

接下来，他们的目标就是把这两位"衢州来客"揪出来。

零

织里镇坐落于湖州市东部的太湖沿岸，这儿的人们更愿意称呼自己是"织里人"，在某些时候，织里的名声的确盖过了湖州——每年有超过4.5亿件童装从这里发往全国各地，"中国童装城"的名头说起来底气十足。

织里一直是私营经济的热土，也是充满野心的冒险家的乐园——现在，林荫路两旁排布着体面的欧式风格中产阶级社区，鸢尾花在微风中轻轻摇曳，街道上的店铺各个都有洋气且拗口的名字：魔堡公主、汤姆琪咪、蓝色维尼，绣着花边的粉红公主裙总是被摆在橱窗里最显眼的位置——在22年前，织里的童装产业已经有了迅猛发展的势头，偷窃是与富裕相伴而生的童话小镇中仅有的戏剧性事件。直到11月底那个星期一的凌晨，几声榔头锤击的异响突然而至。

半个月后，大规模排查工作开始了。警方决定兵分两路，一路人去皖南地区比对指纹，另一路去调查鞋印的来源。

湖州市公安局的电子指纹识别系统是在1996年上马的，在地市一级公安机关可以说是最早一批——显然是由于这件命案的久侦未破带来的极大刺激。倒退到凶案发生的1995年，指纹比对全靠肉眼识别，一个地方的指纹库通常就是一摞白底黑纹的卡片。尚无太多痕迹鉴定经验的陈红跃被分到了这一组，他几乎跑遍了皖南的每一个县，一张一张去翻卡片。

如今回想起那段经历，陈红跃双手在空中模拟着翻页的动作，苦涩地笑了起来，"翻傻掉了"。多的时候一天辨认几千份指纹，到最后，"这个案件的现场指纹，可以说一直印在我的脑子里边"。

如果库里没有目标对象的指纹，还需要走街串巷去访问。此后陈红跃跑遍了大半个中国，近至上海，远至广东、云南。只要外地出了手法、情节类似的案子，就会去看"能不能并案"。由于作案手段娴熟，警方一度以为是两个惯犯。直到最终抓获嫌疑人之后，陈红跃才意识到问题出在哪里：这两个犯罪嫌疑人压根就没有前科劣迹，库里当然找不到他们的指纹。

这时候，另一条追查线上传来了令人振奋的消息。

严关炳负责追踪鞋印来源。在此之前，他们已经跑遍了华南的大型鞋帽市场，毫无收获，不过，这并没有挫伤他们的积极性，"越是特殊的，越找不到的，那说明找到了以后，这个价值就越大"。

1996年春节前夕，南京水西门，严关炳正漫无目的地在各个鞋子摊位间转来转去，突然，一双高帮登山鞋吸引了他的目光，把鞋底翻过来一看：可不是和现场的那个鞋印一样的嘛！

经过调查，这种鞋产自昆山一家韩国独资企业，出口加拿大，摊主售卖的是在海运前不小心被遗落的唯一一箱。除此之外，工厂也曾将一部分损坏的鞋作为福利发给员工。民警赶往昆山才发现，这家企业在职员工也有几百号人，更别提这些年来来去去的打工者了。因此，那个鞋印的拥有者不一定是这家鞋厂的员工，也有可能是某个员工的关系人——对严关炳来说，"范围太大，就像大海捞针一样"。

案件进展由此陷入停滞。如今回忆，陈红跃觉得那是刑事侦查最困难的时期：刑事案件高发，但侦破手段却没有及时跟上，"当时我们这一代可以说是从事刑事侦查最苦的一代人了"。

对于这桩轰动全国的灭门案，线索的总和是一个漂亮的整数：零。

噩梦

刘永彪发现，这22年来，总有个恶魔在折磨他。

恶魔经常闪现梦中——爬着山，眼前一棵树直直地倒下，又或者是警察突现，用手铐将他一把抓住。

每次醒来都是大汗淋漓，只能在黑夜里睁着眼发呆到天亮。这样的次数久了，他干脆拒绝入睡——通宵打麻将，下象棋，看小说。最长的一次，他下棋连续下了两天一夜。

这是刘永彪被关押进湖州市看守所的第十天，他剃成寸头，穿上了看守所的黄马甲。在一间灰白色墙壁的审讯室内，他神色平静地接受记者采访。

刘永彪出生于安徽省南陵县一个偏远的乡村，除了上级领导调研扶贫和走访贫困户的通讯稿，这个村庄在网络世界的存在乏善可陈。从小，刘永彪就和村里的其他娃显得有些不同：从父母那里偷来的两块钱，他拿着买来蜡纸和彩笔。到初中，他的兴趣又转移到了小说，喜爱鲁迅和《红楼梦》，在初三毕业时即宣告了自己一生的梦想，"我就喜欢当作家"。

尽管在家乡南陵，刘永彪并不讨人喜欢——好赌、情绪化、好吃懒做是最常出现的评价——但他成了作家，还是个在圈子里有点名气的"农民作家"。这些年，他陆陆续续出版了几部作品（尽管大部分是自费的），获了几个文学奖，甚至在2013年加入了中国作协。加入作协的途径有多种说法，刘永彪声称是"自己在网上下载表格"，但也有和他相熟的当地作家归因于某种并不光彩的手段。无论如何，他总算是硬气了一把。

1994年，他在一本名为《清明》的安徽省文学刊物上发表短篇小说《青春情怀》，主人公是个读了三年高三的乡下少年，为考不上大学而苦恼，暗恋着隔壁"染了金色的头发，穿着皮夹克、牛仔裤"的青梅竹马。那会儿，刘永彪正雄心勃勃地谋划在文坛一展拳脚。

但他的生活并不顺遂，1995年，女儿3岁，出生时就被诊断为"先天性小睑裂综合征"，眼睛奇小，刘永彪在这一年必须筹措到5000元为女儿手术。

那一年同时成为近乎断片式的空白，"一个不堪回首的污点"。当年，他和同乡年长11岁的汪维明去了一趟织里。刘永彪和汪维明是发小，汪维明是村里记工分的会计，也是少有的支持他文学理想的乡邻。每当父母和妻子唠叨"看书是不懂事"时，为了"耳朵清静"，他经常躲去汪维明家写小说。

刘永彪因此对汪维明有种近乎信徒般的虔诚。汪在织里打过工，说"那里的老板很有钱，找个人搞一两万块钱是个轻而易举的事情"。女儿的眼疾、赌博的输多赢少、文学事业的上下打点，他最需要的就是钱。

但除去抢劫外，他们还杀了人。警方从他们随身携带榔头这一细节推测为预谋杀人。

在和记者长达一个小时的对话中，刘永彪逻辑清晰，只有在谈到及作案过程时，罕见地激动了起来："细节还用说吗？细节很残忍的。"

他从来不敢回忆杀人的细节。作案的日期，还是在被抓之后从侦查员的笔记上得知的。

杀人后的第二年清明，刘永彪买了一包老鼠药想去父亲坟前自我了断。想到药会苦，他还用放维生素的小药瓶装了点酒。没想到，妻子把女儿也给抱来了。看着女儿还未被治愈的眼睛，勇气又顷刻消失殆尽："看我女儿这个样子，我还是要活下来啊。"

第十年是个关口。惶惶不可终日的恐惧被一种更强大的麻木盖过去了。有时他还会劝自己："万一办案人员疏忽大意没查到我，时间一长说不定就查不到了。"这一年发生了两个重要事件：他的儿子出生了，他开始在县城里开作文辅导班。

刘永彪变成了那种最普通的父亲。尽管他独自住在县城，妻儿长期住在乡下，但他依旧热衷于在QQ空间分享儿子的成长历程：出生没多久还穿着纸尿裤的时候；一周岁学会走路的时候；再大些跟着父母出去旅游的时候；8岁开始读小学生优秀作文的时候。

开作文辅导班某种程度上反映了刘永彪还算精明的商业头脑。在南陵县，他几乎可以称得上是第一个吃螃蟹的人。

许梦琪跟着刘永彪上了三四年辅导班，还一度担任班长。在许梦琪看来，他和任何一位靠教书赚点外快的辅导班老师一样，照本宣科，无视课堂秩序，偶尔为被欺负的女生伸张正义。面色蜡黄，垂着两个吓人的黑眼圈，坐在休息室的板凳上一根接着一根抽烟，这是她对刘永彪的印象。

一度，刘永彪也考虑过把写作当作发泄的途径，通俗文学，连题目都取好了，叫《身背数条人命的美女作家》，是写"美女作家杀死多人而不能破案的"。写了好几个月，有两三万字后，他又不敢接着写了。"如果没有这个案子……"他经常这么幻想，他有底层生活的经历，最重要的是，"忏悔的冲动和灵感太多了"。

但刘永彪说，他不敢努力了。"努力以后就出名了，出名就关注了，关注以后我就怕我这个事就出来了。"

对于刘永彪的文学成就说法不一。芜湖作家谈正衡在1980年代和刘永彪相识，在他印象里，早年间他的作品的确还受过不少文学名家的肯定，被评价为"笔下的底层生活沉甸甸","具有真实的力量"。但接受采访时，他对刘永彪后期的代表作不屑一顾："就是写某小青年如何通过奋斗获得成功，然后有钱了，被长相非常漂亮的某大领导的女儿看上。"

刘永彪出事后，谈正衡在朋友圈里写："作品没有成就他，反倒是命案让他出了名。"

转机

严关炳和陈红跃发现，这22年来，也有个恶魔在折磨他们。

恶魔经常在某个日常时刻"嘣"地一声跳出来。在路上遇到当地村民或者老领导，顺口提起"那个案子怎么样了"，他们答不上来，只能愧怍地低下头。

2008年，曾分管此案的湖州市公安局副局长李纲病危，他把当年参与追捕的民警都叫到了病床边，嘱咐：这个案子没破是我终生的遗憾，你们这些同志有朝一日一定要把它侦破。

每当想起李局长的这句临终遗言，严关炳和陈红跃感到"心都会疼"。

22年来，在严关炳办公室的抽屉里，当年重要的物证——指纹、鞋印、毛巾的照片还静静地放着。每当有类似的案子出现时，他会把当年的办案笔记拿出来复习一遍，这成了某种强迫症似的习惯。

转机在今年六月降临。

湖州市公安局新领导班子上任，下了"一任接着一任干，尽最大努力抓逃犯，破积案"的命令。更重要的是，用于刑侦领域的Y-DNA染色体检验技术已经成熟，沉积近30年的甘肃白银案的破获就是一个绝佳的典范。

简单来说，这是利用了Y染色体在男性父系之间的单向传承。如果是男性嫌疑人在作案现场留下可以检测出DNA成分的遗传材料，通过找到与嫌疑人有相同Y-DNA渊源的亲属，进行Y-STR（short tandem repeat，短串联重复片段）的同源比对，可以直接确定嫌疑人的姓氏。每个姓氏都有Y染色体的特异性标志，就像血液里流动的代表出身的"条形码"。

40岁的徐志成加入专案组成为10位常驻民警之一。法医物证专业出身的他，从2005年开始一手建立起湖州市公安局的DNA实验室。

徐志成太不像个警察了——认识他的人都这么评价。他戴一副厚实的有框眼镜，讲起话来有股文绉绉的老学究味道。如果对话中不可避免地出现某个专业术语，他会给自己按下暂停键，倒回来耐心地解释一遍，像是在蹑手蹑脚地完成某个高难度的实验。

要说和高校里终日埋头做实验的研究员有什么区别，大概是当你把一具触目惊心的尸首摆在他面前，徐志成也不会多眨一下眼。"在现场，在破案的过程中，根本就没有时间来同情这个死者。"

徐志成的DNA实验室位于湖州市公安局一栋四层楼房的四楼，从试剂室、提取室、扩增室到检测室，运转起来如同一个严丝合缝的齿轮。设备先进且昂贵——光是自动化工作站的造价就近两百万。现如今，公安部门站在了综合科学技术的最前沿，DNA技术取代了传统的物证蛋白质检验。一摊尿液能查，一枚断掉的指甲能查，一个喝过水的杯子能查，你的DNA早就不是秘密。

要问徐志成是否曾遭遇过哪怕一丝困难的话，十年前的一起强奸分尸案也许算得上一桩。也是个冬夜，一位女出租车司机失踪，33天后在一个鱼塘里发现了被蛇皮袋包好的躯干。通常来说，人体死亡后精子检出的最长期限是三周，得益于当时的寒冷天气，当徐志成小心翼翼地提取出死者的阴道擦拭物，在显微镜下看到了少量的精子头部。成功检见精子的DNA分型后，故事的结局很快以嫌疑人的抓获告终。

但面对这起22年前的灭门旧案，徐志成却感到格外棘手。

拿到一个新鲜的检材（痕迹物证），徐志成检测出DNA只需要三天。但谁都没遇到过保存了22年的物证，严重的降解会导致DNA信息量的损失，再加上把检材都放在一块，存在相互污染的问题，"整个实验室也不是很放心的"。

好在，尽管当年谁也不知道检材有多少用处，留下凶手唾液的26枚烟头还是被原原本本地保留了下来。在那个并没有多少检材保管意识的年代，居然有意无意地往其中放了一些纸——这帮助去除掉了环境里的潮气，使得检材处于较为干燥的状态。在前期提取时，徐志成采用了醇化的浓缩方式，在保证能够出结果的情况下把杂质全都去掉。

徐志成一度感到担心，检材如此有限，"我们要是这里又没做成功，检材一下没了……说实话，可能会成为破案的一个，要成为一个罪人"。他投入更多心血，从早到晚，再加班到凌晨，想尽办法"以最少的代价来做出最完美的结果"。在实验室里耗了十天以后，他在烟头中检测出了十个人的DNA。

重新走访了一遍当年在场的无关人员后，徐志成排查出了犯罪嫌疑人1号和2号。其中1号丢了6枚烟头，2号丢了10枚烟头，恰好在两人的烟头中都包含了产自安徽芜湖的"盛唐牌"香烟。

拿着两个千辛万苦提取出来的DNA，徐志成先去全国的犯罪分子DNA数据库里排查——一无所获。再去各省的DNA数据库里排查——还是一无所获。再去皖南各市的DNA数据库里排查——终于，在芜湖的市库里，一个叫作刘永利（化名）的名字浮现了出来。

来自南陵县的刘永利是因为打架被录入DNA数据库的。和嫌疑人2号的DNA相比，刘永利属于"三个四步"，即在39个位点（DNA上的一个基因或标记的位置）中，其中三个位点有四步差异。一步不同意味着相隔七代，即使刘永利和凶手存在亲缘关系，那也是十四代往上的事——300年前，他们也许拥有同一个祖先。这是临界于"有意义"和"没意义"的一个尴尬位置。

这条线索像是从缝隙里钻进来的一丝微亮，但你无法判定，它是曙光还是某束混淆视线的人造光源。要不要往下做呢？专案组陷入两难。

瞄准

6月中旬，22年前参与破案的老民警们又被召集回了专案组。当年的"鹰眼警探"严关炳当上了湖州市公安局刑侦支队政委，他已经55岁了，皱纹不可避免地爬上他的脖颈和脸颊，唯一不变的是那双依旧锐利的眼睛。

那个周日的午后，他们讨论的正是"要不要往下做"的问题。他们从公安内部系统调来了不少甘肃白银案的卷宗，也请教了参与办案的甘肃民警。白银案中排查到的高氏的远房堂叔和现场遗留的DNA高度吻合，找到凶手高承勇属于一步到位——专案组常常羡慕他们的好运气。

严关炳征求各位的意见："要做的话咱们明天就要出去了。"一些民警觉得"没意义"，另一些反驳说"总要试试吧"。考虑到刘永利和犯罪嫌疑人都来自皖南地带，最后，是一位来自河南的遗传学专家一锤定音："有继续工作的必要。"

做了两年教导员的陈红跃也重新回到了刑侦一线，"这可能是我最后一次破案的机会了"。22年过去，他已经成为湖州首屈一指的刑侦专家，每年勘查现场三百多起，无一错勘。

最快的一场破案只用了七个小时：一位姓戴的老太太报警称老伴被杀，她在一旁呼天抢地，如果不是在老太太的鞋子上发现了血迹的话，这副悲恸模样差点感动了陈红跃。老太太立刻承认了弑夫的事实，从此，任何伪装和欺骗在他面前都是一眼能拆穿的拙劣把戏。

当下的工作并不需要那么高的智力强度，但需要格外细心：除了"正儿八经明面上的家系成员"，还要注意外迁的、改嫁的，甚至逐出家门的。在七八月皖南地区的高温下，22年前那挨家挨户排查的经历又回来了。研讨会开后的第二天，陈红跃立刻开车奔向南陵。

摊开一张南陵地图，陈红跃把刘氏家族聚集的地名都圈画出来：高坝刘、刘家湾、仓溪村……在高坝刘，他们排查了一个多月，连七八十岁的老头都忍不住向民警"要个说法"："隔壁村上都说，我们刘家有人在外面杀人放火干坏事了。"

警方在高坝刘并没有直接找到凶手，但是在这里找到了极为重要的"一个一步"，"一个一步"和凶手的爷爷辈应当是堂兄弟的关系。包围圈越来越小，专案组被一种巨大的兴奋感笼罩着，"一直吊在那边"。

陈红跃太熟悉这种感觉了。他是20米外手枪慢射的神枪手，几乎枪枪都能打在10环以内。秘诀就是，控制呼吸，保持姿态，慢慢瞄准，最后，一击命中。

当然，也有失手的时候。此前，一个叫刘秋实（化名）的男人曾走进他们视线，除了体貌、年龄符合外，据他的小学同学反映，他"从小练武，没有成家，在社会上混"，并且在2010年自杀了——几乎每一项都能指向那个谋财害命、不堪内心煎熬的杀手形象。问题在于：

骨灰是没有办法提取DNA的。

好在，最后找到了一份刘秋实盖了红手印的拆迁合同，和现场的指纹比对并不一致。

8月8号，立秋后的第二天，南陵断断续续下了一周的雨。名单上只剩下最后三个名字：除了刘永彪外，还有20世纪80年代就在乡政府任职的南陵开发区管委会副主任，和从美国留学归来、在深圳工作的高材生。专案组决定先从刘永彪入手。

严关炳和陈红跃伪装成科研人员，编了个调查刘氏家族迁徙的理由，一同去刘永彪家中采血样。陈红跃记得，刘永彪家里有一整面组合柜，塞满了各种类型的书籍。

刘永彪给陈红跃的第一印象是"像个文化人"。他看上去面相斯文，神色温和，听了这几位来客的原因，他连声说"可以可以"，配合地一同坐在沙发上。严关炳坐在刘永彪的旁边，陈红跃打开医用器械盒，正准备采血，一根针掉到了地上。他趴在地上找针，这时，刘永彪的儿子从房间里"蹬蹬蹬"地跑出来。

"回去。"刘永彪呵斥儿子。

过一会儿，他又从房间里跑出来了。

"回去！"这次，刘永彪升高了音调，神情里隐隐有发怒之意。

除了这个瞬间有些失态，刘永彪全程都表现得得体而坦然。在回去的路上，陈红跃有些动摇，他向严关炳小声嘀咕："这是个作家，采血还这么配合，估计不是吧。"

8月10号，就像过去58个平淡无奇的夜晚，徐志成在DNA实验室里将采集来的血卡打孔取样，再到超净工作台中操作DNA实验，最后放在基因测序仪上进行测序。走到最后一步——和从现场烟蒂提取的DNA放在一块比对时，他一下子不敢相信自己的眼睛：

一模一样。

显示屏上的基因图谱整齐地排列着，泛着绿莹莹的光亮。他用手指点屏，一个一个滑过去，完全符合。怕自己看花了眼，徐志成把软件关掉，重新打开，这次终于确认了。

他开始给几位领导打电话，抖着声音，甚至"带着哭腔"。兴奋、紧张、不可思议，还有一种使命完成的解脱，各种情感在体内互相冲撞，他的心脏跳得太快了，"砰砰砰"，像是要从胸腔里蹦出来似的。

专业知识告诉他，此时冷静下来的唯一办法是让血液从心脏散布到四肢里。他开始围着办公室里的茶几不停转圈，几十圈过后，终于稍稍平静了。

终点

8月8号那天，刘永彪就知道自己要完了。

"进来的那几个男人说市政府做一个卫生上面的东西，查什么刘氏家谱，说我是刘家人，要帮助做个DNA。怎么可能呢，一定是来抓我的。"刘永彪心想。

刘永彪是侦探小说爱好者，对DNA生物鉴定技术略有耳闻，也密切关注着一切凶杀案的新动态。他一度暗自祈祷甘肃白银案不要被破，但在电视上看到高承勇被抓的那一刻，他平静地预见到了自己的结局——追凶者掌握的力量已经超出了他的理解和想象。

他本想在8号采血那天就自首。可是儿子却一反常态，不听话地在房间里外跑来跑去。尽管22年来的逃亡生涯把他折磨得筋疲力尽，在这心理防线濒临崩盘的时刻，他还是希望能够保留作为父亲最后的尊严。

在几位"科研人员"离开后，刘永彪想起了汪维明。汪维明混成了上海一家投资公司的法人代表，实际上是给自己的弟弟打工，一个月拿5000块钱工资。这些年，他们依旧频繁见面，他们声称要"坦然面对，查到了就是查到了"。

刘永彪在警察走后拨通了身在上海的汪维明的电话："我今天被采血了，警察马上要来抓我了。我是不想逃了，到时候我肯定要把你讲出来的。"

"不要紧，也许搞错了，这个案子不一定能查出来。"汪维明有些不屑一顾。

刘永彪知道和他说不下去了，他有些怨恨自己当年为什么会那么崇拜汪维明，觉得他是"一个有文化的人"，现在看来，他完全就是个无知的法盲。

刘永彪给家人留下的最后印象是一场怒火。饭桌上，儿子又挑食了，刚开始上班的女儿则说自己新买了个iPhone7——他忍不住一顿臭骂。

"爸爸马上就要走了，他们还不知道，我又不能讲，他们吃东西还要讲究，这怎么可以呢？"他想。

吃完饭，刘永彪让两个孩子回老家找妈妈，他们有些委屈和不解，不明白自己做错了什么，但还是顺从地照做了。

把两个孩子送走后，他拿用过的草稿纸背面来给妻子写信：

"今天有几个公安来家采集我的血样，我知道是因为二十多年前的案子。二十多年来，这件事一直给我带来精神折磨。我好几次想自杀，连老鼠药都准备好了……"

他涂涂改改，字迹有些潦草，最后又用一张干净的纸誊抄了一遍。

10号上午，刘永彪和往常一样去学校上班。这两年，他在南陵最大的民办中学担任校刊主编，工作是收集学生稿件和学校的活动材料，月薪3500元。但这会是他最后一次去学校——他不愿意让左邻右舍看到他在大街上被抓的落魄样。他清理了电脑和橱柜，打包了所有个人物品，提前回了家。

他放弃了回老家看看妻儿的决定："人家多看一眼，是一种天伦之乐，对我来说是一种痛苦了，我都不敢回去了。"

一切就绪。从9号到10号，整整两天，刘永彪都没吃饭，唯一的进食是一包3块5的方便面。家里已经懒得收拾了，东西都乱糟糟地丢在地上，甚至连客厅的台子都掀翻掉了——那是某个时刻"心情全部爆炸"留下的痕迹。回想起自己性格中的最大缺陷时，"极端"这两个字冒了出来，他想，正是极端害了他。

11号凌晨一点，当刘永彪穿着条纹T恤和肥大短裤、坐在沙发上静静地吸烟的时候，这场22年的逃亡之旅终于走到了终点。陈红跃在内的十余位警察冲进刘永彪家，给他戴上了手铐，他没做任何抵抗，沉默半晌后吐出了第一句话："我等你们等到现在。"

5小时后，汪维明在上海浦东的一个小区里被抓获。"我跑不掉的。"见到民警后，赤着上身的他"扑通"一下跪了下来。

"作家杀人，还是第一次碰到。"一生都在和罪犯周旋的严关炳都感到有些吃惊。审讯时，他又想起来当年那双并未追查下去的鞋子，顺口问了刘永彪一句："你还记得作案时穿的是什么鞋子吗？"

什么鞋子？穿的衣服、裤子他早就忘了，但那双鞋子他不可能忘记："从村里一个姓汪的村民那里买来的，他在昆山的一个鞋厂打过工。二手的，贵着呢，150块，那年头很可以的。"

刘永彪被拘押在湖州市看守所，离市中心有超过半个小时的车程，道路在施工，除了这几栋孤零零的建筑，目力所及是一片荒野，杂草疯长。伙食标准是255元一个月，每周总有那么一两天是有肉吃的。大部分时间都用来背监规，偶尔也能看书，讲法治的、讲道德的或是讲文化的。

有一天，刘永彪半夜醒了过来。他短暂地回忆了下自己在哪儿，意识到是在看守所里时，他松了口气："我怕什么，不怕了。"一走路，手铐和脚镣就叮当作响，这声音让他感到安心，"现在我虽然戴了铁镣，但我觉得精神上面放下了。"22年来，他"没想到对死者家属怎么赔偿"，直到接受审讯时，才意识到了这一点："如果有来生的话，我做牛做马来赎我的罪。"

逮捕刘永彪的那个夜晚，没有参加抓捕行动的徐志成是在家里的那张床上熬过的。

他迫切地想和妻子分享此刻的心情，但妻子已经陷入了梦乡。洗完澡后，他开始尝试着努力入睡。眼睛闭上，告诉自己"不想不想"。

前线民警已经奔赴刘永彪的家中，在微信群里全程直播，此后又连夜赶去上海抓捕汪维明。徐志成还是没忍住，"那个手机微信老是响，一响就去看一下，一响就去看一下。"睡了半小时后醒了，再把微信一条条看过。时针指向了凌晨四点，"肯定要睡了"——到五点半又醒了。

既然都五点半了，那就别睡了吧——那时距离汪维明最终被捕还有半个小时。他跳下床，拉开窗帘，这座城市正在缓缓苏醒，车马声和拂晓时分稀薄的阳光一齐涌了进来。

长夜终于过去了。

选自《人物》2017年9月25日

真是佩服吴呈杰的还原能力。读起来过瘾。好在哪里呢？让人想起杜鲁门·卡波特的《冷血》。任何非虚构都拿《冷血》做参照意思也不大。吴呈杰的冷静，对文字的控制能力都非常棒，虽然是个惨痛的故事，他讲述得却极有技巧。上网搜了一下，吴呈杰，2014年江苏理科状元，读了北大光华管理学院，却还是听从了内心，想着做新闻记者。他才大三。为了写这篇作品，他花了几个月时间。他有非比寻常的耐心。有才的人大不一样。我是说，他们总是早就明白什么样的活法才是自己想要的。弄清楚这一点并不容易。多数人都在犹豫，在纠结，结果把自己耗费了。话题说得有点远，期待读到他的下一篇作品。

隐于幕前:横店群演故事

/谢梦遥

关于横店群演行业,有些事情是订立在演员公会的文件上,有据可查的:群演每个工80元;超过8小时,每小时加10元;没穿戏服就地遣散算半工,一旦穿上戏服,就算全工;演清宫戏要剃光头,加40元;剃鬓角(往往要把两侧的头发推光),加10元;躺尸费10元;抬轿费10元;淋雨10元起;脸上抹灰涂血10元起;超过午夜12点,10元;转剧组,30元;披麻戴孝,10元;导演临时加戏或者换人,要群演开口说话,30元,但"冲啊杀啊"的水词不算。所有费用,公会提成10%。

有事情不在明面上,需要身在其中才知道。10元只是起步,淋小雨、淋大雨、夏天淋雨、冬天淋雨,脸上是涂一点灰,还是把那种黏稠的血色糖浆抹得到处都是,价格肯定不一样,看群头怎么和剧组谈了。今年大年初三夜里,横店降到零下几度,剧组要拍淋雨戏,40多人群演集体反对,最后只有靠把地上打湿,在镜头前拿喷壶洒水实现效果。过年时候人少,什么都涨价,40块钱没人愿意剃光头。80元,100元,提价到150元,《如懿传》剧组最后才凑够了脑袋,先前就剃头的人可同样拿150元。

女孩剃光头价格又不一样,演尼姑,一颗脑袋价值六千元或一万元,但这种情况肯定有近景,要挑人,个子要高,长相也要过得去。那些打算攒一笔钱就回家的女孩会报名,因为短发很难接戏,但凡宫廷戏都要盘头。公会对女性注册一刀切，必须长发过肩。不够长，去接发吧。

而有些事情，需要经历很久之后，才能体会。不是所有人都能抵达这种感受。

新鲜的，过瘾的

齐传永低着头，懒洋洋地坐在一块石头上，大刀摆在一旁。刀柄是木头的，刀身是刷了银漆的塑料，颇为逼真。整天都在飘着毛毛细雨，地上湿漉漉的，身上也黏糊糊的，全是汗。他非常困乏，这真是漫长的一天，几十号人天还没亮就集合出发，来到这片山拍外景。时至下午四点，看起来远未结束。像他一样包着头巾、身穿乡勇服饰的男人们，七零八落地或坐或躺，兵器散落一地，有如经历了一场败仗。这一天下来，他们已经在山路走了多个来回，拍下山出征的戏。而作为本场戏主演的刘佩琦、曹云金下午才从宾馆来现场，拍了几个镜头，就去棚里喝茶了。

这是 2016 年的 8 月，齐传永来横店两个月了。他刚刚 30 岁，但粗看起来年逾四十，严重谢顶。这样倒好，报光头戏的时候，完全没有顾虑。

雷胜财也报了这部名为《龙之战》的古装片，他不肯剃光头，只肯剃掉鬓角，去演那种戴着斗笠的清兵。他的戏份主要在一座庙里，烟饼点起来，环境立马有了一种年代沧桑感。每个人都假装很忙，有喂马的，有擦兵器的，雷胜财最惨，负责扛麻袋。同一个麻袋做着两点一线折返运动，上去，下来，上去，下来。工种没得挑，导演让你做什么就做什么。

成为一名群演，几乎没有门槛。办好本地银行卡和电话卡，拿到暂住证，去演员公会注册就可以报戏了。适应于这个行业的流动性，本地租房也是一月一续。从前日子苦，镇上青年客栈的老板惠祥意对《人物》回忆，他 2002 年来横店当群演，每天才 12 元工钱，饭都吃不饱。那一年距离"故宫"（即影视基地明清宫苑）全部完工还有 4 年；距离尔冬升以横店为素材启动拍摄《我是路人甲》还有 11 年。这让他有了某种优越感，觉得经过那个年代的人才是为艺术来献身的，现在"社会闲杂人等都来了，你都不知道她在哪个洗头房、红灯区干过"。

群演中确实"藏龙卧虎"。一个浑身文身、有吸毒前科的"社会人"，开着奔驰陪着老婆来了横店，老婆有抑郁症，他只想满足她的戏瘾。一个自己不抽烟，但随身带着好烟逢人就递的山西小伙子，天天住高档酒店，他家里是开煤矿的。一个口音奇怪的香港人。一个身高两米一的职业篮球运动员。一个名片上印着"张艺谋的小舅子"，自己带把导演椅去片场坐着的家伙。以上都是惠祥意遭遇过的人。一位副导演告诉《人物》，有次面试角色，他添加对方微信，竟然发现，"不止认识，我消费过"，好友备注显示，那是杭州夜店的一位坐台小姐。

但一般而言，更多的群演是像齐传永、雷胜财这样的普通打工者。齐传永是安徽人，做过汽车装潢，在芜湖工厂干过，"流水线一站就是18个小时"，想着来横店散散心。雷胜财是来自广东的电子厂工人，也曾干过餐馆服务员，看过《我是路人甲》的电影后就萌生了亲自试一把的想法。横漂故事几乎都是这样开始的，驱赶他们的是好奇心与一时冲动，而非企图心与周密计划，然后，他们畅通无阻地一路进入到这里。

初来乍到，一切都是那么新鲜。第一天演戏，齐传永的角色是个日本鬼子。服装要自己穿，他连打绑腿都不会。好几次，他在拍戏的时候不知不觉地笑起来。"不许笑！不许笑！"导演气得直骂。再多拍一遍两遍，也就过了。

那些只能出现在荧屏的明星，可以在现实中见到了，尽管只能远远地看。"文章应该没有超过1米7吧！"齐传永说。像他一样，群演们普遍致力于明星的身高打假。"像那个张睿，具体的身高都不知道。但那天我们去，这么高的增高垫。"齐传永把食指和拇指尽力地伸长，为了补上《人物》记者的知识点短缺，他善意提醒："张睿是新版《还珠格格》里边的五阿哥。"

短短几个月，雷胜财已经见过了吴秀波、刘涛、柯震东，"我还见过鹿晗，够火了吧，火得炸天了。我觉得他长得也不怎么样。"本场拍摄的曹云金，在他眼里根本不算明星。目前而言，赵丽颖是他的女神。他下定决心，女神在场的通告一定要报。报戏就像买彩票，不到现场的一刻，群头不会告诉你是什么戏。但他摸到了门道。通过公开的组讯，他可以知道女神的剧组在哪个宾馆，只要集合地在那里，尽管报名就好。

一个叫张超超的胖子说，他最过瘾的一场戏，是跟着一群人围着冯远征骂。"平时谁能够骂明星啊。"他心里乐开了花，但还要假装很生气。他挤到最前，得到镜头的正面拍摄。

相较以往，如今是横店群演最好的时代。几年前还流行"打白条"，拿着群头签名的条子，等着结算日才能领钱。现在工资都打到个人账户了，半月一发，从不拖欠。拍戏超过晚七点，如果没有车接送，就要发车补5元。钱虽少，几个人用滴滴快车拼一单，也足够了。更何况，今年还冒出了共享自行车——与大城市里主流颜色有所区别的绿色本地版，一块钱就够了。放在以前，黑摩的是主流，2013年来横店采访的记者杨林记得，车身上尽是堕胎和整容广告。

达成，等待

轿夫，达成。狱卒，达成。死囚犯，达成。武僧，达成。进京赶考的书生，穿皮靴的日本军官，手握砍刀的刽子手，达成，达成，达成。

随着时间推进，齐传永完成的角色清单在不断增加。他本来只是打算来横店晃一圈就走，但他现在留在了这里。众多角色中，他最喜欢演嫖客，"两个女孩子这么一搂，多舒服啊。"有人会趁机揩油，他从未这么干过。他是个老实人，手轻轻地搭着女孩。

他记得清清楚楚，至今总计演了三次嫖客，年代戏一次，古装戏两次。谁不想演嫖客啊，但不是想演就能演的，雷胜财又黑又瘦，看起来实在不像有钱人，他一次都没演过。

分配角色自有套路。个子太矮的人，别想演大臣了。太监要皮肤光滑白皙——脸上坑坑洼洼的海南人吴育波说他从未演过太监。但他演过尼姑，那天本来是演和尚，但女生不够，他个子又小，就让他站后排。有场抗日剧，导演让群演站两堆，1米7以上演伪军和八路，1米7以下演日本鬼子。

来这里的第一天，齐传永谁也不认识。现在，他有了十几个朋友。晚上凑三四个人打牌，不是难事。但他愿意借出200元钱的人，不超过5个，如果金额提到2000元，就一个也没有。这是一个流动性极强的行业，人转眼就可能从这流水席上抹嘴而去。他吃过亏，有人管他借了50元，一直不还，后来还想再借更多，他索性不要钱了，将他拉黑。

雷胜财住在近乎贫民窟的房间里，没有空调与热水，网也靠偷蹭邻居

132

的。公用卫生间，脏得令人作呕。门锁和窗户都坏了，但他无所谓，家里除了一个脏兮兮的床垫，就只剩几件破衣服了，他把钱包带在身上。齐传永的房间是精装的，空调热水网络全部都有。这两个房间的月租差了近3倍，但其实也非常接近，220元与600元。

短信和QQ报戏的年代已经远得仿佛一个世纪了。现在，报戏通过微信群进行。群演们的微信名大多为实名。略显怪异的是，他们的名字后面，跟着一长串的数字。雷胜财的是9001180698024；齐传永的是8601178549884。看起来毫无规律。

一定意义而言，这组数字就是群头在挑人时需要知道的全部。前四个数字是出生年月，接下来三个代表身高，最后是演员编号。群头发通告时仅短短几句话，需要人数，集合时间地点。特殊要求包括剃光头或鬓角，以及身高。同一个群头，会建立好几个群，群名极其简单粗暴，顾名思义，"光头群"是为了拍清朝戏的，"帅哥靓女群"则对颜值需求较高。想报名就说话，如果被挑中，群头会@你说，来吧。就这么简单，没有废话。不要在群里随便聊天，话多的人会被踢出去。

齐传永自始至终是"光头群"的忠实成员。虽然明显不够标准，他还是混进了"帅哥靓女群"。他尽可能地多加群，这样挑选通告的机会可以握在自己手里。微信名里他的身高显示为1米78，但其实与明星一样，这里面有水分。不同之处在于，那短短几厘米，正是他赢得一个工作机会所需要的距离。

虚报身高其实非常普遍。女生165厘米，男生180厘米，是横店报戏的理想身高，但报称符合的人远远大于真正符合的人。"很多1米55的女孩子，真的敢往资料上写1米65。"导演李海鹰说。虚报的风险在于，到了现场，可能会被退回，白跑一趟还一分钱没有。

横店有很多游客。但对于当过一阵子群演的人来说，想分出大街对面走来的人是不是自己人，一点不难，那不仅仅是一种直觉。如果是女生有黑色长发（群演不能染发），男生晒得黝黑，那就多半是了，如果还提着一把折叠椅，那就一定是了。

在片场，等待是常态。角色演员尚对何时上场以及演多久，有大概预期，群演则是随时待命。而且作为"移动道具"，他们往往会被使用到最后。最多一次，齐传永一天换了四套戏服，扮演四个不同的路人。他也买了一把折叠椅，他再也不用像初来乍到的那个夏天，傻乎乎地坐在石头上了。

他也总结出一些规律，"人多的用得多，人少的用得少。"具体来说，一堆群演领戏服，有人演士兵，有人演侍卫，有些演太监。如果演士兵的人多，使用率就会高，想轻松点就别领士兵服。这也许只是他的迷信，但另一件事情是确定无疑的，排队领衣服往后站的，都是老油条，因为服装有时不齐，排在最后的人就用不上了，坐一天照样拿钱。雷胜财承认他经常这么干，但齐传永不会。

不要偷懒，他告诉自己。"来了嘛，就是要拍戏嘛。"

来了横店半年以后，第一部他参演的片子《骡子与金子》上映了。他兴冲冲地去找自己，根据剧情介绍，估出所在的集数。这部戏里，他演过国民党、红军、老百姓、土匪、小偷和商贩，多数在镜头外，或者远景里，根本看不到。所以，当他终于找到自己的那一刻，他非常激动，还截图发给朋友。其实镜头不过一扫而过。"模糊的那种，只有你自己知道，别人不知道。"

粗粝的，煎熬的

并不全是美好。随着新鲜感消退，那些更加粗粝的、煎熬的体验出现了。

夏天穿盔甲是所有人的噩梦。横店的夏天跨度长，最高超过40度。那盔甲虽是塑料的，但也重达几十斤——单手难以提动，严严实实把人包裹起来，汗全沤着，真是难熬。雷胜财参演过的盔甲戏，至少有两人晕倒过，"就像中枪一样。"水是管够，有的剧组还提供绿豆汤。盛汤时候，人像苍蝇一样里三层外三层叮上去，有汗直滴落锅中。

爆炸戏同样恐怖。初次经历的人，都会被吓到半死。有的剧组为了造成逼真效果，一些炸点不会告知位置。土弹还好，崩出碎草与泥渣，火弹比较危险，火能蹿几米高，周围空气都会变得极其灼热。有场爆炸戏，不知哪个环节出了问题，全部炸完后，过了十几分钟，又有一个坑炸了一次。

最要命的是，你无法避开这些戏，通告里看不出踪迹，基本只能靠运气。

"老师"是横店的高频词。所有人都可以互称老师，服装老师、化妆老师、场务老师、群众老师。群众和老师连在一起，一位群演自己都觉得好笑。这只是一种表面上的客气，作为群演，被人吆喝、催促是经常的事情。齐传永被骂过十几次，也许几十次。有时确实是他做错了，有时，做对也会挨骂。有一场单膝下跪的戏，他和另外一人姿势完全相反。导演骂他笨，但他是按礼仪老师先前所教而做。最后搞清楚，导演确实骂错了人，他向齐传永道歉。

但更多时候，骂你是不需要理由的，只源于指挥混乱。"现场管理的很多，这个人叫你这么做，那个人叫你那么做，你到底听谁的，这做错了到底算谁的。"齐传永长得面善，也非常听话，倒是从未出现有人对着他鼻子指骂的现象。

与其他工作环境相比，剧组的人似乎特别喜欢骂脏话。脏话是一种魔法，带来恐惧与臣服，令骂人者自众人之中升腾而起。少了脏话加持，那种权威感就消失了，他变成了和群演一样的普通人。

一部戏刚开拍时，衣服鞋子都是新的，但很快就变得脏臭了，为成本考虑，剧组很少换洗。有时，衣服鞋子发下来，里面还是湿的。好几次打斗，都肇始于群演要换装，管服装的人不让，口角而起。

有一次，雷胜财感觉自己将要窒息在一张臭鼬的皮里。那衣服散发着巨大的狐臭。"我受不了。我受不了了。"他嚷嚷道。在他坚持下，对方给他换了一件。另一次，衣服全是湿的，时逢冬天，他转身就走，钱也不要了。"对谁不好，要对自己好啊。"他说。六七十个群演，像他一样走掉的只有六七个，其他人选择忍受。

"看到各种不公平什么的，你不能计较。"齐传永说，他从未因为服装问题而离开。衣服确实没办法，至少鞋子可以自备。通过淘宝网，他买了一双靴子和一双布鞋，基本可以解决大部分需求。拍清朝戏用靴子，拍年代戏则用布鞋。只有汉朝戏例外，那种布鞋款式，网上根本没有，他只有忍着得脚气的风险，去穿那些臭鞋子。

忍气吞声可以找到各种原因，齐传永脾气好，能吃苦，耐力强，但真正的原因只有一个，权力悬殊。片场是个阶层分明的社会，差别对待非常明显。据导演李海鹰说，以前群演只能坐地上，特约演员才能坐椅子。"群众拿椅子坐，群头要骂你。那时候特别守规矩，不像现在。"

明星是在权力链条顶端的人，想要合影很难。一般而言，只有杀青那天可以名正言顺地合影。但雷胜财的一个朋友还是遭遇了挫败，当他想上前和刘诗诗合影时，被助理拦了下来，理由并非时间有限。"你长得那么丑，就不要合了。"这件事在相当长的时间里成为雷胜财那位朋友的笑柄。

外界很容易把武行与群演混为一谈。但在横店，前者是私人承包，不归演员公会管辖。武行极为反感被误认为群演。"群演他敢摔吗？因为他没有武术的基础。"武行史中鹏的话具有典型性，更何况，"（剧组）不能跟我们发脾气，我们练武术的脾气很大的。"

关于场务和群演谁地位最低，是一个可以永远辩论下去的话题。"场务是剧组里面最低一层，因为任何人都可以使用他，所以他是最累的。"齐传永说。但场务日薪一般有200元，还是比群演高。

进阶之路

对于群演来说，特约演员（特约）是他们力求进入的更高阶层。特约每天150元起，按照价格不同，又分为小特、中特、大特。

齐传永早知道特约的存在，但很少看群头在微信中发特约通告。直到在横店待了三个多月后，他才搞清楚，这是要靠给剧组副导演送资料才能获得的机会。

所谓资料，就是一张A4纸，印有个人信息与剧照。横店有大量的照相馆提供这种服务，一块钱一张，还可以提供剧照造型拍摄。拍好照片不难，送出去却要再做一次心理建设。雷胜财也做过一次资料，他做完就后悔了，觉得还不如买几瓶饮料。"你说你是北影毕业的，有点演技的，过来试一试，有可能导演能给你活个一两集的那种小角色。"

最终他一份也没有投出去，他决定"安于现状"，不要给自己施压。"明明不可实现的东西，非得要去实现吗？明明扛不起的东西非得扛吗？这样活的不是很压抑嘛。"

在2016年9月底的一天，齐传永拉上一个朋友，开始行动。剧组都住宾馆，副导演的房间贴着告示，接收资料时间一般在下午一点半到晚七点之间。

"你可以剃光头。好。"有人在资料上做了记号。

有人打量他和他朋友。"你1米78，他1米75。你怎么比他矮啊？"

"先放在这里吧，有合适的联系你。"有人连台词都没让他试，就对他说。后来他知道了，这句话就等于拒绝。

等了两个星期，第一个机会来了，开价500元，让他演一个和尚，而且还要说几百个字的台词。头天晚上他拿到了一段并无前后背景交代的台词。他背了一晚上，自认为记得极牢。但第二天一开拍，还是磕磕绊绊。他不可控制地紧张，眼神也飘得厉害。喊咔了两次，录了一个半小时总算录完了。好在不是同期声，导演要求也不严，表情、动作做到位了就行。那个角色的要求也解救了他，他演的是一个言语闪烁、怯生生的和尚。

大多数人发的资料都会石沉大海，齐传永首次发出的十份里却中了两份。这得益于他可以演中年人——这个年龄段的竞争小得多，得益于他"1米78的身高"，但更多是运气，他后来没再拥有过这种概率。

2016年他获得了十几次特约机会，今年头四个多月，就几十次，多是扮演大臣。他逐渐有了个外号——"陈佩斯"。他五官确有几分像，剃了光头更像。他觉得这样挺好，更容易被人记住。成为特约后，他享受到了甜头，绑腿不需要自己打了，负责服装的人会帮他。

一个尴尬在于，即便当特约，在镜头前调动他的那个口令仍然是，"人走"，而非"开始"。这两个词先后发生，当执行导演喊"人走"，场景中的其他人就行动起来，喊"开始"，才轮到主要人物，戏才算真正开始。他最高的一笔收入，停留在第一笔收入，500元。而且，后来的这些特约，几乎都是没有台词的"哑特"。

齐传永用心经营着他的微信朋友圈，常常更新拍戏的剧照与视频。他解释说，目的仅仅是让圈子里的人看到，未来有合适的戏可以找他。其实，这个微信是单独注册的，是个仅限于横店的闭环。他在这里的人生，只有几个家人知道，从前的朋友并不知道。"拍戏怎么说，感觉在别人眼里可能是不务正业。"他随后又补充道，"既不光荣，也不丢人。"

一定意义而言，特约与群演的分水岭，是在你跨入横店的那一刻就决定了。最近几年，越来越多的演艺专业的学生来当横漂——其中不乏名校毕业生，这些漂亮的男孩女孩们，几乎无须经过群演历练，很快成为特约，进而是角色演员。齐传永已算是群演中的突围者。

而调转视角，从导演李海鹰的角度看，从群演到特约的进阶，不过是小圈子之内的自我实现，"300元到500元，我们一听到这个价位的人，我们就知道这是说一两句台词的人。基本上我们会放在不会演戏的那个（类别）。"

"他是有形象的群众，但他演的还是群众戏。"他说，"什么群众啊、特约，在剧组人眼里，都是统一喊群众。"

只有群众，没有演员

一次又一次的，人们提到《我是路人甲》，那部全部启用群演当主角来完成的电影。很多群演说，那部片正是令他们出现在横店的原因。2016年，横店群演人次达到57万次，日均可调度人数保持在2500人以上。

横店群演中从未出过真正的明星，作为该片男二号的沈凯，现在却是横店的明星。与《人物》记者吃夜宵时，他背坐于饭店一角，接连有几波人认出他来，喊他"凯哥"。他是横店的名片。演员公会频繁请他座谈，还两度将年度特约演员奖颁给他。雷胜财极为关注他的新闻，知道他在《三少爷的剑》里出演了几秒。

沈凯当过网剧的主角，但更多的身份是一名特约。在采访中，"这个圈子非常现实"，是他重复最多的一句话。"他们觉得这个地方可以好好地谈恋爱啊，这个地方会碰到很多像（电影中）我这样热情的人啊。哪有这么多热情的人啊。"他笑着说。

人们很容易忽略故事的全貌。大概出于某种危机感，沈凯至今住在300元月租的房子里，和雷胜财一样，没有空调，没有热水。他的薪酬超过一般特约，但却不是能够天天有戏。他与大明星一对一搭戏，但同样也会在镜头移开后被对方完全无视。他也曾幻想过，成为院线大片的主角，但那些虚幻的泡泡已经破灭了。真诚地相信一件事，并不代表这件事就是真的。沈凯非常努力，而演艺圈的残酷真相从来都是，努力并不能必然带来成功。

"毕竟来横店拍戏，主要角色都在北京定完了，跑到这边全是小的。"

他说，"其实横店还是有挺多人会演戏的，但是在外面所有的人眼里面，横店只有群众，没有演员，这就是现实。"导演李海鹰估计，不算空降者，横店起步的演员单日片酬能在1000元以上的不超过50个。

但离开横店并不是那么容易。徐小琴也是《我是路人甲》的主演之一。片子上映后，她想过去北京，但现在她还在这里拍网剧。她对自己说，如果未来离开，再也不会回来。

沈凯与徐小琴离北京还有一段路。而齐传永和他们的距离，是"人走"与"开始"的距离，是在电视剧露个脸和活上几集的距离。这个距离比横店到北京更远。

问群演们，拍过印象最深刻的一场戏，他们给你的答案，一般都不会是他最满意的那场戏，而是最艰难的一场戏，或者赚得最多的一场戏。两者多数情况下是一回事，时长与酬劳成正比。

一年下来，齐传永攒了七八千块钱。他将五千元寄回老家。他春节都没回家，在这边拍戏。参演电视剧播了，他不再从中找自己。当他看到明星的时候，他感觉内心平静，"跟我们一样拍戏的，就是钱比我们多一点，比我们舒服一点而已。"他不想成为他们。他的下一个目标是想演皇帝，这并不是什么高不可攀的梦想，如果只是一个镜头不多的昏君，特约就可以演，酬劳基本等于一个台词多一点的店小二。他有一次很接近这个机会，但因为不够白胖而作罢。

雷胜财极为节俭，但他在横店的日子没攒什么钱。他也感到，自己越来越懒散。早上起床，下午收工，不接夜戏。不用对角色负责，也没什么精神压力。至今他也没有获得过说台词的机会。但至少，当初他那么想见的女神赵丽颖，已经见到了，而且是好几次。他做着打算，今年底之前一定离开这里，回工厂打工。

就像一茬茬的青草，旧的去了，新的又生长出来。4月底的晚上，在一个名为"晓马云演艺工作室"所开设的群演培训班上，三十多位年轻人坐满了课堂。这类工作室通过提供影视周边服务营利，免费课程助其扩大影响力。大门敞开，任何人都可以坐进来。对于未来，每个人显得又激动又期待。马云的头像印在墙上的海报上，好像这位巨富也是从群演中崛起。

当老师大声地问所有人，来横店的目标是什么，有人首先说，"演好明天的戏"。在当时的场合下，这个答案竟然有一种答非所问的错觉。尴尬的气氛持续了几秒，然后，其他的声音出现了。

"进入娱乐圈！""出名！"……

他们的正前方的那面海报上，写着几个大大的红字，"主演非我莫属"。

选自微信公众号"地平线NONFICTION"，2017年5月20日

评鉴与感悟 —— 横店是现实，也是梦幻，是中国，也是隐喻。关于横店，故事太多。谢梦遥也写过不少文字，比如《国王在领地》，直面横店的前世今生。又比如这一篇，写"横漂"中的群演，看似琐碎的故事，几经编织，竟也能见出光影世界里的阶层落差。我喜欢这样的特稿，有野心，还能感受到文字的美感。

巴马养老经济学

/王鸿宇

"神奇"的长寿村

7月的第一个周末，巴马县长寿村的停车场停满了旅游大巴车。"停车10元"的标牌格外醒目，与一线城市相当的停车费用，暗示着这个山村的与众不同。

村口处有块一人多高的大石头，背后茂密繁盛的绿色植被，将"寿乡"两个字衬托得格外醒目。

其实，长寿村是由三个村子组成的，因为旅游和养老经济，长寿村渐渐代替了原有的村名。寿乡如今是巴马的一张名片。巴马县位于广西河池，是世界知名长寿之乡，拥有的长寿人口是世界长寿地区认定标准的3倍以上。

进村的途中有很多商店，售卖壮族服饰、巴马的矿泉水、住宿餐饮，还有大红色横幅宣传着这里的灵芝。灵芝代表着长寿，这是为当地加分的"特产"。几位路过的游客感叹，村子不大，商业化程度一点不输5A景区，"连上个厕所还收1块钱呢"。

长寿村只有一条主路，如今已经成为繁华的商业街。饭店门口，老板用一根铁棍在调整炭火，烧烤架上的巴马香猪吱吱冒油。路边的老妇盯着来往的游客，用不大的声音招呼对方买点火麻粉，或者平底锅上还冒着热气的香煎巴马油鱼。

游客们下车后的第一站是拜访百岁老人——旅游项目的重点戏。游客们对于百岁老人充满好奇，而导游关于百岁老人身世和养生方法的介绍俨然增加了神秘色彩。百岁老人坐在陈设简单的屋子里，等待着游客的到来。

她们记不清这是今天的第几拨游客，但老人已经习惯性地露出微笑。游客会问些简单的问题，老人回答起来已经有些吃力，有的似乎没有明白游客的意思。按照规矩，游客会递上红包，里面装着从几块到几十不等的现金。游客会与拿着红包的老人合影，老人会露出职业的微笑，甚至伸出两个手指，摆出"V"的姿势，尽管她们并不知道这个手势代表着什么。

老人的儿子，瘫坐在旁边的竹椅上，跷着二郎腿，摆弄手机。他是老人一天几百元收入的直接受益者。百岁老人是当地的金字招牌和最为核心的旅游"资源"。虽然无法考证，"拜访"百岁老人何时成为村里的旅游项目，但这成为当地养老经济商业化的重要开端，对于"合影经济"的开发，长寿村并不比城里人晚。

根据2017年4月的最新数据，巴马全县有80~89岁老人3671位，90~99岁老人679位，100~109岁老人89位，110岁以上老人7位，百岁老人占总人口的比例位居世界五大长寿之乡之首。

遗憾的是，自去年两位百岁老人辞世后，村里的百岁老人也只剩下两位。但这并不影响游客的热情，反而来的人越来越多。每到周末，长寿村就热闹起来。现在是旅游淡季，暑假和寒假才是游客最多的时候，尤其在过年期间，这里的街道被围得水泄不通，很多游客只能将汽车停在公路边。

26岁的黄小辉是本地人，让他费解的是，为什么那么多外地人喜欢看老太太呢？不过，这种疑问并不影响他成为间接的受益者。节假日大量的游客改变了他的生活，他在村里租了个店面，出售当地土特产品。一年一万元的租金对这个青年来说并不算高，开店的收入足够家里正常开销。

长寿村里，像黄小辉这样的店面鳞次栉比。黄小辉之前在深圳电器厂打工，他开店的时候已经错过了长寿村里最好的商机。黄小辉的二叔，是最早赶上长寿村"风口"的人，他将当地特有的沉香木加工成手串、把玩件出售给游客，仅用两年时间，就在巴马县城里买了一套房。

某种程度上说，巴马和长寿村的商机要感谢辽宁卫视的《王刚讲故事》。不少当地人和来此休养的老年人告诉 AI 财经社，这期节目让巴马名声大震。

那是在 2009 年 5 月，在一期名为《巴马人的百岁之谜》中，王刚绘声绘色地讲述了巴马的神奇之处。"据说巴马县区区二三万人中，过百岁的老人有七十多位。听说巴马有人活到过一百四十多岁，出现过六代同堂的大家族。"

其实，巴马人口为 27 万，而高寿老人的年龄也没有如此夸张。长寿吉尼斯世界纪录保持者是一位南非女性，才 134 岁。

更让人心动的是，节目里宣称，当地的饮用水是弱碱性水，可以帮助排解人体的酸性有毒物质，盘阳河水可以消除很多疾病的隐患，维护身体健康。少量有益的磁场强度能够延缓衰老，缓解高血压，调节免疫功能的作用。"而巴马地区的地磁为 0.5 高斯，这是一个奇迹。"

许多老人正是看了这期节目决定来巴马做"候鸟老人"或者定居的。来自重庆的老杨就是其中之一。他当即拨打了辽宁卫视的电话，询问这部片子的细节。之后，他查好了线路，简单地收拾行李。两天后，杨先生便开启了一场说走就走的养生之旅。

不可否认的是，媒体的"炒作"是巴马火起来的重要原因之一。一个多月前，广西壮族自治区党委书记彭清华在接见全国政协考察组时坦言，这些年来，通过媒体炒作，巴马火起来了，全国各地的"候鸟人"蜂拥而至，可地方政府还没做好准备，公共服务还不完善。

事实上，奠定巴马长寿之乡地位的是"世界长寿之乡"名头。1991年，国际自然医学会会长森下敬一带队来此考察调研。随后，在国际自然医学会第十三次会议上，正式认定巴马为"世界第五个长寿之乡"。

森下敬一的另一个身份是世界长寿乡科学认定委员会主席。森下敬一总是以博士的身份出现，但在 Pubmed 上，没有森下敬一团队的任何论文。打开森下敬一的国际长寿科学研究所官网，里面尽是售卖养生保健品，包括长寿水、宝石、养生食材和自然疗法治疗仪等。

有媒体联系上日本厚生省，官方的答复是：森下敬一是合法的私人医疗机构的经营者。对于国际自然医学会，以公司来界定更为合适。

事实上，所谓的国际自然医学会也是森下敬一在东京成立的。有业内人士分析，这其实是一家保健品营销集团。

然而，正是因为"国际自然医学会"的长寿认证，开启了巴马在养老经济路上的狂奔模式。

百魔洞的生意

距长寿村三公里外，是旅游项目的核心景区百魔洞。这个被赋予各种魔力的溶洞，聚集着来自五湖四海的养老人士，他们把延年益寿和治愈绝症的希望寄托于此。

被各种传说加持的溶洞改变了附近居民的生活，巴马的养老、养生经济逐渐发展起来。

2007年，百魔洞被开发成大型旅游项目，并被评定为国家4A级风景区。百魔洞因其丰富的含氧量和强地磁，成为了巴马的养生聚集地。一些老人自带音响，在百魔洞中做保健操，大口吸氧，还有一些老人直接躺在洞穴中冰凉的石头上，感受磁场。有的人裹着毛毯，有的戴着手套，有的光着脚，还有的甚至在坡上爬行，传闻这样可以吸收更多的能量。让人吃惊的是，在冰凉的石头上，一些老人一躺就是几个小时。

然而，已有专家表示，中国的地磁是从南到北依次增强。巴马大约为42000纳特左右，比周边平均值高20左右，而北京地磁为50000纳特，比巴马高8000多。也有专家认为，长寿与地磁场并非总是正比关系，巴马长寿或许是多种元素作用的结果，特别是遗传基因影响。

这些并没有阻碍巴马成为养生圣地。越来越多的老人涌入，养老经济渐渐成为当地人的收入来源。

百魔洞是山顶上瑶民连接外界的必经之路，这给山顶上的瑶族民众改变生活的机会。两年前，当地政府在百魔洞中修建了"瑶族天街"，供上顶上的瑶民在此做生意。

而在此之前，瑶民们只能靠种植玉米过活，青壮年的劳动力都外出打工，留下老人和孩子在瑶寨里。一位韦姓中年妇女在天街上摆摊两年，每年除去生活支出，还可以攒下一万多元的生活费，这让她感受到了养生旅游带来的好处，"以前靠种田根本攒不下钱，收成不好的年份连肚子都填不饱"。

罗敏今年13岁，在家里排行老三，爸妈在广东打工，她靠卖土特产挣取自己的学费，她的最高纪录是一天卖出二百多块钱，这足以付清她一年的书本费。

每天早晨八点，罗敏吃过早饭便背着竹筐下山，等待前来百魔洞养生的游客。她的竹筐里有火麻粉、蘑菇、木耳、石斛等山货。她在做生意方面已经掌握了技巧，不论今天卖了多少东西，她都会对游客称自己"还没开张"。

百魔洞里有免费讲解，身穿少数民族服饰的讲解员都会在最里面的洞口停下，让游客们大口吸氧，他们用低频喇叭喊着："这里的氧气含量是外面的30到60倍。"百魔洞景区有10位讲解员，16位安保人员，雇用的都是附近巴马本地人。

百魔洞门票售价85元，月票300元，还要分为单双日进入。一位"候鸟老人"告诉AI财经社，2009年百魔洞还是免费的。现在的百魔洞的经营权已经承包给了外来的投资者。

高额的票价把一部分养生者挡在百魔洞外，这些养生的老人在这里载歌载舞，休息聊天，直至天黑返回各自的养老公寓。重庆的老杨每天傍晚六点，准时出现在百魔洞景区停车场，进行一个小时的养生健步操。这已经是他来到巴马养生的第8年。

黄阿姨是坡月村人，据百魔洞两公里远，三年前她自家的房子加盖成六层楼，装修成养生公寓对外出租。在坡月村，六层楼比比皆是。黄阿姨的楼里有20间客房，每间600元一个月，这个月已经全部出租。她家的生意一直很好，全年基本上都能住满。黄阿姨在底层开了间超市，平时就在这里卖卖东西。

"租客全国各地的都有，冬天北方人会多一点，但这都无所谓，只要交钱，哪里的人都可以住，"在黄阿姨看来，这里的房客很省心，"他们都是来养生的，每天早晨出去溜一圈，回来休息晚上再出去溜一圈，想唱歌就唱歌，想跳舞就跳舞。"

几年时间，黄阿姨所在的坡月村成了"候鸟老人"的主要聚居地。2009年这里成为广西休闲农业和乡村旅游示范点。一个案例是，17公里外的甲篆镇坡纳屯，在2005年人均纯收入不足1500元，通过发展养生旅游养老经济，2015年人均纯收入达到1.8万元。

这个数字背后是游客和养老人群的井喷式增长。2006年，巴马游客量只有11.6万人次，到2016年增至434万人次，10年增长了近40倍。在这些游客当中，养生度假养老的"候鸟老人"每年达10多万人次。

开发商来了

巴马养生名声大振，不光吸引了全国各地的游客，也引来了各大房地产开发公司。那些精明的房地产商人，敏锐地围绕着养老经济的强力引擎寻找赚钱的机会。

地皮，成为了长寿村最值钱的东西，"银发经济"更像是为房地产开发商准备的一场狂欢。

2009年，18岁的黄小辉回家过年，站在村口大桥的一瞬间，他发现弄劳村变样了，这个过去一直贫穷的村子突然间冒出了几幢六层楼。

盖起六层小楼的不是村民，而是外地来的地产老板。这些老板出钱重新盖楼，并且给户主二十万，条件是新房的顶层归老板。

外地老板也曾找到黄小辉的父亲，但是他拒绝了。当时的黄小辉才19岁，没有权力参与父亲的决定。但随着年龄的增长和开支的增大，他越发觉得父亲做了一个无比愚蠢的决定。

如果当时卖给老板，6层楼，老板占一层，自家住三层，再卖掉两层，转手就是两三百万，有了这笔钱，在村里也算实现了"财务自由"。

现在的黄小辉已经成家，并且有了自己的女儿，他将这种暴富的机会称为"缘分"，不能强求。如今，弄劳村的名字很少被提及，取而代之的是更为响亮的"长寿村"。

四年前，南京的中脉地产进驻长寿村，开发楼盘。这家公司刚来长寿村收地时，价格极其便宜，村里大多是老年人，他们看到带着现金来收地的，便毫不犹豫地将田地出手。此前，长寿村的人，谁都没见过那么多现金。

随着巴马的名气越来越大，外地人越来越多，长寿乡的人逐渐意识到，之前的田地卖便宜了。中脉楼盘销售状况很好，售价已经从最早的8000元涨到了12000元，每天都会有大巴车载着游客到长寿村里的销售中心看房。销售人员会向看房的人机械般地背出一连串数字：这里的空气负分子含量高达30000个，这里的水弱碱性值达到7.44。

黄小辉期待的"缘分"又来了。

中脉楼盘准备扩建二期，开发商看重了黄小辉家的房产。按照他们的规划，黄家这片地皮在几年后将会成为长寿村有史以来第一家国际酒店。

与八年前不同，如今他可以当家做主了。黄小辉显得十分谨慎，每一份开发商给的报价他都仔细阅读，前两天有一个协议，落款是被委托人，合同中写的却是被拆迁人，尽管对方一再说这个没有影响，但是黄小辉还是没有签字。

黄小辉不同意中脉地产同面积置换的协议，他觉得起码要再补偿一套巴马县城的房产，或者赔付等额的现金。"如果谈不拢，那我就不拆了，自己出去找找老板，合伙一起盖一栋高层，不论是卖还是出租，肯定都会赚的。"黄小辉有154平方米的地皮，在他看来手中有地，心中不慌。

距黄小辉家不到两公里的百魔屯，约60户农户的宅基地，被外来民间投资者看中。这些商人与农民签订协议，在其宅基地建养生公寓，其中的一层供农户居住，其余层面由投资者经营30年。30年后，整栋楼送给农户。

如今已建成的养生公寓一年的租金大约在10万左右，也有几百到一两千元不等的月租房。如今，台湾统一集团、深圳华昱、北京万家福等企业已经先后在巴马投资，开发养生长寿健康产业。

早在2013年，巴马长寿养生国际旅游区上升为了广西壮族自治区的重大战略。当地政府也早嗅到养老经济带来的机遇，重点把百魔洞片区开发成以功能养生、商务养生、度假养生为功能定位，集养生长寿、民俗体验、休闲娱乐为一体的5A级旅游景区和综合型养生度假基地。

77元的天价矿泉水

2015年，南宁吴圩国际机场开通了到巴马县城的大巴车，全程4个小时左右，谢师傅往返两地，一天开车时间超过8小时，每个月工作15日，工资刚刚够3000块。

开机场大巴之前，谢师傅在巴马县城开公交，近两年，车上的外地人越来越多。曾经有一个东北女乘客，闲扯过后，硬要和他拼酒。谢师傅从那次酒局中学会了"哎呀妈呀",如今时常把这个词挂在嘴边。

巴马县城去年新修了城市主干道——寿乡大道,从汽车站沿着这条路走可以直达百魔洞景区。寿乡大道两侧有很多宾馆,大多建于最近几年。巴马的城市建设发展很快,县城里破天荒地出现了几家湘菜馆,店主面向的就是前来筑桥修路的湖南人群体。

得哥是"巴马百年"矿泉水的经销商,一瓶500ml的矿泉水标价6元。得哥介绍说,巴马的矿泉水在北京上海要卖到12元。前不久,一位住店的北京客人,买了30箱矿泉水带走。

就连巴马养生博物馆内,门口的展柜里都摆有77元一瓶的矿泉水,7瓶矿泉水组成的套装售价为499元。馆内的工作人员称,这样的水销路谈不上好,但是每个月都能卖出几套。

水,如今成为养老经济带来的另一门大生意。四年前,一名福建商人就在巴马旅游景区里投资上亿元建起矿泉水生产线。如今经过政府审批,巴马有近20家矿泉水企业,但大多规模不大。当地政府也提出用三到五年时间,整合成三到五个品牌,通过清理整治后,让矿泉水产品走高端路线。

在巴马,成吨买水的客户很多,水产业已经成为当地第二产业的支柱。据公开数据显示,2015年巴马包装饮用水生产495140吨,增幅高达31.2%。

除了规模化生产的矿泉水,百魔洞口的"散装水"则成为当地的一道风景。百魔洞附近已经没有明显的泉眼,所谓的泉水出自一根从山上引下来的长长的塑料水管。不少养生的人提着大桶前来打水,他们认为这跟塑料管子24小时流出的都是巴马特有的山泉水,喝了可以养生。老人们每天提着水桶来这里排队接水,有时甚至为此发生口角。

刚开始喝泉水的时候,很多老人会闹肚子,资历老的养生者会高兴地告诉对方,"这就对了,说明这水起作用了,它在帮你排毒。"

甚至有人用这根水管流出的泉水"泡脚",所谓的泡脚就是拿着水管对着脚来回冲,泉水冰凉,也坚持不了几分钟,但一位老人安利身边的养生者,"我坚持泡脚,现在脚里的骨刺都没了。"

有时,流出的水明显发黄,但这并不影响老人们取水的热情。在附近工作的工女士是本地人,在她眼里,景区附近的污染已经很严重,宾馆排污直接进入盘阳河，看到游客打回百魔洞的泉水直接饮用时，她总是皱眉摇头。"我们当地人都不敢这么喝。"

当然，除了水，其他养生品也大行其道。在当地，各种养生馆、养生产品专卖店比比皆是。包治百病的养生馆广告贴在三蹦子车上，成为景区流动的风景。据当地部门统计，巴马市面上销售的"长寿食品"就有二百多种。当地官员不得不出面澄清，并不是所有带巴马名字的产品都出自巴马。

显然，巴马已然成为养生经济领域的知名IP，不少商家借机搭上这趟顺风车。

如今，黄小辉钱包比之前鼓了不少。可他还是担忧，大批外地人的涌入让巴马本地人感觉到了压力，以前菜场的青菜2块钱一斤，现在涨到了4块，不少从百色回巴马的人，都会顺手买些低价青菜带回来。

黄小辉有时还是很怀念十多年前的巴马，那时盘阳河水还很清，鱼也容易上钩，百魔洞还不要门票，玩累了就躺在那里，渴了喝一口泉水，"那时的水，真的可以直接喝。"

从重庆移居来的老杨仍旧每天来百魔洞外锻炼。他对于排队取水不以为然。来了八年，他与村里的一些百岁老人有过接触，所谓长寿的秘籍，不是喝了山泉水，更不是在百魔洞里接受磁疗。他发现，那些百岁老人有着共同的特点，生活简朴，没有奢望。

选自微信公众号"AI财经社"，2017年7月20日

评鉴与感悟

听起来是有些疯狂，看了也确实够疯狂，都二十一世纪了，谁能想到人们还会如此相信磁疗的力量？企图振兴经济的当地政府，媒体的造势，渴望长生的老人，共同打造了这么一块魔幻的飞地。王鸿宇的兴致却不在这些神奇的想象上头。他只是尽他所能，写出了他所看到的现实。

民间催债江湖

/杜祎洁

康达到了三舅家，发现屋子已经没人住了，一张床单充当窗帘挡着窗户。他在门口烧了三道符，是朋友从北京白云观请的讨债符，据说欠债人踩到烟灰就会应验。他并不信这套，但在弥漫开来的绝望中，也只能聊以自慰。

这显然不是走亲戚，康达领着律师来到这座东部沿海的县城，是为三舅转移财产调档取证。一年半之前他抵不过对方的花言巧语借予200万，梦魇就此开始。历经六次庭审，三纸判决，之后是漫漫数年的民间催债。身为这一地下产业的推手、受益人和被宰割者，他见惯了江湖上各种幌子路数，在他眼里，假流氓和真骗子一样面目可憎。

普通人对于讨债人有着腥风血雨的想象。影视剧里那些穷凶极恶的亡命之徒动辄浇汽油、剁手指。康达说，真实的江湖更多的是小人的天下。这一多数由社会闲散人员构成的实体往往见利就摘、趋利避害，并不按照白纸黑字的契约办事。欠债还钱、天经地义，但在这场无赖对老赖的赌局里，或许谁也没有比谁更高尚。

老赖
一场葬礼，引发了我人生最大的一个坎。

2009年，我30岁，考上了东北某沿海城市的政府机关。年关附近一手把我带大的姥姥去世了。那天晚上，姥姥家的亲戚陆陆续续都来了，外地农村的三舅一大家子住在我家，两家人相谈甚欢。

三舅儿子和我年纪相仿，在上海一家外企工厂做中层管理。三舅年近六旬，也弄得特敞亮，自诩人情练达、行走江湖三十多年的乡企厂长。

我之前对三舅非常陌生，乍一见面觉得这人讲话挺靠谱。他能说会道，开口讲的都是美国的将军、欧洲的战役，像个文化人。直到后来我去他家，看到书架上摆放着厚黑学、杜月笙、黄金荣、三国谋略等书籍，我才知道他是谁的徒弟。

这之后7月的一晚，三舅打来电话，问我借20万周转，第二天上午借，下午就返还并附加了2000块利息，蹊跷的是汇款账户不是他本人。过了一两周，又狮子大开口借100万，称之前这20万是去参加一个工程拍卖的人情费，底价九百多万的厂房拆迁项目，中标的拆了厂房卖钢筋、机器、设备、电线，稳赚不赔，两三周就能回本。我没有当即松口，他走火入魔一般，两三天里打了三十多个电话，复读机一样重复着"借我钱，借我钱"，"100万，100万"，还拉拢我母亲做我的思想工作。

扛不住三舅的软磨硬泡，从股市腾挪之后，我次日中午给他打了第一笔钱。没出半个小时他跟我说不够，一旦出了问题，这100万要被拍卖行扣下，需要再借100万竞标资金。为了说服我，他提及了儿子的工作以及一个商铺不动产作为担保，又找了一个保人和一套抵押商铺，当场找快递把借款合同、担保的两套商铺与保人证件邮寄过来。我没法子，下午找哥们凑了第二个100万，电子转款汇了过去。

我借钱的初衷是确信他有还款能力。转了几个行当之后，我对一个人大概的能耐有估算。2011年我通过一个猎头查过他儿子杨大勇的底薪，年薪约50万。

噩梦从此如影随形。第二天中午我收到快递，打开后盯着那摞废纸足足愣了一分钟，上面的借款人和担保人我压根就不认识，房产证是一个村产房的复印件，抵押物是假的。

这之后我每天都催促三舅还钱，对方回回推脱说过两三天，送出去的货回款了就打。眼看着一个月的还款期限就要到了。我长了个心眼，让银行的朋友帮忙监控三舅的账户。有天收到消息，三舅工头的账户上有100万，赶紧打电话过去诘问。三舅说，对，刚到的工程款马上打给你。下午我账上多了50万，再查对方账户，一分钱都没有了。

我查到了工程在连云港的厂子，带哥们找到三舅，全程录音录像办了借款字据，两个100万，月息分别为4%、6%。步步紧逼下，三舅林林总总还了99万。工程一收工他就开始耍无赖，到11月份就彻底不接电话了。

我后来反复确认，靠着我200万的启动资金，在运营连云港拆迁项目时，三舅拿本该还我的钱去还之前欠的钱，还了好几个10万、8万，最多一个30万。那些债主闻风而动，都是三舅一个村的亲戚朋友。

三舅揽了大半辈子的工程生意，靠拆迁淘汰的国企厂房、拆卖各种设备和废铜烂铁营生，今天卖挖掘机，明天卖龙门吊。以前他走南闯北到处打探，凭借消息灵通从中间赚点信息费，自己不出本金。负债累累后便开始铤而走险，先从小工程干起，一个工程一个工程地接，一个人一个人一层层地骗。找完项目就去找钱，钱落入自己口袋就会想方设法地去赖，有项目有钱投就有赚钱的可能，自己是不会出一分钱的。

这种在底层摸爬滚打沾染上的恶习在他身上根深蒂固。后来他甚至跟我商量能不能合伙去骗别人，"在辽宁宽甸县弄了个拖拉机厂拆迁工程，如果你再投点资我们继续干下去把别人骗下来，一个人骗50万，你的钱不就还上了吗？在大庆有个地下输油管道的拆迁工程，标的额是两千多万，我们再合伙投个一百来万接下来……"

他身边干工程的生存之道大半如此，有了第一笔赔本买卖，还不上钱就拆东墙补西墙，在此过程中他们发现只需消费人情、身段巧妙，把故事说得圆满一点，哪一次捞到大鱼了，就可以填补上之前所有的窟窿。如果赔了，不过是从欠10万到欠100万，麻烦是一样大的。

12月份我找哥们带着几个混子亲自上门，吃喝拉撒赖在三舅家里，不料老两口在民警上门时趁乱金蝉脱壳，抛下老巢，拉锯了一个月颗粒无收。之后三舅一面谎称要把商铺过户给我，一面鬼使神差地转移了几处房产到子女名下。

私了的路走不通，我决定诉诸公堂。2010年年中打官司，年底下了第一纸判决。历时两年，总共走了六次庭审，拿了三纸判决，均胜诉。2012

年4月拿到了终审判决书，由一审法院执行。送达执行书的时候，三舅在电话里说他在上海，不确定什么时候回去，"你不用来，你也找不到我。"去他女儿的单位，她直接对法警开骂，毫不惧怕。

判决书下来之后，由胜诉原告提供负债方的财产线索。我带着法院的两名法警前往被告所在地，大海捞针，跑了十几家银行，查遍了四大国有商业银行、当地的农村信用社等。待了三天，只封了两个养老金账户和4000块钱。

只能用无赖对老赖的方式了。上午刚送走执行法警，握着中级人民法院的终审判决书，我拨通了催债公司留下的联系方式。

骗局

康达在电脑上敲入"债务催收"四个字，搜到一堆"猎鹰""龙行天下""至尊霸主""蓝色保镖"等琳琅满目的名字。每一家都吹得天花乱坠，声称自己"合法、专业，设备先进，金融人士、律师、车队一应俱全，只要有授权和欠条就能追回债务"。"我们吓不死的，真弄他，我们都是脑袋拴裤腰带上、刀口舔血的。"

讨债、催收，抑或是更具噱头的"不良资产处置"都指向了这个鱼目混珠的灰色地带。自2003年在国内萌芽以来，庞大的民间需求催生了一个潜在的规模巨大的催债江湖。据说目前全国从事催收行业的公司约有两千多家，从业人员保守估计也有20万人。

小宋开车过来了，说给2000块现金，这事他包了。我当场数出钞票，吩咐说你就给我闹。谁知之后近三个月对方没了声响。我接触的讨债的有一半以上都是这副做派，一手拿到钱后不给你办事，有点良心的一拖再拖，恶劣的就不接你电话了，几个月之后就换号码了。

催债人中一部分是在社会上打打杀杀的，另一部分来自搞拆迁的、搞医闹的，他们的角色随时可以转换，假装自己不要命混黑社会，换取一点微薄的收入，大多数也都是站个人场。同一伙人三五个月换一个地方改头换面。

这些人首先在互联网上发广告，说我们是××讨债公司，留一个400开头的付费电话。这些广告每点击一下好几十块钱就流入了搜索网站。小宋所在的公司原先就有一个债主没讨到钱，故意不停地点他们的广告，一天点了他们四千多块钱，逼着他们换了个公司名。

在签合同的时候他们会给你发文本，一份是合同书，一份是委托书。合同是规范怎么分配钱款，委托书是注明我把讨债事宜委托给你。标准的合同书会写明前期车马费花销，这部分会从尾款里面扣除。但一般这种合同本身没有法律效力，也不会严格执行，最后纯粹看谁比谁硬，谁说得过谁。

委托书里通常会设置陷阱：××全权委托我办理这个讨债事宜。这个说法是有问题的。例如我拿到委托书去问另一个人要钱，他欠了100万，我跟对方说我已经拿到了全权委托书，你还10万就可以，你再私下给我10万。这种行为也形同诈骗，文书是一种推辞，因为全权委托在先，报警的话很难去界定。

我跟这些人接触多了，比较有经验，委托他们只执行追债，还款额以进入某账户为准，其他产生的所有费用、交易与此项债务完全无关。讨债需要在合法范围内，法律之外造成的任何伤害由讨债人负责。

小宋是我遇到的第一个"高人"。8月份开始执行，快到11月份也没动静。我通过私人途径，查到三舅儿子杨大勇在上海市郊嘉定买了套两百多万的房子，150平方米。循着地址，小宋找到了人和车。我欣喜万分，跟死党小辉风尘仆仆地赶去跟踪了一天。

礼拜一杨大勇去厂里上班，我们拦住他，就把他往车里塞。这小子有经验，没被控制住，满街跑喊救命，正好旁边就有巡警，一伙人被带到了派出所。

从早上八点僵持到下午四点，三舅自始至终不肯出面。中间小宋把我支开，进去单独谈了20分钟。最后他儿子改口说你别逼我太急，缓我三天给你筹钱。进去之前我跟小宋说你无论如何让他写个文书，小宋说没事你别管。

小宋找来的团队里有四五个十七八岁的小孩，加上两个挑大梁的。这些小孩多半是周围郊县过来闯世界的，平时赖在网吧里打游戏或是在城郊洗剪吹之流，偶尔哪个大哥给点好处就乐得不行。谈判主力人高马大，穿着大裤衩，剩下的小马仔们穿一身紧身黑衣，文个身，剃个小圆寸。他们无论是五湖四海哪里来的，张口都装模作样地侃东北话。

这些追债人大部分是临时组成的团伙，几个骨干牵头成立公司负责拉生意，拉上活再临时去网吧攒人要债，一个人一天给200块钱。这些人以打散工为主，今天跟着要债，明天去赌场看个场子。他们的打扮并不见得另类，但很难见到衣着特别体面的。有时候去写字楼讨债需要西装革履，就临时凑一身廉价西服。

追债的时候小宋开的是宝马X3，这是他刚替别人讨了债拿来顶账的，顺手先开着。小宋手上一直不缺豪车，后来又在青岛扣了个卡宴，朋友圈里一辆奔驰房车开了一年多，带酒吧的，像小型公共汽车一样。

江湖有规矩，债还没催到，"茶水费"得先续上。小宋陪了我三天，街边吃拉面的时候找我结算了一次车马费，张口就是8000块，直接转手给公司。异地要债的时候他们都是吃大户，兜里面绝对不会揣一分钱，吃住都是我自掏腰包。

小宋这头雷声大，形势看起来很明朗，本以为这事就要成了。第三天打电话杨大勇根本不接，去家里敲门也没人开，工厂有围墙进不去，光保安就二十多个。

我两眼一抹黑，完了人又跑了。一旦负债人跑了，之前砸进去的钱和精力全都白花了。我当时如坐针毡，一盘算留下来只能是满街游干烧钱，心灰意冷之下准备撤离。

小宋听说我萌生退意，不让我走，让我再候两天，不行上工厂门口打条幅去。

一伙人开车去工厂抗议的途中，杨大勇突然来了电话，说人在家，可以谈一谈。回去之后大门紧闭，我心想耍我玩呢。这时候一看楼下，稀里哗啦涌出来二三十个小混混，带头的头发染得五颜六色，膀大腰圆，叫嚣着说杨经理让我来看看。我说这是判决书，你们来了挺多人的，要是朋友帮他来还钱我挺高兴，你要说来打架，我从小就见这些，你来这么多人没有用，你自己就行，你一个人拿着砖头就照我头上拍，拍死了这债就了了，拍不死你就赶快滚。

混混头兀自愣住了。戏剧性的一幕发生了，帮我讨债的一小孩从楼下跑上来了，嚷嚷着你们想干什么你们谁敢动康总。这回我给听愣了，我说他们也没打我你扒拉我干吗，刚才你就在一楼站着一点动静没有，这时候我们杠起来了你冲上来。

门吱呀一声开了，三舅和他儿子在屋里，二十来个人一下挤进了客厅围得水泄不通，帮我讨债的这帮人这回上来了，先前跑上楼的小孩拽着我说康总我陪你出去溜达一会，就把我架出去了。

不到20分钟大家伙儿出了门，在街边找了个长廊继续谈。当时只剩我自己，我只要一发声，对面好多张嘴不让我说话。帮我讨债的不让我说话，三舅儿子摆手说这事跟他没关系，三舅三舅妈就炸了，撒泼打滚说多少钱也不行，我俩跟你去法院，去拘留所伏法去，他儿子的工友们也帮腔说，大哥消消气，别说了，先听他们怎么说，剩下的二三十个小孩像表演道具一样远远地站着。当时的局势是我谈什么都没用，对方先说，我就只管同意不同意，但对方的筹码是越来越不好的。

谈到后来那头松口说给一套宅基地的一半，小宋劝我妥协，称也能值个六七十万，不行我们再闹。我说行，那咱回老家过户去。回来路上小宋不让我走，说这事已经谈完了，得给五万块钱。我说，第一房子没过户，第二你没要出现金，我不能给。到了小宋公司，有个经理语气强硬，坚持说我们公司惯例就是谈完就给钱，我急了说你们这是明抢。小宋又拉我出去打圆场，说康哥你是逼我回老家，这是我接的第一个案子不能没钱，这两天这么多人陪你转来转去，我给你降到3万。僵持不下我就掏了两万块，约好到老家继续谈。

小辉回来就跟我分析，你这事肯定是中套了，从逻辑上看，三舅他儿子在上海无亲无故，危急关头被堵在家里，怎么就能叫来那么多撑场子的。此前他把你支开进去谈了20分钟，出来后三舅儿子那么痛快地说你缓我两天我筹钱去，只有在利益上有接触才能说出这样的话。更何况之前小宋经常吹嘘自己多能打、实战经验丰富，这回都给你谈成了，回去的路上一声不吭、一副若有所思的样子。如果他凭真本事把别人镇住了，他一定是很得意的。

我转念一想就想透了，做这个局一点都不难，两头要钱利润特别大。我在六楼砸门的时候，同去的四五人全在车里缩着。敲门的两个多小时一直跟我说对方肯定在家，你怎么知道人家就在家。肯定是事先说好了，他们和那二三十人合谋唱了一出戏，想用阵势唬住我，未果就上来一个擦屁股的。

对于小宋这样的讨债人来说，接了这个案子是挣钱的第一步，但是钱到兜里面才是真实的。要想谈拢必须把双方的预期值都压下来。金额越少越容易谈拢，他们拿钱的可能性就越大。他们不可能长时间耗在一笔债务上一分钱见不到，也根本没指望按照回款额的15%、25%，十几万二十几万这么拿，难度太大。混吃混喝拿多少是多少，一头拿个两三万就已经很高兴了。

之后小宋没去三舅老家，他知道我这边挺生气的，怕我去揍他。到那我一查房子，三线城市县改区的宅基地，值80万，说的是起个合同产权分一半。那片地说了十来年要拆迁也没动静，对方只等拆迁拿钱，也几乎找不到买家。第一次讨债就这样无疾而终。

套路

在康达眼里，讨债无非几个路数，第一是干扰你的正常生活，尾随你一块饮食起居，跟在你身边言语羞辱，但家里不行，治安处罚条例规定，未经允许强行逗留超过两小时就可以拘留。第二是毁坏名誉，打条幅、贴大字报。第三是恐吓，但得掌握好度，比如威胁说你家小孩真可爱，他在哪里读书，我听说学习挺好的。网上报道的红色油漆泼门、泼大粪，康达都没见过，都是直接找人谈，不让走这么几招。

追债想要办成的核心是人抓到就不能让他跑了，这一点接触的催债人都反反复复跟康达讲。催债人说，你要的是这个人，见面谈话让对方处于一种难受尴尬的状态，而不是把对方吓到。

诚信和契约精神在这行分文不值。京师律师事务所的单正宏律师在2013年接过一个案子，有个做工程的北京小老板和讨债公司签订了授权委托书，催债人通过盯梢、恐吓、威胁绑架孩子的手法，卷走了债务人的四十来万，之后便人间蒸发了。

催收公司的抽成比例业内一般是回款额的25%~50%，具体和要回来的数额有关。在合同里康达提的是要回来100万，对方抽成30%，要不回来这个数，这个债务就不能结。

这些民间讨债公司谈生意有固定的套路。第一步先放狠话"我刀枪不入什么都敢干",聊几句就是"行,这个事情我们能做,你马上把合同签给我",签完之后他们才去摸底有没有可能。有些本地公司承诺不成功不收费,实际上一见面还是会要钱。异地讨债一般坐地起价两万,名头是食宿费,待一周,这样就已经稳赚不赔了。

遇上小额债务,定金到手之后这伙人就会评估值不值,一两万的几个人直接上门,要到现金后往往不会还给债主。他们无非仰仗着别人不愿意接触你这种丑陋形态的心理,对于债主和欠债人来说都是这样。有些小额的人也真的是为了出口气,就把这个借条和委托书交给他们去处理,钱拿回来也不要了。虽然流程相同,小额一定是更容易的,这边一吓唬一瞪眼睛那边ATM直接就能取出钱来。能出现大额债务的要么对方一味耍无赖,要么势力大他们也惹不起。

第二次讨债我多了个心眼,在网上联系了四五十家讨债的,事先声明不出面、不掏前期车马费。有一个安徽人特别"聪明",他说他的强项是找艾滋病人讨债。他很爱学习,还问我关于期货和法律的问题,他们同时在办一个苏州那边期货被强制平仓的单子。

我觉得挺投缘,于是对方一伙五人上门了,其中两人持有艾滋病人就诊卡,还有两个农村大妈。到了杨大勇家门口他突然说车坏了,换件需要5000块。我就当热包子打狗出口气,打给他了。谈了一晚上,派出所、防疫站的人都来了,夜里留了两个协勤看着。

这天双方在派出所耗到半夜三点,他跟我说进展得不好,得叫个执行法官过来配合,证明他的行为是正当的。我明白这不过是说辞,他想要借此扣住法官向我索要车马费。

后来果真如此,法官上门后,我不得已又打了5000块。一伙人在家门口坐了好几天,中间上门在家里桌上吃饭,到水龙头那儿去喝水,还借用了厕所。耗到了第五天,就说没进展了,第六天声称有个艾滋病人病了,需要住院检查的钱。我知道他们已经不行了,我说最后打给你4000块再坚持一个星期。

中间他谈到一个突破口,三舅那边愿意出35万现金。我说我打官司加追债都花了不下这个数,不能让他们觉得这个事情了了。又说给价值100万的宅基地的一半，但这和之前无异，不过是纸上谈兵依然难以变现。再以后一联系就说赖在对方家门口，能不能再打点钱坚持坚持。这个事情到这个程度，我一共花了14000块，前后耗了10天左右。

我接触的讨债人中，百分之一千都是两头要钱。没有正义与不正义，到了这种份上，只有双方砸钱，看谁能斗得过谁，谁的心气更足更能撑住。

我已经对讨债公司的商业模式完全明白了，提前就跟他们说破，"我不会给你们一分先期费用的，你们有本事就要，没本事要点车马费，实在没本事就别吃这碗饭。愿意找对方要算是你们自己的辛苦费，跟我的钱不发生关系。"他们全都默认。

我最早联系的一个江湖大哥，以龙天一的名字在业内风生水起。他自诩商账追收、职业讨债的早期领军人，车队上写着"老赖克星"，还有老年秧歌队去商场门口跳舞要钱，公司网站上称有员工近两万人，部分员工持有商账追收师的证书。

这个人经验最丰富，他说了几个惯常套路，第一找个女的到三舅儿子厂里应聘，在外面开房拍录像，威胁给他老婆看；第二在他附近微信搜索加好友，约出来开房拍照。谁知杨大勇微信谁也不加，应聘也没有找到素质合适的人。之后他发短信威胁，联系上了人，两人见面后发现是同省老乡，对方很可能塞了一点钱，他过来跟我说这个事办不了了，也没从我这拿钱。

我又陆续写了七八份委托书，前提是我不到场，也不预支车马费，你能要到钱，三方直接分就完事，我不会不给你钱，但是你做点事拿一点。这样的一般拿到委托书也就撒手不管了，多半觉得在你这边榨不出油水，那头有经验也不太好弄。

利益

康达手头保留的催债QQ群有四五个，每个群都500人以上，成员大部分都是催债人。以前没事发个广告，也没多少人搭理。近来这些群里的人都不怎么说话，倒是形形色色的小广告像牛皮藓一样无处不在。

有人声称自己是有间歇性神经病的艾滋病人。有七年讨债经验；有人发墨镜文身男泼漆蹋门的小视频；有一两百块卖"呼死你"的，这是一种手机轰炸软件，不停打电话响两声，一分钟四五个电话，号码是变换的。更多的是定位查人的，有声称自己公安、运营商都有人的，三网基站定位、误差20米，600块一次，10到15分钟出位置，增值服务包括全家户籍、淘宝外卖地址、通话记录、开房同住记录、身份证轨迹、行车轨迹、名下车房银行卡余额等。

这些群频繁关停，不断刷屏的小广告暴露出这个灰色产业的利益格局。卖催收管理系统、手机拦截软件的，吆喝催收公司转让、信用卡催收营业执照转让的，做婚外情调查取证的，做债权转让收购的，小贷公司放无抵押贷款或是寻求催收团队合作的，催债公司求介绍10万以上的单子给15%分成的。

各色骗子在这里寄生甚至互相撕咬。定位查人上来先收费的多半是骗子，100块一次，打了钱就没影了，一个小时就换了微信头像和昵称。

五年下来，康达写了委托书、有邮件往来的职业催债团队有10家，除了一两家是网站上有工商注册书的金融咨询类公司，大多数还是个人。

我遇到的这几家公司，规模最大的就是小宋。平常吃穿用都很奢华，戴着大金链子，穿那种紧身彩绘花色的衣裳，不知道真假，却为了三五千块钱跟你死缠烂打苦苦哀求，一年可能才等到一笔二三十万的。并不是这样的债务少，而是老老实实还钱的人特别少。

前两天一个讨债群里还有人报喜，今天特别顺利，吓唬一下人就给了，80万的案子，能分30%。众人纷纷附和：你简直是中了彩票。

这么大的群，这半年来我就看到了一例数额这么大的。在拉生意时，这些讨债人为了展示他们的实力，往往谈到一半，啪地甩一张照片，一袋子粉色钞票，"这是我今天讨到的钱，两三百万，你这个债不算什么。"但我从来不信，能欠这么大数额的老赖，绝对不会被别人几句话镇住的。老赖都是这种心态，就算你拿把刀把他砍了，在刀尖落下的前一秒，他也不会相信你是动真格的。

他们就是靠天吃饭，赶上一个大额的、对方又特别软的就挣上一笔，平常是很难要的。宁可蹲15天也不给钱的人很难被他们的假把式给吓唬住，玩真格的人又长不了。这就是这个事情矛盾的地方。常在社会上混的这些讨债人全都是挣小钱的。你先给我签个单子交点定金，要来现金我黑一点，欠钱的那头蹭一点，或者我要不来钱你赏点茶水费，再四处克扣蝇头小利，混个小康收入。

这个行当里的人身份界限往往是模糊的。小宋投奔的公司以前是做高利贷的，一笔3000万放出去，发现房子已经被几家法院封了好几道，谁也拿不到钱。一伙人摇身一变，开始做催债人的生意。安徽那人原来是跑运输的，别人欠他11万运输款，后来发现用艾滋病讨债的手法挺奏效，自己就开始揽生意了。

我还见过有人在网上搜集欠债人信息做成一个用户集群，低价打包倒卖给诈骗公司和讨债公司，再运用固定话术群发短信：你已经被立案了请跟李警官联系。一般回话的都是心里没底的。

也有人人催这种众包型的催客，年轻、守法、胆子小、懂点互联网技术的无业游民。在人人催的群里，有个人用"呼死你"跟欠债人对骂，一连串死爹死妈侮辱人的字眼，大伙纷纷劝说干这行是替人要钱犯不着这样，你给人逼急眼了人明天报复你。我心想就你们这样还出来要什么钱。

我注册过形形色色的互联网催收平台，开几个月可能就关了。这些中介平台收集各类债务信息，催债人如果想联系债主，得花上1000块钱或者标的额的1%。资产360、青苔债管家都是融资数百万乃至千万的催收平台。但由于私人借贷乱象多，我后来给资产360打电话，他们声称只接金融公司的业务，青苔债管家的网站后来也关掉了，电话打不通。

困境

名义上的讨债公司被国家明令禁止。这些野蛮生长的地下公司遂巧立名目，以小额贷、财富管理、财务咨询、商务调查等名分进行工商注册，机构性质却是委外催收。目前，我国对民间收债的监管还停留在禁止非法收债的粗糙层面。

早在1993年，国家工商行政管理局就发文禁止为各种以讨债为名义的企业进行工商注册。2006年，国家劳动和社会保障部推出了五种新职业，商账追收师名列其中，讨债公司仍不合法。

债务委托本身并没有触碰到法律的边界。安徽蓝雁律师事务所的吕兴跃律师介绍，从民法理论考虑，委托人可就自己的民事法律事项委托

161

他人处理，但前提必须是"合法事项"，受托人要在法律允许的范围内代为追债。

但双方当事人委托时各自心知肚明，正规的追债其效率并不如律师、法院执行来得高，所以双方可能预见受托人的追债手段会逾越界限。届时引起违法犯罪，如非法拘禁罪、故意伤害罪、聚众斗殴罪、寻衅滋事罪等，委托人脱不了干系。因此法律不鼓励民间委托他人讨债。

康达反复强调见过的讨债人并不敢去触碰法律，所有行为最核心的一条是不能被警察给拘了。"他们并不是人们想象中浇汽油、提刀追杀借债人的恶霸，嘴上吆喝着风里来雨里去、刀尖上打滚，等到真办事的时候，见利就摘，有危险拔腿就跑。讨债里面最拼命的是债主，讨债人犯不着打打杀杀，出来是为钱不是为脸。"

一般的民间借贷很难够上刑事案件，只有满足一些严格的条件，才可能构成集资诈骗、合同诈骗或是非法吸收公众存款等刑案。

很多人利用各种项目工程，钱入账之后，在诉讼前将名下财产转移。法院在审理阶段可查封冻结、执行阶段可强制执行债务人财产，将其打入老赖黑名单。不过很多老赖对黑名单无所谓，因为被加入黑名单还款的人少之又少，除非他是真正想通过做实业赚钱，生意还在运行，需要银行贷款和征信。对已经圈走钱的人，坐不了飞机、高铁动车的一等座，可以坐二等座、可以自己雇司机开车，可以拿别人的身份证高消费。

我是完完全全的受害者，实在无路可走，才找这些歪门邪道的帮忙。大多数老赖都是这种情况，明明知道他们有钱就是拿不出来，又要接触恶心的人和事，又要花大把的钱。

作为利益共同体，康达对催债人的感情很微妙，他一方面为多数催债人的行为洗白，强调暴力催债在这行并不常见，一方面也对这些"假流氓"坑蒙拐骗的行为深恶痛绝。

康达知道自己的遭遇只是其中一粒沙。在注册的催收平台上，他的债务一度挂在排行榜前几名，属于金额较大的私人借贷，这几年逐步掉到了后边，几百上千万的债务浮出水面。

单正宏律师手头代理的经济案件中，2014年、2015年民间借贷每年不过三十多件，2016年猛增到五十多件。部分数额高达数千万上亿，涉及融资、修路、基建等实体经济的比较多，很多都是复杂的三角债引起的连锁反应。

一位不具名的法院执行庭人士透露，加快财产处置是全国各大法院执行阶段的难题，有些被执行人本身资不抵债，只能按月扣除部分月薪，案子一直结不了。名下仅一套房产的话没法处置，只能控制，家里有老人也没法清场。一套门面房查控、评估、处置下来，最快也要六个月才能走完整个程序。执行周期长，法警人手不够，一个区级地方法院的执行法官七八个人，一年几千件案件，平摊下来一个人一年要办案三百多件，积案便愈来愈多。被执行人现在倾向于拖延时间而不是不履行，一拖几年，申请人等不了遂降低债务金额，达成和解协议。

八年梦魇，康达在民间催债上砸了二十来万，赢了官司却无计可施，亲人的背叛让他看尽人性幽暗。看到最高人民法院院长说，对解决执行难的问题加大了力度，他又燃起了零星希望。最近他回了趟东北，之前因为没有财产线索终止执行，他要重新开启这个案子进行联网查询。

"在债务纠纷里面，当你把钱打到别人账户，剩下的只能指望运气了。"康达说。

选自《南方人物周刊》2017年5月15日

评鉴与感悟

多年前在吕梁，当地朋友讲故事，说是人们有钱了就好赌。欠下债了怎么办？直接把你关进地窖，每天扔颗茴子白。等到虐惨了，自然会找家人哭诉，筹钱还债。当时听了，感觉像传奇。这样的故事似乎时时都在上演，《民间催债江湖》，不动声色，却又写尽世相，偌大芜杂人间，有利益，就会有争斗。人是多么奇特的生物。

新经验

临界的意义

/孙歌

由于研究对象的原因，我几乎每年都要在日本和韩国出入。在2011年3月11日日本大地震和其后福岛核电站核泄漏事故之后，我也得以在日本生活一段时期，近距离地感受了日本社会在灾难之后最初的反应。

灾难是人类唯恐避之不及的可怕事件。但是，在灾难中付出昂贵代价的人类，却同时也获得了一个残酷的机会，得以省查自己所生存的环境。那些平时被有意或者无意地遮蔽起来的真实状况，只有在灾难突然降临时，才会突然展示它的样态。没有人喜欢灾难，思想史研究者也是一样。然而当灾难发生的时候，思想史研究者有一份责任，就是观察和分析"正常社会"在突然降临的灾难中不得已撕去外包装时的真实机制。

2011年，我不期然地受到了这样的训练。借助于福岛核泄漏事故的后续效应，我观察到了日本社会生活中的方方面面，也观察到了日本国家体制的真实操作机制。当然，最直接的收获是借助于雨后春笋般占领了各个大小书店的核问题出版物专架，我找到了一些很有说服力的专业书籍，初步了解了核电站与核事故对于人们日常生活的影响，并且了解到了一个基本事实：对于核电开发的投资和对于核废料处理的投资的严重不均衡，使得核电站即使在正常运转的时候也是一个没有修建厕所的高级公寓。所以，核废料的处理，一直是以"稀释"的方式悄悄地把放射性物质重新送回到我们赖以生存的环境之中。而在核事故爆发之后，善后处理的庞大开支不能为电力公司带来盈利，更何况对于核污染的后续调查与研究还会损害公司利益，即使是在污染最为严重的2011年，日本人能够得到的关于食物和水源污染的数据，也仅仅涵盖了辐射物中的几种而已。

在信息严重失衡的状态下，我在那段日子里把注意力集中到了人们的社会心理层面。人们多么渴望回归正常的生活，哪怕是避重就轻，甚至是自我欺骗，也是支撑人们活下去的动力。我和日本人一样，在网上查阅农林水产省每天发布的污染信息，购买看上去安全些的食品。在那段日子里，我真实地体会到了鲁迅在《我要骗人》里描绘的那种沉重的无奈——除了这样做，还有其他的选择吗？

时过境迁，一晃五年过去了。五年，对于半衰期要几百上千年的核辐射物质而言，几乎不具有任何意义，然而，日本社会却已经度过了那段危急时刻恢复了平静。2016年夏天访问东京，回国时在机场排队办理登机手续，我很小心地询问身后一位在日本定居了几十年的中国人：现在污染的情况怎么样？她几乎是嗔怒地瞪着我说：东京有什么污染，东京很安全！

在日本福岛双叶郡地面上整整齐齐摆放着装着被污染过的土壤的数不清的黑色的袋子。

我知道自己犯了忌讳。虽然按照2011年检测的结果，当时东京的污染不是可以忽略的程度，而五年之后它即使被稀释，也不可能消失；只不过现在已经不再有媒体报道污染状况，可能也不再有科学家有条件进行监测。所以，似乎这个问题不存在了。尽管福岛核电站废墟中的燃料棒如何取出的问题还在探讨之中，时不时地也有因为管理不善导致放射性污水流入海里的报道，但社会关注的热点却早就转移了。我不该如此唐突地对一个平静生活的人提这种冒犯性的问题，这种问题有点像当年鲁迅描写的那个故事：一家人生了孩子，满月时收获了前来祝贺者的吉祥话。虽然这些吉祥话不一定实现，但是祝贺者们都得到了感谢。只有一个人，说的是实话：这孩子将来是要死的——于是他被众人赶走了。

作为生活在雾霾重灾区的人，我当然理解那位同胞的心情。人不能旷日持久地生活在非常状态里，这需要超人的意志力。其实我也与那位同胞没有什么两样，我虽然写过讨论"常态偏执"的文章，自己在现实中也常常偏执于常态。

不过，在平静的常态之下，日本人并没有忘记核电的危机。东京以及各地持续进行着的反对核电站恢复运作的群众示威活动，终于有效拖住了日本各地核电站的运营，使得核电站的运营在日本处于停滞状态。废除核电站的呼声一直存在，与希望推动核电的产业界形成对峙。这可以说是日本战后屈指可数的民众意志牵制资本力量的范例；至于福岛核电站废墟的后续效应，目前已经找不到可靠的信息来源，间或可以从传媒的轻描淡写中得知，污水还是会时不时地溢出，排放到海里。科学家们说，低浓度排污不妨碍人们的生活，很难说他们在撒谎：人们只有在体内积累了一定数量的辐射物之后，生命才会受到威胁——按照科学的逻辑，只要污染程度没有跨过临界线，就可以说人是安全的。

在东亚，对于临界状态最敏感的，莫过于冲绳人。他们面对着比核污染更严峻的威胁，这就是美军基地对冲绳社会的种种欺凌。从冲绳女性被性侵被杀害，到美国军人在各种刑事犯罪后的逍遥法外；从基地经济对于本地渔业和海产养殖业的破坏，到基地本身对于环境造成的污染；冲绳人面对的处境，可以说是日本乃至东北亚最严酷的。更有甚者，日本政府对美国的顺应态度，使得内阁在冲绳问题上基本采取敷衍了事的态度，冲绳社会一直承受着日本对美妥协的后果，孤独地坚持。在福岛核电事故之后，以此为契机，日本海军陆战队与美军进一步集结，开始向冲绳转移；冲绳社会旷日持久的对抗美军基地、对抗日本亲美政策的斗争，也日益常态化。反对普天间基地迁移到边野古，抗议不断发生的美军士兵的性暴力案件，现实生活似乎永远不肯让冲绳人安宁，静坐、示威、游行成为冲绳民众的日课……

对于冲绳人而言，他们并非希望这样生活，却几乎不得不经常性地生活在临界线上：一边是不断积聚着危机要素的日常，另一边则是危机爆发时的灾难。在临界线上生活，意味着在常态中保持紧张，在习惯中确认陌生。正是在这个意义上，冲绳人锤炼着他们特有的世界感觉与生活理念。

冲绳在东北亚地区应该算是最为"边缘"的区域。无论在何种意义上，它都无法产生中心意识。然而奇怪的是，我在这个岛屿群里很难感受到在其他所谓边缘地区很容易就能察觉到的悲情与不平。同时，一直孤独地坚持着的冲绳人，却并没有因为与强大的日、美国家势力对阵而放弃斗争，他们以热烈而冷静的态度保卫着自己的家园，以执着的精神克服着不断产生的内部分歧，并且以极其富于想象力的方式，为人类贡献着宝贵的思想资源。我曾经专门撰文讨论新崎盛晖、川满信一、冈本惠德等思想家的论述，在他们的视野里，冲绳是东北亚国际政治的结节点，是人类社会的一个缩影，它凝缩了历史时间中最为浓厚的部分，并重新定义着人类社会的空间感觉。

记得几年前，在短期造访冲绳的时候，我利用空余时间去参观已经成为旅游景点的冲绳战时期日军的防守工事、姬百合慰灵塔等战争遗迹。在旅游大巴上，我跟当地的导游聊起了冲绳的现状，我问这位年近半百的女性，冲绳人是否希望独立？她回答说：这个时机已经错过了。在美军刚刚占领冲绳的时候，有过这样的时机，但是过去了。现在，讨论这种毫无现实性的问题没有意义。

这位显然并没有读过很多书，也并不一定是社会活动家的普通冲绳女性，让我从心底升起一丝敬意。冲绳社会在半个多世纪的复杂抗争中，既要面对不公正地对待冲绳的日本国家、面对蹂躏践踏冲绳人权的美国驻军，又要面对贪婪地掠夺冲绳资源的日本本土资本势力、面对冲绳社会内部在物质诱惑中不断发生的分化和矛盾。然而，冲绳人却并未把他们的屈辱和愤怒转化为暴力，在冲绳人的抗争中，几乎没有发生过暴力性事件。所有的抗议集会都以和平的方式进行，并且越来越成为抗议者之间建立共识和情感的契机。或许，这位中年导游提供了理解冲绳人行动模式的线索之一，那就是在日常性临界感觉中锤炼出的民众政治意识。

近几年，冲绳的社会活动家越来越主动地与冲绳以外的地区建立交流关系，我常常听闻他们到东京等地参加各种学术活动和集会的消息。并且听说，在2015年夏天，东京国会议事堂前反对安倍修宪的抗议人群同时发出了支援冲绳驱除美军基地的呼声。冲绳人与日本本土的有识之士，正在形成更为紧密的连带关系。

旅日韩国诗人李静和，在2006年到2008年期间主持了一个由冲绳和日本内地的艺术家为主的项目，名为"走向'亚洲·政治·艺术'的未来"。在这个为时三年的项目里，冲绳与日本内地的前卫美术家、表演艺术家、音乐家等共八位，贡献了他们的作品，并拍摄为DVD；十二位文学、艺术评论家对作品进行了讨论和诠释。这个精心设计的集体创作成果，在2009年由岩波书店结集出版，书名为《残伤之音》。全书分为两部分，第一部分是评论家们的文字讨论，第二部分是附在书后的DVD，收藏了艺术家们的表演实况和作品录像。

这部书很特别，特别之处在于它具有极强的内在张力。艺术家们的表演、摄影、绘画和音乐，采用的都是全新的形式，但它们都远远超出了"前卫艺术"的范畴。这是生与死的对话，是极限状态下持续坚持的生命体验，是超越了形式的艺术表达。冲绳半个多世纪的苦难史，被艺术家们哀而不伤、怨而不怒的表达方式体现得淋漓尽致；而冲绳凝聚的亚洲历史，也由此开放了它自身。

李静和为此书写了精彩的献辞，并与作曲家高桥悠治进行了一次十分耐读的对谈。这个对谈名为《不让死本身死亡》，而这个沉重的题目所依赖的媒介就是"音声"。李静和开场就对高桥悠治提出了这样的提议："今天跟悠治见面，我想跟你一起思考关于音声的问题。"高桥希望确认她的意思，于是她进一步解释说："换另一个词汇的话，就是'制造'的问题。制造这一行为，关联到在这里并不存在，但是却觉得似乎无处不在的，死的领域。我说这里并不存在，但是它不可能不存在，这就是死。死的问题。与它相关，还有'创造'这一行为所具有的，生，或者说是生活，或者说是呼吸……我总是在这个领域里荡来荡去。在这种时候，不知道为什么，我总是能听到音声。"

李静和所说的"音声"，并不是话语的语音，而是一种韵律，一种节奏，一种长短节拍，它们拒绝了语言的内容，直接承载了身体的疼痛。李静和借助于一位参与项目的造型艺术家的作品中出现的"针"，表现了这种痛感。那是一种不确定的，游走于周身的针，它与女性的身体合为一体。李静和说，当针尖锐地刺入人体的瞬间，那个刺入之点就将鸣响，那是"音声"的起源。

出生于韩国济州岛的李静和，与冲绳人同样，也经历过难以言说的苦难。很少谈论自己身世的她，把所有的创伤记忆融入进了对于艺术与政治关系的追问。这位极有艺术天赋的诗人，巧妙地颠倒了人们的日常性感觉，把"音声"转化为空间。对她而言，摆脱了语言之声的"音声"也摆脱了意义，它只是在意义消失的瞬间，在人的世界隐去的瞬间，才会降临。在这个时刻，"音声"的领域不同于记忆之场，那是"客死"之场。

"客死"是李静和对于极限生活的终极性理解。她说，亚洲人很少能死在自己的场所里，大多数在不知什么地方死去。在过去，人们忌惮"客死"在外的死者，用各种祭奠阻止他们的灵魂回家。高桥对此加了个诠释，说这就意味着某时某地所发生的事件，并不能被闭锁在当地的文化或者传统中，它会扩散开来。这个诠释很有兴味，因为它深化了李静和关于"客死"的主题，也深化了冲绳的苦难所具有的超越它自身的意义。借助于李静和的视角，或许我们可以说，我们早已失去了自己的"场所"，走向"客死"的道路，也正是"客生"的途径——难道我们不也是活在不能闭锁的环境中么？

李静和执着于对于"客死"的描述，透露着她对生的理解。她说，"客死"就是拒绝死亡的固定化，是不让死本身死亡。"客死"在不断地扩散，于是它超越了个体，不再是张三李四的具体死亡，成为了所有文化融合汇聚的载体。正因为如此，生，即是等待着"献体"的过程。

"不让死本身死亡的形式，应该如何持续呢？在思考这个问题的瞬间，最低限度地关涉到人，最低限度，却又最大。必须活着，必须活下去。在说到这一点的时候，假如我们说这是以伦理的名义在命名的话，那么在最低限度地却又最大地关涉到人的时候，我感觉到需要一种应答，它或许是创造而成的，或许是一种仪式，我感觉到需要它。我也许会称呼它为亚洲吧。"

李静和关于"客死"的讨论固然费解，然而如果配合全书的内容，特别是配合书后所附DVD的影像来理解，她的说法就绝非故弄玄虚了。这本书记录了从冲绳战的惨烈牺牲到当下冲绳社会仍然不得不忍受的摧残，它的主题即是"被忘却的死亡"。但是，在艺术家和评论家们的眼里，死亡并不仅仅是不得已的灾难，它同时成为一种对于人类世界的祭礼；这也正是李静和区别于西方浪漫主义诗人的地方——她提出了一个不属于上帝而属于人类的问题。《残伤之音》从不同的角度把我们带进了一个鲜活的世界，它以冲绳为基点，连接到了济州岛，连接到了光州，连接到了人类的暴力和灾难。李静和拒绝把"音声"转化为记忆之场，拒绝把记忆仅仅视为对于过去事件的回忆，是因为书中所表现的所有意象都活在当下，而人的身体，就是这些意象的载体。李静和拒绝以记忆之名从苦难和罪恶中抽身出来，她呼吁人们，以不让死本身死亡的方式，使"客死"的问题得以持续。

这正是生活于临界状态的写照。当人们可以从记忆中抽身，以观照的态度面对记忆的时候，临界就被固化为一个范畴、一个命题。与此相应，历史也变成了与己无关的检索对象。今天的冲绳社会，虽然不再如同当年冲绳战时期那么直面大规模杀戮，然而当年被日军强迫集体自杀那刻骨铭心的血腥却悄然转换了形态，当年美军倾泻大量炸弹轰炸首里城那惨绝人寰的暴力也依然潜藏于现实生活。生活于临界状态，对于冲绳的思考者和艺术家们而言，对于关注冲绳的人们而言，意味着不断揭穿自我欺瞒和直观的假象，意味着不断创造新的思想与表现形式，不断打破感觉的惰性，保持对状况的敏锐观察力。

冲绳诗人川满信一提醒人们，不仅需要关注那些显在的压迫与支配，更需要警惕"自由名义之下的自发性隶从"。在冲绳社会抗议日本内阁一次次出卖冲绳、抗议美军在冲绳的各种罪行时，川满却在同时追问冲绳社会内部的"天皇制结构"。在川满看来，对自由的最大威胁并非来自外部的政治压力，而是来自人的内心。他的杰作《琉球共和社会宪法私（试）案》，讨论的是如何在人心的自由这一基础上建立真正自由的社会。这位著名的冲绳诗人，并不是在一般性意义上抽象地谈论自由与平等，也不是在冲绳社会要求独立自治的时候站在这些诉求的对立面——他只是执拗地提醒人们：当弱者以强权者的方式为自己争得权利的时候，实际上是在充当强权者的同谋。因此，正是在这个意义上，冲绳独立这个并不具有现实感的政治诉求，作为理念也难以为冲绳社会建立真正的主体性。在川满《宪法》里，开篇就讨论人类的倨傲如何带来文明的毁灭，如何构成战争的基础，而一向被视为受害者的冲绳，在倨傲的问题上也受到川满严厉的追问：

"以浦添为傲者灭于浦添，以首里为傲者亡于首里。以金字塔为傲者毁于金字塔，以长城为傲者衰败于长城。以军备为傲者死于军备，以法为傲者溃败于法。仰仗神者灭于神，倚凭人者毁于人，依赖爱者毁于爱。"

无论是强者还是弱者，选择"自由"都是艰难的。自由并不意味着摆脱现存的支配结构，而是意味着不依靠任何固定化的价值。当李静和强调"客死"问题的持续性的时候，当川满信一追问倨傲与战争关系的时候，他们都穿透了事物表面的价值判断，翻转了被固化的常态。这是他们对于自由的理解，它基于思想上临界状态的持续。川满《宪法》针对"自发性隶从"的现代社会形态提出了理想的社会结构方式。它有机地构成了对于人类生存方式而不是国家存在方式的追问。

　　或许，在东亚乃至世界上，到处都存在着如何确立主体性、如何确立自由意志、如何理解历史的问题，然而像冲绳思想家这样，在临界状态中审视被固化的价值观念，从而不断破除思想惰性的努力，却是鲜见的。在李静和与冲绳艺术家的合作中，我们可以体会到她们对于语言和观念的背叛性格的警惕：当李静和强调不依靠语词的意义而依靠"音声"的韵律时，当她强调最低限度地关涉人的时候，她希望表达的是如何避开语词定义带来的固定化，以及流俗人道主义的干扰；这也是她反复强调"音声"不同于人的声音的意义所在。然而，恰恰是这种"最低限度"的关涉，却可能呈现最大限度的人类关怀，它直接指向了人类生死的根本状态。川满信一也同样不信任语言，他在《宪法》的基本理念中阐述道："慈悲的戒律是不立文字的，须自己来裁断自身是否打破了戒律。法庭设在每一位人民的心中。"突破固定化的实体想象，川满为琉球共和社会规定的涵盖面，超出了现实中的实体边界意识："赞同这部宪法的基本理念并愿意遵守宪法的人，无论其人种、民族、性别、国籍，他的资格均可在其所在地获得承认。"

　　冲绳因此成为以临界状态为特征的开放性场域，在这个场域里，任何人都可以主体性地思考人类最基本的问题。在与川满信一、李静和等朋友的交往中，我在不断学习着如何保持临界感觉，并把它用于思想史研究。

　　今天，有越来越多的中国人关注和同情冲绳人的遭遇，也有东北亚不同地区的知识分子试图以冲绳为媒介讨论东亚的历史。冲绳思想家们的临界感觉，确实使得这个在东北亚看似处于最弱势地位的社会，不断地产生出最具创造能量的思想。现实中尖锐的矛盾冲突，使得那些在其他相对缓冲的地区被遮蔽的政治、经济结构关系，在冲绳显示出它真实的样态，这为我们思考自身的处境提供了有效的媒介。在临界状态中生活，或许并不仅仅是不得已之举，而是一种拒绝自我欺骗、勇于直面人生的态度。

选自《天涯》2017年第1期

评鉴与感悟 —— "在临界线上生活，意味着在常态中保持紧张，在习惯中确认陌生。正是在这个意义上，冲绳人锤炼着他们特有的世界感觉与生活理念。"孙歌以一个在雾霾重灾区生活的人，设身处地，思考"3·11"大地震和福岛核电站核泄漏事故，冲绳人的临界生活状态。如何保持思想上的临界感觉？孙歌纵横捭阖，敏锐观察，揭穿自我欺瞒和直观的假象，打破感觉惰性，思考自身处境。

二十岁时回老家

/郑沐蕙

　　我听过很多淮北的故事，那些讲述农民和农田的故事，那些在地上随便挖个坑就当作厕所的风土人情。那是我爷爷选择离开的地方——他去了上海，但是和淮北依然有着一种微妙的关系：有依恋，也有排斥，又觉得有责任要把那片地方变得更好。所以，一方面他和淮北联系得很频繁，同时，记忆中那些并不让人愉悦的镜头，也让他和那里保持着距离。

　　淮北也是决定了我爸爸前途的地方。他少年时应该算是一个调皮孩子，十来岁的时候就拖着朋友躲到外面抽烟，还在别的学生的空饭盒里大便，最终换来一顿痛打，大家都觉着他长大后会坐牢。也许这是他二十多年没回过老家的原因。当然，那都是儿时的恶作剧，他的人生轨迹早已转到不同的方向，在美国工作安家。

　　淮北对我在英国生活的姑姑倒是很有吸引力，大概因为她对农村没有太多的亲身体会，反而更容易接受和欣赏。

　　这些亲人是我想象的线索，通过他们，我才能把淮北编织成一幅具体的画面。我想知道小时候，每当妈妈戏称我"小安徽"的时候，她真正的含义是什么。我也想知道为什么在我二十一岁主动提出以前，大家都没让我去那里。去年初夏，我终于登上去淮北的高铁（当然手里还是拎了肯德基），和爷爷、姑姑一起——该是回老家、在那里寻找完全属于自己的体验的时候了。

我的舅爷（奶奶的弟弟）来迎接我们，他很热情地当了我们的导游。当地的学校里有个以爷爷命名的图书馆，那是爷爷奶奶的母校。去之前，我想象过那可能是一个小小的乡间学校，只有些最基本的设施，几间教室，里面有些破旧的课桌和一块脏兮兮的黑板。但是事实完全超乎了我的想象，这所学校比我在美国上的任何公立学校都奢华。它的外观很现代，内部空间的装修完全属于艺术画廊级别，有专门用于中国绘画和书法的教室，就连课间铃声都是古典音乐……

最吸引我的所在不是图书馆，而是旁边陈列着学校历史的展柜。我发觉自己面对面地站在了爷爷奶奶几十年前的照片前面，他们并排站在一起，眼睛都看着远方。从爷爷身上我看到了爸爸，那种一模一样的眯眼微笑，相似得让人觉着有些神秘。在奶奶身上，我发现了她的另一种样子：一条辫子垂在左肩，一缕散发被风吹着飘在前额。当爷爷被阳光照得眯起眼的时候，奶奶脸上表现出了一如既往的雍容华贵，她神情轻松，嘴唇轻轻地翘着。直到此时我才意识到，从年轻女性的角度来看，大家所追求的就是成为奶奶这样的女孩吧：酷、优雅、精致，平时话不多，但是一旦开口就值得别人去聆听。

校长给我们安排的接待非常隆重。虽然是周末，还有一些学生到学校来拜见我的爷爷———爷爷可是一位学者。校长对我说："对你来说他大概只是你的爷爷，但对其他人来说，他可是一位大人物。"我礼貌地微笑点头（这次旅行后，我变得很擅长这种技巧）。但是，和校长交流越多，我对学校的情况就越失望，表面上看学校具备了作为一个学校所需的一切，但是缺乏一种正确的教育心态。比如说，校长对我说："我敢打赌，在美国没有任何一个学校能提供像我们这么好的教育。"我当时就有一种被冒犯的感觉，觉得正是这种攀比的心理让中国的教育和西方同行之间产生了差距，闭塞的思维中包含着莫名其妙的优越感。姑姑帮我做翻译，但我知道，她用的语调远比我原本想表达的语调柔和礼貌。我尝试着自己用并不熟练的中文来反驳，同时感到一种强烈的沮丧和悲哀。

那天晚上，我们住在当地最好的宾馆。客观地说，宾馆相当不错，但是就和学校一样，让人觉着奢华，却不真实。

第二天一早，我们前往农村。开车离开城市一个小时后，我终于看到了农村的现实。随着柏油高速路变成狭窄的水泥路，金色的田野也渐渐变得一望无际，和我们擦身而过的是拖拉机、载着肩背农具的农民的助动车、拖斗后面坐着儿童的卡车。这让我有种陌生感，又很超现实，仿佛我正身置于一个"回到过去"的互动游戏里。除了那些爸爸儿时没有的新科技，这里的农业社会景象仍让人觉得新鲜奇异。

第一站去的是奶奶的娘家，回想起来像模糊的梦。那么多我不认识的人都认识我，"这是海歌的女儿吗""她看上去很像他"……让我有生第一次这么强烈地感觉到父女之间的联系。我走进奶奶原来的房间，就像走进了博物馆。看着她曾经睡觉的地方，看着爷爷年轻时可能常去的房间，看着爸爸长大、被他小时候称为家的地方，想象我爸爸会在哪里玩耍，在这个小小的住处里有过什么样的对话。

这里的农村到处都是山丘、田地和平房。不像在城市，这里没有任何矫揉造作和自命不凡。这里的人直率真诚，他们为自己的蚊帐、草帽、没有驯化好的狗、红着脸颊的小孩而自豪，这让人赏心悦目，并再次意识到生活可以这么简单——我在纽约城里住了五年以后，很容易就会把这点给忽略了。在农村，日子可以在无所事事中度过，时间在完成一件又一件苦差事的汗水中溜走，但这就是生活。过去人们是这样过的，将来还会是这样。作为一个旁观者，我觉得这种简单的生活真有吸引力。这些过着简单生活的单纯平凡的人们和我一样，工作努力，充满了智慧。

这次旅行遇到的所有人中，我对表姑的印象最深刻。她是一位非常有趣与众不同的人——她有一个做学者的爸爸，有一个当老师的丈夫，可她却不识字，还是一位非常虔诚的基督徒。我在她家里耕地、割麦，我坐他们家的拖拉机打场，我把他们的草帽带回家……我被她身上的那种幸福感深深地激励着。她是一个知道满足的女人，这种满足可以理解为天生的善良和诚恳，有时候我会觉得自己缺乏这种品质。离开她家的时候，我最后一次抚摸了她家的小狗，并且在心里告诉自己，我一定会再回来看她。

我不想夸张地说这次旅程是所谓的灵魂之旅。我对这块土地还很陌生，当然，原先我对它充满的想象和期望也有所改变。这里的人给我带来了许多惊奇（这种惊奇有正面的，也有负面的），但最重要的是，这次旅行让我有了反省。亲身体验了这块我的根基所在的土地，我会把淮北当作自我身份认定中的一个元素。

现在，开始写这篇文章的时候，我正坐在曼哈顿一栋豪华公寓的五十七楼，右边俯瞰着中央公园，左边毗邻着高楼大厦，来自不同文化背景的朋友们正在楼下享受着昂贵的外卖和廉价的葡萄酒。能生活在这样一个充满活力的大都市，我感到非常幸运。周围是来自世界各个角落的朋友，我能从他们身上学到各种不同的东西。但偶尔，这种感恩心情会淡去，自满意识会浮现。现在，我就会把自己拉回淮北——会想起爸爸儿时最好的朋友，想象着爸爸也曾有可能像他那样，皮肤被晒得乌黑，手上长满老茧，因为农作而变得粗糙。我会想起太爷爷太奶奶的坟地，提醒自己，我们是一个把祖先埋在被耕作的农田里的家庭。我会想起农村的茅厕，那足以让我感到周末凌晨四点纽约街头麦当劳脏乱的洗手间并不是那么糟糕。我姑姑告诉我："无论在农田里还是在豪华游艇上，你都要觉着很自在。"这才是这次旅行的最核心的意义。

在回上海的火车上，爷爷给我讲了一个故事——他小时候曾经被土匪误当成另外一个与他年纪相仿的孩子而绑架。他们问他"你是不是某某的儿子"，爷爷回答："不，我是谁谁谁的儿子。"最后土匪知道绑架错了，给他解了绑，随便扔在一个不认识的地方，那个可怜的小孩费了很大的劲才找到回家的路⋯⋯

高铁开进了上海，听着爷爷回忆他孩童时代的一个重要事件，我意识到从现在开始，我也有了自己的有关淮北的故事要讲。

选自《文汇报·笔会》2017年7月9日

评鉴与感悟

更多的时候，我总是在抱怨，甚至因为惯性，轻易附和别人对人事的偏见。日复一日，我对周遭的一切视若无睹，好像都是天经地义，理所当然。有一年读到了何伟，看他的《寻路中国》《江城》《甲骨文》，这才发现，因为自己的狭隘，我错失了多少深入观察这个时代

179

的机会。郑沐蕙的这篇文章，管窥到了城乡巨变下的中国，那种惊奇，陌生眼光下的异域，对他人的理解和包容，使得他的文字有了不一样的温度。

一个冬天

/纪尘

已冷了很久了。

已很久没这么冷了。

多瑙河畔一幢老房子里，一个女人坐在地上，将干燥的桦树皮塞进炉子，接着削下一堆引火的小柴，像游牧民族立尖顶帐篷般将小柴依次架起，然后是大些的、更大些的柴……

那堆码在院子尽头的柴，已历经了十个春夏秋冬。之前的住客都只使用暖气，直至去年夏天，她搬进来。

房子那么旧，那么大，要修补整理的地方那么多。她从夏天忙到秋天，从秋天忙到冬天，直至窗外结满冰晶。

这是我的家。那天，当看到房顶烟囱喷出白色的烟时，她突然意识到并肯定了这点。她有些不知所措：这里没人说她的母语，没人喜欢吃辣，甚至，没人跟她的肤色相同——可，这是她的家。

她蹲下，将壁炉铁板用力拉开，气流声"呼"地响起，然后是火柴的亮光、桦树皮迅速燃起溅开的火星、旋进烟囱飘向天际的烟雾。

一切都是老旧的：屋子、家具、器皿、先祖的黑白相片，还有那只名叫吉米的老狗——它迈着犹疑的步子走进这幢房子，成为她沉默而温顺的朋友时，已经九岁。它是从"动物收容所"来的。在这他乡异地，一个男人给了她一个家，她则给了它一个家。

土豆在热灰里慢慢透出醇香——这古老的粮食，千万年前就从大海的另一头，从高山、丛林，漂洋过海，嵌进一片又一片陌生大地直至水乳交融。

她将土豆拨拉出来、剥开，一边吹气一边快速吞食。她的指头沾满了温暖的黑灰。这里没人会这样吃东西——他们就连吃个鸡蛋也得用上刀叉。

记得一次，她家请客，煮了些油腻食物，厨房有好几种清洗剂，可她想也没想，直接就从炉子抓了一捧灰。

"啊，这可是中世纪才有的做法！"一位客人看到后吃惊地说。

"是吗——"她笑着又往盘子洒了一捧灰，就好像她一直都这样做，就好像，这是她唯一知道并认可的方法。

其实之前她从没用灰洗过东西——尽管小时候母亲常这样做。她对这种清洁方式不屑一顾。但当到达这里，她那因气候而变得干燥灰暗的皮肤下却蓄满了先知般的古老能量——许多从未在意和铭记的久远事物，总如春芽般不顾一切破土而出、四下膨胀。

她往火里添了几根柴。

那些柴，又干又轻，每抽走一根，哪怕很小心，大量木屑尘灰仍是滚滚扬起——这时，一个孩子迎面走来——从那么深那么远的东方，从一堵半人高的围墙下。

孩子走到柴堆旁，谨慎又好奇地看着哥哥从朽木中捏出一只肥大的白虫子。那些虫子，它们的啃噬声那么响亮，兄妹俩只需稍微屏声静气就可准确找出有虫的木头。哥哥将虫子烤熟，如果收获丰盛，他会慷慨地分上几只给妹妹。妹妹战战兢兢接下，犹豫很久，最终还是带着点不甘的无奈还给哥哥。

她不敢吃虫子，却喜欢这种游戏：跟哥哥一起，挨个聆听、敲击木头。她记得，虫子的嘴是粉红色的。

孩子走向收割后的无尽旷野。

在那里，哥哥和伙伴们正耐心地将码好的草垛一点点拨开。一阵微小的吱吱声响起，男孩们兴奋的呼声随之而起。她奋力挤到哥哥身边，一遍遍央求：给我看一下，就看一下。

哥哥不情愿地伸过手——两只还没睁眼的小田鼠正盲目地四处蠕拱。她紧张地轻轻碰了碰：那小小的非人类肉体，无知又确凿地向一个懵懂的人类孩子传递着柔弱但鲜活的生命气息……

男孩们哄笑着跑了，快得她怎么也追不上。哥哥已十二岁，已不肯老被一个"女人"跟着，虽然那时她才八岁。

她又急又怕，眼泪一下流出来。她得自己走回亲戚家，得独自经过池塘边的大樟树——上面总挂着些已被开膛破肚的大田鼠。南方强烈的阳光很快就把它们变成肉干，几天后，那些一无所有的人们——包括她的亲戚，他们简陋的餐桌上将会出现一道美味佳肴——辣椒炒鼠肉干。

吉米突然叫起来——一只猫悄无声息地出现。

院子里常有猫出现，它们来自左邻右舍，一只只肥胖圆溜。其中一只狸花猫，由于每次见到她都会克扣一点儿吉米的粮食喂它，于是久而久之它也有情有义地叼着老鼠上门回礼。

一天，她拎着死老鼠向垃圾箱走去，恰逢某位邻居刚扔完垃圾——大量过期肉制品和果蔬罐头堆得垃圾箱都盖不上。这样的事屡见不鲜。那些肥胖而迟缓的妇人，她们的巨型冰箱和地下室永远塞满食物，但依然没完没了地购买、囤积，然后每隔一段时间扔掉一堆。

那天，她将老鼠挂在了邻居门前的玫瑰枝上。

吉米又叫了起来。

门帘旋进一阵寒气，一个高大身影出现在门口。彼得——住在两百米开外的邻居、她先生的好友，这个只吃肉类和土豆的红皮肤男人，进门后总是径直走向冰箱——每次他来，都会事先询问屋里有没有酒——冰过的。他真像头健壮的熊。他将酒取出，用火机熟练地将瓶盖打开，这才在沙发上重重坐下，神情满足。

火光那么亮，男人们的脸那么红，不时地，阵阵低笑回荡在因火而橙

183

红温暖的空间。

她安静地坐着。他们说的是地道的下巴伐利亚方言，与课堂所学的德语相比，这方言就像河南话和广东话一样差异巨大。

但听不懂又有什么要紧呢？三年来，人们对她微笑、看她提着菜篮子步行去超市（当地人一般都是驾车购物）、礼貌地用英语为她解释问题——如果对方只会说德语，则会尽量将语速放慢。偶尔，在一些聚会中，有人会惊奇地发现她的舞竟然跳得挺好。"那是弗洛里安的中国妻子……"，旋转时，她听到有人压低声音这样向朋友介绍。

一个中国女人。人们看到她，又从未见到，知道她，又从未明了。这个国家的移民那么多，从非洲来、从中东来、从巴尔干来、从亚洲来……千千万万的异乡人，每一个都与众不同，每一个又如砖块般无所谓彼此。

"路上碰到蒂布夫人，她又唠叨说一定要找出将死老鼠挂在她玫瑰花上的坏小孩。"这句话彼得是用英语说的。他一直在笑。他一定是觉得这恶作剧很好笑，因此也该与朋友的外国妻子分享。

她笑了，眼睛在火光中熠熠生辉，就仿佛这片被白雪覆盖的大地，她是唯一拥有神奇秘密的人。

整个冬天她都在生火。

这是起床后的第一件事，也是入睡前的最后一件事。壁炉墙砖因此永远温暖，陶壶里茶水的温度也总刚好适宜入口。

她坐在地毯上，催眠一般安静缓慢地织着帽子。那是给嫁到波兰的朋友的——她很快又要生产了。朋友到波兰好些年了，但每年冬天都会像迁徙的候鸟般飞到温暖之地。除了冷，她想，大概还有寂寞。

室内柔软温暖，但屋外，她知道，冰块正大片大片顺流而下，经过干草堆卷、经过白天鹅、经过古堡般寂静的红房子，向着远方漂去——就像所有的古老冬天那样。

一些小湖已全然冻结，透明的冰层下，可以清晰地看到静止的水草和气泡，形态各异的冰晶仿佛遗落的银饰，耀目而孤独。

山坡的羊群已隐去，苹果树挂满冰凌。

但初冬时分，那些羊儿曾是如何不顾一切地奔来，而她，又如何不遗余力地在草地一遍遍搜索。霜打过的苹果坚硬如石。她抬起腿，用力将果实踩开，羊儿争先恐后地抢食，金褐色的双眼纯净、善良又不带情感。

远远的，一个男人在林子里劈柴。当发现她，**他条件反射般迅速扔下斧头，抚抚头发，坐在了草地上，仿佛根本就没人在劳作；仿佛她遇上的只是一个沉醉于风景的人；仿佛——他才刚刚看到她。**

"你好。"他先打的招呼，问候简单又蓄含殷切。

"你好。"她有些窘迫地回应，低头匆匆走过。

那不是她的苹果树，那不是她的羊，甚至，那不是她该走的道（那是条私人用道）。

走远了，回头——他仍站在原地，向着她的方向。往前走走，再回头——他消失了。无声无息，无迹可寻。

他就是那些羊儿的主人吗？那些苹果树是他的吗？还有伫立在草场中央、夏天开着明晃晃向日葵的静如修道院般的房子，是他的家吗？他是否坐在远而高的露台，隐身人一般看着一个陌生的东方女人穿过自家领地？她孤单又快乐地高高跳起，将冻结的苹果压碎。她谨慎又果断地跨过丝网，只为了将偏心攒下的最后几枚浆果塞给一只眉头带斑的小羊……

他在劈柴，看到她——他坐在那里等着她经过。他想再多说一两句的，但最终没有。她想再多说一两句的，但最终没有。

这冬天的山林哪……

她拉着通常只有孩子才玩的小雪撬走上山坡。

她的故乡没有雪。她像个因纽特人般穿戴臃肿。

山坡下，平缓宽阔的多瑙河面，悬浮的冰块已连接成巨大冰面。放眼望去，山峦一座接一座，森林一片连一片。近处，一只小刺猬倒毙在落叶间——过轻的体重使它终于无法抵御严冬。仍在流淌的泉水边，一堆零乱的灰色羽毛如失去色彩的花瓣。她想起某天，当时她正在清扫花园落叶，不经意一抬头，一只游隼正抓着一只鸽子一掠而过——那些仍带着绝望猎物体温的羽毛，就那样一路飘洒在草地、枝头，以及惊呆的她的发端。

鹿、野兔、狐狸、黄鼬、狗、野鸡……洁白的雪地上，不计其数的非人类足迹缤纷交错。她如世界唯一的人类，渺小又夺目地站在黑白分明的山岗。她如初探世界的鲁莽孩童,驾着唯一的木头坐骑,总是满怀摔伤的恐惧,又总在摔倒后迅速爬起,再次走向山坡。

再没有比此刻更寂静的了。

"妹,还痛吗?妈,妹妹不会有事吧?妹,妹……"一个处于变声期的男孩声音突然落在耳畔,充满惶恐。那是另一个冬夜,在地球的另一端,另一片寂静坡地。年幼的她有气无力地趴在母亲肩头——食物中毒令她痛得满地打滚,呼天喊地。

雨那么急,风那么大,河水在黑暗中令人心颤地疯狂咆哮。瘦弱的母亲背着她,脚步快得几乎在飞。而哥哥,全身湿透了,却一直坚持将伞倾向妹妹……原来,他不是只会嘲笑和捉弄她,不是只会不屑地叫她"跟屁虫"……

现在,哥哥已是一个十几岁孩子的父亲,一个沉默内向的中年人。他还记得那个遥远的冬夜吗?还记得由于恐惧——也许会失去唯一的妹妹,而面色苍白双唇颤抖吗?这一生中,他从没说过爱她,也鲜少主动跟她通话和写信,似乎只要确定她仍活着、平安,就够了,就是一切。

那么他呢——这片安寂大地她最亲密最信任的人。

家其实是由他开始的,或者说,因为他,她才把这里当家。

尽管房子还住有另两位租户,她却总能马上就分辨出他的脚步——进门前,厚重的雪靴在毡垫上以独有的节奏大力抖擦。他笑着脱下帽子,给她一个大大的拥抱。他的口袋总是胀鼓鼓的,里面总能掏出松脂、石块、羽毛之类的东西。

那天他还带回一个铁盒子——从另一个村庄一间蛛网遍布的阁楼。那是他祖父母的故居,也是他度过童年的地方。他手持电筒在阁楼缓慢前行——为了帮吉米找一个睡觉用的大筐,不料一脚踢倒一个小铁盒——半锈的锁芯就这样一下掉出来。

那么多黑白相片,相片上的人一个个都那么年轻英俊。他一页页地翻:前半部分都是些家常照,然后,慢慢地,制服出现了,枪支出现了,战壕、铁丝网、尸体……还有好些信件,邮戳时间均在1939年至1942年间。

他与奶奶的关系极亲密,但却从没看到过她的这些遗物,家里也从没人说起过。

他最终还是帮吉米找到了个称心如意的大筐。他把铁盒紧紧揣在怀里。

炉火通红，他的中国妻子正在用灰清洗银器。上一个月，就在同一间阁楼，她手持蜡烛摸索前行——为了找一双马靴，不料踢翻了一个满是尘埃鼠屎的纸盒——那堆发黑的银餐具"哗"的一下倾倒而出。

他开始读信。先是沉默地看一遍，再用英语读给妻子听。

信一封封打开又重新叠好，他的声音越来越谙哑、疲惫，就仿佛在暴风雪中走了很久很久。

相片上的四个年轻人，全是奶奶的兄弟，全都参加了二战，全都没超过二十五岁，全都死在了战场……而之前，他们跟所有年轻人一样，爱玩爱闹爱追逐美丽姑娘。突然战争就来了，男人开始不断被送去杀陌生人和被陌生人杀。

最年轻那个，跟着部队历尽艰难抵达西伯利亚，刚坐下喝两口水，僵硬的手刚摸出那已看了千百遍的破损家书，一块从天而降的弹片却一下穿透他的腹腔……

年轻人唯一的妹妹，曾热切地希望做一名医生，战争发生后，她再无书可读，只能留在农场养马。孤独的她在家等呀等、盼呀盼，终于，千里迢迢之外，不同战线接二连三捎来消息，可那是怎样的消息啊：他们死在哪里，死因为何，遗物为何……

因为国家，他们死去了，却又因"纳粹"二字，这些稀里糊涂死去的年轻人，不能算英雄，亲人亦不便公开悼念——哪怕，他们其实有着四分之一的犹太血统……

女孩目光空洞地坐在空荡荡的屋，颤抖地握着兄弟们的相片和信件，看了一遍又一遍，然后，她将它们锁进铁盒，就像锁一个百年伤口……

蜡烛熄了，全世界只剩焰火在升腾飘漾。

他们沉默地并肩而坐。他在想奶奶，而她，在想万水千山之外的哥哥——他还活着，平安健康。

这就够了。这就是一切。

帽子快织好了。

她靠近炉火，将钩针穿过最后一个线眼，然后挽结儿、剪断。

这时有轻轻的敲门声，随即是一阵浓重的香水味。她下意识地屏了屏呼吸——曾有一段岁月，四周全是这类香味。那时的她从不肯停歇，总是不断走呀走，从昼到夜，从南到北。那一年，她走到了中东——那些男人浓重的汗味和香水味如同沙漠烈日般令人难忘。那时的她总是一个人，似乎永远是一个人。

"啊，有火真好。"来人说，年轻的脸泛着喜悦。

她照例沏了茶。他接过，轻呷一口，然后说希望她先生回家后能帮忙修好房里的闭路电线。

她说，好的。他连忙表示感激——就像当初他们同意将房间租给他时一样。他又呷了一口茶，接着说自己跟女朋友在圣诞节时去了教堂——说这些时，他的神色有着孩子般的得意。

是吗。她笑了笑。她知道这得意从何而来：他——易卜拉欣（下文简称易卜），一个背井离乡的库尔德人、一个逊尼派穆斯林，在圣诞节和女友去了教堂。从某个角度，这很不容易。

易卜的家乡叫"马利基耶"，为叙利亚东北部的一座城，虽然战火还没烧到那里，但仅一百多公里外，已到处是残垣断壁。

易卜家该算得上中产阶级，否则不可能承担两个孩子逃亡之旅的费用。就这样，十七岁的易卜跟哥哥一路从叙利亚—土耳其—希腊—马其顿—保加利亚—塞尔维亚—罗马尼亚—匈牙利……徒步、巴士、船、的士、火车……每过一个关口，就得再塞一笔钱给蛇头，然后疲惫不堪昏天暗地地继续下一程。

一路上年轻人可谓吃尽了苦头，然而无论如何，最终都是值得的——他们终于抵达了所有难民都梦寐以求的德国。

两年来，易卜的德语突飞猛进。他那么年轻，他所有未来的梦想也许都将存放、奋斗于这个国家。

来时他还未成年，而今已经十九，因此得搬离"青少年中心"，何况他还有了个德国女友。

他找了整整大半年房子，然而每次都被人以各种理由礼貌拒绝。太多了，这个国家的异乡人。这一两年来，不计其数的人（包括部分非法移民）不分季节、不分昼夜、不顾一切。就连仅一两百人口的寂静村庄，也开始出现各式各样的新面孔。

她去过叙利亚。那里的人曾友好地打开大门，给她干净的食物和水。没想仅离开两年后，那片美丽大地就沦为悲伤的废墟。

她和丈夫为易卜打开了门。

有时，更晚一些的时候，会有另外的敲门声响起。

敲门只是形式，很多时候，屋里的人还没来得及回答，来人就已推开门径直走入。"可以进来吗？我想看看吉米。"来人说，然后挨着昏昏欲睡的狗，盘腿席地而坐。她是二楼的租户：一个高大、少言、走路总有些跌跌撞撞的大学生。

大学生轻抚着吉米，久久不发一言，一双棕灰色的眼专注地笔直投向男主人，仿佛他是唯一可见之物。

她在炉火这边，也一言不发。她感到有些困倦——自圣诞过后她便总是易于疲惫，并且胃口奇差。为此她常将橙皮放在暖乎乎的炉壁，空气于是有着淡淡清香。

她想起小时候，几乎每家墙角都有个装橙皮的竹筐。每隔一段时间就有人扯着嗓子在大院吆喝，人们便拎着竹筐出现，收购方和卖方都相当的锱铢必较。记得一次，她家的橙皮卖了二十元，于是整天全家人都过节似的开心。

那时候，什么东西都那么有用，人也那么容易就心满意足。

她把几片干橙皮扔进炉子——火光瞬间异常明亮。

大学生一如既往：摸摸吉米的头，盘腿席地坐下——这回她甚至带了毛线来。其实就算什么也不带，什么也不说，她也能这样从容不迫地坐到深夜，仿佛这空间其实是她的，仿佛疲倦又客气的女主人才是外来者。

男人低头忙着：两盏旧台灯需要更换调光开关，一边漫不经心地制造话题。他询问大学生选修的俄语课程进展如何，提醒妻子看看陶罐里是否还有水，他说，你听，吉米的呼噜声这么响，就像屋里还有一个睡着的人似的。

189

大学生一直坐到十二点。然后，她起身，站到男主人面前。"这个冬天，真寂寞……"大学生说，一双眼热切得如同一根刺。

门关上了。那团几乎动也没动的毛线忘在了吉米身边。

她挺直了身子。年轻女孩的目光让她想起了自己的二十岁——那时候的她，何尝又不是一样的自我、固执、肆无忌惮呢？甚至也许更固执、更肆无忌惮。

她把最后一块橙皮扔进火里，站起，拿过围巾和帽子。

"这么晚了，去哪？"他问。

"后面。"后面就是树林。几乎每天，她都会跟吉米在那散上一两小时的步。

"她还太年轻，还不习惯独自生活……"他望着她，眼神坦诚又担忧。"我爱你。"停了一下，他又说。

她看着他——他是敏感的。可是，关于寂寞……一些人寂寞是因为独自一人，一些人寂寞则是因为不能独自一人。一些人寂寞时寻找其他人，一些人寂寞时则希望离开其他人……

他爱她，她知道。她爱他，他知道。可，爱里也仍有寂寞吗，还是，爱本身便是寂寞……

她在后面待了很久。

月光下的河流看起来就像固态的银色路面，但最冷的时候已过去，河里的冰块已基本消融。就在几天前，她竟看到有个男人在划独木舟。那身影如同一小块移动的煤，在寒气四起的水面、在世界巨大的白色与巨大的静止里，慢慢划着，仿佛永远都不打算上岸……他必定是这一年里最早划船的人，必定是非常寂寞也非常习惯寂寞的人。

开始有声响传来——沉重的雪靴踩踏在厚厚的落叶。接着是一束电筒光打在前方、随即又熄灭。

她长长呼一口气——正是这些光：灯光、火光、阳光、泪光……照亮所有寂寞也平息所有寂寞。

就在这个冬天，一枚果实无声出现又无息消失。

就在这个冬天，她不断走在去诊所的路上，当医生终于同情地说出

190

"我很遗憾"时，她的泪终于夺眶而出。

她哪儿也不再去，谁的话也不再听，就那样，怀着平静的绝望等待——等到他（她）再也没法在肚子里待了，再说。就像纪录片里那只将死去的孩子一直抱到腐烂的母猩猩。

没人能解释这是为什么，就只是发生了，命中注定地发生了。她记起在诊所，那个非洲女人的肚子那么大，指甲那么红。候诊时，从头到尾，那些红指甲一直在手机上快速移动，黝黑而宽阔的脸满不在乎。她记起大街上，那些披着头巾、身裹黑裙的女人，她们中一些看起来几乎还是少女，却已是手牵一个、婴儿车里又一个。还有认识的一位德国女人，总是有些吃力又骄傲地提着一对篮子：四个月前，一对苗壮漂亮的孪生婴儿从她肚里出生。

她、她、她……她们多么富饶！而她，多么贫瘠！然而即便如此，她也依然是位母亲：她与他（她）甘苦与共了三个月，他（她）给了她强烈喜悦与尖锐痛苦，以及，巨大的、战栗的平静。

一个深夜，她突然腹如刀绞，鲜血如红色泉水般不断倾涌，她不断更换衣物，鲜血又不断将衣物浸透。时候到了。她想。就像那只母猩猩，抱着孩子一嗅再嗅，直到最后终于不得不松开了手。

可那些草药——她遥远的东方母亲捡的草药，仍在千里迢迢的邮寄途中。母亲说，我去问了大神呢，没事的，神会保佑的。母亲又说，这药可是你表哥亲自上山挖的，等吃了就什么都好了。

她醒了过来。

有身穿白衣的人走近，轻声说手术已完成，血压已回升至正常，一切都会好起来的。她点点头。肚子不痛了，头不晕了，甚至还有了胃口。她想，松手之际，神大概来过：拿走悲伤、疼痛，然后还以饱满的虚空。

"每年的今天，我们都要生火庆祝，唱歌跳舞。你们呢？"

说话的是易卜，他正在生火，但每次纸一燃完火就熄了。她笑笑，叫他让开——一分钟不到火就稳稳地重新燃起。男孩有些不好意思地说，以前在家都是用酒精助燃的。

每年的今天——今夕是何夕呢？她查了下日历：立春。这里的冬天是多么漫长啊，特别是来回往返于诊所的日子，冬天仿佛永无尽头，可现在——竟过去了吗？

那么，立春时该做些什么呢？在国内时，她没有土地也不曾劳作，何况那片潮湿的南方大地永远都是绿的。无论春夏秋冬，人们总在忙碌，从不会因某个时节而生起火把载歌载舞，他们更习惯于集敛、观望、忍耐。

夜色寂静，歌声却从年轻人的手机传出，一首又一首，婉娫流转，一首又一首，总少不了哈比比（Habibi，阿拉伯语"我的爱"）。

某天，在花园劳动时，她把音响开大并打开窗子，不过才几分钟，便有生气的声音从绿化墙那头传来。"音乐请在室内放而不要在公共场所！"对方用德语喊道，接着是一连串带着她永远都发不好的弹舌音"R"的意大利语。那个老太婆，正在花园喝葡萄酒。

那还是在大白天。她叹口气，进屋关掉音响。其实她已很少听音乐，偶尔听也总将音量调得很低——这里实在太静了。

音乐持续放着。她什么也没对易卜说，甚至还暗暗期许这久违的任性乐声更响亮一些。终究，冬天过去了啊。

一起坐在火边的还有特里萨——易卜的德国女友。她盯着墙上的结婚照久久出神："真美。"

"等你结婚时，也会很美。"她说，同时望了一眼易卜。

"我和特里萨……嗯，我们还要经过漫长的时间了解对方……"小伙子回答，声音充满了犹豫。

到底年轻，当着女朋友说这样的话。

"看，他害怕了。"特里萨盯着她的难民男友，淡淡地说。

"才不是！我家人都知道我的女朋友是德国人……我才不怕。"

"他害怕的。我知道。"特里萨继续淡淡地说，神情却突然有些疲倦。她今年二十三。

"我才不怕！我只是……只是不知道……"小伙子仍在逞强，但声音低了许多。

他的确不知道。他只有十九岁，还有太多的困惑和问题要面对：学业、国籍、工作、远在叙利亚的家人，以及信仰完全不同的基督教女友……

那么她呢？她不也是异乡人吗？虽然再过五年便可获得永久居留权，但无论如何，她都仍是此地的客居者，就如一株生长多年的树，虽然被移植到另一片陌生水土并成功活了下来，但其内核和脉管，难道不是永远都遗留有从故土摄入的遗产般的特有矿物质和盐分吗？而这部分，难道不是问题——关于爱与寂寞的问题——的部分根源吗？

十一点左右，他回来了。

每周有两天，他必须在另一座城工作，剩下的日子他们便在一起，总在一起。

她重新添了柴，往茶壶丢了几块姜片。

他上前拥抱、亲吻，一如既往地告诉她些"新闻"：谁下个星期生日、谁又交了个新女友、谁经过农场时被牛顶伤了大腿……消息大多平淡无奇，但她仍是不厌其烦地听，不厌其烦地问。

当然，她也跟他说些新消息：今晚，特里萨生易卜的气了，吉米刨坏了外婆送的枕巾，散步时看到半扇可能是被狐狸撕掉的天鹅翅膀……

她絮絮叨叨，没完没了，仿佛刚刚重获语言能力的失语者。

"知道吗，今天是中国的立春呢！"她说，声音突然响亮。

"立春之后是雨水，雨水之后是春分……不对，是惊蛰……"她继续说，德语中文混杂着。

"你们的春天有那么多节日吗……"他的声音很低，且缓慢，携着浓浓倦意。

"惊蛰、春分、清明、谷雨……"她喃喃数着，声音也渐渐低下来。她至少数了十七八个节气，而以前她十个都数不到。

墙角的吉米鼾声四起，还有他的——尽管好几次他都努力想回应，可实在太困了，何况她说的其实是中文。

"我的波兰朋友收到帽子了，这不刚好可以戴着坐月子……嗯，我们到底要养几只鸡？一公一母还是一公两母？如果易卜也想养一只的话，那鸡蛋怎么算呢……我想试一试种豆角，我妈做的豆角馅包子可好吃了……"

红红的炭火使她双颊发烫。这时，有汽车在外停泊，感应灯随即亮起，接着是开门关门、木楼梯"咚咚"响起……她披上披肩，轻手轻脚地把门打开一条缝：大学生紧闭的房门口，除了一双女式鞋，还有一双至少四十五码的男鞋……

她回到炉火边，有些恍惚地躺下。夜里，好像有人在大口喝水，用力掖被子，然后像头熊般在身边倒下……她犹豫着要不要将吉米挪远些——这只老狗的鼾声实在太响了，然而翻过身后，她却又渐渐睡着了。

"从今天起，夜不再比白天长了……冬天过去，可是，春寒料峭呢……"睡梦中，在很深很远的地方，有人在问些什么，她如此回答。

选自《山花》2017年第9期

评鉴与感悟

纪尘的这个冬天写得如同梦境。她对日常诸事的丰富趣味，都在处处爆裂的声响里——听闻。说到底还是她有颗敏感的心，几近孩子气的天真烂漫，又为她的梦增添了足够宽阔的底本。

杯中的北欧天空

/梁鸿

为什么旅行？

在还没有走出过村庄、镇子之前，我曾经以为，我们镇子是最大的镇，虽然对这个"最"字的比较对象不太明晰，但是，那个由几条街道、房屋和背后的田野所构成的空间就是我所认知的最远边界了。有点荒诞，以后的好多年，我都为那时的"井底之蛙"而感到好笑，我觉得自己的村庄、镇子太小了，小到可以忽略不计。可是，说也奇怪，随着年龄的增长和去过的地方的增多，那种边界的感觉又回来了。我不再觉得我的村庄、我的镇子太小，相反，我觉得它就是一个完整的世界。它包罗万象又复杂无比，它灰尘满面又绝世无双，它单调平凡却又包含着人类的全部秘密。那么，为什么还要旅行？在从芬兰至挪威的油轮上——SILJA（在我的感觉中，她是一位高大修长，独立而骄傲的北欧女性），阳光照射在蔚蓝的波罗的海的海面上，帆船点点，白色的海鸥盘旋环绕，两岸是一个个被绿色覆盖的岛屿，红白相间的房屋尖顶高高指向天空，梦幻般的美，这不正是传说中的童话世界？在那一刹那，我想到了雾霾紧锁的北京，想到我几近荒原的村庄，突然有一股爱和温情涌上心头。那些因久在其中而麻木甚至看不到的事情，被剥掉沉重的外壳，看到了里面的血肉，那些久已忘记的面孔也栩栩如生，以他们的沉重命运昭示着这人和事背后更复杂的存在。

因为有了另一世界的参照，因为有了异国他乡永不相识的人对生命的相似感受，你对自身的经验和自我的世界有了观照，有了不一样的思考。我想，这就是旅行吧。我看到了什么？想到了什么？以中国人民大学创意写作班"游学之旅"为由头的北欧行，究竟在个人心底烙下怎样的刻印？

言说与静默

几乎是一种征兆，在去芬兰的航班上（几乎是我坐过的最舒适的航班），我打开座位前屏幕上的电影频道，一眼看到一部关于茨威格自杀的电影：《Stefan Zweig: Farewell to Europe》。再见，欧洲。还没有开始呢，又怎能说再见呢。我为"欧洲"着迷，不管是仅仅作为一个词语的，还是作为文化和地理的"欧洲"，都让人着迷。上帝恩赐的绿色之地。古老的、贵族的欧洲，自由的、民主的欧洲，世界战争策源地的欧洲，文明的、野蛮的欧洲，它的侧面如此之多，以至于我们不知道哪些才是真正的欧洲。当奥地利被德国军队占领的时候，身为犹太人的茨威格失去了国籍，像二战中所有的犹太人一样，在自己家中，他们失去了家。在以色列当代作家奥兹的《爱与黑暗的故事》中，奥兹替他的父辈，也正是茨威格的那一代，说出了心声：他们是欧洲的儿子。对于欧洲的犹太人而言，"欧洲"不是某种知识体系，或某种修养和谋生手段，而是实实在在的家园。欧洲是他们的"家"，地理意义的和心理意义的，那是他们的"应许之地"。但是，在不断地"清洗"中，"家"变成了敌人，他们丧失了最基本的存在之地和精神依托，这正是茨威格在自杀遗书上写的，"我精神上的故乡欧洲业已自我毁灭之后，我再也没有地方可以重新开始重建我的生活了"。"欧洲的自我毁灭"，那是因为在茨威格的心中，有一个更加优雅、迷人和高贵的欧洲文明在。

我们这次要去的北欧五国，芬兰、挪威、瑞典、丹麦和更远的冰岛，并没有成为第一和第二次世界大战的主战场，但是，它们仍然主动或被动地卷入世界潮流之中，其文化和发展也必然受到影响，那里的"欧洲"会是什么样子，还保留着茨威格想象中的"欧洲文明"吗？

天总也不黑。等着夕阳西下，黑暗降临，在异国平安度过第一天。八点钟，九点钟，十点钟，窗户外面的海面还是波光粼粼，最远处的地平线散射出灿烂的霞光。那霞光的高度，发散的范围，足足有三个小时，似乎丝毫没变。赫尔辛基的大街上，还可以清晰地看到有人穿着短裤背着背包，骑着自行车飞速而过。夏天的赫尔辛基没有似乎真正的黑夜，即使有，也至多三四个小时，清晨五点钟，天又亮了，又回到了白天。但是，秋冬季节却又是极夜状态，下午三四点钟天就完全黑暗，漫长的黑夜，阴冷的气候，1990年就来到这里的中国导游告诉我们，芬兰，包括北欧五国的抑郁症患者和酗酒者，特别多。他刚来的时候，一到冬天，特别想哭，但是，他还是待了下来，因为福利，因为生活简单，还因为一些其他说不出来的原因。他说他的两个孩子已经拥有芬兰国籍，他们的芬兰语和瑞典语远比中文流畅。

也许北京太过忙碌拥挤，走在赫尔辛基的大街上，总有荒凉之感。那荒凉和寂寞浸透在人的表情和眼神中，浸透在疏阔的街道和安静的咖啡馆中。在阿黛浓艺术博物馆，当看到芬兰画家 Hugo Simberg 的《受伤的天使》和《死亡花园》时，那荒凉更是扑面而来。他的画作主题多与死亡有关，阴郁，悲伤，有点执拗。天使的翅膀上沾着血，那鲜血在洁白的羽毛上，分外刺眼，像一个不详的隐喻。那走在后面的小孩，目光执拗，他直直看着你，就好像在指控你，或人世间的每一个人，对天使的伤害。除了表现主义之后，Hugo 的画似乎有一种特殊的技法或表现方法，画中的人带有浮雕般的质感，就好像浮在画面之外，自然的景物或生活的背景被后置很远，就好像画中的情节、故事和人超越一切具体的背景，有极强的命运感，似乎他所表达的一切就是人类的本质属性。我被《死亡花园》的气息所迷惑。死神穿着黑衣，骷髅头上一双黑洞般的双眼，却并不凶狠和冷酷。他们在花园浇水，手拿水壶和绿叶，他们在躺满死人的墓地上放上花盆，培育着细小的绿色。有点矛盾。死神本身指向虚无和寂灭，但他们却又在努力浇灌生命，所以，仔细看来，那死神又有点可爱。空虚和生命，绝望和希望，在这幅画里交织缠绕，意象繁复，又绝望又温暖。

意外得知静默教堂。它就像一个原木色的不规则形的大木桶，置于赫尔辛基的闹市，匆匆走过，也许不会多看一眼，如果不是导游带领，根本意识不到它的存在。设计师意在于都市的喧嚣与热闹之中，感受沉默之力量。在这里，闭上你的嘴巴，闭上你向外开放的心灵，回到内心，与自我相处。在那里坐了十分钟，在静默之中，某种东西逐渐回来，好像有人在注视你，你开始变得安静、柔软，即使没有宗教和信仰，也足以感受到某种对话。与北欧所谓的喧嚣相比，北京可谓是喧嚣的 N 次方吧。从那喧哗与骚动之地来的人，也许更有感受其静默之美和必要吧。

应该说，斯德哥尔摩是整个北欧看起来最有人文景观的城市。一条大的河湾把市区分成两部分，绿树盎然，古老教堂的尖顶在其中浮现，红色的王宫、政府大楼，白色的楼房，中央广场周边的古老街道上熙熙攘攘。在诺贝尔博物馆，我们看到了一个个睿智的头像，看到人类智慧和文明的精华，当然，我们看到了熟悉的面孔，看到了可言说的和不可言说的面孔。就像著名的瓦萨沉船。带着国王古斯塔夫最大的希望，带着战胜丹麦的双层炮舰的决心，带着瑞典向世界展示力量的决心，这艘被称为当时最豪华最威武的战舰启航了。然而，行驶还不到一千米，古斯塔夫一世还没来得及回到宫殿，就听到轰隆隆的巨响，船沉了。三个多世纪之后，站在这沉船前，还能感受到其雄壮的气质。足足五层的甲板，据说有64门大炮。船尾龙骨有6层普通楼房那么高，还可以看到船上的雕塑品，有神话里各种人物，有士兵，有形形色色的纹章，还有裸女。旁边的陈列室里，陈列着从海底打捞上来的原瓦萨号舰上的实物，有人体骨骼、水手服、工具、金币，甚至牛油与罗姆酒（一种甜酒）。

生命从来都只是物，或者说，都只是物的存留。在这物身上，才能够感受到那神秘的律动和曾经的温度。国王的心碎了，那几千士兵的母亲心也碎了，一个王朝也随之没落。那沉默的永远沉默，哪怕它在千万人面前，被年复一年的展示。

自由自由，或空空荡荡

Ofelia, I don´t love again. Ofelia, O, beautiful Ofelia.哈姆雷特在空荡荡的克伦堡里，时而厉声疾语，时而满怀爱意地叹息。他否认他的爱情，他要去寻找心灵的自由，复仇之剑高举，任波罗的海的风吹蚀奥菲利亚悲伤的眼睛。这丹麦王被暗杀的地方，这哈姆雷特痛苦思索"to be, or not to be"的地方，几百年之后，仍然在上演《王子复仇记》。一群演员在克伦堡的广场，在卧室、书房、大厅，不间断地表演，你走到某一房间，恰好就会遇到刚刚还在广场听父亲教导的雷欧提斯，此时他在寻找他的妹妹，你在这个房间看到叔父在书房签署命令，到另外一个房间，就碰到他在向王后表达他对哈姆雷特的忧虑，就好像他们仍然在生活，正在上演着即将到来的悲剧。这悲剧超越时间，昭示着人类的命运。广场上，观众听得如醉如痴，哈姆雷特正在对那个骷髅表达对生命的看法，对他的朋友表达死亡的决心。他们好像面对观众，好像是在和观众对话，又好像在面对几百年的空虚的岁月，不懈地诉说着对自由、尊严的向往。

水晶宫，赫尔辛格湖畔的腓烈特城堡，卡罗琳，被流放的丹麦皇后，正在思念她的一双儿女，四方的院子，高耸的尖顶，戳她的心。她的德国情人施特恩斯，那个试图打击贵族给平民以自由的医生，正在被送上绞刑架，他为之奋斗的平民，他一心想要启蒙的平民，围聚在绞架前，兴奋地看这个偷情的男人如何伸出他的舌头，如何尸首分身，悬挂于丹麦街道的各处。卡罗琳悔恨，海风刮过大地的冬天，她坐在这个腓烈特国王送给爱妻的水晶宫里，给她的孩子写信，她渴望她的孩子记住他们可怜的妈妈，妈妈的爱，妈妈为之奋斗的事业。

自由自由。我们要建一个乌托邦的自由城。我们不要货币，不要税收，不要资本，我们不要管理，只要劳动，只要自由。哥本哈根的自由城，Fristaden Christiania，从俯瞰图看，这自由城就像一个有着高高龙头的轮船，隐喻着北欧生活和精神的本质，它酝酿于20世纪60年代丹麦的"贫民窟风暴运动"，它想要建构一个"都市里的村庄"，不只是土地意义的，而是相较于现代工业，现代文明而言的。那夸张的浓墨重彩的壁画，像色彩斑斓的童话，植物疯长，大地丰饶，一张艳红的嘴充满诱惑地微翘，向你许诺一个清明世界。在那小小的跳蚤市场里，我看到了自由的悲伤。一双瘦的手，瘦的眼睛，看着异乡人。他渴望这异乡人能为他带来什么，他用手劳动，手工饰品，手工编织，也困于手，这双手空空如也，隐约现出某种类似于饥饿的困境。空气里浮动自由的气味，随处可见的自由，九欧元一支的自由，如假包换的自由。一位胖老妇人稳坐军中帐前，手中正织着春夏天秋冬的毛衣，北欧的图案，她守住摊位，守住一寸光阴，她必须有一张支票保证她的脂肪一点不少。莫名的笑啊，笑啊，自由萎缩为生理迷狂的需求。乌托邦被乌托邦拖累，自由以自由之名被困扰。

自由自由，求仁成仁。他面对电视微笑，说你对我很好，说监狱长对我很好，说我觉得很好。挪威的诺贝尔和平大厅虚席以待，它在等一个永远也不会到的人，一个不可言说的名字。在瑞典诺贝尔博物馆的大厅里，我们看到他的照片，面带微笑，一张中年人结实而开朗的脸，他和莫言，和高行健，和川端康成、大江健三郎，构成东方面孔的群像。北欧的行程是一个人逐渐衰竭、死亡的过程。他躺在病床上，身体已经瘦得脱形，死神在他周边盘旋，寻找可以张开血盆大口的地方。其实不必再说，那躯体已经千疮百孔，只是时日而已。所有的言辞都只是说法，所有的说法都只彰显出巨大的沉默。

　　镀金时代。流亡的康有为坐在瑞典的一个小岛上，品尝快乐，海鸥的金色翅膀送来金色希望，粉红的夕阳在天空暧昧，帆船的桅杆在金色中舞蹈，康有为要做地主，把革命的金钱抛洒在瑞典的金土地上。他买下了一座岛。今天，这个位于斯德哥尔摩南部沙丘巴登镇上的小岛，被瑞典人称之为"康有为岛"。在斯德哥尔摩火车站旁边的熊猫饺子馆吃了一顿最地道的中餐之后，翻译家陈迈平先生带我们去康有为岛喝茶。迈平先生在瑞典生活将近三十年，他和妻子陈安娜女士为中国和瑞典的文学交流做出了最大的贡献，迈平先生负责翻译瑞典文学到中国，如诺贝尔文学奖评委会主席埃斯普马克的小说《失忆》《早晨与入口：托马斯。特朗斯特罗默诗选》等，安娜老师负责中国文学到瑞典，莫言、阎连科、余华、苏童等中国当代作家的书都被她翻译过。为了更好地相互引进书籍出版和进行文学交流，他们还成立了出版社"万之书屋"，我们去的那一天，《四书》（阎连科）和《秦腔》（贾平四）的瑞典文刚刚出版，他像宝贝一样展示给我们看。其实，不止如此，陈迈平老师还是一个有赤子之心的文学社会活动家，几乎所有在国外流浪的学者作家他都接待过、安排过，并为之周旋过。我们坐在康有为岛上，裹着毯子，看夕阳的金光照耀天空。一切都被镀上了金光。听迈平老师给我们讲故事，那些从国内出去的人，都是熟悉的名字，他们在国外经历了什么，他们的性格、人生轨迹。是的，从来没有单面的人，就像从来没有纯粹的自由。流亡从来都是对不自由的彰显，是一种反抗的形态，但是，又都被困在某一镜像中。

　　如果欧洲不接受难民，如果瑞典不接受难民，那欧洲的自由还是不是自由？如果几年来只接受一千个难民的瑞典已经是北欧接受难民最多的国家，并且已经达到最大的限度，那么，那么多流亡的人呢？他们和当年的犹太人一样，也在自己的国家失去了自己的家。如果芬兰、挪威连这一千人也达不到，欧洲还怎样保持欧洲？法国的穆斯林问题，英国的脱欧，欧洲白人人口的持续减少，特朗普的上台，有多少问题假借自由之名在扭曲？茨威格在巴西自杀前留下遗书："对我而言，与我操同一种语言的世界对我来说业已沉沦。我精神上的故乡欧洲业已自我毁灭之后，我再也没有地方可以重新开始重建我的生活了。我的精神故乡欧罗巴亦已自我毁灭，从此以后我更愿意在此地重建我的生活。但是一个年逾六旬的人，想要再一次开始全新的生活，这需要一种非凡的力量，而我的力量在无家可归的漫长流浪岁月中业已消耗殆尽。"文明在坍塌。现在欧洲所面临的难题，难道不是文明的又一次分裂？那看似微小的事件难道不正一点点吞噬着欧洲文明的形态？或者，一个人的死是不是也意味着有某种东西正吞噬着某个我们无法言说的词语？就像茨威格所感受的那种空虚一样，尽管他在巴西受到热烈的、几乎是无上荣耀的欢迎，但是，仍然填不上他内心根本性的丧失。

傍晚时分，我们登上从哥本哈根到挪威的油轮，DFDS，一个男人的名字。突然的倦意。也许是北欧太过整洁的天空大地，也许是那起伏不定的海面，也许是船上太过丰富的物质和餐饮，我们萎坐在舷窗边，浑身懒洋洋，不想睡觉，不想说话，只想喝酒。

来，来，我们喝酒。Tequila，龙舌兰，shot 喝，舔一口盐，一口闷，一饮而尽，再吃口柠檬，咸，辣，酸，几种层次，在胃里混合，bang，应声而倒。自由从肿胀的脸痴笑的眼里诞生。Pink panda，粉红的清凉的醉意，伏特加，红葡萄白葡萄，混喝，一杯接一杯，好像真的在喝酒，其实就是在喝酒。方舟和文质彬彬的导游小刘探讨着每一种酒，那深深的爱意，好像是天下最在行的最老资格的酒者，杨庆祥老师，我们可爱英俊的庆祥老师倒在沙发上，说，不能再喝了，再喝我就要亲你们了。我这个不会喝酒又严重过敏但又极想醉酒的人，在我的强烈要求下，小刘给我推荐一种清淡的鸡尾酒，northern light，意为：杯中的北欧天空。单只这个名字，我就喜欢上了。北欧的天空装在杯子里。我把酒杯举起来，让涨红的脸紧贴酒

201

杯，透过它，看北欧的天空。云在天边静憩，金光碎于波浪，斯堪的纳维亚的海在酒杯里轻轻荡漾。

一个英俊的老男人，在酒吧里自弹自唱。他在唱"hallelujah"，老科恩（Leonard Cohen）的哈利路亚，我的最爱，他的嗓音总能把你带到生命的永恒层面，杰夫 巴克利（Jeff buckley）的哈利路亚，那个三十岁就死去的大男孩，他清澈的声音把哈利路亚带入到更温柔的破碎，是"噪海里的纯净一滴"。那一声声哈利路亚，似在向那遥远的上苍呼唤，渴求它的恩赐？保佑？痛苦？或者仅仅是注视？斯堪的纳亚的海平静宽阔，只有这巨大的油轮行驶其中，它的巨大就是它的孤独。一群孤独的人在油轮上热烈地生活，想在真实生活之外过上一段更完美、更自由的生活，哪怕只是一种短暂。那醉酒的夜晚，那脸胀得像头猪一样的夜晚，那浑身过敏的夜晚，我在找什么？我想脱出那皮囊，我想让我跳出来，我渴望自由。哈利路亚。

从芬兰、瑞典，到丹麦、挪威，到世界尽头的冰岛，在飞机落地北京的时候，我得知，那个人去了。哈利路亚。哈利路亚。

Well there was a time when you let me know. 曾经是你让我相信时间。

What's really going on below. 接下来会发生的一切。

But now you never show that to me do ya? 可现在你再也不是那样，不是吗？

But remember when I moved in you? 可请记得，当我进入你时。

And the holy dove was moving too. 圣灵与我们同在。

And every breath we drew was Hallelujah. 我们的每次呼吸都是哈利路亚。

Maybe there's a god above. 也许天上真有一个上帝的存在。

But all I've ever leaned from love. 但我从爱里学到的。

Was how to shoot somebody who outdrew ya. 是如何向引诱你的人开枪。

And it's not a cry that you hear at night. 你夜晚听到的不是哭泣声。

It's not somebody who's seen the light. 这不是光明中的那个人。

It's a cold and it's a broken Hallelujah. 它是冷漠又破碎的哈利路亚。

挪威的森林

小个子的易卜生叠腿坐在高高的石凳上，比例失调，愤怒地看着在皇

202

宫前匆忙走过的人，他在他戏剧里创造的"人民"——在《群鬼》《人民公敌》《玩偶之家》《彼尔·京特》《布兰特》里努力争取自由和个人权利的人民——遗忘了他，他们每天从他门口经过，却没有多看他一眼。易卜生故居静悄悄，静悄悄，只有我们这些异乡人的足音。可是，谁能想到，文化的旅行是如此快而且充满戏剧性，几十年后，世界上影响最大的披头士是老先生的粉丝。

挪威的天空不够蓝，不够灰，不够清，那云里面包含的水太多，整个天空都是清淡的水的颜色，斯堪的纳维亚的海水也包括天上的云。备受生活和命运打击的蒙克只能听到那个人恐惧的呐喊。死亡，蝙蝠一样在他头顶盘旋。桥上的那个人看到了什么？末世般的天空，绛红的旋流，狂怒的乌云，层层回旋，那是死神在巡礼，携带着雷霆之怒，弥漫于每一角落。桥上的人啊，他被紧紧罩住，他不知道那地狱般的天空是他内心恐惧的外现，那旋流，那乌云是他自己发出的声音。声波击打着器官，震飞肌肉，死神乘虚而入，那个尖叫着的人，被抽干血液和精神，没有了形状，没有了存在。我看到蒙克一张八十岁的自画像，他站在画室的门口，一片阴影之中，他站立的姿势有点小心翼翼，紧张担忧，就好像被什么压垮了，眼神里有一种空洞，或者说是茫然。他似乎盯着正在走进来的死神，告诉他，我已经准备好了。经历了一次二次世界大战，经历了欧洲文明的摧毁，经历了亲人离去和疾病困扰的蒙克，他画两个相互搀扶过河的男女，他画在星空下互相拥抱的母女，他画忧郁的人坐在永恒流逝的河边，在他的晚年，他画绚丽巨大的太阳，溢满整个空间。他试图突破个人的孤独和欧洲的孤独，可是那色彩过于张扬和骄傲，反而透露出内在根本性的脆弱。我想拥抱这个脆弱的老人，想轻轻抚摸他的头发，想让他感受人间的温暖，想给予他最大的安慰。可是，我多想哭啊，他画出的正是我的灵魂啊，他心里所充溢的孤独、悲伤，他所寻找的拥抱、依靠，他所向往的优雅、丰富，不正是我想要的吗？不正是这世界每一个生命最根本的要求吗？

哈当厄尔峡湾长长的云带，依附着绿色的山脉，没有尽头。我们坐在仙境的轮渡中，海鸥追逐面包屑，翅膀和风角力，制造着优美镜头。我听到一声声感叹，真美啊，太美了，我好喜欢。我说不出。实际上，我也说不出诸如"我太忧伤了我太难过了"之类的话。生命太过沉重，没有欢愉和飞扬，没有创造和灵感，活着已经死去。很多话很难说出。不是没有感动，而是无法用一个词来简单叙说。峡湾山脉连绵，岸边绿草白屋。亲爱的，即使有你的爱，也不能填满我空荡荡的心，虫蛀了的心。在峡湾的沃斯小镇，获得了沉沉的一夜。无梦，也不是纯然的黑暗，而是如湖水般轻荡，轻的没有感觉。所谓甜美的梦乡，其实是平静、安宁、无思无欲的所在。松软的床？最为适宜的湿度？还是只因为太过疲倦？能这样好好睡一觉，是多么幸福的事情。可它如此艰难，在千山万水之远，才姗姗出现。

文艺气质的导游小刘偏离既定的旅游路线，带我们走一条他自己探出的路线，他说那是他自己的挪威的森林。绿色云雾弥天铺地，湖在中央，树在云上水中排列。白色的杉树层层密密，枝条互相交织，沿着笔直纤细的树干一路向上，在空中结成树冠，遮蔽出一个无边无际的神秘国度。只有我们一辆车，沿着山际行驶在这神秘国度的窄道上。这世间只剩下我们四个人，那片刻的寂静，是地老天荒，还是千年一瞬？时间漫长又短暂。我们听披头士的"挪威的森林"，"I once had a girl, or should I say she once had me"，英国摇滚，村上春树，日本的物哀。挪威的森林，好想在那里谈一场悲伤的恋爱。难道不是一开始就带着这种惆怅来到这挪威的森林？如果没有披头士的歌，如果没有村上春树的书，如果不是我们预先已经充满情感，挪威的森林还是我们现在感受到的挪威的森林吗？或许，它仍然在这遥远的空间自由生长，却不被世间的我们知道。不要圆满，只要惆怅。不要单相思，只要爱情。老村上说，"每个人都有属于自己的一片林，也许我们从来不曾去过，但它一直在那里，总会在那里。迷失的人迷失了，相逢的人会再相逢"。

正在此时，远在中国北方的姐姐打来电话，带着浓郁的中原方言，大声问我，你在哪儿啊？我说，我在挪威的森林。也许线路过于遥远，森林过于浓密，那声音没有穿越森林的上空，她更高地喊道，哪儿啊？挪威的森林。我也扯着嗓子喊。这巨大的声音在车厢里来回撞。啊，挪威的森林啊？襄阳这儿也有一个，我刚去过，刘备三顾茅庐处，北欧风情，框架结构，五千元一平方米。我突然间想笑，善于嘲讽的姐姐以她超常的敏捷思维击打着这车里忧伤的小心脏。襄阳，蒋方舟的老家。我看了看坐在旁边的她，她正在专心看窗外的挪威的森林。她不知道，挪威的森林已经在她的家乡扎根了。

天下没有不散的宴席。被雪覆盖的山如同一个长着豹纹的兽脊，横卧在云雾中，发散出华丽的雄性激素，放肆于天地。房屋孤独，站在高坡，迎接千万年的罡风，树木倾倒，露出白色的根茎，这世上，哪一栋房屋又要起来，哪一个孩童又要出生。老人坐在长椅上，一条狗一条路，他等着路过的人们朝他招手，斯堪的纳维亚的海风吹着他，他等了一天又一天，终于等到了那个人——死亡花园里的死神，一个绅士，胸襟上插一朵血红的玫瑰花。他要带走他，让他躺在坟墓里，然后，在他的坟前种一朵花，慢慢浇灌。

来到冰岛，我只关心草地。灰黑色的火山石、火山地、火山平原，低矮的各色小花只在路边开放，稍往远处，就又是灰黑色了。导游说，这路边的土和花是开发出来的，是从别的国家买来的土和花种，一点点培育出的。冰岛没有土，那火山喷发的时间还太短，火山石还没有风化、净化成可以生长生命的土壤。他说，在冰岛的地下，也是一片贫瘠，没有任何矿藏。大家下车，在强风之中，摆着姿势照相。导游说，千万别往地上踩，那地上的苔非常珍贵，几十年上百年才长成这样。这才看见，那火山土上覆一层极薄、颜色极淡的青苔，肉眼根本难以觉察。在这里，它是珍宝。

冰岛的荒凉是因为它还太过年轻。雷克雅未克，多好听的名字。我亲爱的，我不想告诉你，你是如此着迷于这个名字，它也许只是一个小镇。或许，它也并非只是小镇。在这世界的尽头，在遥远的遥远处，有这么一个优美的、充满想象力的名字，仅此一点，就足够吸引你来一趟了。在黑色的荒原之中，那白色的蓝湖温泉，在只有浅草的原野之中，那奔腾而下的黄金瀑布，带着融化了的淡水滋润这片贫瘠的土地，那冰蓝如深渊般下陷的火山口，帕瓦罗蒂和冰岛国宝级演员比约克在这里举办演唱会，都是年轻的冰岛独有的。虽然贫瘠，却有生命在酝酿。时间刚刚开始，我们耐心等待它的生长。

欧洲，亲爱的老欧洲，才刚进入青年，就已经老了。全世界都向往你，有多少流亡，多少消失，绿色覆盖大地，缓坡轻盈起伏，老欧洲在呻吟，每个青铜雕像上都站着一只鸟，在英雄头顶为所欲为，白色的鸟屎糊住了英雄的双眼。那长剑指向远方，却有些茫然。

也许，都只是镜像。短短的十五天，谁有资格叙说那遥远国度里的事情？我所看到的，或许只是杯中的北欧天空。

选自腾讯网 2017 年 8 月 7 日

评鉴与感悟 ——　听着陈绮贞《旅行的意义》，读梁鸿《杯中的北欧天空》，好像也有"迷失在地图中的短暂光阴"。遥远国度里的事情，谁敢断定自己就没有因为狭隘和偏见，错失了深入了解的机会？梁鸿以另一世界为坐标，观照自我，对比经验，追问存在，于是便有了这些直抵人心的思考。

读书会

看看老外怎么研究奶奶庙

/魏阳

河北易县的奶奶庙里居然有拿着方向盘的车神？这组照片最近在媒体上引起了大家对于民间宗教的兴趣。

其实，自从19世纪欧洲人来到中国，中国的民间宗教就深深地吸引了老外的研究兴趣，一直是海外汉学最火的主题。奶奶庙里呈现出的中国文化问题，远远比想象中复杂。

19世纪，是欧洲的"现代文明"传布到全世界的世纪。欧洲人拿自己的基督教为标准来观察其他文明，当然为巨大的差异所震惊！就拿奶奶庙来说：缺什么神仙，就造个塑像？我的上帝啊！你是不是跟我开玩笑？所以，19世纪末欧洲主流的文化人类学家，不能接受中国的民间信仰是"宗教"。

比如，大名鼎鼎的英国人类学家泰勒（代表作《原始文化》）和弗雷泽（《金枝》的作者），都把中国民间信仰和仪式当作是"原始的文化"，是人类文明开化之前蒙昧、落后、迷信的产物。

可真正来过中国，在田野里到处跑过的外国人不同意了。荷兰有个汉学家叫格如特（DeGroot），在清末的福建到处看老百姓的仪式、庙宇，和道士聊天。他领悟到，中国的民间宗教，虽然看起来不同，但是说到在社会上起的作用，和欧洲的基督教是相似的。所以，在1892年，他把自己的

209

书叫作《中国宗教体系》。——不光是个"宗教"，还是个"体系"，看到没有？

慢慢地，在老外的倡导下，关于中国农民的宗教研究才上了台盘。1925年历史学家顾颉刚跑到北京妙峰山去看庙会的进香，写出专著。各种民俗学会纷纷涌现，一大堆论文出版。

细看才发现，这里面门道好多。比如，这里有信仰——关于鬼、神、祖先、祸福的观念。这里有仪式——各种祭祖、节日、斋醮、驱鬼等等。这里有各种象征——各种神仙的名目和造型。就那个拿着方向盘的"车神"来说，这里的"信仰"是：有个叫车神的东西存在，会保你开车平安。"仪式"是：你要到山上庙里虔诚地烧香供奉，他才保佑你。"象征"呢，就是那个手握方向盘的司机大神了——拜错了象征，可就叫天不灵了。

在信仰、仪式和象征之外，人们还发现，农民还会组成官府之外的各种民间组织。这可以是合法的儒释道团体，也可能是躲着官府，被称作"会道门"的秘密教派，比如一贯道、白莲教，和弄出大事情来的"拜上帝会"。后来和八国联军干的"义和团"，一开始在官府眼里，也是这种准黑社会的邪教组织。

面对这么复杂的中国民间宗教，怎么评价它呢？有人认为，可以用一个概念来解释，叫作"大传统"和"小传统"的区别。比如，人类学家雷德菲尔德（Robert Redfield）就说：大传统是一个社会的精英传统。在中国呢，就是士大夫提倡的儒佛道和官方主导的价值观。而小传统呢，就是在主流价值之外的下层文化。大传统有深厚的经典传统，《论语》《道德经》之类的。小传统没有那么多文本，有的还是用看不懂的方言写的。大传统是都市里、政府里的头面人物；小传统是乡下没什么"文化"的农民。大传统是代表的是精英、经典、官方的态度；小传统是老百姓的日常生活、习俗和信仰。

显然，这种大小传统的区分，摆明了就是看不起草根文化嘛！

很多学者虽然未必鄙视小传统，但是也认为小传统是受大传统影响，才在民间发芽的——不然干吗叫人家"小"呢？

比如在清末福建到处看道士作法的荷兰人格如特，就认为他看到的习俗与仪式，是中国"古代社会"的古典传统，在草根社会的衍生变异形态。——换句话说，小传统是大传统遗留在民间的私生子。

这么说，有些学者就不同意了。凭什么精英的东西就一定是源头，民间的就是派生物？法国学者葛兰言在他的《上古中国的诗歌与节庆》中就说：你们认为的辉煌的古代经典，比如《诗经》《国风》，其实原来就是土得掉渣渣的民间歌谣。草根最有生命力的信仰和仪式，被古代帝国吸收，后来才酝酿成了所谓的经典。中国民间宗教，来自于古代屌丝们充满活力的生活，高大上的官方传统是对它的"模仿"。这就仿佛信天游、扭秧歌走上国家大剧院，成为民族象征的过程。

哈佛大学人类学家华生（James Watson）的研究也证实了这一点。他发现，中国南方的妈祖，本来就是民间的信仰。闹大了惊动了朝廷之后，被改造成了国家的信仰，叫作"天后"。就是说，小传统不是大传统遗弃在民间的孩子，而是大传统在草根里不想认的亲爹。

后来，有些学者不满意大小传统的二分法，提出其他的解释模型。比如《中国仪式与政治》的作者马丁·阿赫恩（Emily Martin Ahern）发现，中国民间仪式怎么看起来那么像是和衙门打交道呢？百姓崇拜的神灵就好像帝国官员，有时以道德自我标榜，有时又有点蛮不讲理；在宗教仪式中，祭拜者就像是装孙子求人办事的百姓或者下级；仪式中的人神交流仿佛是百姓向官府汇报案件，有明显的上下级利益和等级关系。——这哪里是中国宗教，分明是中国政治吗？

其他学者也发现了这个问题。比如主编《中国社会中的宗教与仪式》的美国学者武雅士（Arthur Wolf），通过大量田野调查，发现一个有趣的结构：中国传统农民的信仰，虽然五花八门，总是不外乎三个门类：神、鬼和祖先。

中国民间的神，总是和官府对应。神都穿着朝廷官员的袍子（脑补一下奶奶庙的"车神"），住在像衙门一样的庙宇之中，受神将的保护。他们处罚社会中犯罪的人，脾气不太好，还喜欢接受贿赂，谁送的钱多就保护谁。有时候，他们还要向上级打报告请示，比如玉皇大帝；还保管人事档案（谁得罪了他们，总是被记得），他们的办公地点也往往和政府的行政区划重叠，比如山神，城隍。换句话说，奶奶庙的车神，放在古代就是当地官员的化身，进门知道该干啥了吧？

第二个门类是鬼。这些鬼呢，是农民生活中陌生人的化身。鬼是危险、有害的外来者，要么被请来的道士用强大的法术赶走，就像赶走土匪和强盗一样；要么，就给他们大量施舍让他们别来纠缠，就像打发乞丐离开。

第三个门类，祖先信仰呢？当然是自己家人的化身了。死去的祖先，依然像在世时一样保护自己，为后代的财产、社会地位和生命给予帮助。这种信仰，通俗点说就是：就算爹妈死了，也没忘了啃老。

中国民间的神、鬼和祖先信仰分别对应于三种社会阶层：帝国官员，危险的陌生人（强盗和乞丐），家族成员。武雅士认为，形成这种三角结构，是因为中国农民的生活成天被这三种人环绕。所以，理解中国农民的信仰世界，就是理解他们生活的真实世界。

这个解释，看起来特别有道理，是不是？其实问题很多。

不少学者发现，对应关系好像不是这么清晰啊。好多神，原来是别人的祖先，或者就是妖魔鬼怪，后来却成了整个社区共同崇拜的神。比如哪吒，原来就是脱离家庭关系自杀的孤魂野鬼（还记得《哪吒闹海》吗？），后来也成了神仙体系中的一员。这些五花八门的野路子神仙，是咋进入体制内的呢？

有人解释说，鱼有鱼路，虾有虾路，仙有仙路。

比如美国学者杜赞奇（Prasenjit Duara）就认为，民间神仙的象征和意义，会随着时代和各方面的需要，不断发生变化。用专业的学术话语来说，叫作"解释性场域"（interpretivearena）——其实没那么复杂。就是说对于一个象征，大家各说各话。然后在大家都同意的地方，神仙的关键身份就被搞定了。

比如，三国时期的关羽，兵败被擒被砍头，死得挺窝囊。在隋代的佛教传说中，说有一次关羽的鬼魂拎着头出来闹鬼，被一位高僧做了深入的思想教育，从此皈依，成了佛教护法。宋代的朝廷看中了关羽"忠义"的正能量，拿来弘扬社会主旋律（其实是因为当时社会特别缺乏"忠义"）。历代朝廷一看有用，纷纷效仿，关羽在神仙编制内一路高升，直到成了"关帝"。明清时，相互之间无血缘关系、怕人背后捅刀的秘密教门，也把关二爷请出来，歃血为盟才能对兄弟放心。

关羽可以是红光亮的国家英雄，也可以是虔诚的佛教护法，也可以是黑社会的保护伞。佛教，道教，朝廷，乡绅，秘密社会，大家都从不同角度解释。在相互冲突的身份博弈中，关羽最核心的"忠义"精神也得到了公认，成为了大家都接受的象征。这可不像奶奶庙里人说的那样，缺什么神补一个就行了。从倒霉的无头鬼，逆袭成战神，得要多少运气和社会势力加持！

以前的孤魂野鬼，也可以成为体制内的红人，哦不——红神仙。这就和武雅士说的神、鬼、祖先三个象征的模型相冲突了。关羽的例子表明：民间信仰中鬼、神、祖先之间的界限，远非那么清晰，而是流动的。既然象征的含义是流动的，那么象征所对应的社会群体，恐怕也就不是那么确定了。

华生对于妈祖的研究也证明了这一点。妈祖本来只是南方沿海传说中一个有法力的女子，后来被元明清朝廷吸收进正式的"祀典"——进了国家神仙编制。连郑和代表皇帝下西洋之前，都要先去拜一拜，立个碑。华生认为，这一过程充满了"标准化"的规范：国家把地方上野生的、杂乱的、不合需要的元素，通通去掉，改造成代表国家脸面的模范神仙——神仙就是这样炼成的。

而同在哈佛大学的宋怡明（Michael Szonyi）则不同意这个说法。他对于明清时期五通神的研究发现：民间的信仰被国家收编的过程，并非真的"标准化"，而仅仅是看起来"标准化"了而已。如果研究者只看政府的官员报告和正式档案，当然里里外外都是政治正确——地方野神被国家改造，从此为国为民护法，不合适的内容一概没有。但是如果往社会下层看呢，会发现民间永远是上有政策，下有对策；地方人士的利益总是和当地神明纠葛（想想这香火中烧掉的钱啊），该怎么搞还是怎么搞，和朝廷想象的完全不同。地方官员实在管不了，只好睁只眼闭只眼，或者干脆和地方合起来欺骗中央朝廷——皆大欢喜。

宋怡明的研究说明——国家控制的步伐，永远赶不上民间信仰的实践。而任何控制的企图，从朝廷到地方，再回到朝廷，会遭到一再的扭曲。

可是，民间信仰到底是个好东西，还是糟粕呢？说白了，是现代化的障碍，还是助手呢？

大名鼎鼎的德国学者韦伯还真的回答过这个问题。他在《中国宗教》中问道：为啥西方才会出现工业化、现代化和资本主义？那是因为他们有个东西叫作"理性"。中国本土的儒教和道教，都是些说教和迷信，没见到理性和"资本主义精神"啊？促进现代化，肯定是不行的。

可是最近，韦伯的现代化观念遭到了怀疑。很多学者发现，民间宗教其实有很多能适应，甚至促进现代化的元素。比如，美国学者葛希芝（Hill Gates）就发现，传统中国官方意识形态总是忌讳谈论交易和金钱。但是民间宗教则充满了"钱"的概念和象征。在葬礼中，大家烧冥币；在敬鬼神的仪式中，大家供纸钱。钱不仅在现实世界中所向披靡，也是与超自然世界交易的手段。想得到保佑的，可以通过贿赂神灵实现。而祈祷的目的，无非是生活和经济上实在的利益。葛希芝认为，民间宗教里钱的流行，不正证明了中国民间蓬勃的"资本主义精神"吗？只是这种精神，一直被官方的意识形态压制而已。一旦政府放开，就会蓬勃生长。就是说，只有在鬼神世界中，才能看清中国人的心理世界。

话说回来，这么想发财的民族，政府都号召了还不发，岂不是活见鬼了？

厦门大学郑振满的研究也表明，在明清时期法制无法触及的乡村，宗教起到了类似法庭维护契约的作用。而契约的履行，正是现代社会发展的重要基础。传统社会中的买卖合同、誓约、规定等等，往往需要大家到当地神庙中举行仪式，才能达到需要的效力。当帝国的体制由于腐败和战乱，无法提供这种公共服务时，是那些泥塑的神明，重建了信任，凝聚了社会，促进了发展。

所以，这哪里只是好笑的庙宇、搞怪的神仙？在这烟火缭绕中，透露的分明是整个近代中国的影像。

选自微信公众号"大家"，2017年8月15日最早是在"一席"听了场演讲，《他奶奶的庙！一个清华博士的野路子研究和暗中观察》。然后又读到了这篇文章。在我的潜意识当中，但凡看到类似的情形，头一个念头就是愚蠢，或者说丑恶。这是要干什么呢？庙里头的神仙居然拿着个方向盘，也太粗鄙了。简直荒诞。我总以为，神灵的殿堂，寄托着信众的希望，就应该高高在上，就应该仪式隆重，宝相庄严，凡夫俗子如我等，进门就应放下膝盖。等到读了这两位博士的文章，看了他们的研究，这才明白，浅薄的还是自己。对于周遭出现的新事物，我从没试图去理解，想当然就按自己的逻辑下了判断。也是这个时候才明白，宗教的核心，并不单是形式，心理安慰才是终极。民间文化是笨拙，但换个角度，又会感慨，它们多么直接，真诚，富有活力。

蔡元培与北大"学术社会"的兴起

/应星

教育独立是蔡元培办学的至高理想。要追求这一理想，首先就体现在教育要与政治、政党保持距离。因为，在他看来，教育是个性与群体性同样发达，而政党为了某种特别的群体性而抹杀个性；教育求远效，而政党求近功。因此，教育事业当完全交与教育家，保有独立的资格，毫不受各派政党的影响。

在这一点上，蔡元培的思想与美国大学教授联合会1915年发表的关于学术自由的宣言是完全一致的。那些"起草《1915宣言》的教授们把大学视为独立于钩心斗角的外部世界的一个不受任何党派控制的论坛"。《1915宣言》最初主要是保护教授的思想自由的，到后来，大学的自治也被纳入其概念范畴。

实际上，阻止政党或其他政治力量的干预是大学实现学术自由最重要的外部基础。如果这个基础不存在，就根本无从谈起学术共同体的塑造。在蔡元培治校的前期，主要是采用一种特殊的手段——辞职来阻止政治力量对大学的干预。

蔡元培在十年的北大校长任内有过八次请辞（1917年7月，1918年5月，1919年5月，1919年12月，1922年8月，1922年10月，1923年1月，1926年7月），前七次均发生在他实际主持北大校务的时期，平均不到一年

216

就要请辞一次。陈独秀有一次曾经批评蔡元培的辞职之举只是抗议政府腐败的消极做法，但这种说法失之简单。蔡元培曾自述做事"必先审其可能与不可能，应为与不应为，然后定其举止"。

他的辞职并非轻率之举，而是在大学与政治的关系上对可能与不可能、应为与不应为的审慎考虑。我们从他的辞职中既可以看到大学自治所面临的外部限制，也可以看到蔡元培如何运用辞职来遏止这些限制。他的请辞既是这些外部关系作用于大学的结果，同时又是他用以调整这些关系的基本手段。我们可以对蔡元培在"五四运动"中的辞职事件做一细致分析。

在蔡元培的数次请辞中，1919年5月的这次是最坚决的，也最复杂的一次。他从辞职到最后回校复职，历时四个月，中间经历了许多波折，他个人的辞职事件最后演变成了作为"五四运动"续曲的"挽蔡运动"。在此过程中，蔡元培以其全部的个人魅力，借社会运动之势，为北京大学成功地构筑起了防止政治干预的学术堡垒。

蔡元培此次辞职事件前后可以分为四个回合：

第一个回合从蔡元培5月8日递交辞呈到5月20日他答应有条件的复职。"五四运动"发生后，蔡元培积极营救被捕学生。5月7日，被捕学生回校。第二天，鉴于他本人已经成为政治斗争的焦点，蔡元培提出了辞职。其实，就在同一天，把持北京政权的安福系已经决定要撤蔡元培的职，以桐城派马其昶代之。只是由于教育部长傅增湘拒绝副署而未能发出此道命令。5月9日，蔡元培离京。临行前，为了避免他动员学生要挟政府的嫌疑，他特地登报声明："杀君马者道旁儿"；"民亦劳止，汔可小休"。他以此表明，自己是因为苦于应接不暇的繁忙而想辞职休息的。不过，他在10日发表的《告北大同学诸君函》中却明确地说自己是"在校言校，为国立大学校长者，当然引咎辞职"。10日，以北大师生为核心的挽蔡运动拉开了序幕，其中对政府压力最大的就是北京各高校校长一并辞职，北京高校全体罢课。13日，蔡元培在北京《晨报》发表了《在天津车站的谈话》。这份谈话综合了他前面关于自己辞职的两种说法：他辞职既是为了保全学生、保全大学，也是因为不耐杂务。在强大的舆论压力下，北京政府被迫于14日发出挽留蔡元培的指令。19日，北大经济学教授胡钧登报声明安福系将任他为北大校长纯属谣传。20日，蔡元培给政府发电称："政府果曲谅学生爱国愚诚，宽其既往，以慰舆情；元培亦何敢不勉任维持，共图补救。"这即提出了他复职的条件：对参与运动的学生不予追究。

第二个回合是从5月26日他称病拒绝回京赴任到6月5日北京政府任命胡仁源为北大校长。尽管各方都催促蔡元培复职，但蔡元培在上海和杭州观察了数日，决定托病不出，静观事变。促使他做出这个决定的缘由，由他最重要的智囊——汤尔和一语道破。汤尔和在给他的信中说："来而不了，有损于公；来而即了，更增世忌。"也就是说，在当时的紧张态势下，若蔡元培回京化解不了政治危机，会被认为是无能；若他回京解决了问题，又会被视为莫大的政治威胁。因此，宜静不宜动。蔡元培拒绝北上的决定惹恼了安福系，他们遂发布命令，让胡仁源取代蔡元培。安福系放弃了马其昶，估计是担心马其昶当年积极参加过袁世凯的复辟活动，他若接任校长会招来太多的反对。而胡仁源曾是蔡元培的学生，也曾在蔡元培掌校前代理北大校长达三年之久，无论是其与蔡的关系，还是其资格，都使其可能顺利接任校长。而上海、南京的一些教育家开始筹划将新文化的中心南移，必要时甚至准备将北大迁到上海去。

第三个回合是从6月6日北大发起拒胡挽蔡运动到7月9日蔡元培回电教育部应诺在病情好转的情况下复职。安福系没有想到任命胡仁源之举立刻引起了北京学界的强烈反对。而蔡元培于6月15日写了一个"不肯再任北大校长的宣言"。从他在宣言中一连用了三个"绝对不能再做……校长"，我们可以感受到，蔡元培这次的请辞，并不仅仅是抗议的姿态和手段，政治对大学的横加干预已经使他实在不愿再在夹缝中受累了。在蔡元培看来，这种干预来自两个方面：一个方面是行政干预，另一个方面是政治干预。所谓行政干预，指的是大学校长成为由政府任命的半个官僚，大学与教育部被处理成官僚隶属关系，因此，大学内部的大小管理事务稍微破例，就必须呈报教育部批准。所谓政治干预，指的是大学缺乏保障思想自由的外部环境，因此，对北大的教育改革，不仅教育部可以干涉，而且外交部、国务院、参议院也可以横加指责。比如，蔡元培为辞退北大不称职的外籍教员就屡遭外交部质问。

蔡元培在文中表明：只要这些政治干预尚在，他就不可能再任那个不自由的校长。由于蔡元培弟弟的劝阻，此文当时没有公开发表，而是另由他弟弟代登了一则启事，继续称病不出。在学界的重压下，教育部于6月17日将尚未上任的北大新校长胡仁源含糊地"调（教育）部办事"。6月28日，教育部和北京学界派人专程到浙江请蔡元培复职。7月9日，蔡元培答应等身体康复后复职。表面上他仍是在坚持原定的延缓回京的做法，但实际上，一项日后对北大命运产生重要影响的决策已经在酝酿之中。

第四个回合是从7月14日蔡元培决定请蒋梦麟作为他的私人代表到校办事到9月12日蔡元培回到北京。在汤尔和的提议下，蔡元培决定请蒋梦麟代表他北上代办北大校务。7月16日蒋梦麟准备启程赴京。而7月17日，在安福系的操纵下，北大个别学生和一些社会人员企图搞"迎胡（仁源）拒蔡（元培）"，结果遭到许多北大学生的痛击。7月23日，北大学生召开了欢迎蒋梦麟的大会。7月30日，安福系被迫将胡仁源免职，却又想鼓动蔡元培在中国教育会时代的老友——蒋智由来任北大校长。9月2日，蔡元培致信蒋智由，称蒋若为北大校长，"可为教育前途幸"。6日，蒋智由发表《入山明志》，"驰书决谢（提名），必不往就，坚如磐石"。12日，蔡元培回京。20日到21日，北大学生、教职员和北京中等以上学校教职员分别召开欢迎蔡元培复职的大会。至此，北京政府将蔡元培撤职的图谋完全失败。

从这四个回合的斗争过程中，我们可以领略蔡元培处理政治问题的高超智慧。可以相信，蔡元培不愿为俗务所累、为官僚所困的心情是真诚的，但是，如果只想简单解脱了事而不顾及政治后果，就成了意气用事。蔡元培说"教育事业应该完全交与教育家"，其实，这句话还不全面，应该说是"教育事业应该完全交与有政治智慧的教育家"。

实际上，蔡元培要谋求大学自治，并非是要使大学完全非政治化。相反地，他把大学本身看作是立足根本、着眼长久的政治。在他看来，"现象世界之事为政治，故以造成现世幸福为鹄的；实体世界之事为宗教，故以摆脱现世幸福为作用。而教育者，则立于现象世界，而有事于实体世界者也。故以实体世界之观念为其究竟之大目的，而以现象世界之幸福为其达于实体观念之作用"。"既然在教育界深受政治不良之影响，故有不能不容喙于政治之觉悟，然自身仍从教育进行也"。

在风雨如磐的时代里，要使大学抵制政治的干预是异常艰难的。只有蔡元培这样既懂教育又懂政治、"托政治于学术"（吴稚晖语）的人才能做到审时度势，保全北大。无论是蔡元培的一意辞职，还是他的有条件复职，或是他的拖延回京，其着眼点都不是为了他个人的名位，而是为了打造在政治上相对独立的北京大学乃至整个北京学界。如果政府可以随意撤换北大校长，那它们自然可以干预北大的校内事务，也可以干预其他任何一所高校的内部事务。这正如北京中等以上学校职教员联合会给胡仁源的信中所说的："现在学界公意，认为欲回复教育原状，非各校校长一律复职不可，欲各校校长一律复职，尤非北京大学蔡校长真能复职不可。是蔡校长复职与否，为北京学界全体问题，既非北京大学一校问题，尤非蔡元培个人问题。"

安福系想推出的四位北大校长人选马其昶、胡钧、胡仁源和蒋智由一一落空，这足见以蔡元培为首的北京学界已经隐然成形为较为独立的场域。

更为重要，也更为精彩的是，蔡元培不仅能够抵制政府对校长人选的随意安排，而且还为北大校长之位今后掌握在真正的教育家手中做好了充分的铺垫。我们再回头来研究一下事件的整个过程，可以发现，6月中下旬，胡仁源被"调部办事"，教育部、北京大专校长团、北京各校教职员联合会、学生联合会和北大师生均派代表来杭州请蔡元培回京。蔡元培此时若回京已经稳操胜券，他为什么还不答应立即启程回京复职？是他的架子太大吗，还是他的病真的还没有好？

当然这两者都不是。蔡元培的人格魅力之一就在于他从不摆那些虚饰的"架子"；而有政治权谋或政治智慧者的称病从来不会仅仅为病称病。蔡元培之所以拖延回京，主要是为了向外界推出他看中的未来的校长人选——蒋梦麟。

不须讳言，蒋梦麟是浙江人，是蔡元培在绍兴中西学堂的学生，是汤尔和推荐给蔡元培做其代表的——这些也许会让人以为蒋梦麟的出现只是蔡元培操弄学术派系政治的结果。但如果这样去看问题，那就是把蔡元培的思想高度降到了汤尔和、胡仁源的层次上。

同乡也好，昔日的学生也好，这些只是为蔡元培选人提供了地理的和历史的机缘而已。在我看来，蔡元培真正看重蒋梦麟的是这样三点：

其一，蒋梦麟在美国留学长达九年，师从著名教育家杜威，1917年以关于中国教育原理的研究获得哥伦比亚大学教育学博士。他回国后发起并领导了新教育改革运动，主持在知识界广受欢迎的《新教育》期刊。他这样的经历，称为"真正的教育家"应是当之无愧的。

其二，蒋梦麟对蔡元培的教育理念有很高的认同和较深的理解。蒋梦麟7月23日在北大学生欢迎他的大会上说话得体，并对蔡元培的精神做了三点阐发。素来在日记里不录溢美之词的蔡元培破例将其说法记了下来，可见他对蒋梦麟说法的欣赏。由蒋梦麟来继承蔡元培在北大开创的办学风格，蔡规蒋随，这应该是有保障的。

其三，蒋梦麟办事谨严干练，在这点上甚至强过蔡元培。我们再对比一下蔡元培以往在北大治校的两位主要助手——陈独秀和胡适。陈独秀长于开创思想新风，短于治事，且当时已经离职。胡适"旧学邃密""新知深沉"，思想稳健，热心教育，但他当时作为新文化派和政治自由主义的首领人物屡受旧派和保守派的攻击，且胡适当时处事也不够老道。

蒋梦麟本来是主张在蔡元培不复职的情况下就将北大南移的人。但在蔡元培准备复职后，蒋梦麟作为一个研究教育出身、认同新思想和新教育却又未置身在风口浪尖、待人办事周到老练的人，就被蔡元培视为最好的接班人。

事实最后证明了蔡元培的深远眼光。自1919年至1945年，蒋梦麟在北大工作了二十余年。在蔡元培任校长期间，他长期担任总务长，三度代理校长，1930年冬正式担任北大校长。先后主持校政17年，是北大历届校长中任职时间最长的一位。他为北大在中国教育和学术上所创造的高峰做出了重要的贡献。而蒋梦麟在北大起步的舞台，正是由蔡元培所精心搭建起来的。蔡元培选择在1919年那个斗争的紧要关口推出蒋梦麟是非常有眼光的：因为"代理蒋君到校以后，内之教职员及学生，均表欢迎；外之教育部以正式公牍承认，正可以盘根错节，试其利器"，而校内留任的教授们在此当口"必能蒙其鉴谅，而必能与蒋君和衷共济，以尽力于北大"。

大学自治最重要的一点体现在大学校长由谁来任命、根据什么来任命的问题上。蔡元培凭借着个人的魅力，实际上在相当程度上获得了北大校长的校内推选权，并为北大两代校长的交替做好了铺垫。蔡元培的这次辞职也因此成为成功抵制政治干预大学的范例。

这次辞职事件还促成了蔡元培在争取大学自治的方式上的转折点。辞职之所以成为蔡元培抵抗政治干预大学的重要手段，这主要是因为蔡元培个人极为特殊的社会地位和个人魅力。尽管教育部的大小官员可以对北大指手画脚，尽管政府要员可以为北大的内部事务来质问校长，但蔡元培作为前清翰林、德国留学生、革命元老和民国第一任教育总长，他的这些文化、政治和历史光环使他的大学理念和主张难以被一般的政治人物所撼动。他的辞职本身更会成为还击对大学妄加干涉的政治势力的有力武器。

不过，蔡元培从这四个月的拉锯战中也发现了一个重要的问题：如果把北大甚至整个北京学界的命运系于他一人身上，这实在是很危险的事。为此，蔡元培在治校的后期开始从内外的制度设计上来谋求大学的自治。

蔡元培首先在校内加快推行教授治校。在此次辞职前，蔡元培已经推行了校评议会和系教授会制度，前者是给教授代表和各科学长以校内立法和做出重大决策的权力（如决定学科废立，提出学校预算，制定和审核学校条令，审核教师学衔和学生成绩），后者是由教授来推举系主任、决定教务（如课程设置，选择教科书，考核学生成绩等）。在1919年9月回任北大校长时的演说中，他进一步提出要组织行政会议，使行政事务也采取合议制。

而后蔡元培又在北大设置了教务长和总务长，分管教学和事务，而这二职均以推选的方式在教授中产生。这样一来，谁来当校长，其权力已经被大大削弱，无法任意办事。这样，大学的运转不因校长的人选和去留产生重大影响，也使校长不至于成为众多野心家所争抢的目标。

蔡元培之后进一步企望在外部制度上确保大学的自治。他在1922年的"教育独立议"中提出了一个系统的改革方案，如全国实行法国的大学区制，使各学区的大学来统领教育行政事务；大学校长由大学教授组成的委员会推选，教育部不得干涉大学区和大学内部事务；教育总长一职的任命反而必须得到大学校长组成的高等教育会议承认；各区教育经费从本区抽税充用，等等。

1927年6月，在蔡元培的倡议下，教育部改为大学院，地方上实行大学区制，首先在浙江、江苏两省试行，然后逐渐向全国推广。蔡元培被任命为大学院院长。但大学院所实行的教育改革方案仅仅是蔡元培《教育独立议》设想中的一部分，即大学区制。即使是这个模仿法国的学区制，也很快宣告失败。有学者分析了其中的几个原因：模仿失当，变更太骤；政治不稳，基础未固；留日派的激烈反对；教育独立与党化教育的冲突；经费不足；以及与最初一同倡导大学院制度的老友张静江、李石曾的失和，等等。

其实，这位论者忽略了最重要的一个因素：在党国一统天下的时候，谋求教育独立近乎异想天开。大学院制度得以试行，仅仅是特殊历史时期政治斗争的产物而已。因为1927年正是蒋介石政权与国民党左派控制的武汉政权处于尖锐对立的时候，由于蔡元培等几位元老支持了蒋介石，所以，他们提出的大学院倡议就得到了蒋介石的同意。但这种建立在政治权衡和个人声望的体制实际上是难以持久的。1929年，大学区停办，大学院重新改为教育部，只有中央研究院得以幸存下来。

选自《新教育场域的兴起：1895—1926》，应星著，生活·读书·新知三联书店2017年5月版

评鉴与感悟

我对社会学所知寥寥，对历史社会学更是不懂。但我信任应星先生。最早读到《大河移民上访的故事》就喜欢得不行，没有想到司空见惯的以强凌弱，或者说是弱者抗争，原来也是一种政治，政治和社会，权力和利益，还可以如此分析。后来出的《村庄审判史中的道德与政治：1951—1976年中国西南一个山村的故事》《"气"与抗争政治：当代中国乡村社会稳定问题研究》，也买来读了，仍是读得似懂非懂。我敬佩的还是他的眼光。就像这一篇文章，光谈史料运用，或者说理论创新，好像也不新奇。甚至谈论民国教育，独立知识分子，几近老生常谈。问题是，我们常常忘了人们竟然那样生活过。他的重新讲述，他的选择，就代表了新一代知识分子的操守和立场。

爸爸出差时

/余华

　　我第一次看到埃米尔·库斯图里卡的电影是什么时候？应该是1994年，我的记忆有一个重要依据，就是我儿子出生不久。一位中国的导演借给我一盒录像带，说你应该看看这部来自南斯拉夫的电影。就这样，我在家里看了《爸爸出差时》，没有中文字幕，里面人物的台词我完全听不懂，可是我觉得自己看懂了。过了几年，我在北京街头的地摊上翻找VCD电影时，突然看到有中文字幕的《爸爸出差时》，还有库斯图里卡的另一部电影《地下》。我拿回家重新看了《爸爸出差时》，屏幕下方一行一行出现的中文字幕证实了我几年前的感觉，当时我确实看懂了。

　　我在中国"文革"时期的成长经历让我迅速抵达《爸爸出差时》的社会背景。那时候我背着书包去小学路上最担心的就是看到街上出现打倒我父亲的标语，一天又一天的担心之后，这样的标语终于出现了。当时我和哥哥一起走向学校，看到标语后我畏缩不前，不敢走向已经不远的校门，比我大两岁的哥哥若无其事，他说怕什么。他勇敢地走向学校，可是还没有走到校门口他就转身回来了，走到我跟前说，老子也不上学了。我哥哥确实比我勇敢，他第二天还是照常去上学，我请病假在家里躲了几天，然后提心吊胆去了学校，我不知道同学们会以什么样的方式对待我，当我小心翼翼走进校门，走到操场上时，几个同学奔跑过来，热情地向我喊叫，你病好啦。那一刻我被解放了，压抑已久的恐惧和不安瞬间消散，我奔跑过去，跑到同学们中间，加入到应得的生活之中。

我父亲很幸运，没有被关押，他被发配到了农村。就像《爸爸出差时》孩子跟着母亲去父亲那里，我和哥哥也去了乡下看望父亲，不同的是我们没有坐火车，也不是母亲带我们去。她不能离开工作，请一位同事带我们坐上轮船去了乡下。那是在中国南方河流里行驶的轮船，大概有五六十个座位，前行的速度很慢，只是比岸上行走的人稍快一些而已。我记得自己不时走上船头，迎着风吹，惊讶地看着轮船划出的波浪，还有远处广阔的田野。那位阿姨担心我会掉进河里，把我抱回船舱，趁她不注意时，我又会走上船头，接着又被她抱了回来。

我在看没有中文字幕和有中文字幕的《爸爸出差时》时，也在看一部有关自己往事的纪录片。所以我要说，一部伟大的电影后面存在着千万部电影，不同的观众带着不同的人生经历和生活感受去与这部电影接触碰撞，发出共鸣之声。这样的共鸣之声或多或少，有时候是一两句台词，有时候是一两场戏，有时候甚至是整个故事。这共鸣之声也是引诱之声，引诱观众置身电影之中，将自己的人生加入到别人的人生里，观众会感到自己的人生豁然开朗，因为这时候别人的人生也加入到自己的人生里了。所以一部伟大的电影会让观众在各自的记忆和情感里诞生出另外一部电影，虽然这部电影是残缺不全的，有时候可能只是几个画面和几句台词，但是足够了。

我的意思是每个人在自己的现实世界之外，都拥有一个虚构世界，很多的情感、欲望和想象存放在那里，期待被叫醒，电影、文学、音乐、美术，所有形式的艺术如同叫醒闹钟，让人们虚构世界里的情感、欲望和想象获得起床出门的机会。然后虚构世界开始修改现实世界，现实世界也开始修改虚构世界，这样的相互修改之后，人生不知不觉丰满宽广起来，并且存储在记忆之中。当然记忆会有误差，误差是在相互修改过程中出现的，也是在时代差异、文化差异、人的差异等差异之中出现的。

举个例子，一位中国的文学博士想见我，请他的导师联系上了我，我们在一家街边的茶馆见面了，他提出来做一个简短的访谈，我说可以。访谈的时候，有一个话题是关于作家写作时如何把握叙述分寸，我提到了纳博科夫的《洛丽塔》，我说亨伯特为了得到洛丽塔采用的伎俩是和洛丽塔的母亲结婚，亨伯特一直想着洛丽塔的母亲怎样死去。我觉得纳博科夫也一直在想如何让这位母亲死去，如果她不死的话，亨伯特无法得到洛丽塔，纳博科夫也无法写下去。所以她在小说里死了，一个简单的细节让她死了。她读到了亨伯特狂热色情的日记，才知道亨伯特的目标不是她，是她女儿洛丽塔，她情绪失控夺门而出，冲到街上时被一辆卡车撞死了。这样的处理似乎是一些平庸电视剧和平庸小说里的处理，不应该是纳博科夫这种级别作家写出来的，但是没有问题，纳博科夫毕竟是纳博科夫，他在此前的叙述里做了不少铺垫，让亨伯特在想象里一次次弄死洛丽塔的母亲，比如一起游泳时如何潜水过去拉住她的双腿，把她拉进水里淹死，造成她游泳时不慎溺亡的假象。纳博科夫应该觉得这样还不够，在车祸之后又让那个卡车司机带着一块小黑板来到家里，一边用粉笔画车祸现场图，一边向亨伯特解释不是他的责任。我告诉这位文学博士，这个车祸之后的小黑板的细节尤其重要，让这个车祸之死处理变得与众不同了。

这位文学博士回去把访谈录音整理出来发给我，同时在邮件里告诉我，他查了小说《洛丽塔》，那个卡车司机不是带着一块小黑板来到亨伯特面前，而是带了自制事故图。这位文学博士觉得我记忆误差里的小黑板比自制事故图更有意思，他想在访谈里保留小黑板。我同意他的意思，如果从中国读者的角度来看，小黑板确实比自制事故图更有意思，可是对于英美读者来说也许自制事故图更有意思。我给这位文学博士回信，说我们还是应该尊重纳博科夫的原作，把访谈里的小黑板改回自制事故图。

生活是那么的强大，它时常在悲伤里剪辑出欢乐来。这就是我为什么喜爱《爸爸出差时》，因为库斯图里卡剪辑出了生活里最为强大的部分，然后以平凡的面貌呈现出来。我记得有两场戏，一场戏是梅沙和妻子激烈吵架，似乎家庭就要破裂了，如果我没有记错，库斯图里卡给大儿子一个流泪的特写，极其感人的特写，接下去的一场戏是一家人并排坐在床上快乐唱歌，坐在中间的梅沙拉着手风琴。我在没有中文字幕的版本里看到这连接的两场戏时深受触动，后来在有中文字幕的版本看到时再次深受触动。我一直在想，只有对生活有着非凡洞察力的导演，才能让生活呈现出非凡的表现力。还有一场戏，妻子带着儿子坐火车前去监狱看望丈夫梅沙，晚上入睡之时，给经常梦游的小儿子马力克脚上系上绳子，绳子另一头挂着一只铃，这样马力克一下床他们就能听到铃声。夫妻久别重逢，欲火燃烧，用中国的话说是干柴遇上烈火，梅沙把水龙头打开，让水声来掩盖他们接下去做爱的声响，可是他们刚刚进入热身阶段，马力克就来捣乱了，动动脚让铃声响起来，他们只好起身去看看儿子，当妻子终于让马力克入睡，回来时看到丈夫梅沙已经睡着了，好比干柴看到烈火睡着了。库斯图里卡没有在电影里着力表现梅沙在监狱里繁重的体力劳动和来自精神的压力，他的睡着已经说明了这一切。当然这场戏所表现出来的远不止这个，我意识到用文字复述库斯图里卡的电影是多么无趣的工作，我硬着头皮讲述是为了接下来说一下我所理解的"生活的强大"。生活的强大是如何在艺术作品中表现出来的？不是庞然大物招摇过市，而是在微小之处脱颖而出。

我有机会说说另一个记忆误差的例子了。马尔克斯的《霍乱时期的爱情》，这本书20世纪80年代就翻译成中文出版，当时中国还没有加入伯尔尼版权公约，所以是一本没有版权的出版物，后来没再重印。2012年终于正式出版，出版商邀请我参加这部小说的读者见面会，我根据二十多年前的阅读记忆，向中国年轻一代读者讲述这部小说里的一个细节。

我说马尔克斯用沉着冷静的笔调描写了阿里萨和达萨年轻时期的爱情，读者阅读的时候却是热血沸腾，两个年轻人爱到宁愿死去也不愿意分开，可是小说开始我们就知道他们的爱情中途夭折，他们是怎么分开的？达萨的父亲威胁阿里萨要杀了他，阿里萨却骄傲地说没有比为爱情而死更光荣的事，父亲只好带着达萨远走他乡，可是仍然阻止不了他们之间联系，这位父亲用电报把行程告诉了亲戚，行程泄露了出去，作为电报员的阿里萨把各地的电报员联络到一起，于是一份份爱情的电报来到两个年轻人手上。差不多三年时间，父亲觉得达萨已经忘记阿里萨了，决定回家。马尔克斯的描写将他们的爱情推向了巨大的高潮，当读者觉得不可能分开时，马尔克斯用微小的方式将他们分开了。回家的达萨和女仆去市场采购，阿里萨看见了她，尾随其后，马尔克斯用几页纸来描写这个激动人心的时刻。当市场里的男人们用色眯眯的眼睛盯着美丽的达萨时，阿里萨因此脸部扭曲了，这时达萨刚好回头看见了阿里萨的可怕表情，心想天哪，三年来日夜思念的竟然是这样一个男人。马尔克斯这么轻轻一笔就推翻了强大的爱情。

我说完以后，一个同样应邀参加读者见面会的西班牙语文学专家，我的一个老朋友，他熟悉马尔克斯的作品，笑着对我说，你说的这个细节是你的《霍乱时期的爱情》，不是马尔克斯的《霍乱时期的爱情》。

确实如此，正确的应该是达萨走进了"代笔人门廊"，那是一个充斥着淫秽明信片、春药和避孕套的藏污纳垢的地方，这不是体面小姐该去的地方，达萨不知道这些，她是为了躲避中午的烈日走了进去，阿里萨紧随其后，她兴高采烈走在门廊里，买了这个又买了那个，她听到了阿里萨的声音，阿里萨说这不是你这样的女神该来的地方。达萨回头看到阿里萨冰冷的眼睛、紫青的脸色和僵硬的双唇，这是被爱情震撼之后的恐惧表情，达萨却因此掉入了失望的深渊，那一刻她突然感到此前铭心刻骨般的爱只是对自己撒了一个弥天大谎。当阿里萨笑了笑想和她走在一起时，她阻止了他，说忘了吧。

我的记忆总是出现误差，没有关系，就如我在前面所说的，一部伟大的作品后面存在着千万部作品，这千万部作品就是由各自不同的误差生产出来的。我在这里讲述《爸爸出差时》也同样如此，我有近二十年没再看过这部电影，录像带版早就还给了那位中国导演，VCD版已经没有机器可以播放，可是我还想再说说《爸爸出差时》。

我十分迷恋胖乎乎的马力克的梦游情景，我觉得这孩子走在神行走的路上，那条狗的突然入画可谓神来之笔。艺术家经常会为神来之笔倍感骄傲，觉得自己有多么了不起，当然他们有理由骄傲，但是我更愿意相信这是一种恩赐，是对才华和辛勤创作的恩赐。

亲爱的库斯图里卡，请你不要告诉我这条狗是你拍摄前让道具组找来的，即使你这么说，我仍然认为这条狗是意外入画，因为我现在所说的不是二十多年前那位中国导演从欧洲某个城市带到北京的《爸爸出差时》，这是我用近二十年的记忆存储之后从北京带到贝尔格莱德的《爸爸出差时》。

选自《十月》2017年第5期

那些天我在乡下扶贫，白天和工作队员找人签字按手印，晚上住在一所偏远的乡村小学。不知怎么就读到了余华的这篇文章。后来，我躺在操场上，就着时断时续的无线信号，看完了《爸爸出差时》。一场电影，看哭了好几回。黑夜里村落寂静，满天繁星，世界仿佛亘古如斯，仍是没有回过神，人竟然遭遇过那样的命运。

批判与宽容

——阿伦特与胡适漫谈

/李大兴

一

在今天回想阿伦特"平庸之恶",令人别有一番感慨。不过似乎大多数人根本就不清楚什么是"平庸之恶",他们有不少倒是知道阿伦特与海德格尔的师生恋。八卦永远比严肃话题更吸引人,这也恰好折射出人性的平庸一面。

"平庸之恶"的原文是"banalityof evil",如果直译应该是"恶之平庸"。阿伦特之所以提出这个概念,本来就是针对恶是极端的、恶人是罕见的这样一种根深蒂固的看法做一个矫正。

1961年,德国纳粹战犯、犹太人大屠杀执行负责人阿道尔夫·艾希曼在耶路撒冷受审,阿伦特为《纽约客》写报道,全程旁听审判,两年后写出了著名的《艾希曼在耶路撒冷——关于平庸之恶的报告》。在这本书里,艾希曼是一个品行端正、遵守纪律、教育良好到能够应用康德的人,他犯下灭绝人性的罪行的一个重要原因,是他一直认为自己是忠于职责,坚决遵守命令,严肃认真执行。阿伦特由此分析指出,为恶完全可以是普遍常见的行为。普通人只要放弃自己的判断力,接受大众观点,从众作为或者不作为,都有可能为恶。

阿伦特不认为自己是哲学家,"平庸之恶"的概念也确实不是一个严密的哲学甚至伦理学概念,而是出于对人性的直观洞察。半个世纪之后,其筚路蓝缕之功大概已经没有人能够否认，虽然仍有争议。

换一个角度讲，阿伦特虽然提出了问题，却无力解决，除了反复强调思考的重要性。然而思考本身对于绝大多数人来说是一种奢侈，平庸与盲从更具有普遍性，她所说的"平庸之恶"，毋宁说是植于人性之中。

阿伦特是极权研究的开拓者之一，如果了解她的历史观，或许有助于了解她后来何以提出"平庸之恶"。在阿伦特看来，经过19世纪欧洲民族国家（nation-state）和帝国主义之后，极权的兴起在当代任何地方都是一种可能性，德国和俄国刚好成为范例而已。

我在青年时代曾经读过弗洛姆的《逃避自由》，当时印象深刻，如今记不大清了。大抵人们为了利益、为了希望、为了现在与未来的光明确定性，是不惜放弃自由的。阿伦特的角度没有弗洛姆的自由论那样恢宏，却更直观易懂，并不涉及消极自由与积极自由的界定和评价。

那天和朋友聊天，说到如果能从常识出发就已经不易。然而在信息日益驳杂的当下，人们正在失去关于常识的共识。对人性中理性的一面盲目乐观，是我们常见的潜意识倾向，尤其对于有着笃信"人之初，性本善"基因的人群。懒于思考、随大流、依附人群的渴望都是再普遍与真实不过的。人是很容易放弃自己的判断去追随别人的，平庸与盲从在生活中常见、在历史上也是屡见不鲜，而且会一直存在。

阿伦特认为艾希曼并不是一个恶魔，而是一个普通人、一个平庸的官员、一个命令的执行者。在她看来，艾希曼的罪行不是在反犹太的层面上，而是反人类的。她所关注的是，平庸的人为什么会在那样的时代犯下如此罪行？她指出令人悲哀的真实是，绝大多数为恶者并不清楚自己是向善还是为恶。另一方面，身为犹太人的阿伦特对于以色列审判中控诉复仇的一面心怀警惕。她对以色列情报机构在阿根廷秘密绑架艾希曼，无视其主权押回以色列审判的正当性表示怀疑。她进一步指出，纳粹治下犹太人居住区管委会对于同胞被屠杀也是有责任的。

《艾希曼在耶路撒冷》出版后，阿伦特受到了犹太人的强烈批评，她甚至被认为是犹太叛徒。其实阿伦特的立场是一以贯之的，她确实不是从犹太人，而是从知识分子反思分析的角度回望过去。

极具讽刺性的一点是，被贴上"同情纳粹"标签的阿伦特在其代表作

《极权主义的起源》里，上溯19世纪欧洲反犹太主义，论述从大陆帝国主义向极权国家转变过程中种族主义的发生，在第三帝国形成过程中所起到的制造敌人、通过张力的强化凝聚向心力的功用。她在20世纪思想史上的重要性，自然是那些攻击者一无所知或者根本不想知道的。

二

28年前的夏天，我在芝加哥大学一个朋友家小住，忽发高热。三伏天下午，摄氏33度气温，在没有空调的房间里，盖上两床棉被卧床。朋友带了客人回来，我无力起身，连话都懒得说，就一直听他们聊天。客人一直在讲海德格尔，听着听着我不知不觉坐起来披着一床棉被听。穿着短袖的客人讲到精彩处，两眼闪光、额头渗出汗珠。这位客人就是王庆节学长，他和另一位著名学者陈嘉映都是海德格尔的中国弟子熊伟先生的研究生，也是我们这一代研究海德格尔最出色的两位学者，译有《存在与时间》《形而上学导论》等海德格尔的主要著作。那一天他讲了些什么我一点也不记得了，但是海德格尔在我心中一直是20世纪最伟大的几位哲学家之一。虽然我怀疑自己关于海德格尔的知识，顶多也就是不会把他和中国的老子联系得太紧密，或者去胡乱比较而已。

伟大的哲学家并不见得是道德楷模，这和文品不等于人品是一个意思，本应是常识。不过，一方面喜欢用道德标准去衡量，另一方面关注不道德的八卦，是大众常见的倾向。海德格尔有过多位情人，当然阿伦特是其中最著名者。海德格尔最为人诟病的，是他参加纳粹那一段历史，战后他也因此受到惩罚。在他落魄的时候，阿伦特伸出援手，为昔日的老师与情人奔走。

这一段故事日后被传为阿伦特深情的佳话，然而在我看来，这同时反映了阿伦特的自由判断与特立独行。她既可以不仅不讳言，而且谴责纳粹统治下犹太领导人与纳粹的合作，也可以为了海德格尔的哲学成就而呼吁宽恕他对第三帝国的拥护。

阿伦特这样的知识分子是不从属于任何人群的，而且不惮于批评那些人们以为她应该去维护的人。另一方面，她拒绝妖魔化她反对的人，也不因为一方面的谬误而忘记其他方面的光芒。

如此的行为方式，在极端化、营垒分明的事件或者时期，大抵是两头不讨好的。尤其是那些认定她应该是同一阵营的人，往往以为她立场软弱、站边不明确甚至站错队。

就像未必有多少人读懂她的书一样，不是很多人能够看到阿伦特审视问题更多是从历史与思想的角度，而不是现实与现象的角度。在阿伦特看来，20世纪极权主义的出现并非出于偶然，而是民族国家、政党政治与帝国主义衰落之下的一种选择。它的兴起需要大众的支持，一旦成功后为了维持大众的追随，把权力浸透到社会生活的所有方面，通过意识形态的强制掌控思想。

1941年，在美国驻马赛副领事宾汉姆的帮助下，阿伦特得以从法国维希政府的难民营逃到美国。宾汉姆曾经安排两千多犹太难民前往美国，他在世时很少提起，过着平凡的生活，死后有关记录才被发现，赢得世界范围的尊敬。

三

阿伦特抵达美国的那一年，胡适先生正在驻美大使任上。从卢沟桥事变发生以后，他一直是确保美国支持中国抗战的关键人物之一。这年七月，他在密西根大学发表了一篇颇为著名的讲演，所论与阿伦特颇有契合："民主主义的生活方式，根本上是个人主义的。由历史观点看来，它肇始于'不从国教'，这初步的宗教个人主义，引起了最初的自由观点。保卫宗教自由的人们，宁愿牺牲自己的生命财产，而反抗压迫干涉的斗争。个人按照自己的意思敬奉上帝，乃是近代民主精神在制度在历史上的发端……民主文明，也就是由一般爱好自由的个人主义者所手创的。这些人重视自由，胜过他们的日用饮食，酷爱真理，宁愿牺牲他们的性命。我们称之为'民主'的政治制度，也不过就是这般具有'不从国教'的自由精神的人们，为了保卫自由，所建立的一种政治的防御物而已。"

今天2月24日是胡适先生去世忌日，55年前他倒在讲台上溘然长逝。直到生命清醒的最后一刻，他讲的题目仍然是言说的自由。从50年代开始的近30年里，胡适先生一直被描述成一个反面人物、反动分子，以至于时至今日还有不少人对他持负面看法，虽然他们多半既不清楚他的生平，也不了解他的著作与思想。与阿伦特相似，胡适先生也是两头不讨好的。他去世后，蒋介石送了一副挽联："适之先生千古。新文化中旧道德的楷模，旧伦理中新思想的师表。"然而他在日记里写道："胡适之死，革命事业与民族复兴的建国思想言，乃除了障碍也。"（1962年3月3日）

令人欣慰的是，半个多世纪后，至少在学术界没有人否认，胡适先生对于20世纪的中国文化有几乎无处不在的巨大影响。无论是文学、历史、思想、学术，在许多领域没有胡适先生的20世纪是不可想象的。

我孤陋寡闻，不知道蒋介石的这副挽联究竟是亲撰，还是身边文胆代拟，不过其内容大约相当反映同时代人对他的评价吧。胡适先生生前身后，几乎被所有认识他的人尊重，包括许多他的敌人。这在动荡的20世纪中国，极少有人能够达到。然而，评价他为"旧道德的楷模"又是一个很讽刺的事。胡适先生就是因为"打倒孔家店"的激进，二十多岁"暴得大名"，成为新文化运动的领导者。他对传统的批判态度是一以贯之的，出于对"我们的固有文化"痛心疾首，他甚至说出过"中国不亡，是无天理"这样愤激而且极易引起误解的话。

不过胡适先生之所以被视为楷模也是其来有自，他固然从不以道德标榜也不以此批判他人，但从二十五岁任北大教授到去世的45年间，坚持身为公众人物的独立性与自律、守护不同思想者的权利，无论怎样天翻地覆，始终不变。这一份定力，自然不仅因为是"不可救药的乐观主义者"，事实上他的"乐观主义"和他的批评精神一样，来源于他思想的坚韧。胡适先生是新文化一代潮流的开创者，却不为潮流束裹，而不忘知识分子的本分是"多研究些问题"。他最致力于以新的方法整理国故，所以虽然胡适先生的著作不曾发生阿伦特那样的影响，但是他在二十世纪中国思想学术史上屡开风气，引领群伦。

胡适先生的文笔在民国知识分子里并不突出，文字多是平淡的白话文。文学不是他的擅长，他有过一部《尝试集》，实在是相当失败的诗作尝试。在注重文采的国度，没有太多人读胡适也是一件正常的事情。

我读胡适先生原著，是很晚的事情，却是因为直到我去国的80年代初，他的著作几乎绝迹。我倒是早就听说胡适先生的了不起。父亲主编《中华民国史》，他当然明白胡适的重要性。1972年民国史编写组成立，他请耿云志先生做民国时的思想文化研究。耿先生1976年写了《胡适小传》，1979年为纪念"五四"运动60周年，在《历史研究》发表了关于胡适先生的文章，这是在批判了胡适多年后第一次有限度的肯定，当时引起很大反响。

90年代初，我在芝加哥郊区找到一份工作，开始了早九晚五的生活，有了人到中年的感觉。有时会觉得，那是一桶冰水从头顶浇下的感觉。下班以后，我保持读书、听音乐和偶尔看电影的习惯。那时候中文书不多见，最近的一处是二十多英里外一家小型中文图书馆。里面书不多，有近一半是武侠小说。文史类图书里，最像样的就是胡适先生的集子了。

这也是一段机缘吧，让我在心如止水时读到胡适先生。如果是在内心激烈固执的青年时代，多半是沉不下心去读的。胡适先生晚年有一篇很有名的文章《容忍与自由》，引用乃师布尔的话"容忍比自由更重要"，这句话如今广为人知。不过，当时令我有醍醐灌顶之感的却是："人们往往都相信他们的想法是不会错的，他们的思想是不会错的，他们的信仰也是不会错的，这是一切不容忍的本源。"

在胡适先生那里，容忍或者说宽容是一种思维方式，其起点是他终生秉持的怀疑批评自省的精神，更是基于对于独断的思想、排他的信仰保有清醒的认识。知识是有不确定性的，真理是有边界的，仅仅出于信仰的判断是值得怀疑的。

阿伦特的著作我读得很少，不知道她是否曾经论及宽容。不过她的"平庸之恶"已经在尖锐拷问人性的同时，显示出洞察力与宽容。阿伦特对海德格尔的态度，如果仅仅归因于私人感情，未免低估了她。我更倾向于认为，那是出于对不同思想的珍惜。

对于胡适与阿伦特，批评与宽容仿佛硬币的两面，恰恰因为批评的真诚与求实，才有了宽容的理解。在我看来，这是他们最难得的，也是最不被理解的地方。他们在世时如此，身后又如何呢？

四

网上看到一张阿伦特年轻时的照片，眼睛智慧而忧伤，不知道她看着身后的21世纪，会有怎样的感想？

在美国生活近三十年，深深体会到美国人大多对本国体制深信不疑，对美国之外的世界缺少关注。我们小时候受的教育是相信群众，美国人更多是相信制度。经常可以听到在美国的华人把二者结合，"相信人民、相信制度"听上去铿锵有力。人一旦无条件地相信什么，就有了信仰，相信基督、相信菩萨都是如此。不过宗教本是非尘世的，也是人的精神需求与灵魂安放的所在。而相信尘世中的人群或者建制，第一不可靠，因为世事变动不居；第二逻辑上难以自洽，倒暗合阿伦特所批判的对思考与独立判断的放弃。

如果说20世纪见证了极权的兴起与衰落，这个世纪似乎正在又一次见证民粹的兴起。所谓民粹，基本特征之一就是用美好的诺言动员群众，取得多数或者自称取得多数的支持。历史上的民粹运动领袖，无一不是以反建制为旗帜。他们大多是以强力挟裹、少数通过民选登场。他们上台以后，以破坏乃至摧毁现存建制为己任。他们的目的，在于未来愿景包装后面的权力扩张。他们的终点，在于建立强人统治，虽然也可能是昙花一现。

以前时不时听到"二十世纪是美国的世纪"，学历史的人有时也会读到一种感叹："美国是世界史的例外"。21世纪过去还不到六分之一，这两种说法似乎已经很可疑，从内到外，美国渐渐显出颓势。正是在这样的背景下，特朗普应运而生，带领一个有着极右保守倾向的民粹运动走进白宫。

如果了解历史，则不难发现太阳底下无新事。就连特朗普每天发推特语录这一件事，在我也是似曾相识，所谓"新"只不过在于使用推特这个新技术而已。另一方面，历史其实不会重复，以古鉴今类似分析股票以前的走向去预测未来的表现，多半错的离谱。

历史不提供对未来的观想，甚至也谈不上从中吸取教训。所谓历史学，是过往之事脉络因果的追寻。用维特根斯坦式的语言来说，它说出那些可说的，也止步于那些不可说的。

大抵民粹的成功、魅力型领袖的出现，都是在原有的官僚体系统治力下降、人心浮动之际。此时社会经济本身未必有严重的危机，倒是民粹的结果往往带来巨大的变动与冲击。魏玛共和国的失坠，自然有多重的原因，不能仅仅归因于半总统半议会制的缺陷。由此而来的所谓制度完善就足以防止的观点，只是一种假设。同样所谓社会更加开放、教育日益普及、信息越发通畅，这个世界就会更多和平与理性的想法，听上去也很一厢情愿。用良好愿望替代思考，是人们常犯的一种错误。

在过去的一段岁月里，开放社会在某个意义上因为开放而弱化，教育未必能够增加人的理性，网络与社交媒体的发达不仅削弱了传统媒体的公信力，而且直接为民粹运动的兴起提供便利。人们很容易把物质成就与技术发展等同于历史的进步，然而历史并不像手机那样更新换代。虽然时光流逝，面临的问题往往是相似的。

整整一百年前胡适先生在《新青年》上发表了《文学改良刍议》，这篇文章原本是他写给自己主编的《留学生季报》用的文章，一稿两投了《新青年》，意外成名。

这篇文章如今读来，似乎无甚高论，这位先贤此后的人生，如果从他追求的理想来看，堪称坎坷，抱憾而终。然而他毕竟留下了令我们感佩的一种精神，在面对错综变幻的世界时，淡定宽容，常怀省思与希望。

选自《经济观察报》2017年3月6日

评鉴与感悟 —— 从阿伦特对"平庸之恶"的批判，谈到胡适宽容。批判的真诚与求实是建设的一种，也因此才有了对宽容的同情和理解。有了先贤留给我们的精神遗产，面对这个世界，或许能多一分清醒，多一分从容。

《故乡》里的流氓性与奴隶性

/毕飞宇

　　《故乡》的故事极其简单，"我"回老家搬家，或者说，回老家变卖家产。就这么一点破事，几乎就构不成故事。《故乡》这篇小说到底好在哪里呢？小说的人物写得好，一个是闰土，一个是杨二嫂。杨二嫂这个人物其实是由两个半圆构成的，也就是两个层面，一半在叙事层面，一半在辅助层面，也就是钩沉。通过两个半圆来完成一个短篇，是短篇小说最为常用的一种手法。双层面的小说都要比单层面的小说厚实一些，两个层面之间可以相互照应。

　　一般说来，中篇小说和长篇小说都有一件大事情要做，那就是小说人物的性格发育。短篇小说由于篇幅的缘故，是不允许的。短篇小说、中篇小说、长篇小说是三个完全不同的体制，不是小说的长短问题。大家都有一个共识，短篇小说不好写。所谓"不好写"恰恰来自小说的人物。短篇小说需要鲜活的人物性格，又给不了性格发育的篇幅，这就很矛盾了。短篇小说一旦超过了一万字，几乎就没法看了，说明我们的能力达不到。我们的眼睛看不到短篇小说"在哪里"，即使看到了，手上的能力也需要跟上。短篇小说真真正正的是手上的才华，必须要有一手。

　　鲁迅厉害，在辅助层面，也就是人物的"前史"，给杨二嫂起了一个绰号："豆腐西施"。"西施"本来是一个非常好的名字，但"豆腐西施"味道变得非常糟糕，有了反讽的意味，附带着刻画了杨二嫂——在很年轻的时候就"不是他娘的正调"。这为叙事层面打下了一个很好的基础。到了叙事层面，杨二嫂已经是一个五十开外的女人，我们看到的是小市民的恶俗，刁蛮、造谣、自私、贪婪，她的贪婪主要体现在算计上。因为算计，另一个绰号自然而然地就来了：是一个精准的计算工具，"圆规"。"豆腐西施"和"圆规"这两个绰号不止是有趣，还有它内在的逻辑性，其实是发展的，不要小看了这个发展，其实替代了短篇小说所欠缺的性格发育。

这个线性非常珍贵。这个线性是鲁迅所鞭挞的国民性之一：流氓性。在鲁迅那里，流氓性是一个非常重要的概念。鲁迅一生都在批判劣根性，这是他对国民性的一种总结。这个劣根可以分为两个部分，强的部分和弱的部分。强的部分就是鲁迅所憎恨的流氓性，弱的部分则是鲁迅所憎恨的奴隶性。最令鲁迅痛心的是，这两个部分不只是体现在两种不同的人身上，在更多的时候，它体现在同一个人的身上。这个总结是鲁迅思想重要的组成部分，也是鲁迅所做出的伟大贡献。必须叹服鲁迅的深刻，流氓性通常伴随着奴性，奴性通常伴随着流氓性。

"圆规"这个词属于科学。当民主与科学成为两面大旗的时候，科学术语出现在"五四"时期的小说里头不足为怪。但鲁迅把"圆规"这个词用在了杨二嫂身上的刹那，杨二嫂这个小说人物闪闪发光了。

首先我们来看杨二嫂是谁？一个裹脚的女人。裹脚女人与圆规之间多么形似！我们再看杨二嫂是谁？一个工于心计的女流氓，她的特点就是算计，这一来杨二嫂和圆规之间就有了"某种"神似。如果再看一遍——杨二嫂到底是谁？她的算计原来不是科学意义上的、对物理世界的"运算"，而是人文意义上的、对他人的"暗算"。这一来，"圆规"这个词和科学、文明就完全不沾边了，成了另一种意义上的愚昧与邪恶。杨二嫂和"圆规"之间哪里有什么神似？一点都没有。这就是反讽的力量。一种强大的爆发力。可以这样说，"圆规"这个词就是捆在杨二嫂身上的定时炸弹，读者一看到就会爆。《故乡》写于1921年的1月，小一百年了。那时候，"圆规"可不是现代汉语里的常用词，在"之乎者也"的旁边，它是高大上。就是这么高大上的一个词，最终却落在了那样的一个女人身上。如果我们能够用"历史的眼光"去阅读经典，所获得的审美乐趣要宽阔得多。

"我吃了一惊，赶忙抬起头，却见一个凸颧骨，薄嘴唇，五十岁上下的女人站在我面前，两手搭在髀间，没有系裙，张着两脚，正像一个画图仪器里细脚伶仃的圆规。"鲁迅的小说能力就是这样强。这一段文字里，作者先写自己，把自己的动态交代得清清楚楚，这个相当关键。这一来，作者的书写角度就确定了，保证了对杨二嫂的描写不再是客观描写，而成了"我"的主观感受。换句话说，"圆规"这个词并不属于杨二嫂，只属于"我"——你去喊杨二嫂"圆规"，她不会答应你的，她不知道"圆规"是什么。就是这么一个角度的转换，"圆规"，这个不兼容的语词即刻就兼容了，一点痕迹都没有。鲁迅和曹雪芹，可以让我们学习一辈子。

《故乡》写闰土和写杨二嫂的笔法其实是一样的，也是两个半圆，一个属于叙事层面，一个属于辅助层面。但区别非常大。写女流氓杨二嫂，无论在叙事层面还是辅助层面，鲁迅是一以贯之的，也就是"冷眼"。鲁迅写闰土却是抒情的和诗意的。这一点在鲁迅的小说里极其罕见。但是，这一点尤其重要。鲁迅为什么那么不克制？写闰土为什么要那么抒情？那么诗意？

在《故乡》里头，呈现流氓性的当然是圆规，而呈现奴性的呢？自然是闰土。写杨二嫂，鲁迅是顺着写的，一切都符合逻辑。写闰土呢？鲁迅却是反着写的。在辅助层面，鲁迅着力描绘了一个东西，那就是少年的"我"和少年的"闰土"之间的关系。人与人的自然性。它太美好了。在这里，鲁迅的笔调是抒情的，诗意的，这些文字就像泰坦尼克号，在海洋里任意驰骋。在"我"和"闰土"自然性的关系里头，"我"是弱势的，而"闰土"则要强势得多，这一点千万不能忽略。

但是，刚刚来到叙事层面，鲁迅刚刚完成了对闰土的外貌描写，戏剧性即刻就出现了，几乎没有过渡，"他（闰土）站住了，脸上现出欢喜和凄凉的神情；动着嘴唇，却没有作声。他的态度终于恭敬起来了，分明的叫道：老爷！"

人与人的自然性戛然而止。一声"老爷"，是阶级性。它就是海洋里的冰山，它挡在泰坦尼克号的面前。泰坦尼克号，也就是鲁迅的抒情与诗意，一头就冲着冰山撞上去了，什么都没能挡住。弱势的"我"成了"老爷"，而强势的"闰土"到底做上了奴才。鲁迅在这些细微的地方做得格外好，大作家的大思想都是从细微处体现出来的，而不是相反。

鲁迅为什么一反常态，要抒情？要诗意？他的用意一目了然了。在这里，所有的抒情和所有的诗意都在为小说的内部积蓄能量，在提速，就是为了撞击"老爷"那座冰山。这个撞击太悲伤了，太寒冷了，是文明的大灾难和大事故。在这里，我有六点需要补充：

第一，奴性不是天然的，是奴役的一个结果。从闰土的身上可以清晰地看到这一点。但是，杨二嫂是顺着写的，一切都非常符合逻辑。闰土呢？在他的天然性和奴性之间却没有过渡，存在着一个巨大的黑洞。这个黑洞里全部的内容，就是闰土如何被奴役、被异化的——鲁迅为什么反而没有写？它其实是不需要写的。因为每个人都知道黑洞里的内容。小说家鲁迅的价值并不在于他说出了人人都不知道的东西，而是说出了大家都知道、但谁也不肯说的东西！这句话怎么说呢？这就是小说的修辞问题了，就存在一个写法的问题了。在《故乡》里头，鲁迅选择的是抒情与诗意。这也是必然的，小说一旦失去了对闰土自然性的描绘，鲁迅就无法体现"奴性是奴役的结果"这个基本的思想。

伏尔泰在总结启蒙运动的时候说过极为重要的一句话：什么是启蒙？就是"勇敢地使用你的理性"。使用理性为什么要"勇敢地"？我从鲁迅那里多少知道了一些。使用理性从来都不是一件容易的事情。理性能力强不强其实不重要，重要的是，我有没有"勇敢地"去使用我的理性。

第二，在闰土叫"我"老爷的过程中，什么都没有发生。也就是说，在闰土身上所发生的一切，都是非胁迫性的，它发自闰土的内心，是闰土内心的自我需求。在小说的进程里，这座冰山本来并不存在，但是，刹那间，闰土就把那座冰山从他的内心搬进了现实，闰土搬运的速度之快甚至是迅雷不及掩耳，"我"都来不及左转舵或右转舵。那是闰土的本能，那是一个奴才的本能。

我喜欢"心慈手狠"的作家，鲁迅就是这样。因为嗅觉好，更因为耐力好、韧性足，鲁迅追踪的能力特别强，他会贴着你，盯住你，跑到你跑不动为止。然后，不是用标枪，而是掏出他的"匕首"——这才是鲁迅。许多人受不了鲁迅，乃至痛恨鲁迅，不是没有道理的。鲁迅也有他的老师，那就是陀思妥耶夫斯基。他们都有一个特点，不给你留有任何余地。

鲁迅到底安排"我"母亲出现了。"我"母亲告诉闰土，"不要这样客气""还是照旧（自然关系）"，闰土是怎么做的？闰土在第一时间做了自我检讨。闰土说，"那时是孩子，不懂事"这才是闰土内心的真实。不能说"闰土们"的内心没有理性，有的。这个理性就是奴性需求。在这个地方有两点很有意思：一是我们来看看奴性需求的表述方式：自我检讨；二是自我检讨的内容或者说智慧："过去不懂事"。无论鲁迅对闰土抱有怎样的同情，他都不会给闰土留下哪怕一丁点余地的。这个作家就是这样，喜欢揭老底，不管你疼还是不疼。读者喜不喜欢这样的风格？这个我不好说。我只能告诉大家，鲁迅是把这种小说风格发挥到极端的一个小说家。

什么是"懂事"？答案很清晰，"懂事"就是喊"老爷"，就是选择做奴才。在鲁迅的眼里，奴役的文化最为黑暗的地方就在这里：它不只是让你做奴才，还让你心甘情愿地、自觉地选择做奴才，就像鲁迅描写闰土的表情时所说的那样：又"欢喜"又"凄凉"。这是两颗子弹，个个都是十环，是神来之笔。这两个词就是奴才的两只瞳孔：欢喜、凄凉。

第三，"五四"那一代知识分子，或者说作家，有两个基本的命题，反帝、反封建。这个所有人都知道，也没有任何疑问。不过，在大部分作家的眼里，反帝是第一位的，是政治诉求的出发点，民族存亡毕竟是大事。鲁迅则稍有区别，反帝，但反封建才是第一位的。反封建一直是鲁迅政治诉求和精神诉求的出发点。为什么？因为封建制度在"吃人"——它不让人做人，逼着人心甘情愿地做奴才。

第四，在变革中国的大潮中，"五四"那一代的知识分子，或者说作家，在阶级批判的时候，大家都有一个基本的道德选择，那就是站到被侮辱与被损害的那一头，批判"统治者"。这是对的。毫无疑问，鲁迅也批判统治阶级的，但是，有一件事情鲁迅一刻也没有放弃，甚至于做得更多，那就是批判"被统治者"、反思"被侮辱"与"被损害"。他所谓"国民性"，所针对的主体恰恰是"被统治者"。在现代文学史上，这是鲁迅和其他作家区别最大的地方。从这一个意义上说，仅仅把鲁迅界定为伟大的"战士"是极不准确的，他首先是一位伟大的启蒙者。当绝大部分的知识分子、绝大部分作家都在界定"敌人是谁"的时候，鲁迅先生十分冷静地问了一句"我是谁？""我是谁"的意义远远超出了"敌人是谁"。其实，一部《呐喊》，它的潜台词就是这样的一个问题：我是谁？

第五，不得不说情感。在阶级批判和社会批判的过程中，伴随着道德选择，无论是知识分子还是作家，尤其是作家，必然伴随着一个情感倾向和情感选择的问题。某种程度上说，中国现代文学就是抒情的文学，中国现代文学就是向大众"示爱的文学"。鲁迅爱，但鲁迅是唯一一个"不肯示爱"的作家。他不能去示爱。一旦示爱，他将失去他"另类批判"的勇气与效果。所以，鲁迅极为克制，非常冷。这就是我所理解的"鲁迅的克制"与"鲁迅的冷"。

第六，价值认同问题。和知识分子比较起来，在道德选择和情感选择的过程中，作家非常容易出现一个误判——价值与真理都在被压迫者的那一边。在这个问题上，鲁迅体现出了极大的勇气，他没有从众。他的小说告诉我们，不是这样的。价值与真理"不一定"在民众的那一边，虽然它同样"也不一定"在统治者那一边。鲁迅告诉我们，就一对对抗的阶级而言，价值与真理绝不是非此即彼的关系。

一部中国的现代文学史，其实是由两个部分组成的，一个部分是鲁迅，一个部分是鲁迅之外的作家。在我的眼里，鲁迅和他同时代的作家，同质的部分是有的，但是，异质的部分更多，即使在今天，当然包括我自己，我们的文学在思想上都远远没有抵达鲁迅的高度。

鲁迅太会写小说了。家都搬了，一家人都上路了，小说其实就结束了。就在"没有小说"的地方，鲁迅来了一个回头望月。通过回望，补强了小说的两位主人公，也就是"故乡"的两类人：强势的、聪明的、做稳了奴隶的流氓；迂讷的、蠢笨的、没有做稳奴隶的奴才。

通过"我"母亲的追溯，我们知道了，一直惦记着"我"家家当的"圆规"终于干了两件事：一是明抢，抢东西；二是告密，告谁的密？告闰土的密。她在灰堆里头发现了一些碗碟，硬说是闰土干的。那十几个碗碟究竟是被谁埋起来的？是"圆规"干的还是闰土干的？那就不好说了。我只想说，一个短篇，如此圆满，还能留下这样一个悬念，实在是回味无穷的。

这一笔还有一个好处，它使人物关系变得更加紧凑，结实了。在《故乡》里头，人物关系都是有关联的，甚至是相对应的。"我"和母亲，闰土和母亲，少年"我"和少年闰土，成年"我"和成年闰土，母亲和杨二嫂，"我"和杨二嫂，再加上一个宏儿和水生。可是，有两个人物始终没有照应起来，那就是杨二嫂和闰土。他们的关系是重要的，就是人民与人民的关系。很不幸，他们的关系是通过杨二嫂的告密而建立起来的，可见人民与人民并不是当然的朋友。他们的关系要比想象的还要复杂、还要深邃。这样的关系是一个象征，它象征着人民与人民在共同利益面前的基本态度。

同样是象征的还有闰土所索要的器物，香炉和烛台。香炉和烛台是一个中介，是偶像与崇拜者之间的中介。它们充分表明了闰土"没有做稳奴隶"的身份，为了早一点"做稳"，还要麻木下去，还要跪拜下去。无论作者因为"听将令"给我们这些读者留下了怎样一个光明的、充满希望的尾巴，那个渐渐远离的"故乡"大抵上只能如此。

选自《小说选刊》2017年第1期

评鉴与感悟

大三还是大四，突然读到了《玉米》，当时激动，逢人就推荐。后来没少追他的小说。我喜欢他小说里人物的活力和生气，即便是惨痛的遭遇，底子里也不全是哀愁和冤苦。当然也更喜欢他对小说的赏析，哪里能说只是简单的评论？他才不讲什么枯燥的理论，他的小说课本身就是创作，就是一趟美的冒险。

宇宙风

机　场

/李敬泽

　　老头儿盯住他的对手，他再也无法忍受此人的固执，他残暴地抛出一连串的"问题不仅在于""问题在于"：

　　"问题在于认识现象和本质之间的真正的辩证统一。"

　　"问题在于对'表面'现象在艺术上进行形象的、身临其境的描写，描写要形象地、不加评论地展现出所描写的生活范围中的本质和现象之间的联系。"

　　"人们不妨把托马斯·曼的'时髦的市民性'同乔伊斯的超现实主义做一比较。在这两位作家的主人公的意识中，形象地表现了那种破碎性、那种间断性，那种戛然而止和'空空如也'。布洛赫十分正确地认为，这种状况对帝国主义时期很多人的思想状态来说是很典型的，布洛赫的错误仅仅在于，他把这种思想状态直接地、毫无保留地同现实本身等同起来，把在思想中出现的完全被歪曲的现象同事实本身等同起来，而不去把这幅图像同现实加以比较，从而具体地揭示这幅被歪曲的图像的本质、原因和'媒介'。"

　　——他合上书。卢卡契和布洛赫，他们曾经是挚友。1910年冬天，他们在布达佩斯相识——他想起了《布达佩斯大饭店》，当然，卢和布肯定不是在那家饭店见面的，但是，他想象了一下他们见面的场面，似乎就该是在那衣香鬓影、纸醉金迷的地方，那座饭店，那座伫立在抵达和离去之间的神奇的宫殿，这两个二十五岁的年轻人在老欧洲最后的好时光里相逢。德国人布洛赫深刻地影响了匈牙利人卢卡契："我怀疑，要是没有布洛赫的影响，我是不是也会找到通向哲学的道路。"

歧路多悲风，从此没朋友。走着走着，老哥俩就变成了论敌。二十多年后的1938年，卢卡契写下《现实主义辩》，回击现代主义的辩护者布洛赫对他的批评。

他想了想，关于卢卡契，关键词是"现实"，而布洛赫呢，是"希望"。现在"现实"和"希望"吵起来了。或者说，"现实"和"未来"吵起来了。

现在是2017年，将近90年过去了，他坐在他们两位中间，怀着微小的恶意想着，这两个老头儿，他们知不知道啊，在现在的学院里，他们的台下已经空无一人，门可罗雀啊，鬼都不上门啊。看看他们使用的概念吧："本质""现象"，据说现在只有现象，已无本质，没有本质支配下的普遍联系，当然更没有卢卡契的"整体性"或总体性——布洛赫这下可称了心，但是且慢，也没有了你的"希望"。你怎么就不想想啊，没有了对整体或总体的想象和信念，未来从何说起，希望从何而来？

看起来毫无希望。已经三个小时了，仍没有开始登机。今日不宜出行，大半个中国的人都引而不发，挤满了候机大厅。

航空公司没有把客人塞进飞机慢慢等着，他们或许终于意识到，在一个幽闭空间中的漫长等待很容易诱发歇斯底里。现在，在这明亮的大厅里，人们很安静，悬停在中间状态的脸，漠然对着手机。

"你在哪儿？"

"在机场。"

"啊，出差吗？那后天的会怎么办？"

"哦，我明天回来。"

"去哪儿了？"

"耀州。"

"耀州在哪儿？"

"陕西。"

"没听说过。"

"耀州窑知道吧?"

"不知道。"

"好吧,柳公权知道吗?范宽呢?"

"哦,知道,他们是耀州人?"

"是。"

"好吧,旅途愉快。记着,后天下午,普及未来!"

好吧。几个家伙坐在那儿,搜索枯肠,向一屋子人普及未来。相比之下,他更愿意听卢卡契与王德威对谈,他们会吵起来吗?

王来了。他在微信上仔细读着王的讲演。他应该认真读,因为过不了多久,他就会看到大批论文重复、延伸王的观点。谁说没有马克思和卢卡契的"互为一体的统一性和整体性"?苹果或安卓的系统升级一定会带动大规模的应用开发。他逐字逐句地看着,他想王真是聪明啊,王不知疲倦地生产着无穷无尽的差异和离散,生产着无数互不通约的真理。他想,这该能再生产出多少论文啊。人有无数,上帝独一,以无数的现象去反对本质无论如何都是一门好生意。

但在美国,学院里的聪明人终于遭遇到了一个特朗普,他们震惊地发现,已经被他们宣告无效的那些庞大法则竟然还在,他们一直要你们相信,人类可以在一个去中心或人人是中心的世界上和睦相处,他们把论证人和人如何不同当作解决一切问题的法宝,而布鲁姆,那倔强的老家伙,他为什么给人家起个诨号叫"憎恨学派"?

好吧。当卢卡契和王见面时,他们或许无话可说。卢卡契将会明白,在"本质"上,他和布洛赫是一路人,他们其实同属于一个庞大的总体性。他和王呢?他们只是"现象",互无关联。与王争论需要足够的才智,卢卡契当然有,但是他也许会选择刺猬般的大智,把一切交给历史和生活,而不是对历史和生活极尽机巧的言说。

他把书装进书包。《卢卡契文学论文集》下册。这书一套两本,三十年前他买过,但是一直不曾读。三十年前的卢卡契不知所踪,现在这本是从孔夫子网上买的。显然也无人读过,但封底却有水的浸痕,不是那种岁月里的潮湿,而是,在水里泡过、在阳光下晒过。

他忽然想，自己那本卢卡契，它丢在哪儿了？

看，像不像？

他顺着别人的手指望着对面的山。大雨后的山野，很冷，空气中充满草木青涩的气味。

对面是一座山崖。如果不是被人这么死死地指着，他是不会注意到它的。

他极力回想那幅画。《溪山行旅图》，八年前，他在台北故宫是见过它的。他曾在它面前久久站着，看那山，那飞瀑，山间一支行旅。

这里是范宽的故乡，所以，他们认为那山必在此处。他想，实在是不太像，但是好吧，你们高兴就好。

来之前说起耀州，有人惊诧：啊，去那儿干什么？那地方远得很！

才知道，在一个昔日的西安人或长安人眼里，此地竟是天远地远。想不到出了机场，高速路上奔驰一个半小时，竟然就到了。

这种远，原来说的是不曾被飞机、被高速公路所规训的天地，在那时，这种远曾是中国历史的基本条件。这大山里，冷雨中，年轻的人们、热血沸腾的人们，他们的造反和革命，看上去毫无希望，他们太远了，但正因为远，谁能料到他们是自生自灭，还是席卷了天下？

他想，这里是有总体性的，是一种壮阔的联系，一种隐秘的结构，一种人世间默运的大力，它把蒋介石逐到了海的对岸，他还顺便带走了《溪山行旅图》。

是啊，在这样的时刻，人们不得不面对总体性。比如人工智能，一个围棋手在万众围观下的溃败被认为是人类溃败的开端。而小冰——那是微软造出来的诗人，正在乘胜追击，试图剥夺人类最后的尊严。

于是，主题由"普及未来"不知不觉地变成了"抵抗未来"。台上的这几位先生女士一直在激烈论证机器人的诗不是诗，显然他们真的生气了。

他坐在他们中间，他想，在这个会场上和会场外，无数人正在幸灾乐祸，人们喜欢看这些聪明人气急败坏，喜欢看着他们在无可逃遁的命运下无谓地挣扎、喋喋不休。如果真是未来，那就来吧，这些聪明人，当他们说人类是万物的灵长时，他们是在说自己是万众的灵长。那么很好，现在，平等了，他们终于发现有一天他们的聪明竟会一钱不值。让我们围观他们气得要死的样子。

现在，轮到他说了：我们必须考虑到另外一种可能，或许我们已经来到了未来，或许我们已经是人工智能的附属品。当然，我们有自我意识，但是，谁能断定，在那个谷歌或微软或百度的未来里，他们就不能让他们的产品具有某种自我意识呢？你怎么能够知道我们是不是机器人？我们可能已经被完美地赋予了自鸣得意的、傲慢的自我意识。

几个人一起恶狠狠地瞪着他。

他忽然想起，在一个典礼上，格非也曾谈起这个问题，大意是，也许终有一天，机器能够获得足够的智能，比人写得更好，但是，他相信，人还是会选择读人的作品，因为这涉及认同。

他心里对着并不在场的格非说：也许，问题不在于诗人、小说家或学者是否会失业，问题在于，我们竟如此愿意想象这样的未来，这是一种久违的感觉，那是必将来临的、很可能无法抗拒的总体性，只不过，在这个总体里没有我们的位置，没有主体的总体性。

——他接着对会场上的人们说：

不要按照我们所熟知的那个笨拙的、机械的形象想象未来的智能，这个形象是机械时代的残留，我们把我们的形象赋予我们的造物，同时我们告诉自己，它终究是笨的，是低级的，是不会失控的。但无论阿尔法还是小冰，它们都并不依赖于那个笨拙的形体，那形体和它们毫无关系，它们在本质上就是一团巨大的数字云，是一个超级大脑，是无穷无尽的神经元，如此而已。

然后呢？

坐在对面的教授咄咄逼人地问。

他看着她的脸，他知道他的真正念头要承受一万次诅咒：然后，精神就终于摆脱了身体。释迦牟尼或黑格尔都曾经想象过这件事。相信我，这件事没那么可怕。至少，男人再不必健身，女人再不必美容。

会散了。他和他的对谈者们告别，他不能参加聚餐了，因为他要赶飞机。他来到了街上，走在阳光下、人群里，他是多么喜欢这简单的阳光、这热腾腾的人群。他在路边打开一辆摩拜单车，他并不是要前往机场，今天根本没有一架等着他的飞机。他只是想回家，喝一杯茶，安静地坐在电脑前。

"北京的冬天清刚峻利，站在风里，看远山平林。那树是槐是榆？叶落尽了，正可入画，北中国苍苍如铁的天空下，树把自身抽象为线条，向上，轻逸到无，如淡烟淡墨。

中国笔墨总要秋天、冬天才好。七分、十分萧瑟，万物清简，健身房里熬炼过，瘦骨清像，精神从一堆肉里拔出来，然后才可提笔，写字或者画画。"

他注视着屏幕上这几行字。他写不下去了，他一遍遍修改，每个字都被反复擦拭，如果是玉，都已经包出浆来了。

但是，他不知道接下去怎么办，怎么才能说到正题。

他要为欧阳江河和于明诠的书法展览写一个前言，可是，他真的无话可说。他不懂书法。他想，也许格非更应该举书法为例，电脑或者人工智能现在、此时就完全可以做得比人更好，比王羲之更完美，但是，人还是愿意让自己相信，只有笨拙的、不完美的人才能写出真正的好字。

问题在于，近一百年来，书法已经沦为了一种造型艺术——他把"沦为"这个词掂量了一下，有点恶毒地想：管他呢，就是"沦为"：它被切断了与日常书写的联系，谁还会用毛笔在花笺上写一封信？然后，更重要的，它把自己收藏进博物馆，它把自己悬挂起来，它失去了与这个时代新鲜的、活着的文化经验的联系，你不能用毛笔抄写一首新诗或者一篇白话散文，这种艺术如此地依赖记忆——以至于它不再是现实。

在那个冬日，他看着欧阳和老于在宣纸上写胡适的文章、鲁迅的文章，写莫言、张炜的小说片段，写西川、翟永明的诗。

——这很像是招魂的仪式。

他想，这是另一种总体性危机。问题在于，这件事本来属于一个浑然的总体性世界。他想起，在颐和园听一个年轻的古文字学家讲《说文解字》，那不是一部字典，那是一个世界。许慎站在那里，还有那些让字在竹简上飞驰的书吏，那些抄经者，还有王羲之、颜真卿，还有那些诗人，还有那细腻的砚、澄心堂的纸，那些伫立在、倒卧在田野上、天地间的碑……多么浑然的总体性，你抽出了一个线头，移走了一块砖，然后就散了

252

塌了，收拾不起。

这是女娲补天啊，他想象着江河和老于，两个汉子，挥着锄头，吭哧吭哧地补天补地，心想，这文章没法儿写了。

然后，他骑着摩拜行于北京的夜里。他喜欢这条路，清净坦荡，两边是深深树林。乘风而行，他想起三十多年前的夏天，那时他是少年。他刻毒地笑了，老家伙，你已经开始回忆，你曾是多么厌烦回忆，你已经忘了那么多事，有时你甚至怀疑你是否曾有过童年、少年和青年。可是现在，你回到那座村庄般的城市里，每天放学后，向南向东，穿过中山路，从桥西走向桥东，在展览馆前巨大的广场上向北走去，然后折而向西，经过棉纺厂、省第二医院，回到石岗路的家里。这个城市，你绕着它走了一圈。你每天这样走着，你心里在想什么？哦，别告诉我你在想未来，未来不过是近在眼前的高考，在这漫长的路上，你几乎什么都没想，你就是走在此时此刻，你沉迷于这种行进在、悬停在此时的感觉，以至于你每天都要这样走一圈。母亲只知道你在自习，所以回家晚了，如果她知道你在干什么，她一定会觉得未来一片黑暗。

悬停于此时，如同机场。他是多么喜欢飞机场啊。在这里，你至少学会了顺受一切，你无法做出决定，你也不必做出决定，远方的风雷决定一切，或者在某个办公室里正做出航空管制、流量控制的决定，他甚至喜欢这种命运未卜的感觉。他被告知，大雨正落于耀州的群山，雷在炸响，闪电在一瞬间照亮了柳公权的手，他的手和笔不曾抖动。不知蒋介石是否看过《溪山行旅图》，在多雨的台北，蒋曾否在那幅画前长久伫立？那是怎样的溪和怎样的山，行走在溪山之间的人们、衣衫褴褛的人们，他们创造未来的意志是如何在大地的褶皱中形成了洪流？

这是明亮的、整洁的，充满工业和技术气息的、未来派的大厅，设计此地的人必有洁癖，是摩羯座或者处女座，他们真的认为世界必须如此洁净和规则，他们甚至取消了吸烟室，他们拒绝考虑任何意外——其实意外才是世界本质的呈现，正如卢卡契认为马克思的真实意思是，总体性在危机中才能呈现出来。比如这一班飞机已经晚了六个小时，渐渐地，人们躁动起来，他们为天有不测风云而气愤，他们为世界变得混沦而咆哮，如果他们还是烟民的话，他们马上就要歇斯底里了。

他克制着烟瘾，走到巨大的落地窗前。暮色降临大地，一切安好。风雨远在远方，因而这里的悬停显得荒谬。

他忽然记起了，他那本卢卡契丢在了哪里。那是晚上，在湖边，树树风荷举，对岸有幽灯闪烁，天上下着微雨，那本书就放在那张木椅上。

他对自己说，我确信，那本因此而被水浸的书，现在又回到了我的手上。

选自《十月》2017年第4期

评鉴与感悟 —— 历史、文学，现象、本质，工业、艺术，他谈古论今，自由穿行，言说此刻，如同行走在热带森林的博物学家。他在走神。借助他的思考，某个发怔瞬间，也跟着灵魂出窍，好像精神自由了。

恐惧记

/李娟

　　小时候我在四川，总爱长时间流连乡间小道。无目的地行走，奔跑，喃喃自语，高声唱歌。田野四面荡漾。夏天鸣蝉如密网裹住双耳，冬天湿泥顽强团在鞋底。眼前道路无尽延伸，心中异想呼啦迸响。火花四溅，大汗淋漓。我如感受不到全世界一样行走在全世界里，如鱼感受不到水一样畅游水中。不时磕着碰着，伤痕累累。伤口不肯愈合，浑身到处都疼，到处都不安分。身躯是密室，年龄是禁限，重重封印无穷大的热情和伤心。然而话语之中有裂隙，眼睛中也有，指尖的力量中也有，头发的生长之中也有。这是成长的雷霆之势，轰然堆蓄一生元气。后来的自己，不停生病，羸弱不堪。幸有源自童年旺壮有力的成长，童年的猛力，镇守的身体一方，隆隆作响。于是生病的时刻无论多么痛苦难捱，总觉得死亡遥遥无期。

　　我在乡间闲耍，无限欢乐，又心怀巨大恐惧。我怕野狗，怕蛇，怕毒虫。最怕路边的坟墓。新坟倒也罢了，墓碑崭新，遍地红屑，看上去多少显得喜气洋洋。而旧坟森森，石碑歪斜，坟山塌陷，棺材外曝、变形。潮湿的棺木上生满黑绿相间的苔藓，朽坏处黑洞洞的，看进去深不见底。每次经过这样的坟墓，心中紧绷，后背恶寒，嘴里却哼着歌。渴望快速经过，却硬逼着自己放慢步伐。童年的自己总是故作无畏。有人的时候，这

255

无畏做给人看。没人的时候，做给冥冥之中的眼睛看，非得如此逞强不可。似乎非得如此才能震慑冥冥之物。有时当着别的小伙伴，还故意爬上裂开的老坟，踏上裸露的棺材，嘻嘻哈哈。还凑近上面的破洞往里看，拾捡被鼠类啃噬的棺材碎片抛打同伴。那些木片轻飘飘的，使劲一捏便成粉末，从指尖簌簌而下。那时心中既有恐惧，也有得意，还有隐隐哀求。这童年的轻薄之态，这小小的人儿，她瘦小、尖锐、不安，富于希望。我渴望她被原谅。

我渴望她快快长大，哪怕到了现在，我仍然以为长大后一切会好起来，长大后，就什么都不怕了。但是"长大"何时到来？她感到时间无限静止。每天早上醒来，好像一觉睡醒又回到了昨天。外婆像昨天一样催促她起床，屋檐水像昨天一样无止境地滴答。她懒懒然躺着。她躺着，一切不会到来。她主动起身追逐，一切仍不会到来。她翻个身面对木板墙壁。这是一座木结构的百年老屋，阴暗、霉湿。木板墙上嵌满虫蛀过的纹路，无尽地弯曲，均匀地混乱。这情景她看过一万遍。一万遍地心想：虫子迷路了。虫子在木板表面啃咬前行，像是在黑夜里拿着手电筒前行。她的手指细抚虫子的道路，然后又睡着了。梦中困于虫子的迷途。外婆又在叫她。她突然想起上学的事，感到焦灼，却怎么也醒不过来。

外婆八十多岁，她不足十岁。外婆比她多过了七十多年。七十多年的距离，令她常常感到世界深远。她一次又一次去向田野，一次又一次爬上最高的高坡，遥望群山连绵的远方。那时的希望与豪情才将她微微推向世界腹心。她紧攀世界的边缘，心想，只差一点了，再长大一点吧，再长大一点……她回到六平方米的家中，外婆躺在黑暗中。她隔着七十年的距离看她，不知她是生是死。突然感到自己的成长可能源于外婆生命的退避。于是她又犹豫了。

整个童年里，她担心外婆死去。后来渐渐地，不知不觉地，开始等待外婆的死去。死亡是什么呢？失去是什么？她再不愿往下细想。她飞快地跑，像在追赶又像在逃避。她越跑越快，越跑越快，后来飞了起来。风瞬间鼓满咽喉和身体，上下左右前后方位瞬间混乱。世界瞬间失去地心引力。她瞬间大于整个世界。飞翔是她童年里的大秘密。她有时觉得是梦中经历，有时确信无疑。然而她哭的时候飞不起来，害怕的时候也飞不起来。那两种时候她沉重不堪。她一边哭，一边拖着沉重的身体走在田野间，走在大街小巷。我尾随其后，无能为力。一生都无能为力。

童年的孤独还在于，旁观者永不现身，见证者永远沉默。童年中的自己独自走在无人的长巷中。前后顾盼，慢吞吞拖着双腿。天黑了也不愿回家。但是天黑不回家要挨打。我站在街头，站在茫茫童年之中。沧海一帆无尽地漂流。我犹豫再三。

小时候的自己胆儿真小啊。怕挨打，怕野狗，怕蛇，怕毒虫，怕恶人恶语。归根结底就是怕死。怕一切暗处的、潜伏的、会突然降临、全面控制自己命运的事物；怕坟墓，怕死人，怕鬼。后来我知道了：人鬼殊途。可当我小的时候，小小的人儿心神明灭不稳，过于急切的成长总会不时触碰万物的边界。走在路上，一脚阴，一脚阳。走着走着就走迷了，不知是梦是醒。乡间传说与个人记忆纠缠不清，莽莽时间中的累积物大于全世界。全世界下半部分拥挤，上半部分旷朗。我站在世界下半部，常常被挤得一动也不能动。抬头仰望天空，似乎看久了就会天地倒悬，坠落进无边的空旷之中。

小时候总被噩梦魇压。无论白天还是夜晚，半睡半醒间，总被黑暗而坚硬的事物深深俯瞰。被观察，被试探。它们弄不清我是什么，便离去。可有的却怀有恶意，它与我对峙，非要我示弱不可。它们逼至极近处，如同等待我死去般看着我。它比我更深刻地感受着我此刻隆隆巨鸣的双耳、倒涌的血液、敲锣响钹的胸腔。它目睹我浑身颤抖，默数一波强于一波的震荡次数。当数到某个特定的数字，它退后一步，目睹我沉没深海。细细观察万米高压四面八方将我的神魂捏搓为齑粉。

我体会的只是痛苦而已，可我的眼珠先我一步察觉到危险——它一个劲儿地往上翻。突然想起，人死了才会翻白眼。我不想死，死亡还远着呢。我拼尽全力掀动眼睫。我似乎看到了房间里的一切。以为这就是一切。然而晃眼间墙上一幅画没了。再努力看过去，它仍好好儿地挂在那里。霎时清醒，悍然睁眼，烟消云散。

又躺了一会儿，渐渐有了力气，便起身把墙上那作祟之物摘下来。接着再睡。

这世上所有具攻击性的事物：醒不来的噩梦，甩不掉的鞋底泥，紧追

257

不舍的狗，秘密伺守的蚊虫……都附着沉沉阴物。我无从躲避。我在乡间小路奔跑，又如跻身而过。巨大的未知与本能的希望一路紧随，前后翻腾，是命中自带的大风大浪。一时恐惧，一时狂喜。怎么也停不下来。我知道一停止奔跑，一安静下来，四面八方的伏击物就会扑上来。然而我跌了一跤。然而它们扑了个空。巨大的疼痛将我带走。我坐在陌生的地方号啕大哭。有人经过我目不斜视。又有人看了我一眼。我对他畏惧而心怀期待。然而他也走了。我心中的火苗渐渐稳当。四面八方的伏击物仍安静窥伺。我走过漫长的路回家。家是更可怕的所在。

家最坚硬。最亲的亲人最冷漠，夜夜入眠的床最危险，黑夜最漫长。可所有这些都消磨不尽我对人世间的迷恋。我是下次月考成绩不进步就会被打手心的学生，是参加"六一"仪彩队游行之前必须借到一件白衬衣的儿童，是丢失了自动铅笔拼命想要瞒过家长的坏孩子，是每天放学都变换不同路线回家以逃避同班男生追打的胆小鬼。胆小鬼不顾一切地在无边无际的恐惧丛林中奔突。无依无靠，无可凭恃，却心存信心。奇异而巨大的信心啊！胆小鬼一边逃跑，一边生出巨翅。胆小鬼终于回到家，年迈的外婆和更为年迈的外婆的养母坐在黑白电视机前，两人一起扭过头来。她们如此苍老。后来她们死了。胆小鬼从没经历过如此巨大的死亡。世世代代累积至此的死亡。房间昏暗。胆小鬼忘记了外婆的责骂，记住了她留在锅里的一份温暖晚餐。

这一世，一定是我生生世世的第一世。这一定是我第一次来到世上吧。我突然就出现在童年里了，突然就站在那里了。我双手触及之处全是世界尽头，双脚所到之处全是深渊边缘。我看到昆虫就以为自己是昆虫，看到鸟兽就以为自己是鸟兽。要么我是野草吧？要么我是杂木顽石吧？我小得快要消失，又完整得不可思议。我上学，放学，上课，下课，睡觉，吃饭，看电视，做作业。我真的快要消失了。却又在世界另一端突然清晰、突然强壮。在那里，我仍迷恋奔跑，仍对全世界一无所知。仍倔强而迷惑，仍惧骇而勇敢。

难以相信，最后我还是长大了。我稳稳当当不偏不斜走在路上。我几乎就要什么也不怕了。所有前来威胁我的事物，我一眼就能看穿它的虚张声势。看不穿的，也能与其宁静共处。我身体健康，情感庞杂而坚定。我越来越强大，几乎就要无所不能了。就在这时，我开始衰老。

可是我连衰老都不怕了。可是我真的不怕吗？我清晰感到童年仍潜伏在我身体深处，伤痕累累，依旧敏感，依旧耐心。它静静等待远比衰老更茫然更巨大的变化。我怀疑那便是死亡。但仍觉得死亡遥遥无期。

选自《上海文学》2017年第8期

评鉴与感悟

关于李娟，还能说什么呢？有段时间，《我的阿勒泰》就放在枕头边。读完她的文字，感觉做梦都能笑出来。我这么说还是夸张，当时正是买房、想着结婚，待在城里又嫌烦闷，工作也看不到一点出路，各种压力和焦虑，弄得整个人就像不停撞着玻璃板的苍蝇。我没想到人还可以那样生活，简直是没心没肺啊，她经历了怎样的童年，又生活在怎样的一个家庭。

溪西鸡齐啼

　　一百多年前，赫尔曼·麦尔维尔发表的长篇小说《白鲸》，在文学史上留下一位亚哈船长，一个十分骄傲且手段高强的人，一心在自己热爱的捕鲸中完成做一个美式冒险家的梦想。他有一条船，"裴廓德"号，他在船的主桅下面用钉子钉了件"镇舟之宝"：一块纯金铸造的金币，币面上有三座高峰的图案，三座"好像是安第斯山脉一样的高峰"，一个峰顶冒出火焰，一个峰顶建有高塔，第三个峰顶站着一只昂首长鸣的公鸡。

　　亚哈用它提醒全体船员记住自己身上的使命。情绪上来了，他就指着金币说：

　　"看这三座高傲的山峰呀，是多么让人敬重和羡慕呀，看那稳重如山的高塔，那就是我呀！看那喷涌着火焰的火山，那就是我呀！看那胜利者一般啼叫的公鸡，那还是我呀！"

　　后来他出海追捕一条白鲸，交手三昼夜，船覆人亡，只有一名船员活下来，讲述了船长的故事。骄傲不是他的缺点，而是命运。得到金币的时候，他觉得自己被命运选中了，或者识破了，从此他必须燃烧自己，为能站在山顶引吭高歌而不惜毁灭。他说，人人都能从中窥见自己。"这金币就像是我们的地球，又像魔术家的水晶球，照透我们每一个人，映出我们神秘的内心世界。"

公鸡不可能上高山，公鸡只是总显得好像上了高山似的那么意气风发，它连篱笆都飞不过去；"一唱雄鸡天下白"，也是吃饱了饭瞎夸张，好像鸡不叫天就不亮了似的。鸡身上没有什么可引起崇拜的地方，当然这得归因于人的驯化：母鸡会下蛋，公鸡会酷炫，但它们毫无自由，连自己的生死都掌握不了。亚哈船长知道公鸡式的骄傲意味着什么，他舱里餐桌上就有整只鸡，涂着牛油，撒着胡椒。吃鸡这么多年，还赞美它的美姿容，好声音，开得了口吗？

空有傲相而无骄傲的资本，总要被鄙视的。迪斯尼工厂制作了无数动物形象，公鸡就是这么一副窝里横的模样，挺着胸，昂首阔步，保护着一舍的母鸡，那些母鸡又肥又弱小，互相挤来挤去，对公鸡唯唯诺诺。想在公鸡眼皮底下干点什么勾当，那家伙就是为了在母鸡面前逞能，也要过来跟你缠斗一番，不过，这点勾当说来也无非就是偷个把鸡蛋，抓只鸡。人要落到跟鸡周旋，而不是跟白鲸周旋的地步，也就无异于"鸡鸣狗盗"了。

《水浒》中的鼓上蚤时迁，鸡鸣狗盗之徒，刚出场时偷祝家庄的一只公鸡，鸡一叫，庄上的人发现，把时迁给抓了，惹得同伴杨雄、石秀到梁山求援。读到这一段，就觉得鸡真是讨厌，放在那儿不中看，想要顺走，它还咯咯咯叫，成功不成功都落个难听的名声，难怪那么多人都憋着劲，捋起袖子偷一票大的。其实在时迁的人生中，祝家庄也是唯一一次失手，后来上了梁山，执行大大小小的任务，像什么火烧大名府，暗探曾头市，他从未失手。是不是可以说，偷只鸡比偷座城市的难度还大呢？

印尼的热带岛民习惯揣着一只公鸡，在傍晚的庭院里围成一圈，放鸡入场，看它们瞪着斗鸡眼互相撕啄。如果说鸡除了被宰杀和下蛋之外，还能被榨取什么价值的话，那么就是给一个环境，鼓动它们将好斗的天性发泄到同类身上，供人观看消遣。好斗也是因为骄傲，但公鸡的骄傲又跟高度紧张、胆怯、焦躁混合在一起，距离优雅与崇高太遥远。既然不能被万物的主宰者理解、同情，鸡们就无可逆转地沦落到了食物链和鄙视链的双重底层，变得"风尘"了。

古装滑稽戏《祝枝山大闹明仁堂》，说祝枝山来到杭州，同明仁堂的一堆群儒大斗对联的事，其中一个儒生出上联"屋北鹿独宿"，五个字全是入声（音似"喔咯咯咯咯"），祝枝山对以五个吐气音"溪西鸡齐啼"（音似

"嘘嘘嘘嘘嘘")。鹿是雅致而清高的，即使叫两声，也是"呦呦鹿鸣"，一对比，鸡却那么喧闹。看过这个片子的人，会记得祝枝山的对手们的样子，他们总是一个挑衅，其他人跟着起哄，一个得意，其他人跟着露出一副小人得志的样儿。有意无意中，祝枝山影射了那帮人的胆怯学舌，无能又无知。

这真是个妙对，从字眼到发音都妙到巅毫。鸡不能忍受安静，鸡鸣，不是"宁鸣而死，不默而生"的那种鸣，而是聒噪，是每个成员都要把自己埋在众人的声浪之中才敢发声，觉得非如此不够安全。在鸡们的日常中，"溪西鸡齐啼"可比那什么"一唱天下白"真实多了。

《人类简史》中说，衡量进化成败的既不是痛苦也不是快乐，而是复制了多少DNA螺旋体。如果以繁殖数量的高低而论，陆地动物，除了人类，都没有比鸡更加成功的，单单欧洲的鸡的总数就有二十亿只，一个物种，能够适应从赤道到接近极圈的几乎所有的气候，DNA复制到满世界都是，能说不成功？

当然了，谁都不会像对待一个新崛起的国家一样把这么多鸡当一回事，任何时候，我们都可以逮住它们，杀掉，每一条生产鸡肉制品家的食品加工流水线，都要将刚出壳的小鸡——就是你们的微信里那些黄乎乎一蹦一跳的小萌鸟——像粉碎废纸一样直接粉碎掉。我们该修改我们的标准了——书作者建议，不要从达尔文主义入手，人们应该从每天最离不开的鸡开始考虑动物的幸福感问题。

如果鸡真的也有幸福感的认知，那么请达尔文主义退场：我们承认进化论，但不承认优胜劣汰可以主宰一切领域。不过，也可以想象，即便未来果真有合成肉类可替代禽畜饲养和宰杀，且能普及开去，最不通人性的鸡，也肯定是会到最后才被解放的。

选自微信公众号"大家"，2017年1月27日那时还在天涯社区闲闲书话晃荡，有一天读到了他的文章，或者说是被他的主张给吸引了："写下就是永恒。"对于热爱读书的人，我总是心怀敬意，因为他们的劳作，筛选，我也占了许多便宜，花费时间少了是自然，主要还是趣味新鲜。当然，书还是要一本一本地读，也是从他的阅读和书单中，我约略明白了什么样的生活值得郑重对待。

寻找扬州八怪

/胡烟

我想写扬州的初衷，源自我在扬州的新居。为了躲避北京可恶的霾，只好在江南安了一个小家。想象着，我是一只水鸟，那是在湖面的小岛上，寻找到的独属于自己的草窝。天晴了，就到水上漂漂，晒晒江南软绵绵的太阳，或者淋淋细密的雨。再不然，就是飞向离岸边最近的树。要多随意有多随意，要多自在有多自在。

买到扬州曲江公园边上的小房子之后，那是一个夏天。江南闷热的天气，身上一天到晚黏糊糊，阻止了我欢呼雀跃的冲动。然而，我心里已经亮堂了，终于在江南安家。等到春天，我再也不用望着北京窗外干燥的风，想象着被风裹着的浮尘蹂躏得皱巴巴的皮肤而叫苦。只需想想，家在扬州，就足以让心湿润起来。春天最便于说走就走。只需一动念——回家，我就置身扬州的烟花柳巷。就这样，我每天活在盼望里。外面世界的模样并不重要，心里装的风景更真实。

小房子坐落曲江公园。四层的小灰楼，被竹林围着若隐若现。当我把它当成一个陌生人审视的时候，我发觉它相当幸福。离水只有二三十米的样子，白天清寂，夜晚繁华。小房子低调而神秘。那是一个窗外全是风景的房间，是开发商为画家或者音乐家准备的房间。一大片水，连着湖边的芦苇、田田的荷叶，一同入画窗棂。细究起来，右上角还有几大棵玉兰

264

树，叫我更盼着春天早来。

选中了小房子之后，我忍不住下楼考察观赏一圈。我想知道我为什么想要买下它，我心里到底藏着什么样的动机和秘密。几步到湖边，我看出了端倪。湖边间杂着无规则的芦苇，这真的让我喜欢。我把它当成家乡海边的苇塘。我喜欢芦苇，野野的，没规矩，因为被人轻视，反而获得了极大的自由空间，可以恣肆地长。往前走，是一个别致的二层楼连着小院，挂牌扬州市文联。小院的空地摆放着几尊侍弄讲究的盆景，墙上爬满了藤蔓，不知从哪个角落隐约传来花香。我往里望，未见半个人影。

沿着甬道往前走，也就是以人工湖为中心画圆。前方真的出现一个小水塘。诺大的湖，这个水塘的存在，显得很没有必要。水塘的水并不活泛，所以绿绿的不清澈。然而周边的杂草让我高兴，一丛丛，乱乱的，像少妇刚睡醒的头发。几种叫不上名字的野花遍地，中间居然点缀了桂花树，增加几分高贵。水塘拦住了去路，便有了桥。由于水塘横在我面前，狭长，所以桥的弧度显得很大，鼓得高，有点滑稽。桥的左边，是大片的荷，由于缺少风，所以没神采。右边又是苇塘。我下去摸几株芦苇，芦苇也开花，芦花。芦花不艳丽，所以不被称作花。我想守着芦苇住下来。我是水鸟吗？此生不是。只好离开。

再往前，有一座桥，这是一座真正的桥，跨湖而立。桥上有垂柳，若有风来，站在桥头，柳梢可拂面。

前面便是大广场，空荡荡。"曲江公园"四个字，在这广场的北门写着。门口有大片的竹，密得可以捉迷藏。外面晴朗的时候，竹林里却湿。

一个圆，快要画完。最后是一个儿童乐园和篮球场，用于小孩子嬉戏的各种玩具车、旋转木马。篮球场，让我想到阳光少年。

这就是我的江南居所。我为什么会来到这里，我要在这里干什么？我还不清楚。

过了大概半年，我才知道我是来寻找扬州八怪。

为什么要寻找？他们藏起来了吗？没有。他们在时间的暖箱里冬眠。扬州城，那个被皇家和盐商催生鼎盛繁华的地方，滋养了扬州八怪。他们以卖画为生，原本跟街头卖花的女人没什么两样，但他们画的是思想，他们更高级地促成了扬州城的文化繁荣。当繁华谢幕，他们的身影也隐匿起来。城市的命运起伏跌宕，都是时光的游戏。我相信，从地理空间的角度，他们还在。只是扬州城的人越来越庞杂，所以找到他们的身影，需要费一些时日。

一开始我还没发现我要找的是八怪。只是发现自己经常去的地方，就是那么几个：扬州八怪纪念馆、天宁寺、观音山。再不然就是围着曲江公园绕圈。扬州八怪纪念馆，是以前金农居住的西方寺，里面还有很深的寺院的痕迹，那种清寂，是很多人聚集也难以驱散的。基本不用买门票。门口的店面，卖字画、文房四宝，颜色都是古铜色的，我相信这个店，连同店主，都是从清代直接活下来的。第一次来这里，是八年前，那时候我还不知道扬州八怪是谁。见到馆长刘方明，寒暄几句，得知他也画画。后来他的画风生水起，我想是得了八怪的熏习。那一次我爱上了那个金农住的旧屋子。草房子，门口有棵芭蕉树。雨来的时候，坐在屋檐下的木凳子上。如果是秋雨，会夹杂着桂花香，这样的场景，情境，除了画画，又能做些什么？

后来，我在北京认识了一个名画家，仿金农。

金农的梅花是萧索的。淡淡的，疏朗。画这种画的人，都与俗世不入流。巧的是，那种像油漆刷子刷出来的字，恰好给满纸的梅花盖了一个个墨色印章，本来梅花碎碎的，像是要飘，但有漆书辅佐，墨便稳稳地落在纸上，满纸梅花骨朵成了珍珠。南昌的八大山人纪念馆，也有金农的楹联，让我经常混淆这两个人。尤其是，这两个人的自画像很类似，画得自己在纸上，十分矮小。

金农住的这个院子，真的很不错，郁郁葱葱，雨中绿得惹眼。据说金农常常在这院子里，与鹤相伴，踱步时候，鹤不离左右。但金农的画里，少有鹤，不知什么原因。后来又得知黄永玉也爱养鹤，是不是学金农？跟鹤在一起的，像是仙人，但金农说自己非佛非仙，只是一个奇人罢了。

金农本来是杭州人，70岁客居扬州，没有儿子，仅有的女儿早夭。金农晚年是一个人，独居扬州。晚年光景，做得最多的事，不是画画，而是念经礼佛。74岁，他画的《设色佛像》，是代表作。题字是很多佛的名字，工工整整的，把佛像给围了个密不透风。别人不敢这么写，他却敢。心到笔到，自然没了章法。乱了章法却传出了神韵，别人不服不行，所以只能称怪。金农是八怪之首。"怪"是别人归纳的，"怪"字里，夹杂着几分不得已的佩服。

金农晚年说，自己对佛虔诚。站在那个小院子前，我相信他不是自吹。那棵芭蕉，不知是不是金农亲手栽种。我看不出芭蕉的年龄。芭蕉树在佛教里，比喻人身。说人的肉身，像这芭蕉树一样，看起来结实，中间却是空。佛门讲的"苦空无常"的真义，就是在这雨打芭蕉的声响里，水落石出。这是我在代金农设身处地地想象，也就是替古人担忧。金农学佛，不是附庸风雅。

金农的特点之一是名号太多，一长串，"曲江外史""稽留山民""心出家庵粥饭僧"等等，好几十个，最常用的是"冬心"。后来有评论家说，名字太多，影响了金农的知名度，不然定比石涛更有名。金农难道不知道这一点吗？想叫啥就叫啥，与别人何干？不去谋划经营自己，就是率性。不论叫啥，金农还是金农。

还有一个怪事儿，金农画画找人代笔，那梅花，有时候是罗聘画，有时候是其他什么人画，金农只题字落款。换了别人，算是作伪，遭人痛骂，但在金农这里，无所谓。不论什么人画，都是珍品。

看到"曲江外史"这名号，我感觉隐约打探到了金农的讯息。旧时的曲江边上他一定来过，他的脚印在哪里？在曲江公园里吗？

金农一生布衣。在那个年代，能书善绘的人大多都给自己谋个一官半职，但金农给自己定了位，就是当个普通老百姓。这种心性，当今人无从模仿。从而他的画，也很难模仿。怪，就是你找不到他的心路，找到的只是笔路。

还有一个人，跟曲江有关——边寿民。边寿民是个教书秀才，家境贫寒，擅长作诗，参加"曲江文会"，才华出众，成为"曲江十子"之一。我喜欢边寿民的画，可能还是跟芦苇有关。他叫"苇间居士"，他的画室叫"苇间书屋"，多么草根的名字。

一个穷鬼教书匠，擅长作诗，本可以靠着曲江文会的圈子，往上窜两把，谋个一官半职不算太难，但边寿民也是不走寻常路，天天在芦苇塘边上看芦雁，画芦雁。这点志向，真让人替他着急。我很想知道，边寿民是在哪个苇塘附近住着，他和芦雁一定有很多的交流。那时候自然环境还没破坏，芦雁不怕人，说不定晚上有芦雁用硬嘴壳敲他的门，进屋跟他相伴而眠。芦雁睡眠的姿势，有几种，边寿民的画里都有。头向后转，红嘴唇别在灰羽毛里，憨憨的，姿势漂亮，却盖不住心里的高冷。

他爱芦雁，是不是就像王羲之爱大鹅一样？我想探听一些边寿民跟芦雁的故事，可到哪里去打探呢？

如果边寿民是在曲江边上画芦雁就好了，我到江边上，找个长胡子老人问问，他爷爷的爷爷，或者他们家祖上，有没有流传着一个画家画芦雁的故事。只可惜旧时的曲江已经不复存在，曲江公园只留下这条江的名字躯壳，取而代之的是一个偌大的人工湖。我将整个公园尽收眼底的时候，便在心里将人工湖默认为曲江。

我走到湖边的苇塘的时候，真能不自觉地想起边寿民。芦雁在扬州这个地方落脚，应该是秋天，继续往南方飞去，中途歇息。秋风瑟瑟的时候，苇塘边的边寿民是否能感受到阵阵寒凉？那种寒凉，是否等于他在人世间的某种冷遇？芦雁栖息的地方，或两只，或四只一家，在一起磨磨蹭蹭梳理羽毛。边寿民就这么呆看着，他已经听懂了芦雁的心声？边寿民的芦雁，用笔非常熟练，流畅。那种感觉，其实就像是画自己喜欢的人一样，对他很熟悉，一闭上眼，就能浮现他的样子，随时可以默写下来。

边寿民画的芦苇也特别好看，穿插在一起不显得乱，浓淡墨相间，仿佛能听见秋风的声音。他的芦苇大多在风里。芦雁倒是静，安坐，或者入眠，跟芦苇产生动静相间的效果。边寿民擅长作诗，但他轻易不在自己的画上卖弄诗。他的画题字经常简单，经常四个字——"清江鼓翼""晴江游泳""深芦息影"，就是简单地形容芦雁的各种姿态。我猜他没把自己当个画家，而是当成了芦雁的摄影师。各种姿势，正面的侧面的，即将入眠的、盘旋低回的，各来一张。

芦雁不是野鸭，芦雁比野鸭大一号。边寿民笔下的芦雁，是人。不论是低头不语还是仰望天空，都是人在倾诉的样子。尤其是仰着脖子的芦雁，极其孤独。仰天长啸，但苍穹里并没有谁在倾听他的鸣音。苇塘萧瑟，纵然有伴，却不尽然能够与之心心相印。

芦雁是边寿民本人的化身。

这一点，比齐白石要好。齐白石笔下的鱼、虫、螃蟹，都是人的玩物或吃食。

不论是乱世还是盛世，文人墨客，心中都该是孤寂。不然边寿民不会成天望着芦雁发呆。他不到人多的地方去，偏偏在苇塘里，做一个"苇间居士"。

遗憾又庆幸的是，如今的曲江公园附近，鲜有孤寂的人。

白天，这里荒无人烟。桥头，是多么好的思索人生的地方。站在这里，望茫茫湖水，发出逝者如斯夫的感慨，该多么切合！但没有人。那座桥，白天荒凉着。

夜晚，这里极尽繁华。霓虹初上，三座高楼的轮廓，红色的灯一闪一闪，雄伟得几近虚幻，据说是江苏省某大机构。湖畔，吸引了上千人跳广场舞，快节奏的群舞。离湖畔最近的地方，又有人唱卡拉OK。一个长发中年男人，拉着小推车，搬出发电机，两个大音箱，大屏幕，麦克风一应俱全。常常是午夜了，江上还飘着不伦不类的男高音。靠近我居所的地方，有个会所，叫作啤酒花园，里面夜夜笙歌。据说并不神秘，都是些平头百姓，搞生日会。里面装修得很气派，大舞台上演着各种游戏。临近散场的时候，一撮三四十岁的男人，在等人，抢着上前，去扶那些喝得歪歪斜斜的人。他们是代驾。

夜晚的扬州城，让我感到，历史的沿革是如此毫厘不差。这种欢聚和热闹，就是那个鼎盛时期盐商聚集、享乐主义的延伸。

我到哪里去找一个人，打听边寿民画芦雁的故事？

扬州城最好的一条路，是盐阜路。这条路连接古今。年迈的银杏树，把扬州城最值得炫耀的辉煌——接待乾隆皇帝的细节记录在案。过了暑热时节，在这条路上走，像沿着时光回廊的光影徘徊。有人认为最有滋味的是御码头，但我却觉得，天宁寺的滋味最浓。打住脚，进去一待可以是大半天。

进到天宁寺，好像每次只能关注一种东西，因为信息太多，所以接收起来很困难。第一次去，是关注了那几株硕大的叶子闪着亮光的玉兰树，虽然不是开花季，但它们气色很好的样子，像是吃了大补药。后面一次去，是关注了寺院院子两侧那些卖古董的商人。透过窄窄的门望进去，店主半躺在摇椅上，手里把玩着不知什么宝贝，又隐约传来各种味道奇异的熏香。我想，大概每个店主买卖古董的故事，都是一本小说，惹我好奇。古董店的生意称不上红火。天宁寺，昔日的佛门净地，不容易让这些钱物交流的俗事大红大紫。

其实，天宁寺最珍贵的，是扬州八怪的画。不经意间一个大厅接一个大厅地展示，不吝啬。现在的扬州人跟扬州八怪并不生分，隔了那么多时日，依旧当成自己家的近亲，敞开门晾晒，而不是把他们束之高阁或者捧上供台。又或许，这扬州八怪，一直以来就是草根的命运。后来得知，天宁寺的画全部为仿品，供人与八怪亲近，真迹收藏在扬州市博物馆。心中释然。

我看画的时候，旁边有个三十岁左右的女人，手牵着五六岁的男孩，指着李鱓的芭蕉图说，你看，这个芭蕉，就比你画得生动些，叶子不僵硬。

扬州八怪的画都是间杂着挂在一起，唯独郑板桥有个专区。不懂画的人一幅幅板桥看下来，难免感觉千篇一律。不得不说，郑板桥画路真的很窄，除了竹子、石头、兰花，基本不会画别的。在这一点上，他跟金农不是一个档次。郑板桥题诗好，字也好，所以弥补了缺憾。

郑板桥是苏州人，家境贫寒，三十多岁来扬州卖画糊口。他是个上进青年，读书很多。他当年读书的地方，正是天宁寺。郑板桥当年在哪个角落里读书，读书时有什么人相伴左右？不得而知。

我总误解郑板桥是山东人，其实他只是在山东潍县当了几年县令而已。因为他那个火暴脾气，不像是江南出来的柔情书生，倒有着山东大汉的耿直莽撞。郑板桥爱骂人，平时骂人，写文章也骂人，而且骂得有理论：隔靴搔痒赞何益，入木三分骂亦精。按照他的逻辑，只要你骂人骂到位，骂得出彩，比那些无关痛痒的赞美要强得多。很有力道的话。听这口气，像是听他画里风吹竹子的声响。可郑板桥偏偏又在竹子里听出了民间疾苦，更高一筹。

天宁寺里竹子并不多。扬州城，竹子多群居在路边，郑板桥选了这个题材，也是不离草根。本来是个布衣，选些老百姓司空见惯的东西入画倒

270

在情理之中。如果是我，路边的竹子，可能视而不见，不知道竹子什么时候骚动了那些文人墨客的神经。我会选择漫步在瘦西湖门口的盆景园。那里曲径通幽，百转千回，从每一个廊子和拐弯处望过去，都是不一样的风景。盆景里有碧绿的大铁树。模样周周正正，比北方的铁树要水灵很多，称得上俊美。我会选择画铁树，再或者画盆景。扬州的盆景精细讲究，又有"长寿"寓意。可入画。

郑板桥为了画竹子，费了很大工夫，据说成年累月地画，一连画了十多年，才开始画那种萧索的竹子。也就是给竹叶做减法。郑板桥观察竹子，在窗上糊一层白纸，看窗外竹子的投影，写生。墨的浓淡，同时也都有了。这一情境，我称为"郑板桥的光影游戏"。

郑板桥之所以有名，得益于典故多。"衙斋卧听萧萧竹，疑是民间疾苦声。"单是这句诗，足以让他流芳百世。据说郑板桥画梅也不错，但是因为隔壁邻居，一个穷书生，以画梅为生，所以郑板桥不画梅，怕抢了他的生意。可见，郑板桥真心善良。刀子嘴，豆腐心。

虽说饱读诗书，狂放不羁，经常放出厥词，但骨子里还是向往做官，是个崇尚现实主义的艺术家。艺术家当官，往往没有好下场，所以，官场十年，晚年又返回扬州卖画。仕途，像是宝玉神游太虚幻境。郑板桥终究又回归到宣纸上。

虽然是画竹子让他名留史册，但对比起来，倒是做官对郑板桥更有吸引力。我宁愿相信，郑板桥原不想名留青史，他的观点、言论，只不过是有话想说，憋不住而已。这是官场的致命伤。

天宁寺往西走，是花鸟鱼虫市场。只要是这些关乎闲情雅趣的，扬州人都能玩出名堂。盐商用大笔资财滋养了这座城市的娱乐，让扬州人骨子里流淌着游戏的气息。花鸟鱼虫市场历来繁荣，人来人往热闹非凡。路边的花还嫌不够看，扬州人闲着就会来买花。修剪盆景，更是在行。扬州人养鱼，品种花色闻名全国。还有各种鸟在笼子里窜，各种石头养在水里。上次去市场，居然见到挂牌卖龙猫，仔细一看，是浅棕色的大耗子，称为龙猫。花鸟之间，夹杂着旧书摊，蹲上半天，几本广陵书社的绝版书，都是五元。真好。

有吃有喝慢节奏，便是好。早上皮包水，在冶春茶社吸上一屉蟹黄包，晚上泡个澡。从身到心，彻底绵软了。若还能像郑板桥那样，保持愤怒，认真地计较个是非，真的不容易。从这点看，板桥的劲竹，令人敬佩。倒比他晚年的"难得糊涂"，更能叫人清醒。

郑板桥的性格，线条太硬朗，不像是江南人。

除了金农居住的西方寺成了后来的扬州八怪纪念馆之外，还有一个画家的故居留下来，那就是罗聘。罗聘故居之所以能保留下来，原因很多。但我想，可能跟他家几口人同时画梅有关，他自己画，他夫人方婉仪也画，他的两个儿子也跟着画，而且画出了名堂。梅家画派就此形成。

罗聘故居，叫朱草诗林，在弥陀巷。

弥陀巷让我好找，在扬州，路人皆知的，是朱自清的故居。问罗聘故居，很多当地人不知罗聘是谁。朱草诗林的位置，离扬州城中心的文昌阁不远，但远远称不上热闹。又联想到罗聘画梅，所以觉得罗聘故居，四时都有一种冬的气息。

遗憾的是，我没赏过扬州的梅花。据说史可法纪念馆的后山，又称梅花山，可赏梅。古运河边上，也有梅花栽。可惜我只注意到玉兰树惹眼。盛夏时节，又属夹竹桃开得最旺。令我印象最深的是南京的梅，那一次，赏梅的游人比梅花还要多，人群中挤来挤去，狼狈不已。如今，能品味到梅花的清冷孤寂，只有在宣纸上。

记住罗聘，是跟爱情有关。罗聘的夫人方婉仪貌美贤淑，才华横溢。传说她过生日，金农、郑板桥都为她题诗。她跟罗聘相当恩爱，擅长画梅，印章都是"两峰之妻"，不署自己的名号，可见对罗聘的爱慕程度。

罗聘是金农的弟子，虽然拜师之前，就已经相当有名气，据说与金农画艺不相上下，但仍被金农的奇才所折服，拜师源于仰慕欣赏。在西方寺，金农常携罗聘与鹤相左右，真是一幅有趣的画面。

罗聘名作《梅花图卷》，是一米多的长卷，与方婉仪合作。提款中描写了二人耳鬓厮磨、笔墨相加，连作画三天的情景，深情厚谊跃然纸上。传说，这幅长卷本来没有上色，清晨起来，方婉仪见到庭院里开放粉色的牵牛花，心血来潮，将牵牛花的花汁染在《梅花图卷》的花瓣上，效果奇好。罗聘起床后，只感觉繁花漫卷，那种惊喜和心心相印的笃厚深情，无以言表。

天妒红颜，方婉仪陪了罗聘二十几个春秋，最终撒手人寰。妻亡后，罗聘无限怀念，自号"依云和尚"，表达无限追思。并再未续弦。用情专一的大画家，值得树碑立传。并不是像现在的红尘滚滚，所谓的艺术家不多谈几次恋爱，创作灵感就会面临枯竭的危险。

又传说罗聘的眼珠是绿色，能见鬼见神。他想画关公，关公便提着大刀来见，所以画得栩栩如生，如在目前。罗聘的关公画挂在关帝庙，香火便旺，十分灵验。不知真假。但罗聘善画《鬼趣图》确有其事。当时正赶上蒲松龄《聊斋志异》风靡，所以罗聘的《鬼趣图》也趁机火了一把。

画比小说更为上乘。这是抽象与具象的关系，也是我的个人看法。聊斋里的鬼，都是美，但罗聘笔下的鬼，丑得出奇。据说罗聘有神通，所画的鬼都是亲眼所见，当然只能是丑。但罗聘以此丑陋暗喻人世间的贪官污吏，这就把画的意趣提上了一个台阶。这种情怀，千金难买。

一个绿眼珠的画鬼人，念着民间疾苦，画的梅花也能香芬四溢。钟情于爱妻，一生思念倾注一人，在朱草诗林漫步的时候，我想，罗聘堪称完美男人。我游朱草诗林的时候是清晨，我想在那个小院子里找到牵牛花，想找出方婉仪给梅着色的证据，可惜并无所获。只好在心底，继续对那样的琴瑟和鸣发出渴望。

我在扬州城居住，早上不想起床，因为本来就是休闲。可惜又偏偏早起。清晨的气息阻挡不住，从窗户缝隙里溜进来。窗外曲江公园的跑步声或许还有车水马龙，结伴去喝早茶的喧闹声，让我浑身都沸腾起来。我只好冲下楼，竹林、湖水，这样的风景，让我对寻找扬州八怪又充满信心。

楼下并没有像样的茶馆。干脆坐上一辆公交，到了一处平坦的大草坪。这里鲜有人烟。夏天并不是放风筝的季节，不然这样开阔的地带，一定有追逐嬉戏的孩童。草坪对面，是依山而建的寺，那座山，正是观音山。大树葱茏，掩映着佛家的黄墙灰瓦，一路阿弥陀佛，拾级而上。那种安静，让人不敢相信是置身于扬州城。

还没走到山门处的弥勒殿，便看见一盲人挂拐杖正欲下山，瘦癯有力，眼睛看不见，仙风道骨，没有民间算命先生那样的狡猾。我想，他是看不见，却像是用心眼看得见。莫非是观音帮忙，知道我在寻找扬州八怪，迎面走来一个汪士慎？

大雄宝殿里燃了很多的灯盏，供养观音菩萨。以灯供佛，象征着智慧常在。闪闪烁烁，这些灯盏，是否照亮的是我内心深处的黑暗？与灯盏对视，内心的纷繁尘染一一现形，跪拜当下，惭愧不能自已。忽然叩问心门，我为什么要寻找扬州八怪？绝顶伫立万为一，是否是在寻找迷失的自己？

扬州八怪创造"掀天揭地之文，震惊雷雨之字，呵神骂鬼之谈，无古无今之画"，难道我骨子里也流淌着这样不安分的血液？

观音山上的观音姿态各异，想必是欲接引不同需求的凡夫。然而我徜徉于菩萨的慈悲心怀之中，仍然像边寿民画中的芦雁一样仰望苍穹，心在别处。

下山时，我又执着地想起汪士慎。不知汪士慎有没有到访观音山。

汪士慎是个可怜人。他生在安徽，为了卖画讨生计来到扬州。以他的书呆子性格，不会讨价还价，几十幅画只卖三两五两。汪士慎嗜茶如命，待客也用茶，金农称他茶仙。汪士慎画梅。画到四十多岁左眼失明，写道："尚留一目着花梢。"意思是只剩下一只眼睛，用来看花。六十多岁时，双目失明。这对画家来说是致命打击。奇的是，双目失明的他，竟能挥毫写草书。

汪士慎性格内向。双目失明后，一个雪天，拄着拐杖，由小童带领，到金农住所拜访。两人喝茶谈论书画。知音难觅，金农备好纸笔，汪士慎挥毫狂草。"有眼有手徒纷然，但见满纸丑恶笔倒起颠。"积郁了半生的情绪得以抒发，愤懑满纸。眼前的汪士慎如此高洁，不染世俗情，让金农忍不住泪沾衣襟。

倘若失明的汪士慎常常来这观音山，听听回廊里流淌的诵经的声音，是否能平复那些愁肠百结的委屈与不平？到底历史是想牺牲汪士慎内心的恬静安然，成就一个千古奇才，还是汪士慎错误地理解了时空的本意，冤枉地把自己埋葬在命运的低谷？

观音山归来，我依旧没有答案。

扬州八怪不是八个人，不止八个人。他们各有各的怪，但各自怪得都有理。叫我敬佩的是，他们不是互相贬低谩骂，而是互相提携，彼此欣赏。俗话说，"互相帮忙上天堂"。他们的相互认可，更促进了八怪书画群体的繁荣。

华喦生在福建，客居扬州，却画了大量边塞的画，传世的《天山积雪图》，那一抹红衣、行者旅途的孤寂迷茫，天山外那只鸣叫的孤雁，毫无偏差地戳中了人在旅途的泪点。红衣人、天山、骆驼……让当时没有条件旅游，对西域一无所知的观者大跌眼镜。那种奇异，是仅凭幻想还是梦中游行所致？

李鱓善画松，苍茫挺拔的树干，像是北方一路。不难看出，李鱓的松和郑板桥的竹，有异曲同工的地方。果不其然，他的履历，也和板桥相似。他两度为官，两番下野为民，不但有"护跸直入古北口"的机遇，也有更多不得志的岁月。想来这扬州八怪，聚的是一群要么清高的不想当官的布衣，要么是在政治上混不开的下野小官。他们大多脾气极其倔强，生性却无比善良。他们不因循前人，不画自己没感觉的东西。他们的才华光耀中国绘画史。

难道我只能到史书上找他们吗？

还有我一无所知的杨法、李方膺、黄慎，我到哪里去找这些人？

带着这个疑问，我继续在扬州城游荡。本以为大运河一带，被旅游车称为扬州古渡的地方，会寻到他们的蛛丝马迹。然而，除了不会说话的柳树和夹竹桃，就是运河水不声不响。还有年迈的散步的老人，见了我，谁都一声不吭。我没告诉他们我在找人。

扬州的新建筑都在西城，那是有钱人聚居的地方。所以，我断定扬州八怪还在老城。因为他们活着的时候，大多比较清贫。盐阜东路的入口处，我走进气派的扬州书局，书局里卖四库全书，还有扬州八怪的高仿画。我买了一沓袖珍版高仿，将它们挂在我的新居，提醒我来扬州的使命。

走出书局的大门，我不禁想，安然、恬静的扬州城，为什么会有怪人诞生？所有的山水草木都那么柔顺，为什么偏偏是他们不与人同？

文昌阁往东的巷子里，冶春茶社对面，有个著名书店——钟书阁。钟书阁里面的灯光是蓝色，连屋顶都码放了书，像是哥特式建筑的教堂，令每一本书神圣。钟书阁里站立着很多看书的人。在这纸质图书式微的时代，非常稀有可贵。我绕着他们走了一圈，确信钟书阁里没有扬州八怪。我悲观地认为，读书多的人，大部分也比较平庸。

我终究放弃了寻找，让自己随波逐流。华灯初上，扬州繁华尽现。莺歌燕舞，窄窄的街道柔情蜜意。虽然比不上昔日乾隆皇帝下江南时的奢靡，却是享乐的天堂。扬州人性格温婉，不仅是烟花三月的杨柳风所致，更是娱乐的氛围使然。人生有风月，春花常相伴，其他的烦心事，像是江水自奔流，与我何干？

白天，我沿街走，忍不住坐上李斗笔下的画舫。两岸的风景虽然不似《扬州画舫录》中那般繁盛，但花团锦簇、不大不小的城，正适合在水上看光景。从天宁寺门前的御码头，乘坐画舫直达平山堂脚下，沿着瘦西湖的水路，不断变换欣赏着两岸情境别致的园林。"两堤花柳全依水，一路楼台直到山"，我再一次被迷醉，忘记了寻找扬州八怪。

扬州处处有美食。盐商的精致生活，激活了整座城的味蕾。淮扬菜的盛名里，没有半点虚言。如果说扬州饭店的清炒虾仁和蟹粉狮子头是老生常谈，倒不如随便走进哪家小馆子。小本经营，却干干净净，井井有条。清汤小馄饨，周周正正，像是手巧的少妇清晨挽起的油亮发髻，温婉利落。各种面、汤圆，都是细致的、饱满的。吃的时候我又忘记了我的寻找。

一段时日后，我空手而归。

在扬州的小居所里待了几个来回，心被江南的水泡软。回京后，我没了半点火气。性情温柔了不少，同时却沦为我厌恶的那种毫无斗志的人。甚至，想要由人类退化成蕨类，紧紧地黏在石头上，冷眼旁观周围人的匆忙。

平日里，我经常是呆望着办公桌上看不完的书稿，向往退休的生活。或者盘算着，干脆挎着大包小包夹着铺盖卷，逃离京城。去扬州一边看花，一边继续寻找扬州八怪。

这样几个思想的回合之后，我意识到，扬州于我，只是客居。虽然不喜北方的干燥，但在扬州，更要警惕那种软。

我终于知道了我为什么寻找。

春天的玉兰十里，夏天的运河杨柳岸，秋天的满城桂花香，和冬天梅香冷艳。如果能抵挡住这些，浸在花香里心怀苍生天下，绝不流俗；活在掌声里却能清醒地谩骂，无视庸人的冷眼。这样的人，便是我要找的扬州八怪。

我固执地认为，他们依然在扬州。

选自《山西文学》2017年第2期

评鉴与感悟 —— 她写字画画，拍DV，每一件，都做得认真。她寻找扬州八怪，梳扒历史，实地走访，到底是在寻找什么？克尔恺郭尔说："不能变成礼物的过去，不值得记忆。"也是在追问当中，她反省，扪心自问，最终看见了清晰的自我。

生灵陕北

/刘国欣

燕燕于飞

最近我在读《符号与象征》一书，图文并茂，图好，文简洁。这样的书，喜欢的人很喜欢，不喜欢的人会觉得浪费纸张。因为多是图片，书重。人们喜欢轻的书。有时候，书的轻重决定着文字的质量。这本书很重，质量也重，重符其实，图文都简洁，看了让人可以灵魂变得轻盈，仿佛随时可以飞翔，我就想推荐给很多人共享。书里讲到燕子，所供的图像却像一幅剪纸。燕子在纸上的天空正展着翅往前飞，它不像鹦鹉站在枝头，不像公鸡站在地上。它在剪纸的图腾纹样里做飞翔状，眼睛一只朝向我，一只朝向未名的天空，那里有我所看不见的黑暗。书上是这样解释燕子的："燕子象征春天与希望，徘徊的燕子象征着好运。燕子每年都会迁徙，翌年回来的时候，还会在同一个地方筑巢，这也使得它与离开、回归联系在一起，同时燕子还象征死亡与重生。"

在陕北，不知道什么时候流传下来的，建造房子，猫有猫道，燕有燕道。人家在窗子上开一个孔，挂片布门帘，里外可以翻动，专门为燕子来回，叫"燕子门"。燕子在这些人家享受着半个主人的待遇，即使是调皮的孩子，也绝对不会去碰燕子。为了防止小孩子碰燕子，大人们还会告诉他们，碰了燕子，家里冬天的酸菜会发臭，不好的命运就会卧在前面等着他们。大人们也不会赶走来家筑巢的燕子，因为那会赶走自己的福气。

陕北人习惯叫叠音，像是不愿意走出童年，燕子要说"燕燕"，羊要说"羊羊"，孩子要说"娃娃"，即使说大男人，也往往用"老汉汉"称呼。对那些憨乎乎的人，则称"憨憨"。在这里，连神仙也是可亲的，叫"神神"，人们有事就"抽签打卦问神神"，神神是一个需要进贡的家人。对于灶王爷，则喊"灶马爷爷"，他也就成了一个蹲在炉台里吃柴火和炭粉的寻常老头儿。到了南方，我很不习惯这种称呼，改了很久，但燕燕，依然觉得叫得亲切，像是叫我家乡的的姐妹。我的一些女同学和女性长辈，好多以燕名，平时叫"燕燕""小燕"。燕子是流动的水，水是飞翔的燕子，它们都是有灵性的。叫燕燕的女孩子，也总是有灵性的，一种飞翔的命运在半空里等着她们。

燕子在我乡下被称为"家燕燕""家雀雀""家鸟鸟"，它就像主人家的孩子一样，有很多可爱的小名。虽然燕子南来北往，不像麻雀和乌鸦是土著，但正因为在来去之间，生长的情谊更深重。在这里，人们对燕子的爱甚过其他的鸟，它天生就享受此殊荣，制造了一种爱的不平等。把自己活成家人的鸟类，在陕北，麻雀也算一种，不过人们称麻雀为"老家八子"，很有点调侃看不上轻微讨厌的意思，应该列入不被待见的那种老头一类人物，而不是需要保护的小孩子。燕子可是金贵的小孩子呀。

猫戴项圈，脖子上颜色不同于身子，就会被叫作项圈猫；身子有花纹，就会被叫作虎斑猫；如果脸像阴阳符号，就叫曹操猫，也叫鸳鸯猫。与之等同，燕子也是戴围脖的，也是以颜色分种类的。那种脖子是白色的燕子，我乡下叫银燕燕；脖子像镶金了一样发黄光，叫金燕燕。不过银燕金燕都是财燕燕，即使村里德行最差的人家，也愿意带彩的燕燕来给他们送财的，都欢迎它们。一到春天，很多人家家里面就相互提醒着，要修修燕燕窝的支撑板了，以准备迎接燕子来做窝。

在陕北，寒食时节是要给小孩子送"面燕燕"的，就是仿燕燕形状做的面塑。有外婆外公的人家，用白面做了不同的鸟形状的食物，送到外孙家，给外孙长光。一些人家，也用面粉和枣泥，捏成燕子模样，用高粱秆串起来，以招祭亡魂。巧女们伸开巧手，用白面捏制成形状各异的燕燕，点以眉眉眼眼，捏以翅翅腿腿，染以红红绿绿，炕在炕头，或以线绳串起来在门前晾着，比拼手艺，是每年春三月都要做的事情。燕燕是穿越空间和时间的，它冬去春来，在不同的时空里反转，既有远方，也有归途。女孩子们喜欢捏燕燕，也许是因为内里也有个渴望飞翔的梦。

我家是没有面燕燕的，早读课上别人家的孩子拿了晒干的燕燕来夸耀和吃，曾经起过一些羡慕的。外婆很早就去世了，外公护着一大家子，两个舅舅脑子都不利索，无法独立地做人，自然，也就没有人给我们捏面燕燕。从小，我们没有姑姑也没有姨姨，真是羡慕别人家呀。

倒是在成年之后，姐姐生了孩子，也是要面燕燕的。有一年，她居然好心情地舀水和面，备至案板、碗、碱、刀、锥子、剪子、梳子、筷子、火柴棍和可以吃的红、绿、黄、蓝等色素和做眼睛用的红豆、黑豆，以及做脊背串起来的高粱秆等简单道具，给她的几岁的孩子做了一次面燕燕。不知道她是否将蒸好的"面燕燕"用细绳子与大红枣、高粱秆节相串起来，挂在门窗上，院子的枣树上，晾晒后存放，满足孩子可以经常炫耀的心理，或者，起过与院子里租房子住的农村来的妇人比拼的心思。那妇人是什么都可以做的，乡村手艺属于一流。大约姐姐也是嫉妒的。

电话里，她笑着和我说起这些，仿佛在弥补我们的童年。在一起的时光，带着她的孩子，我们有时也去游乐场玩，借着孩子的名义，吃着孩子的燕燕，骑着属于孩子玩的旋转木马，一玩也是半天。

"清明炕上捏燕燕，二十几个穿串串。一天吃上几遍遍，几天吃成枯线线。"这样的童谣生活现在的小孩子是感受不到了，即使我的外甥爱燕燕，也是文化意义上对于新奇东西的好奇，而不是来自内心深处对食物和情感的深度饥渴产生的强烈情感。前年回家，在街市上走，居然看到有老人叫卖"燕燕"，拴了几串，五颜六色。有路过小孩子要买，母亲揪着，说："不能吃，脏，脏。"卖面燕燕的老人倒没有说什么，旁边几个老年人插话："白格森森白面不能吃，没把你小祖宗饿着！"不过也确实，街头燕燕已经不是买来可以当吃的了，到处都是污染。然而，在街头看到面燕燕，就好像在南方的天空看到飞翔的燕子一样。童年与现在相接，日子怎么过，总会有循环之美。靠着这循环，人们在燕来燕去里，试图将碎片化的生活过出一种地久天长，过成农耕时代的地老天荒。——也许正因为地已老，田园荒芜，不归人才写下这些。

自然的飞在空中的燕子，每年寒往暑来，在我家也是要住一住的，不过它不盖房子不修建，就是从我家的燕子门飞入，在电线上和屋梁上站着盘旋几圈儿。也曾有过做巢的意思吧，我现在仍然毫不怀疑，这是因了我祈祷的原因。在童年，我祈祷过很多事情。我祈祷我种在门口的杏树长起来，祈祷我远远走出家门，祈祷祖母永远不死。同样，祈祷燕子来我家也是一件。我有太多的愿望要实现。我相信，那几只燕子每年来我家盘旋几次，就是听了我的祷告才来的。它们是有过住下来的打算的，但是房子太挤了，一家五六口在一起生活，还有猫，从窗口到后屋梁，拉着一根绳子晾衣服。燕子来了，至多就是将巢做在灯下，那里有唯一一片空置的地方，它们已经开始衔泥。

　　对，就是这时候，祖母做了唯一的决定。村子里谁家都没有做的决定，她做了。她开始每天赶那些来家的燕子。我在灯下哀哀地哭，祖母就像拔掉我所种下的那些杏子树一样，她告诉我："房子太小了，我们没有地方让燕子落脚，灯下太危险。"她拔掉我的杏子树，也是这样说的："屋子是土窑，水从门下走。树栽在门前，窑会塌的。"在那之前，我们已经经历过一间窑洞的塌陷了。洞天福地，只是幻想，我已经感受过一次那样灭顶之灾的害怕。

　　我不再哭泣不再祈祷。

　　很多年之后，祖母去世，我哭得无法克制。小哥哥站在那里，扶着我，只说了一句话，就让我再也无法流下眼泪："你疼，我并不比你少疼。"在一种被抛弃的命运里，我获得了对比，有人承受了同样的灾难。对燕子的爱也是如此，燕子不住我家，但是燕子住对院的三娘娘家，也就够了，我共享了同一种幸福，我便不再觉得自己是被舍弃的，不被燕子祝福的。——这种感觉多年之后我习得它的专有名词："移情"。

　　燕子在对院的三娘娘家筑巢，一筑多年。乡下的院子至多就是搭建个平台，很少有人家围起来。那时候，乡下的房子，也是直接可以推开进到里面坐着的。燕子来了，我就会到三娘娘家里坐着，她也不赶我，喜欢着有别人家的大人小孩一起分享这来自老天的荣光。大人们在炉台边坐着拉话，我就在屋子里的大躺柜前站着看燕子。开始是两只燕子，好几天察看环境，即使是第一年已经住过了的，也还要仔仔细细考察两天。定好了地方，它们就开始衔泥做窝，在稻田与河边往返。我村的井口在村庄所有人家的山下面，是山泉井，井口很小，但井里的水很甜。大约燕子也是明白的，一般都到这口井旁来衔泥和喝水，它们的窝，即便两口子齐心协力，也得半个月才可初具规模，要竣工，差不多一月有余。不过这个修建房子的过程，倒让人觉得马虎不得，人应该向鸟类学习。比起燕子的精致，喜鹊的窝就像个大布袋，燕子蛋不会从燕窝里掉出来，喜鹊蛋则不然。每次我看见高树上的喜鹊窝，都觉得又好气又好笑，世上怎么有这样的鸟，生活被它们过得马马虎虎，却总是欢欢喜喜。相比于喜鹊，燕子则多了一份沉郁和低调，飞入寻常百姓家的，也只能是燕子而不是喜鹊。王谢堂与百姓家，燕子是皆可以住的，它有这份内在的从容。

燕子在三娘娘家屋顶打造的木板上筑好了窝，就开始要下蛋生育了，如同猫狗一样，它们一胎是比鸽子多好几个儿女的。"五男二女"，是我乡人繁衍的最佳的期盼，燕子在某种程度上，也象征着人类的繁衍。一窝燕子，总是五六七个，当然不会更多，但也不至于很少。和鸡一样，燕子也抱窝，等到时机熟了，就可以先后抱出一窝小燕子了。小燕子吃虫子，吃尖尖的草，也吃米粒。大燕子为了生儿育女，和人一样，含辛茹苦，在生育阶段，燕子们都是秉心静气的，似乎怕打搅了主人，小鸟们快出窝了，一家子才会表现出一种喜气，全家白日里叽叽喳喳拉话。有时，燕子也会在窗户口休息，但是从来不落在器物上。偶然，小燕子会将粪便洒落在地上，大多时候，它们保持了一种干净，展示出燕尾服主人应有的礼仪。

燕子快出窝了，我就会担心猫儿吃掉燕子，大人们也都担心着，可是他们有更多的话讲，有更多的事情做，小孩子太吵，就会被分配任务："去照着咱家的猫，小心吃了三娘娘家的燕燕。"在这时候，猫是自家的，燕子则打破了界限，活成了村庄所有人家受宠爱的孩子。印象里，猫从来没有吃过小燕子，倒是经常给家人逮回鸽子和兔子来。当然，家猫都是关注燕子的，弓着背伸着懒腰，随时准备跳上窑梁上去，可惜它无法贴墙爬行，然而燕子门那里它是可以到达的。不过，有老燕子随时盘查和祈祷相求，猫们是从来没有真正去实现自己的愿望的，也许它也知道祸福，如果真吃了燕子，猫是逃不了挨一顿打的。与燕子相比，猫的地位矮一大截。人们对燕子怀着一种复杂的爱惜心态，是那种爱而不敢有所作为的心态，无法亲近，只能观看，这样的爱毫不保留却充满绝望。一个人无法抱到一只燕子，一个人却可以抱一只猫，在燕子与猫的竞争中，猫是个失败者，它输给了它自身的强大。大人小孩都要一次次地叮嘱家猫，不要衔燕子。他们指着小小的燕巢，对猫训话，一次次被自己的想象吓到，害怕猫吃了燕子，吃出灾祸，这样的谶语，村子里好多家人家体会过。那时候，燕子不单纯是一种动物，它还是一种命运。只是，人们不敢说出这个人人惧怕的真相，人们害怕这种真相落在自己头上。

关于对院三娘娘家的燕子，在一篇风景描写的文章里，我写过这样的段落：

"有过这样的景象，从南归来的家燕筑巢，生孩子。它们在巢里欣欣向荣，小黄嘴那么可爱，令人心动，全世界都仿佛会为它们让步，会祝福它们健康成长，飞回南方，飞到水边。大人们不让孩子们扛了梯子爬上屋檐，他们说观看燕子、燕子会因此羞死。燕子就像个姑娘，也像那种叫作含羞草的植物，你必须假装不认识它，默默地从它身边走过，不然它们被你看着和说着，慢慢弯下了头颅，从电线杆和树梢上掉下来，再也无法回到天空。

"好长一段时间，那窝（三娘娘家）燕子里没有任何动静，可是明显可以清晰地看到大燕子的尾巴，看到小燕子的黄嘴。它们也许在长久地熟睡，即使下大雨也不飞出去觅食，它们在积累能量。

"我一直以为是这样的，可是蚂蚁从那里掉下来，掉在我的颈子上，我发现了梦想的破灭，燕子们回不到南方了。我知道，它们回不去了。

"已经死去的三娘娘，当时六十多岁，颤颤巍巍地爬上木梯，她看见燕子的羽毛在风里微微地抖动，就如我每天白日看见的抖动一样，我以为那是它们在呼吸。她发现了那样的怔忡，身子已经是空了的，只有乱羽了，掏空了燕子们身子的蚂蚁们仍然在辛勤地爬来爬去，忙碌地吸吮。

"我们平时会用开水烫死炉台上的蚂蚁，不管红蚂蚁还是黑蚂蚁，不管是蟓蚁还是大蚂蚁，我们都会迫不及待拔开暖水瓶的盖子去烫死它们。它们喜欢油，闻到食用油就会一大堆一大堆地率众而来，我讨厌它们。

"可是燕子的泥窝在屋檐上，开水浇下去没有什么用，重要的是，燕子寻旧迹，第二年来时它们会找那些曾经被别的燕子筑过巢的人家。三娘娘喜欢燕子，她的母亲在她出生不久就死掉了，她后来有了个后妈，她的父亲官至省长，是更后来的事情了。在此之前，她在后妈制下活着，不到十三岁，就跑到我们村子，嫁给了打小就耳聋的三爷爷，生了一窝子孙。她总是喜欢远方，喜欢燕子，母亲是死掉了，父亲在远方，做着省长的官，可已经不要她了的。大约她虽然恨他，总也还是爱着他的。她喜欢燕子，喜欢着那样的思念。

"三娘娘收拾了燕子的羽毛，打扫了窝，每天射一些灭虫的药在屋檐。这件事情就这样过去了。

"这已经过了很多年，我不知道燕子再有没有在那里筑巢过，那年秋天，我由南方的燕子带领，到南方读书了。"

这样悲伤的事情，也许我不该写出，燕子应该是只有飞翔没有死的，有归来有离去。燕子怎么可以死呢？

清代一个不出名的诗人有首绝句："牧笛声中踏浅沙，竹篱深处暮烟多。垂髫村女依旧说，燕子今朝又作窠。"今年我回家，哥哥搬迁到新农村，房子大了，也有了宽宽的屋檐，一抬头，发现燕子来我新家的屋檐下做巢了。小小巧巧的窝，让人心疼，我看到的时候，那时候已经是秋天，燕子已经走掉了，巢还在。

南京有燕子矶，让人想到南方的燕子，想到北方的燕子，想到不断在路上的思念。我乡下女子剪纸，要剪个燕子；婆姨捏面花，要捏个燕子，难道也在暗里说相思？做个燕子飞飞飞，总要起归意。大约每个看到燕子的人，都会有这种心思，在飞翔与回归之间，生出为人在世的怅然。

《诗经》里有：

> 燕燕于飞，差池其羽。之子于归，远送于野。瞻望弗及，泣涕如雨。
> 燕燕于飞，颉之颃之。之子于归，远于将之。瞻望弗及，伫立以泣。
> 燕燕于飞，下上其音。之子于归，远送于南。瞻望弗及，实劳我心。
> 仲氏任只，其心塞渊。终温且惠，淑慎其身。先君之思，以勖寡人。

可见，燕子从来是既衔悲欢又衔愁的，我毫不怀疑，哥哥家屋下做窝的燕子，和我小时候所看到的燕子是一家子，是从古《诗经》里飞来的。

只是筑在三娘娘家屋梁上的那窝燕子，再也没有飞出，而现在，三娘娘也去世几个年头了，那房子塌了又塌，燕子巢被彻底覆埋了……

神鸦社鼓

在陕北，乌鸦是最有死亡意识的物种，人们恨它，又崇拜它。人们最开始讨厌乌鸦，也许并不因为其黑，长翅膀的黑色两腿动物多的是。人们讨厌它，大约因它的聪明。人喜欢与阿猫阿狗相处，甚至超过对人的感情，一定程度，也是因为人的聪明。而对乌鸦的情绪，则暧昧得多。

《梅花易数》里有乌鸦报灾的记载。记得以前课堂上，老师说到邵雍宣传自己的感应理论，曾经讲了一个故事，他说一个姑娘将于三日之内死在西墙梅树下的故事，就是按照方位时间以及物象来定的，结果那个姑娘真死了。老师具体讲了一些什么我忘记了，我印象深刻的是那一只在梅树上站着的鸟。那应该是乌鸦。《梅花易数》的名字很好听，但"梅花"也是"霉花"，人们对"霉"其实没有多少喜爱的。然而否极泰来，极坏的事物里酝酿着好，越是深夜十二点，越是阳气往起升。邵雍也许最明白这一点，所以他提出梅花外应法。乌鸦也许是同样的原理和前提，那就是一个人起了什么念头就会感应到什么事情。

我们家对乌鸦有特别的感情，乌鸦在冬天更让人害怕，父亲和二叔去世的那年，乌鸦在冬天叫了一冬。我家的院落在一个平台上面，斜对面的那个平台上有王姓人家的打谷场，过来有两片地，一面靠着一家崖畔，一面靠着村庄的大马路。而在这两片土地之间，有一所小庙，这庙不属于村庄的，是崖畔下人家自己建立的小庙，据说他家供奉的猫鬼神就在这里。当然，对外说是别的神仙，因为有猫鬼神的人家，一般不受欢迎。猫鬼神是半鬼半神，既办坏事也办好事，有能力去挪用别人家的东西回主人家，所以别人不喜欢。也就是这两片土地这里，经常有乌鸦。我幼年所有的乌鸦，好像就住在这个地方，它们大半个晚上在这里叫唤，飞跑。村庄建立的地方，由大汽车道到古井旁，一路往下都是人家。只要乌鸦站在这个崖畔叫，祖母和对院的三祖母就认为上村可能要有人死掉了。她们睡在炕头，半个夜晚悄悄地议论着。当然，村子里在冬天经常会死人，那些上了年纪的老头老太太，很不容易过冬天。后来，祖母和三祖母，也是死在冬天的。

我上六年级，离开了村子，在另一个乡的村子就读，每天要走十多里路。冬天的早晨天亮起来迟，从家门口往上，经过一片空落的露天戏台。那戏台每年正月二十必给村里的神鬼唱三天大戏，戏场有燃烧了几十年的煤灰渣子，因为每年都要请回村庄的鬼神来，同时烧两堆炭火给他们取暖。因为这种巫术的原因，我对这个戏台总有点害怕，再加上村里好几户人家出了傻子和疯子，神官神婆的说法，意思就是"大正房崖下的木头椽子被拿了"，而大正房，说的就是已经倒塌的戏台旁的两间属于庙产的房子。村人们对于庙产非常忌讳，认为拿了庙产的人家会被神灵诅咒，一家子遭殃，甚至有人因此会死掉。

每天，当我从这一片五十多米的路上走过，戏台中央的一根没有拆卸的木棍顶端，就会飞起一只乌鸦，尖叫着飞向前坪那边去。前坪，是一片土地的名字，上面是平地，下面是斜坡，平地的最顶端，有村庄正式的庙，里面供奉着五条颜色各一的龙王。村庄死了人和平日及过年供奉鬼神，都得先到这里打醮。村子的戏台就对着这个庙宇的正门方向。戏台与庙台，隔一条沟，走路需要二十多分钟，平行也最多不过百米。我去上学的路上，怎么绕，都得经过这一条路，因为其他路都是深沟，还没有开发，不然就得绕道别人的村庄。

那乌鸦从戏台的木杆上起身，一路飞往村庙，到那里等着我，准备再一次惊吓我。我一直以为它是故意的。直到后来，我几乎习惯了它的作陪。它飞起，就会惊起戏台过来那边的一个露天砖窑里的各种生灵，有耗子。再往下，则是枯干了的桃树。春夏之交桃花盈盈，夏秋之间桃子丰圆。然而这时节，却是一沟杂草。乌鸦惊起，我往那边跑，脚下都是冬天的枯叶枯草，一路碎响。总会碰到兔子，毛茸茸的，它们也从杂草里跑出，寻找自己的活路，有时甚至掠过我的脚踝。我能感觉得到，一个热腾腾的大物，从我身边走过了。远远的山头有狐子在叫，像小孩子的哭，在太阳快出来之前。按理这些年已经没有狐狸了，可是人家的鸡总会被偷吃掉，村里人那几年总能听到狐子叫，却只有几次见到过狐狸。当然，山里面偶尔还有野猪，一些人是见过的。它们小小的，皮比家猪黑，跑起来却可以从山崖上一跃而下。

我从沟里跑下去，再往上，就是庙宇。庙里庙外，神鸦社鼓。鸦是乌鸦，鼓是社鼓；鸦住在庙里，鼓敲响在庙门。在那里，正月里会在庙宇里敲锣打鼓做法事，可这时节，这早晨，只有这乌鸦在给我歌唱招魂。它将窝做在戏台边的大正房里，也做在庙宇里。它在那里喊着，我从庙旁边下来的汽车道上走着，没有人，也没有风。有时会有新鲜的白雪，我是第一个踩着上学的人。村子里在这里上学的只有两个孩子，那个男孩家住在学校旁边的姑姑家，只有我，只有这只鸟陪着。再翻一道坡，上面叫作田间梁，是孤坟，所有没有子女的人，都埋在了这里。有很多白杨树，一片平整的土地上，没有叶子，光秃秃地站着很多白杨树，乌鸦在那里引颈高歌。我必须独自一人蹚过那里，然后，才可以迎来晨光。

　　开始是怕的，跑。前几届的学生，大多上到五年级就不上了。学校太远了，不到这个村子就得到另一个村子，实在远，路上的怪鸟怪物多。

　　不过，慢慢也就习惯了，以至春天来后不久，人们醒得早，天亮得也快，乌鸦到深林里去了，我还有点落寞，就像家里的猫狗跑到别人家去一样，感觉有什么丢失了。

　　我迄今不明白，乌鸦为什么总在大雪天成群结队现身。乌鸦叫走了我祖母的丈夫，又叫走了她的大儿子，接着叫走了她的二儿子。每次听到乌鸦叫，祖母总会害怕地哭。但是在白雪皑皑的深冬，乌鸦落在院落里来找吃的，她还会专门挖半碗米给它们。到冬天，她的担心就会多很多。在我少年的朦胧记忆里，她曾经说过，鸟是前世的亲戚转的。是不是因为这一层意思，即便让她内心恐惧的乌鸦，她也不愿意让它饿死呢？在冬天，她老是担心饿死雪地里的鸟，一样，也担心饿死这种乡下人即便很饿也不打来吃的黑漆漆的乌鸦，总觉得它整个都是不吉祥的，肉也不吉祥。

　　那时候还不明白多少古诗词，后来，在古诗词里读到"枯藤老树昏鸦"，"斜阳外，寒鸦数点，流水绕孤村"，"于今腐草无萤火，终古垂杨有暮鸦"……总觉得忽然之间天气里会突然浓稠几分。倒不是恐怖，只觉得惆怅，会想起我童年时代的乌鸦声，它们曾经那样地惊扰过我，却又以那种方式陪伴过我，既惊骇又温润。一种混合的情感，从乌鸦这里产生，伴随着我直到现在，以至看到"乌"字，总让我觉得有另一个故乡，另一个世界，如"乌有之乡"。南京有"乌衣巷"，那首"乌衣巷口夕阳斜"也制造了一种特别的味道；少数民族里有乌桓族，单看名字就让人有一种奇异感。我所生长的陕北再往北，是内蒙古，有乌梁素海，一个内陆湖，靠着的山是乌拉山。这一山一湖，总让我觉得生活着很多乌鸦。我家乡的很多乌鸦，肯定是这里来的，是这里的子民。

不知道为什么，乌鸦总给我一种贵族之气。不是那种土豪式的贵气，而是那种奢华的低调，那种不冷不热，那种非刻意制造的距离，感觉它就像是被贬斥的贵族，骨子里有自己的清气，对于重返家园毫不怀想，对于与人类合作，向人类低头，也毫不做打算。它的一身黑服，表达了一种认命和固执。我对这种鸟的敬意，也大约是因为这些方面。

《西洲曲》里有"单衫杏子红，双鬓鸦雏色"。小时候读到这样的句子，我想到的是山间的红嘴鸦。美人神韵有时在鸟身上也可以体现，可见古人其实并不是多么讨厌乌鸦的。

乌鸦对我形成了一种强大的心理暗示，以致我在内心对讨厌乌鸦的人有小小的鄙视，总觉得他们生活在一个单调乏味的世界，怕预知灾难，怕被生活回收某些自认为的幸福感，有一种患得患失的心理。

我从不认为乌鸦是不吉的，但看到它总会比看到喜鹊觉得悲伤，但我并不认为自己的灵魂和喜鹊有更多的交集，反倒是乌鸦，当它念起人们害怕的咒语的时候，让我思考整个人类的生存。

在日本，有太多的黑乌鸦，甚至也有白乌鸦，打破了乌鸦全是黑色的一贯的说法。即使是日本这样高度关注生态的国家，对于乌鸦，也是不喜的。乌鸦一直没有把自己过成家人，即使跟人类那么近。鹦鹉可以是家人，鸽子可以是家人，甚至麻雀被人赞美为大地上的平民，也是可以当家人对待的，但乌鸦不行。为此，我总为乌鸦不平。在我这里，无论暮色如何昏黄，天气如何寒冷，看见乌鸦在枝头上站立，仿佛在严肃地思考自身的生存，我也觉得天地还是好的，一切都还在往地久天长里过。乌鸦那么惹人厌，还不是活着，还不是不断扑腾着飞向光亮？即使我在这人世孤独，即使我选择永远一个人去走人迹稀少的小径，我也还是愿意相信着一些什么，比如，相信着乌鸦自来自去。

我现居西安，寒鸦尤其多。在师大的老校区，一进正门，两面高树下，白花花一片都是乌鸦屎。人走自己的路，鸟在高树上拉自己的屎，似乎两不相干，也没有多少人专门诅咒它带来的不吉。在冬天，乌鸦似乎不喜欢远距离搬迁，不会像大雁一样往南飞。不过，冬天总看到它们聚集起来，越来越多，在城里的公园安家。似乎一到冬天，它们就开会商议着集体过冬，一群一群，在萧瑟的林间飞奔，起落，挥动起长长的黑色扫把，向愚蠢的人类展示神秘的神迹。对于我，因为幼年的经验，总觉得乌鸦不是生人了。我对那些不愿对生活进行改变的人，有着一些特别的理解。至少，即使乌鸦是不吉的，但那种不吉已经探测过了，明白过了，不是那么惊心动魄。来就来吧，我喜欢它。

人们讨厌乌鸦，也许是因为乌鸦的聪明。人们认猴子和猩猩做祖先，却不会认乌鸦做祖先，也许并不纯是因为基因的原因，而是对这种体型小的动物的一种藐视。实际上，就智商来说，我是愿意与乌鸦同宗的。何况，它一直保持着与人类不进行合唱的高贵姿态，这多么令人向往。我们，往往在合作里酝酿阴谋，美其名曰利益最大化，实际上却可能是一种暴力。相比而言，我更喜欢乌鸦独来独往，不与人谋食，不被人类豢养。不受人喜欢，就不会被大规模捉来养在笼子里，就不会被无故吃掉。不讨喜，甚至是不祥的，就会不太被干扰，就相对自由自在。自由自在，无论作为一只鸟还是一个人，都是应该去追求的状态。生命在自由自在里，在一种独自进行里，才走得更远。乌鸦大约最懂得这种不被人干涉的深深的孤独和自在吧，在自身深处，它为人类打下一个缺口，展开一幅恐惧和深渊的画面，黑色在跌落中，永远。

无论人们多么害怕和诅咒，都无法消灭乌鸦的叫声，只有鸟亡歌才熄，鸟灭才会意绝。乌鸦体现了一种绝对的自我和不被收买。因此，某种程度而言，它独自弹奏的哀音，更应该获得向往自由的人类的赞美。

我陕北方言，叫乌鸦为"老鸹（读wa）"。大人们吓唬小孩子，往往伸开两个膀子，做飞翔状，一边大睁着眼睛喊着："老鸹来了，老鸹来了。"孩子会被惊吓地哭，但也觉得有奇异的欢喜。因此，写到乌鸦，真有点想念童年了，因它所制造的奇异的恐怖的欢喜，像一个短暂的节日。禁忌总令人兴奋，这方面，弗雷泽的《金枝》有非常详细的论述。

选自2017年《延安文学》第1期

看到她把弗雷泽的《金枝》、米兰达的《符号与象征》和陕北的民俗嫁接在一起，寻常事物，也有了别样意味。在她的文字里，肯定也寄托了自己的生活哲学，只是她到底是个讲究文学趣味的人，所以遣词造句，清爽自然，情感铺排，也是率性直接。